D1430260

Les filles peintes

Cathy Marie Buchanan

Les filles peintes

roman

Traduit de l'anglais
par Annie Pronovost

ÉDITIONS
MARCHAND
DE FEUILLES

Marchand de feuilles
C.P. 4, Succursale Place d'Armes
Montréal (Québec)
H2Y 3E9
Canada

www.marchanddefeuilles.com

Graphisme de la page couverture : Sarah Scott

Illustration de la couverture : *Danseuses en rose,* Edgar Degas,
huile sur toile, 1880-1885

Mise en pages : Roger Des Roches

Révision : Sylvain Trudel

Diffusion : Hachette Canada

Distribution : Socadis

Les Éditions Marchand de feuilles remercient le Conseil des Arts du Canada
ainsi que la Sodec pour leur soutien financier.

Nous reconnaissons l'aide financière du gouvernement du Canada par l'entremise du
Programme national de traduction pour l'édition du livre pour nos activités de traduction,
et le Fonds du livre du Canada (FLC) pour nos activités d'édition.

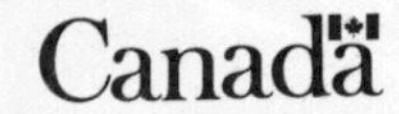

Société
de développement
des entreprises
culturelles
Québec

**Catalogage avant publication de Bibliothèque et Archives nationales du Québec
et Bibliothèque et Archives Canada**

Buchanan, Cathy Marie

[Painted girls. Français]

Les filles peintes

Traduction de : The painted girls.

ISBN 978-2-923896-34-2

1. Van Goethem, Marie, 1865- - Romans, nouvelles, etc. 2. Van Goethem, Antoinette,
1861- - Romans, nouvelles, etc. 3. Paris (France) - Histoire - 1870-1940 - Romans,
nouvelles, etc. I. Pronovost, Annie, 1975- . II. Titre. III. Titre : Painted girls. Français.

PS8603.U28P3514 2014 C813'.6 C2014-940353-4
PS9603.U28P3514 2014

Dépôt légal : 2014
Bibliothèque et Archives nationales du Québec
Bibliothèque et Archives Canada

Pour Larry

1878

*

Dans notre société, nul n'est moins protégé par les lois, les règlements et les coutumes que la jeune fille parisienne.

Le Figaro, 1880

Marie

Monsieur LeBlanc est appuyé contre le cadre de la porte, les bras croisés sur son ventre arrondi par les rillons de porc. La tension exercée sur les fils à cause de son embonpoint a fait sauter un bouton de son gilet. Maman se tord les mains ; des mains de blanchisseuse, la peau gercée et les jointures à vif.

– Monsieur LeBlanc, dit-elle, je viens tout juste d'enterrer mon mari...

– Il y a déjà deux semaines, madame van Goethem. Vous m'aviez demandé de vous laisser deux semaines.

Papa avait à peine rendu son dernier souffle que monsieur LeBlanc se plantait comme aujourd'hui sur le seuil de notre chambre, réclamant les trois mois de loyer en retard que Papa n'avait pas payés à cause de sa maladie.

Maman se jette à genoux devant monsieur LeBlanc, agrippant l'ourlet de sa houppelande.

– Vous pouvez pas nous mettre dehors ! Regardez mes filles, de bonnes filles toutes les trois. Vous les jetterez tout de même pas à la rue ?

– Ayez pitié, dis-je, tombant moi aussi à ses pieds.

– Oui, pitié, supplie Charlotte, ma plus jeune sœur.

Je tressaille. Elle joue beaucoup trop bien son rôle pour une enfant qui n'a pas encore huit ans. Seule Antoinette, notre aînée, garde le silence, le menton relevé dans un air de défi. Elle ne craint jamais rien.

Charlotte prend l'une des mains de monsieur LeBlanc entre les siennes et l'embrasse avant d'y poser la joue. Il soupire longuement. Tout le monde adore la petite Charlotte – le charcutier, l'horloger, le marchand de faïence. Cette fois, son charme semble bien nous avoir évité la rue.

Comme le visage de monsieur LeBlanc semble s'adoucir, Maman dit :

– Prenez ma bague.

Elle enlève son alliance et la presse contre ses lèvres avant de la déposer dans la paume ouverte de monsieur LeBlanc. Puis, dans un geste dramatique, elle ramène ses mains sur sa poitrine, juste au-dessus du cœur. Je me détourne pour qu'il ne lise pas dans mes yeux ce que je sais des sentiments de Maman pour Papa. Chaque fois que Papa se disait tailleur, prétendant avoir appris très jeune son métier auprès d'un maître, Maman lui rétorquait : « Tout ce que tu as jamais cousu, ce sont des salopettes pour les ouvriers de la fabrique de porcelaine. »

Monsieur LeBlanc referme les doigts sur la bague.

– Encore deux semaines, dit-il. Et alors, vous devrez payer.

Ou bien, me dis-je, une charrette emportera le buffet dont Papa a hérité avant sa mort, la table et les trois chaises bancales laissées par le locataire précédent et les matelas bourrés de laine, chacun pouvant valoir au plus cinq sous au mont-de-piété. Il ne restera plus qu'une chambre vide entre quatre murs crasseux, imprégnés de suie et n'ayant pas vu de chaux depuis belle lurette. Il y aura une nouvelle serrure sur la porte, et la concierge, la vieille madame Legat, jouera avec la clé au fond de sa poche en contemplant d'un air désolé le joli minois de Charlotte. De nous trois, seule Antoinette est assez vieille pour se rappeler les nuits passées dans des cages d'escalier miteuses, après avoir mendié toute la journée sur le boulevard Haussmann, tendant une main vide dans le bruissement des jupes de soie passant leur chemin. Un jour, elle m'a raconté cette vie de misère qui a commencé le jour où Papa a vendu sa machine à coudre pour payer une messe, pour acheter une minuscule robe blanche garnie de dentelle crochetée et un petit cercueil blanc décoré de deux chérubins jouant du cor.

Je porte le nom d'une fillette morte, Marie, ou Marie Première, comme je l'appelle. Elle n'avait pas encore deux ans lorsqu'on l'a trouvée toute raide dans son berceau, les yeux grands ouverts et le regard vide. Je suis née peu après pour prendre sa place. Un don du ciel, selon Maman.

•

– Que Dieu vous garde ! lance Charlotte en direction de monsieur LeBlanc qui tourne les talons.

Maman se relève comme une vieille femme, chancelante sous le fardeau de son veuvage, de ses filles à élever, de ses dettes, du garde-manger toujours vide. Elle glisse une main dans la poche de son tablier et porte à ses lèvres une flasque de liquide vert avant de s'essuyer la bouche du revers de la main.

– On a pas encore payé le lait de la semaine, et tu te permets ça ? lui reproche Antoinette, avançant le menton.

– T'as pas ramené un seul sou depuis un mois. À dix-sept ans, t'es encore marcheuse à l'Opéra. Tu connais rien au travail.

Antoinette pince les lèvres et toise Maman de toute sa hauteur. Cette dernière évite son regard.

– Ils te donnent deux misérables francs pour te pavaner sur la scène, continue Maman. Et encore, seulement si la costumière a la bonne idée de presser un costume à ta taille. Trop fière pour le lavoir, hein ? Tu feras jamais rien de bon. Jamais.

– Telle mère, telle fille, non ? rétorque Antoinette, faisant mine de porter à ses lèvres une bouteille invisible.

Maman lève imperceptiblement sa flasque d'absinthe, mais se contente de remettre le bouchon avant d'ordonner à Antoinette :

– Demain matin, tu emmèneras tes sœurs à l'école de danse de l'Opéra.

Le visage de Charlotte s'illumine. Au moins trois fois par semaine, elle nous répète que l'Opéra de Paris est le plus grand opéra du monde entier. Antoinette nous montre parfois, à Charlotte et moi, les pas qu'elle a appris à l'école de danse avant d'être renvoyée. Nous nous tenons le dos bien droit, les pieds posés à plat et écartés vers l'extérieur, puis nous fléchissons les genoux.

– Les genoux au-dessus des orteils, dit Antoinette. Oui, comme ça. C'est un plié.

– Quoi d'autre ?

En général, c'est Charlotte qui pose les questions, mais parfois c'est moi. Les hivers sont longs et pénibles. Quelques pliés exécutés à la lueur des chandelles avant de nous pelotonner sur notre matelas ont au moins l'avantage de nous réchauffer un peu.

Antoinette nous a enseigné les battements tendus, les ronds de jambe, les grands battements ; nous les avons répétés encore et encore. Parfois, en se penchant vers le pied tendu de Charlotte pour ajuster la position de sa cheville, elle s'exclame :

– Quel pied, dis ! T'as des pieds de danseuse, petite poule.

C'est presque toujours Charlotte qu'elle prend la peine de corriger. Un jour, Maman a fait remarquer qu'il serait temps que je gagne mon pain. Elle a souligné qu'à l'école de danse de l'Opéra, même les élèves recevaient soixante-dix francs chaque mois. Mais Papa l'a interrompue en tapant du poing sur la table :

– Assez ! La place de Marie est dans la classe de sœur Évangéline, et elle y restera.

Un peu plus tard, quand nous avons été seuls, il m'a chuchoté à l'oreille que j'étais brillante, que mon esprit était fait pour les études, que sœur Évangéline l'avait même attendu à la sortie de la fabrique de porcelaine pour lui parler de moi. Tout de même, j'apprenais les pas de danse en même temps que Charlotte. Mais même si Antoinette disait que mon dos était souple et mes hanches flexibles, même si parfois je me surprenais à inventer mes propres chorégraphies lorsque la musique d'un violon me parvenait à travers les lattes du plancher, nous savions toutes les deux que Papa aurait le dernier mot. Antoinette ne quittait pas des yeux la petite Charlotte, étirant une jambe derrière elle dans une arabesque puis la levant bien haut dans les airs, la corrigeant sans cesse tout en la guidant :

– Les bras mous. Les genoux droits. La nuque dégagée. Oui, c'est ça. T'as le cou de Taglioni, petite poule.

Le jour de la Sainte-Antoinette, lorsque ma sœur avait huit ans, Papa avait sorti de la manche de son manteau une petite figurine de Marie Taglioni : pieds nus, la danseuse prenait appui sur la pointe d'un seul pied, et de petites ailes déployées sur son dos donnaient l'impression qu'elle volait. Il y a près de cinquante ans déjà que Marie Taglioni a conquis le cœur des Parisiens en dansant *La Sylphide*, un rôle qui l'a fait entrer dans la légende. Antoinette a embrassé frénétiquement le minuscule visage de la figurine avant de la placer très haut sur le manteau de la cheminée, comme une idole à adorer. On pouvait désormais admirer cette sylphide miniature, posée à côté de la vieille horloge de Maman. Toutefois, Antoinette a échoué à l'examen qui aurait pu la faire passer du second au premier quadrille, et elle a été renvoyée du Ballet de l'Opéra de Paris pour s'être querellée avec monsieur Pluque, le directeur de la danse.

– Tu n'apprendras jamais à te taire ! lui avait reproché Maman.

– Je lui ai juste dit que je pouvais faire plus de fouettés en tournant que Martine, et que mon jeu de jambes était meilleur que celui de Carole.

J'imaginais Antoinette se tenant devant lui, les bras croisés, insolente.

– Il m'a répondu que j'étais laide et maigre.

Le jour suivant, la figurine n'était plus à sa place. Vendue au mont-de-piété ? Fracassée sur le pavé ?

•

Lorsqu'elle comprend que Maman nous envoie à l'école de danse, Charlotte serre les poings à s'en blanchir les jointures pour cacher sa joie. Pour ma part, je reste impassible, taisant mon désarroi. Ces filles maigrichonnes qu'on appelle les « petits rats », pleines d'espoir, rivalisant de rapidité, de légèreté et de grâce, sont toutes des bébés, comme Charlotte. Certaines ont à peine six ans, alors que moi, j'en ai déjà treize ! Je n'aime pas l'idée de me présenter à la barre parmi ces rats, ces filles qui ont gagné ce surnom à force de trottiner le long des couloirs de l'Opéra, affamées et sales, en demandant la charité.

Antoinette pose une main sur le bras de Charlotte pour la calmer. Elle cherche mon regard et me fait comprendre, d'un hochement de tête imperceptible, qu'elle n'en a pas fini avec Maman.

– Le vieux Pluque prendra pas Marie.

– C'est à lui de décider, rétorque Maman.

– Elle est trop vieille.

– Elle rattrapera son retard. Dis-lui qu'elle est *brillante.*

Elle parle d'une voix dure, méprisante même. Elle sait à quel point je suis fière que sœur Évangéline ait attendu Papa à la porte de la fabrique.

– Je l'emmènerai pas.

Maman se lève de toute sa hauteur, mais elle fait au moins dix centimètres de moins qu'Antoinette. Elle s'approche de ma sœur et, sans trahir la moindre émotion, elle tranche :

– Tu feras ce que je te dis.

•

Je passe mes avant-midi à un petit pupitre, à réciter l'Acte de contrition, à lire l'histoire de Jeanne d'Arc, à écrire par cœur les dix commandements ou à copier et résoudre des colonnes d'additions tracées sur le tableau noir. Parfois, en levant la tête, je vois les lèvres de sœur Évangéline s'étirer dans un sourire, et c'est comme la chaude lueur d'une lampe. Malgré cela, et surtout depuis la maladie de Papa, je m'interroge sur l'utilité de toutes ces heures passées à l'école, sur l'égoïsme dont je fais preuve en allant en classe plutôt que de gagner un salaire. Sœur Évangéline dit qu'elle est loin d'avoir fini mon éducation religieuse. Elle n'aime pas, par exemple, la superstition qui me pousse à toucher la charnière de mon pupitre ou la clé au fond de ma poche, ou n'importe quel autre petit bout de métal censé me porter chance quand c'est mon tour de réciter. Elle regrette aussi que je ne connaisse aucun hymne. Mais comment le pourrais-je, alors que je n'ai pas une seule jupe assez décente pour aller entendre la messe à l'église de la Sainte-Trinité ? Elle a passé de longues heures à me préparer pour ma première communion, mais comme je portais une aube empruntée à un enfant de chœur au lieu d'une jolie robe garnie de dentelles comme les autres filles, et comme je me suis bien rendu compte que l'hostie qu'on nous présentait comme le corps du Christ n'était rien d'autre que du pain, je ne peux pas dire que j'aie vraiment senti la présence réelle du Seigneur à mes côtés. Néanmoins, je connais par cœur le *Credo,* le *Notre Père,* le *Je vous salue Marie* et le *Gloria.* En ce qui concerne les autres choses qu'on apprend à l'école, je peux déjà calculer plus vite que le fruitier combien coûtent un chou et deux oignons. Je sais vérifier la monnaie qu'on me rend. Je peux écrire tout ce que je veux et lire les articles qui m'intéressent dans les journaux. Pourtant, à la question de savoir s'il est bien utile que je continue à venir en classe, ou si toute l'arithmétique du monde a la moindre chance de sauver une fille comme moi, je sais bien ce que sœur Évangéline répondrait. Car il faut bien admettre que rien ne changera le fait que je suis une fille sans père, une fille dont la mère ne cesse de tâter la flasque cachée dans la poche de sa jupe, une fille dont le visage est si laid qu'aucun marchand ne voudrait la voir accueillir les clients au comptoir ; une fille habitant au dernier étage d'une maison de chambres de la rue de Douai, avec une cage d'escalier en spirale tellement étroite que la jupe frotte les murs quand on y monte et une cour arrière si exiguë qu'aucun rayon de soleil n'y pénètre jamais ; une fille livrée à elle-même dans le quartier s'étalant au pied de Montmartre, un mélange de bourgeois et de pauvres, d'ouvriers et d'artisans, d'artistes et de modèles, un quartier connu pour ses cabarets, ses bals et ses cocottes de bas étage qui retroussent leurs jupons pour un croûton de pain ou pour une tasse de bouillon destinée aux bébés en pleurs laissés à la maison. La réponse de sœur Évangéline ?

– Eh bien, dirait-elle, des lignes se creusant sur son front si doux. On ne sait jamais...

Mais moi, je sais bien que ce serait un mensonge.

•

Maman a un regard noir qui me rappelle la dispute d'hier. Elle a crié et Antoinette a craché sur sa chaussure ; alors elle a frappé Antoinette, puis l'a frappée encore parce qu'elle riait. Maman a le visage joufflu et le corps solide, avec des mains musclées comme celles d'un homme, tandis qu'Antoinette a les hanches étroites, une stature osseuse et les doigts aussi frêles que des brindilles. Cependant, ma sœur écarte les pieds, s'attendant à ce que ma mère la frappe de nouveau.

Est-ce vraiment impossible qu'on m'accepte à l'école de danse, impossible que je monte un jour sur la scène de l'Opéra ? Peut-être que la maîtresse de danse sera heureuse d'avoir une élève capable de se moucher toute seule et de natter ses cheveux sans aide. Et si elle est cruelle, ou si les fillettes se moquent de moi en disant que je ne sais pas faire une série de demi-tours en ligne droite, je penserai à sœur Évangéline, qui assure que je suis une bûcheuse acharnée et que j'ai le don de comprendre rapidement les choses nouvelles. Il ne faut pas non plus négliger les soixante-dix francs. Je pourrais travailler à la fabrique de textiles et en gagner la moitié, ou bien en gagner peut-être presque autant au lavoir, mais au prix de douze heures de travail par jour, six jours par semaine, et encore, seulement si le contremaître veut bien faire mine de croire que j'ai quatorze ans.

Demain, l'épouse de monsieur Pluque va peut-être lui préparer son petit-déjeuner préféré et nouer sa cravate avec un peu plus de soins que d'ordinaire, et alors il montera l'escalier de l'Opéra gonflé d'une gentillesse inaccoutumée. Ainsi gavé de brioche, peut-être inscrira-t-il mon nom dans le registre de l'école de danse, m'accordant du même coup une infime chance de sortir du caniveau.

– Je vais y aller, dis-je, les ongles enfoncés dans mes paumes.

Les muscles du cou d'Antoinette se détendent. Maman se laisse durement tomber sur une chaise.

LE FIGARO
23 mai 1878

L'HOMME CRIMINEL

Le criminologue italien Cesare Lombroso, dans son étude sur l'homme criminel, a noté que certains traits anatomiques apparaissent avec une grande fréquence chez les meurtriers. Parmi les criminels qu'il a étudiés, plusieurs présentaient les caractéristiques suivantes : une mâchoire proéminente, des pommettes larges, un front bas, une chevelure foncée et abondante. Or ces traits sont propres à l'homme préhistorique et au singe. Lombroso en conclut que les pires criminels de notre société sont des versions modernes d'un homme primitif et sauvage. Il souligne que les scientifiques ont déjà bien documenté la réapparition après plusieurs générations de certaines tares ou maladies. Les études menées par des anthropologues français étayent ses propres conclusions. Le docteur Arthur Bordier, par exemple, a mesuré les crânes de trente-six meurtriers guillotinés prêtés par le musée de Caen. Son étude montre que ces crânes ressemblent à ceux des hommes primitifs en ce qui concerne deux mesures clés. Comme il le prévoyait, les meurtriers présentaient un petit front, ce qui n'étonne pas attendu l'association que l'on établit entre le lobe frontal du cerveau et l'intelligence. À l'inverse, l'arrière du crâne – où se trouvent les lobes du cerveau associés à l'action – était plus développé que chez la plupart de nos concitoyens. Bordier en conclut qu'un cerveau tendant davantage à l'action qu'à la réflexion constitue un caractère commun entre le criminel moderne et le sauvage primitif. Les travaux du docteur Louis Delasiauve le confirment. En mesurant le crâne de deux cents détenus de la prison de La Roquette, il a noté des signes anatomiques de déviance morale chez près de la moitié. Lombroso et les anthropologues français semblent donc du même avis. Le criminel type présente une laideur sauvage : monstrum in fronte, monstrum in animo.

Antoinette

Un jour gris pénètre par l'unique fenêtre de notre chambre, éclairant faiblement les deux matelas posés dans un coin. Sur l'un d'eux, où j'ai moi-même dormi, Marie est encore roulée en boule tout contre Charlotte. L'autre est vide. Maman est déjà partie pour sa journée de travail au lavoir, où l'attendent des piles de draps sales. Je chatouille la joue de Marie et elle chasse ma main d'un coup sec.

– Allez, lève-toi, espèce de paresseuse ! Maman nous a laissé une miche complète ! On aura tout vu, hein ? Et j'ai aussi des œufs durs.

Marie ouvre un œil.

– C'est vrai ?

Je sors deux œufs tièdes de ma poche et les lui mets devant la figure. Elle tend un doigt pour en toucher un, puis roule sur le dos. L'esprit englué de sommeil, elle ne se rappelle pas encore la décision que Maman a prise hier : ce matin, elle ira à l'école de danse, et le regard aiguisé du vieux Pluque inspectera son paquet d'os. Charlotte se cache la tête sous les draps élimés, indignée comme une impératrice en présence de dames d'honneur qui lui pourrissent la vie. Je tire un coup sec sur les draps.

– Laisse-moi tranquille ! me lance-t-elle. Laisse-moi tranquille, sinon...

– Sinon quoi ? Sinon tu mangeras pas ton œuf et ton pain ? Et tu iras à l'Opéra le ventre vide ? Hein, petite poule ?

– Ah oui, je me souviens, fait enfin Marie.

Vive comme l'éclair, Charlotte se dresse sur ses genoux.

– Quelle heure est-il ?

– On a encore le temps, dis-je.

– Mes bas ! Tu les as reprisés ? Tu avais promis !

Les rues étaient devenues silencieuses, hier soir, quand j'ai eu fini de repriser ses bas. Les marchands de fruits ambulants, les amateurs d'opéra et les ouvriers puant l'alcool à plein nez et titubant, le bras autour du cou d'un camarade – tous ronflaient déjà dans leur lit. J'ai soufflé la bougie et je suis restée assise dans le noir, m'inquiétant pour Marie. Devais-je saupoudrer un peu de suie dans ses chaussons, déchirer sa jupe ? Oublier d'aller chercher des œufs durs à l'aube pour qu'elle se rende à l'Opéra chancelante et faible ? Tout cela était de l'ordre du possible, et pourrait susciter le mépris du vieux Pluque. La minute suivante, cependant, je pensais plutôt au moyen de maquiller sa peau cireuse avec une couche de fard. J'hésitais. La diminuer, ou la mettre en valeur ? Une chose était sûre, toutefois : même si le vieux Pluque acceptait de lui donner sa chance, même si elle arrivait à passer de l'école de danse au corps de ballet, elle était trop maigre et d'apparence trop vulgaire, elle me ressemblait trop, en fait, pour espérer jamais dépasser le second quadrille, soit le bas de l'échelle. Elle y stagnerait, gagnant quatre-vingt-cinq francs par mois, et deux francs de plus pour chaque soir où elle paraîtrait sur scène. Ce n'était pas suffisant, sauf si un abonné payait le loyer. Mais les abonnés, ces hommes riches qui viennent lorgner les danseuses chaque soir depuis les fauteuils de l'orchestre (où ils ont bien fait en sorte que leurs épouses ne soient pas admises), désirent des filles placées plus haut dans l'échelle, des filles ayant le menton délicat et les lèvres en bouton de rose de Charlotte, ces filles que d'autres hommes rêvent d'attirer dans leur lit. Même si la moitié d'entre eux ne pourraient pas distinguer une attitude d'une arabesque, ils veulent des filles qui leur donnent un spectacle aguichant. Une bonne danseuse vaut bien la dépense d'un loyer, de bouquets de fleurs, de notes de restaurant et de coiffeur. Et s'il s'agit d'une danseuse étoile, l'abonné a intérêt à être très riche. Il devra lui offrir une berline et des tenues de soirée, et même une femme de chambre.

•

Marie et Charlotte mangent leur œuf : Marie très lentement, léchant ses doigts pour ne perdre aucune miette de jaune, et Charlotte comme si c'était une course, comme si j'allais lui donner un autre œuf demain matin et encore un autre le matin suivant.

Je brandis mes deux vieux jupons de travail. Charlotte tente d'attraper le moins élimé, mais je le lève rapidement au-dessus de ma tête, hors de sa portée.

– Petite égoïste ! dis-je. C'est Marie qui aura celui-là.

Même si Charlotte porte une jupe miteuse, cela n'empêchera pas le vieux Pluque de remarquer son cou à la Taglioni, la cambrure parfaite de son pied et son visage d'ange. Il bavera en imaginant tous les abonnés qui lanceront un jour des bouquets à ses pieds. Je lui tends la jupe la plus usée, mais elle reste immobile, les bras croisés. Je la laisse tomber dans la crasse sur le plancher que Maman ne prend jamais la peine de récurer. Charlotte s'en empare sèchement.

– Je t'assure, petite poule, que le vieux Pluque verra juste tes pieds de danseuse, ton cou à la Taglioni. Il va se pisser dessus quand il va voir le cygne qui vient d'entrer à l'Opéra.

Je sors de ma poche deux roses de soie que j'ai piquées dans un café de la place Pigalle et qui seront parfaites pour orner leur chignon. De l'autre poche j'extirpe un petit pot de laque et du fard que j'ai chipés dans la loge réservée aux marcheuses à l'Opéra. Charlotte cesse de bouder. Je frappe la brosse sur le bord du buffet, faisant signe à Marie, paresseusement avachie, de s'approcher. Je brosse ses cheveux pendant au moins vingt minutes, en lui répétant cent fois qu'elle a des cheveux magnifiques. J'entreprends ensuite de la coiffer. Sa chevelure est si épaisse que lorsque je la rassemble en une seule natte, mes doigts n'en font pas le tour. Ces cheveux foncés et brillants sont le seul don que Dieu a cru bon d'accorder à Marie. Elle n'a nul besoin d'un postiche – ce filet rempli de cheveux coupés que les danseuses de ballet glissent dans leur chignon pour en doubler la taille. Je tortille sa lourde natte et l'enroule en chignon, ignorant ses gémissements alors que j'enfonce les épingles à cheveux pour maintenir sa coiffure en place. Lorsque j'ai terminé, je recule de quelques pas. Comme elle aurait meilleur air si on cachait ses sourcils ridicules !

– Beaucoup de ballerines portent la frange, dis-je en ouvrant le tiroir du buffet pour en sortir la paire de ciseaux qui a échappé jusqu'ici à la vitrine du mont-de-piété.

Charlotte, affairée à étirer sa jambe posée sur le dossier d'une chaise, relève la tête.

– Toi, t'as la tête trop bouclée, petite poule.

Je reviens à Marie.

– Tu es sûre ? souffle-t-elle, mordillant sa lèvre inférieure.

Je me place entre elle et le buffet pour l'empêcher de se voir dans le miroir derrière moi. Je coupe des mèches de cheveux que je tire de son chignon, tout en appliquant de la laque et en l'étalant pour ne pas défaire toute la coiffure.

– Malgré tout cela, je n'ai même pas l'ombre d'une chance, soupire-t-elle.

– Douterais-tu de mes talents de coiffeuse ?

Je glisse une fleur sur son oreille au lieu de la cacher derrière sa tête et je fais enfin un pas de côté. Elle s'aperçoit alors dans le miroir, petit papillon tout juste éclos. Elle sourit. On voit alors ses mauvaises dents ayant poussé de travers. Devrais-je lui dire de garder les lèvres closes devant le vieux Pluque ? Pas besoin : d'elle-même, Marie ferme rapidement la bouche. Son visage redevient sinistre.

– T'es belle comme une fleur.

– Menteuse !

– Pour l'amour, Marie...

– *Monstrum in fronte, monstrum in animo.*

Elle est en train de lire un article sur une page du journal qu'elle a trouvé dans le caniveau. Elle fréquente l'école des religieuses et s'embête le samedi matin quand il n'y a pas classe. Elle sait des choses, dit des choses, pense des choses qu'on aurait plutôt avantage à ignorer.

– Quoi, Marie ? Qu'est-ce que ça veut dire ?

– Visage laid, esprit laid.

– Foutaises de merde ! D'ailleurs, c'est insultant pour moi, vu que tout le monde dit qu'on se ressemble.

Elle continue pourtant à déblatérer au sujet de l'atavisme et des sauvages. Elle dit qu'elle a une face de singe, que c'est le signe d'une âme criminelle. Ne le vois-je donc pas dans son front bas, ses pommettes larges, sa mâchoire proéminente ?

Marie

Je suis debout devant monsieur Pluque, attendant qu'il daigne me regarder. Mes bras sont au repos, mes pieds en première position, sauf qu'il ne peut pas les voir à cause de son gros bureau. « Les épaules basses », me dis-je dans ma tête. « La nuque dégagée. Les mains et les coudes souples. Reste immobile. Ne remue pas et ne pense pas à Charlotte. » Ma sœur pose bien en évidence avec la meilleure jupe, qu'elle a vite tirée du sac de toile dès qu'Antoinette a eu le dos tourné.

La pièce est vaste, presque deux fois la taille de notre logis. Il n'y a aucun meuble à l'exception du bureau, dans le bois duquel sont sculptés des serpents et d'autres créatures au regard fuyant et aux dents menaçantes. Cela me fait la même impression que celle que j'ai eue plus tôt, en m'approchant du portail arrière de l'Opéra. J'admirais les ornements – surtout des guirlandes, des fleurs et des rouleaux de parchemin. Toutefois, les barreaux de la grille me paraissaient semblables à des épées dressées à la verticale, et derrière la grille le mur était couvert de créatures ailées, de masques au large sourire. Soudain, une tête aux orbites vides a surgi au-dessus de la porte. Je tremblais déjà lorsque Antoinette nous a expliqué que tout le monde sauf les spectateurs utilisait la porte arrière, pénétrant dans l'Opéra en passant par la cour de l'administration. Nous n'aurions donc pas à faire le tour jusqu'à l'entrée principale, où des centaines d'autres figures attendaient, le regard fixe et la bouche béante. Je l'aurais embrassée de soulagement.

À l'intérieur, j'ai balayé du regard les murs de plâtre et les planchers de bois. Certes, il n'y avait rien là qui s'approchât même un peu du délabrement de notre logis. Pourtant, quand l'Opéra a ouvert ses portes il y a trois ans, les journaux ne parlaient que de marbre, de mosaïques et de dorures, de femmes en bronze à moitié nues s'enroulant les unes aux autres et supportant les candélabres dans l'escalier.

– Ce n'est pas si grandiose que cela, ai-je fait remarquer.

– C'est l'autre côté, le côté du public, qui est superbe, a répondu Antoinette. Mais c'est pas pour des filles comme nous.

Une dame semblant avoir un bec d'oiseau à la place du nez s'est approchée en boitant, lançant d'une voix grinçante :

– Mademoiselle van Goethem, vous savez que je dois vous inscrire avant de vous laisser entrer.

– Ah, m'dame Gagnon, concierge de tout l'Opéra !

Le visage d'Antoinette s'est paré d'un sourire incertain.

– Alors, comment vont vos vieux genoux ?

– Toujours aussi sournoise, à ce que je vois.

– Vous préférez que j'vous présente comme la concierge de l'entrée secondaire ?

– Je préfère les filles qui disent la vérité.

Avec un sourire suffisant, Antoinette nous a montrées du menton, Charlotte et moi.

– Le vieux Pluque nous attend en haut.

Pendant un bref instant, je me suis demandé si c'était vrai.

– Vos noms ne sont pas inscrits dans le registre.

Madame Gagnon s'est interposée entre nous et l'escalier qui se trouvait un peu plus loin dans le couloir.

– Vous savez comme moi que le vieux Pluque se fiche pas mal du registre.

Antoinette a transféré son poids d'une jambe à l'autre.

– Grimpe vite là-haut, petite poule, et va chercher le vieux Pluque. Dis-lui que m'dame Gagnon veut qu'il descende.

Sans la moindre hésitation, Charlotte a contourné madame Gagnon et s'est élancée en direction de l'escalier. J'ai senti un pincement au cœur en constatant qu'Antoinette avait eu raison de la choisir.

– C'est l'affaire d'une minute ! a crié Charlotte.

– Allons bon, montez donc, a marmonné madame Gagnon sans desserrer les dents.

Antoinette m'a tirée par le bras. Avant de nous rendre au bureau de monsieur Pluque, nous avons fait un petit détour pour nous arrêter devant la loge du gardien de l'entrée des artistes.

Charlotte et moi avons touché le fer à cheval posé là sur une table : Antoinette nous a expliqué que chaque acteur et chaque chanteur, chaque ballerine et chaque figurante faisait ce geste avant d'entrer en scène. Elle a légèrement pressé nos deux mains en posant la sienne par-dessus.

– Y'a plus rien à craindre, maintenant, Marie.

Pendant que nous attendions à la porte du bureau de monsieur Pluque, je serrais mes mains l'une contre l'autre pour m'empêcher de mordiller les lambeaux de peau déjà presque à vif autour de l'ongle de mes deux pouces. Enfin, un homme est apparu sur le seuil et j'ai serré les poings encore plus fort, craignant que l'heure soit venue. Il s'est arrêté un moment dans le corridor, remontant sur son nez des lunettes étranges – rondes, mais avec des verres bleus. Cependant, ce n'était pas monsieur Pluque. Non. Il a soulevé son chapeau devant Antoinette.

– Mademoiselle van Goethem, l'a-t-il saluée avant de s'éloigner.

Il portait une belle redingote, mais la laine de son gilet semblait passablement défraîchie et sa barbe, un mélange de gris et de châtain, n'était pas bien taillée. Antoinette dit toujours qu'un homme riche se reconnaît à ses chaussures. Je me suis penchée pour regarder les siennes : elles étaient fraîchement cirées mais fort déformées aux orteils, comme s'il les portait depuis un siècle. Avant même qu'il ne soit plus à portée de voix, Charlotte a demandé :

– Un abonné ?

– Non. Monsieur Degas, un artiste, a répondu Antoinette. Il passe sa vie à l'Opéra. Il fait des croquis. Des danseuses, surtout. Il a déjà fait le portrait d'Eugénie Fiocre.

– Une étoile, a commenté Charlotte. Elle a épousé un marquis.

Tout Paris connaissait cette histoire, et elle contribuait pour beaucoup à ce que les femmes de chambre, les bonnes et les cardeuses de laine persistent à envoyer leurs filles à l'école de danse. Les blanchisseuses, aussi.

– Il doit faire des tableaux admirables, ai-je dit.

Antoinette a haussé les épaules.

– Des danseuses qui tirent sur leurs bas ou qui se grattent le dos.

Qui donc voudrait voir de tels tableaux sur ses murs ? Antoinette dit souvent n'importe quoi. Pour éviter que Maman la gronde, pour ne pas contrarier Charlotte, pour m'empêcher de savoir ce qu'elle juge mieux pour moi d'ignorer, ou simplement parce que mentir est une mauvaise habitude qu'elle ne se soucie pas de corriger.

•

Monsieur Pluque lève finalement les yeux, mais les baisse aussitôt. Je vois bien qu'il se retient pour ne pas rire. Qu'est-ce qui est si drôle ? Mon jupon, mes bras encore au repos, ou peut-être Charlotte qui lui fait une révérence si marquée que le bout de ses doigts effleure le sol ? Pourtant, il ne rit pas. Non, il se passe la main dans la moustache pour dissimuler sa bouche.

– Bien, mesdemoiselles Marie et Charlotte, dit-il en se levant et en indiquant le plancher devant son bureau. Venez ici.

Pendant un temps qui me semble interminable, il ne fait que nous regarder, nous jaugeant de la tête aux pieds. Il a probablement entendu parler des travaux de Cesare Lombroso ; il sait que les meurtriers, les putains et les escrocs sont nés mauvais et que leurs traits clament leur nature au monde entier. Va-t-il me prier de sortir tout de suite, d'attendre Charlotte dans le couloir ? Je rentre le menton et recule la mâchoire, mais cela ne risque-t-il pas de faire paraître mon cou plus court ? « Arrête ! » me dis-je. Il trace un cercle dans les airs avec son doigt et nous effectuons un tour sur nous-mêmes.

– Rentrez le ventre ! ordonne-t-il après une minute de silence.

Je rentre mon ventre, mais Charlotte lance :

– Monsieur Pluque, je connais tous les exercices à la barre et aussi les exercices au milieu. Je peux reproduire n'importe quelle figure que je vois exécuter par Antoinette. Vraiment n'importe quelle. Je suis capable de faire une ligne bien droite de demi-tours. Vous voulez que je vous montre ?

Son audace me sidère. Elle se met en position, un pied en avant et les bras croisés devant la poitrine. Devrais-je l'imiter ?

– Rentrez le ventre, mademoiselle Charlotte.

Non, il ne vaut mieux pas. La voix de monsieur Pluque est glaciale.

– À présent, plié ! commande-t-il. Non, non, mademoiselle Marie. Évitez de sortir les fesses ainsi !

Je sens sa main qui pousse dans mon dos pour le maintenir bien droit ; je plie les genoux et les écarte vers l'extérieur.

– Mmm... Des hanches souples.

Antoinette dit toujours qu'une danseuse doit avoir des hanches assez souples pour que le devant des cuisses roule sur le côté lorsqu'elle bondit, lorsqu'elle se tient immobile ou qu'elle lève une jambe. Je me permets un sourire, puisqu'il est derrière moi et donc incapable de remarquer mes vilaines dents.

Il nous demande ensuite de déplier les genoux, de redresser les épaules et la cage thoracique, de cambrer le dos. Monsieur Pluque s'accroupit près de moi et, du plat de la main, il pousse sur mon front.

– Encore ! tonne-t-il. Cambrez davantage !

Sa façon d'aboyer les ordres me fait grincer des dents.

– Antoinette vous a-t-elle fait répéter les cambrés ?

– Non, monsieur.

– C'est peu commun, remarque-t-il, tant de souplesse chez une fille de votre âge.

Il nous fait signe de nous redresser et nous obtempérons, Charlotte plus lentement que moi et en esquissant un joli mouvement des bras.

– À présent, voyons vos pieds, dit-il en allant se placer juste en face de Charlotte.

Il tape deux fois dans ses mains et Charlotte comprend qu'il lui demande de lever une jambe. Elle place les bras en seconde, fait un grand battement et termine son mouvement en posant sa cheville dans la paume ouverte de monsieur Pluque. Elle étire sa cheville et arque toute la plante du pied, pas seulement les orteils ; toutefois, il ne dit rien à propos de ses jolis pieds de danseuse.

Lorsque vient mon tour, j'essaie d'imiter la façon dont elle a levé la jambe, mais je rate mon mouvement et monsieur Pluque évite de justesse un coup sur le nez. Je me fige et retiens mon souffle, mais il émet un petit rire comme si ce n'était rien. Il regarde mes pieds de la même manière qu'il a regardé ceux de Charlotte. Il demande ensuite qu'on fasse venir un violoniste. En attendant, il retourne à son bureau et fourrage dans ses papiers. Je me surprends à penser que ce n'est peut-être pas vrai qu'il a dit à Antoinette qu'elle était laide et maigre.

Un vieil homme avec une moustache entre alors dans la pièce et fait une légère révérence. Il tient un violon.

– Jouez quelque chose en quatre-quatre, un peu mélancolique, réclame monsieur Pluque en faisant de nouveau le tour de son bureau.

Le vieil homme se redresse, lève son archet et le pose sur les cordes de l'instrument. Aussitôt, de la musique emplit l'air.

– Dansez, quand vous serez prêtes, dit monsieur Pluque.

Je reste immobile comme une statue, les pieds en première position, les bras au repos. Mon esprit vagabonde, mes pensées s'embrouillent au point que je ne sais plus ce que monsieur Pluque nous a demandé. J'ai la chair de poule et les nerfs à vif.

C'est alors que Charlotte, d'un air assuré, se lance dans une série de demi-tours en ligne droite. Monsieur Pluque tape des mains, très fort, un seul coup, et la musique s'arrête.

– Non, non et non ! Assez ! glapit-il. Est-ce que j'ai demandé des demi-tours ? Non. Les pas que vous croyez savoir ne m'intéressent pas.

Il se racle la gorge.

– Fermez les yeux. Exprimez ce que dit la musique.

Le violoniste recommence à jouer. Je ferme les yeux et reste immobile, me concentrant sur la musique et la sentant jusque sous ma peau. Toutefois, j'ignore ce que monsieur Pluque attend de moi. J'écoute encore, tous mes sens en éveil, et rien d'autre ne me vient à l'esprit qu'une feuille morte qui tombe d'un arbre en flottant au gré du vent. Soudain, je comprends. C'est comme un coup de tonnerre qui me terrasse, suivi la seconde d'après par une pluie diluvienne : je dois incarner cette feuille qui virevolte. Je commence lentement, penchant la tête d'un côté, puis de l'autre, craignant à tout moment d'entendre un claquement de mains ordonnant au violon de se taire. Puis j'ajoute les bras, les balançant doucement au rythme de la musique. Le violon joue de plus en plus fort et j'accentue le mouvement. Je me laisse flotter, je sens que je m'élève, que je plane avant d'être happée par un tourbillon de vent qui m'emporte encore plus haut. Je danse jusqu'à ce que la musique ralentisse, puis enfin s'arrête ; je suis une feuille tombée sur le sol. J'ouvre les yeux.

– C'est tout à fait cela ! s'exclame monsieur Pluque, mais j'ignore s'il s'adresse à moi ou à Charlotte.

Nous sommes à présent coincées toutes les deux dans l'unique chaise en face de son bureau. Il ouvre un grand livre dont les pages ont visiblement été manipulées très souvent. Il veut savoir nos noms complets, notre adresse, le nom de notre mère et son métier, même chose pour notre père. Je devrais dire que Papa est mort, mais je ne m'y résous pas... Monsieur Pluque s'en souvient finalement et dit :

– Ah oui. Enfin... peu importe.

– Ce livre, demande Charlotte, vous écrivez dedans le nom des petits rats ?

Il se laisse aller contre le dossier, les lèvres pincées, et bascule sa chaise pour la maintenir en équilibre sur deux pattes.

– Mademoiselle Charlotte, vous me faites un peu trop penser à Antoinette avec votre impatience et votre tendance à dire tout ce qui vous passe par la tête, grince-t-il.

Je comprends que c'est une manière de nous rappeler qu'Antoinette a perdu sa place dans le corps de ballet de l'Opéra. Il repose sa chaise sur ses quatre pattes.

– Mesdemoiselles Marie et Charlotte, on vous attendra demain matin. Neuf heures. Vos noms seront dans le registre de madame Gagnon, en bas. Vous suivrez l'un des petits rats de la classe de madame Théodore. Arrivez tôt. Vous ne pourrez pas trouver votre chemin toutes seules.

Je fais tellement d'efforts pour retenir un sourire que mon visage doit se tordre dans une affreuse grimace. De son côté, Charlotte s'agrippe au bras de la chaise pour ne pas bondir de joie.

– Vous pouvez partir.

Nous sortons en silence dans le corridor. Toujours en silence, nous sautons en nous serrant l'une l'autre très fort avant d'enlever nos jupons de travail. Nous descendons sans bruit l'escalier et passons devant la loge de madame Gagnon. Nous sommes maintenant à quelques pas de la sortie, mais je n'ose pas parler trop fort pour demander :

– Mais où donc est Antoinette ?

Elle ne nous attend pas sur le banc, comme nous l'avions convenu. Or je ne me souviens pas d'une seule fois où Antoinette m'a donné rendez-vous quelque part et qu'elle n'y était pas à mon arrivée. Par la porte entrouverte, Charlotte jette un œil dans la cour ensoleillée.

– Elle doit nous attendre à la grille.

Comme moi, elle ne croit pas une seconde à la possibilité qu'Antoinette ait pu nous oublier. Une fois dehors, nous galopons et sautillons en nous donnant des coups d'épaule, traversant la cour à toute vitesse, submergées de joie à l'idée d'annoncer la bonne nouvelle. Pourtant, personne ne nous attend à la grille. Antoinette n'est pas là.

Antoinette

Ce vieux salaud de Pluque ! De quelle manière il a prononcé mon nom, tantôt, lorsque je lui ai demandé de faire passer une audition à Marie et à Charlotte !

– Antoinette van Goethem, a-t-il jeté, plein de mépris.

Il parlait comme si j'avais l'habitude de lui faire les poches. Et devant Marie et Charlotte, en plus ! Heureusement, aucune des deux n'y a fait attention. Marie blêmissait à vue d'œil, elle était aussi blanche que les dents nacrées de Charlotte, et Charlotte faisait la révérence comme si une foule d'abonnés l'applaudissaient et l'acclamaient. Ces grands airs qu'elle se donne ne plairont pas au vieux Pluque.

J'ai profité de ce que les filles mettaient leur jupon de travail dans la salle de toilette – la loge des petits rats était au moins une centaine d'étages plus haut – pour lui exposer la situation : la mort de Papa et Maman se consolant dans l'absinthe, ce qui me laisse toute seule pour m'occuper de mes sœurs complètement incapables de se débrouiller par elles-mêmes. Je lui ai fait comprendre que je connais bien les abonnés, que certains n'accordent aucune espèce d'importance au fait qu'une danseuse a douze ans ou seize ans. Enfin, dans un dernier argument en faveur de Marie, j'ai dit qu'il n'était pas question que Charlotte traîne dans les couloirs de l'Opéra sans être escortée par sa sœur.

– Vous faites semblant de rien voir. Je vous connais assez pour savoir que je peux pas compter sur vous, ai-je dit.

– Tes deux sœurs, elles feraient bien mieux de s'occuper d'elles-mêmes toutes seules, a-t-il eu l'audace de me répondre.

Pourtant, j'ai résisté à la tentation de raconter la nuit blanche passée à repriser leurs bas, à laver les jupons de travail et à me faire du sang de couleuvre. Je n'ai rien dit non plus des œufs durs chipés pour elles ni de toute l'histoire avec leurs cheveux ce matin. Non. J'ai pensé à Marie et à Charlotte, et j'ai serré les lèvres pour être certaine de me taire.

•

Je reste quelques minutes dans l'ombre de la cage d'escalier, le temps que la chaleur de mes joues s'atténue. Je serais prête à parier que madame Gagnon surgira en travers de mon chemin, mais je ne lui ferai pas le plaisir de contempler mon visage tout rouge. En passant devant sa loge, je jette un œil par la porte. Elle est bien là et elle ne semble pas en croire ses yeux de constater que le vieux Pluque est vraiment là-haut en train d'auditionner Marie et Charlotte.

– Le vieux Pluque vous remercie de pas avoir retardé les filles, dis-je. Et vous inquiétez surtout pas. Je lui ai dit que vous faites bien votre boulot et que ça vous contrarie qu'il se soucie pas du registre.

– Tu n'as jamais su reconnaître les occasions de te la fermer.

Je soulève un pan de ma jupe et lui fais une légère révérence.

– Bon, dis-je. Je vais aller voir ce que m'sieur Leroy aurait à me proposer.

Monsieur Leroy embauche les figurants à l'Opéra. Il nous donne du travail pour une semaine à la fois, et comme il a coutume de regarder madame Gagnon d'un air mauvais, elle sait qu'elle n'a aucune chance de le braquer contre moi.

Il fait même un détour par le bureau du maître de chant pour éviter de passer devant sa loge, parce qu'elle le sermonne sans arrêt au sujet du registre qu'il ne se soucie pas souvent de mettre à jour.

Je prends ma place dans la file qui s'est formée devant son bureau et m'appuie contre le mur en me disant que l'Opéra est bien radin de ne même pas investir dans quelques bancs pour les figurants, alors que dans les loges des étoiles il y a des rideaux de soie ornés de glands, et des chaises longues qu'une impératrice ne dédaignerait pas. Je ne suis jamais entrée dans une de ces loges, mais je suppose que ce qu'on en dit est vrai. Tous les soirs, même quand on présente un opéra, les abonnés peuvent reluquer des ballerines, ne serait-ce que pendant les quinze minutes du divertissement donné par le corps de ballet entre les actes. Et si cela ne leur suffit pas, le Foyer de la danse se trouve à une volée de marches seulement. C'est là que les abonnés passent le temps en attendant que le rideau se lève et pendant les entractes – toujours sans leur épouse, bien sûr, parce que les femmes n'ont pas le droit d'y aller. Les danseuses les plus en vue s'y échauffent, à moitié vêtues, une cheville posée sur la barre à la hauteur des yeux de ces messieurs qui, vautrés sur des banquettes, s'envoient des coupes de champagne dans le gosier. Les loges des étoiles étant situées tout près, il faut donc qu'elles soient grandioses. Personne ne voudrait que les plus riches des abonnés, qui pourraient d'aventure y être invités, se plaignent de la pauvreté des lieux.

La file n'est pas encore très longue. Je n'aime pas parler en mal de mes collègues – même si je ne dis que la vérité –, mais à l'heure qu'il est, plusieurs traînent encore sur leur matelas défoncé, avec une migraine et la bouche pâteuse d'avoir bu les deux francs que monsieur Leroy leur a donnés après la tombée du rideau hier soir. Je suis en deuxième place dans la queue, et donc tout près de m'asseoir devant monsieur Leroy, lorsqu'un garçon d'environ dix-huit ans termine son entretien avec lui et se lève. En franchissant la porte du bureau, il me fait un clin d'œil coquin. En général, les garçons ne font pas de clins d'œil, pas à moi en tout cas. Je regarde par-dessus mon épaule, mais il n'y a là qu'un gamin au nez morveux et une vieille dame édentée. Le coquin s'éloigne déjà dans le couloir; j'ai raté ma chance de baisser les yeux et d'esquisser un tout petit sourire, juste assez visible pour qu'il puisse deviner que j'ai été charmée. Il n'avait rien de bien attrayant, pourtant, avec ses cheveux en broussaille lui descendant bas sur le front, ses yeux noirs renfoncés sous des sourcils trop épais et la mâchoire comme celle des chiens errants desquels il vaut mieux se tenir loin dans la rue. Il reste que j'aime bien qu'un garçon me fasse un clin d'œil.

J'en suis à me dire que la prochaine fois, je lui ferai un clin d'œil à mon tour, quand soudain je songe que j'ai peut-être raté ma seule chance. Je laisse tomber la file d'attente en calculant que ce garçon n'a pas pu aller bien plus loin que les grilles de l'Opéra. Mais dehors, pas la moindre trace de lui. « Idiote ! me dis-je. Maintenant, il ne te reste plus qu'à refaire de nouveau la misérable file devant le bureau de monsieur Leroy ! » Cependant, juste comme j'allais tourner les talons pour rentrer à l'Opéra, je l'aperçois, appuyé contre le mur, un pied levé vers l'arrière et avec, au bec, une cigarette roulée à la main.

De nouveau, il me fait un clin d'œil, et je lui réponds de même.

Il tire sur sa cigarette.

– Ça me plaît, une fille qui sait faire les clins d'œil, dit-il.

Les yeux rivés sur le bout usé de mes bottines, je demande :

– Figurant ?

– Juste pour m'amuser. Toi ?

– Je monte sur scène assez souvent, surtout en soirée. L'après-midi aussi, des fois, pour la mise en place. T'as eu quelque chose, aujourd'hui ?

– Le vieux Leroy m'oblige à payer une amende avant de me donner autre chose. Pour trois minutes de retard, il me réclame une demi-soirée !

Les amendes n'ont rien de nouveau, mais je ne dis rien. Je déplace mon poids d'une jambe à l'autre dans l'intention de bavarder un petit moment.

– Les danseuses et les chanteuses qui sont toujours sur scène, elles paient pas d'amendes, elles !

– Là, t'as tort, dis-je.

Presque chaque fois que je déclare avoir été danseuse, les garçons se rapprochent...

– J'ai été danseuse moi-même.

Il m'examine de la tête aux pieds, puis des pieds à la tête.

– Coryphée ?

Je hoche la tête en levant un peu le menton. C'est la posture que j'adopte lorsque je mens, en particulier avec Maman : mon air fier suffit bien souvent à lui couper le sifflet. En fait, je n'ai jamais subi l'examen qui aurait pu me faire passer du second au premier quadrille, et les autres après, je n'y ai même jamais pensé. Mais ce coquin ne connaît rien à tout cela. Pas besoin de lui expliquer la hiérarchie du corps de ballet, depuis le second quadrille – le bas de l'échelle – jusqu'aux danseuses étoiles, en passant par le premier quadrille, les coryphées, les sujets et les premières danseuses.

Il tire de nouveau sur sa cigarette et bascule la tête en arrière. Il lève le menton comme moi, et même un peu plus.

– Prouve-le.

Je croise les bras devant ma poitrine, j'exécute un plié en quatrième position puis, me hissant sur la pointe de mon pied gauche, j'approche de mon genou les orteils du pied droit et je me mets à tourner rapidement, fouettant l'air de cette jambe levée pour la replier aussitôt, encore et encore – huit fouettés parfaits malgré ma jupe plutôt encombrante. Je m'arrête de façon élégante. Soudain, je me sens ridicule de m'être ainsi donnée en spectacle en exécutant le seul mouvement qui m'a jamais valu l'approbation du vieux Pluque. Je fais une légère révérence digne d'une modeste figurante.

Il siffle d'un air approbateur.

– T'as le temps d'aller boire un verre ?

Marie et Charlotte vont m'attendre au banc dans le hall lorsqu'elles auront fini, et je dois absolument voir monsieur Leroy, et aussi emprunter le balai de madame Legat pour balayer les mèches de cheveux de Marie tombées sur le plancher ce matin. À leur sortie de l'Opéra, Charlotte sautillera de joie et voudra que je l'embrasse, tandis que Marie sera certainement affolée peu importe l'issue de son entrevue avec le vieux Pluque.

– Je peux pas. J'attends mes sœurs.

Il ouvre la bouche et souffle un nuage de fumée. Je montre du pouce l'entrée arrière de l'Opéra.

– Elles essaient d'avoir une place à l'école de danse.

– Pas toi ?

– C'est derrière moi, tout ça.

Il hausse ses sourcils touffus.

Je redresse les épaules, le dos droit, avant d'ajouter :

– J'suis pas assez jolie.

– Tu as de beaux yeux, dit-il. Des océans de chocolat.

Le coquin se penche vers moi ; son visage est tellement près du mien que je peux sentir son haleine de tabac.

– J'aime bien la façon dont tu te tiens bien droite, aussi.

– Ils aiment pas les dos voûtés, ici, au ballet.

Je pointe du menton les combles de l'Opéra, où sont aménagées les salles de classe.

– Viens donc prendre un verre. Viens t'amuser un peu.

– Peut-être un doigt de cassis, alors. Mais pas trop loin.

– Je m'appelle Émile.

Il écrase son mégot sur le mur de l'Opéra, ce qui laisse une vilaine trace noire.

– Émile Abadie.

– Antoinette van Goethem.

Il saisit ma main et l'embrasse juste au-dessus du poignet.

– Je connais un endroit. Viens.

Nous marchons côte à côte. Sur le chemin, nous croisons deux cafés devant lesquels se tiennent des maîtres d'hôtel aux tabliers amidonnés. À un coin de rue, au lieu de dire « Tournons ici », il pose ses doigts dans mon dos pour me faire quitter le boulevard. Il maintient ensuite le contact, laissant ses doigts errer dans une caresse légère, puis, comme je ne fais rien pour le décourager, la pression de ses doigts brûlants se fait plus insistante.

La taverne dans laquelle nous entrons sent le moisi et n'est que faiblement éclairée. Les murs sont recouverts d'un carrelage jauni. J'aime tout de suite cet endroit, car il me rappelle un autre café, place Pigalle, où Papa m'emmenait parfois manger un repas à cinq sous. Nous nous glissons le long d'une banquette de bois appuyée contre le mur, pour nous asseoir l'un à côté de l'autre derrière une longue table qui aurait bien besoin d'un coup de torchon.

Émile commande du cassis et de l'eau pour moi, et du vin rouge pour lui. Nos verres arrivent rapidement et je vide le mien d'un trait ; un peu de courage ne me fera pas de tort.

– Cigarette ? propose-t-il en poussant vers moi une cigarette qu'il a roulée lui-même.

– J'fume pas.

Il allume la sienne et esquisse un petit sourire satisfait en voyant mon verre presque vide.

– La prochaine fois, je vais te commander quelque chose d'un peu plus fort.

– Un verre de rouge, alors, m'sieur l'autoritaire.

Je lui demande où il vit. Il m'explique qu'il habitait jusque-là chez sa mère, dans une maison des faubourgs, dans l'est, où il a passé toute son enfance. Il vient juste d'arriver dans le quartier, et pour l'instant il reste tour à tour chez un ami puis chez un autre.

– Tu sais bien... Je m'installe où je trouve de la place.

Je me retiens de froncer les sourcils. Il ne possède même pas de matelas, mais il boit du vin rouge ?

Avant qu'il me pose à son tour des questions sur ma famille, j'ai bu mon troisième verre. Je me sens de plus en plus attirée par ce garçon qui semble avoir l'habitude de s'amuser. Quand je lui parle, il hoche la tête sans me quitter des yeux, même lorsque deux filles entrent dans la taverne en gloussant bêtement. Il me donne l'impression qu'il n'y a aucun autre endroit au monde où il voudrait être plutôt que sur ce banc avec moi.

Je lui parle de Marie qui a toujours le nez fourré dans les journaux, de Charlotte qui a de jolis pieds de danseuse et de Maman qui devient chaque jour plus triste. Je lui parle aussi de Papa, qui était un bon tailleur, et lui raconte comment il a cousu des salopettes pour les ouvriers de la fabrique de porcelaine jusqu'à ce que la toux l'empêche même de se lever, comment il a rendu son dernier souffle entouré de ses trois filles et comment, tout de suite, Maman nous a implorées en sanglotant de le mettre sur le plancher pour ne pas gaspiller le matelas. Émile me parle alors de son père à lui, disparu avant sa naissance. Je devrais penser à cela quand je m'attriste de la mort de Papa, me dit-il. C'est vrai que j'ai de bons souvenirs de lui : il me faisait sauter sur ses genoux, feignait de trouver un bouton derrière mon oreille et, lorsque la musique d'un violon nous parvenait à travers les lattes du plancher, il chantait fort et juste en nous faisant tournoyer l'une après l'autre, Charlotte, Marie, Maman et moi. Émile n'a rien eu de tout cela. À la place, il a vu défiler des bons à rien qui arrivaient et repartaient à leur guise. L'un d'eux a vendu son lance-pierres au mont-de-piété ; un autre lui a cassé la clavicule. Il défait les deux premiers boutons de sa chemise et en ouvre largement le col pour me faire voir la bosse qu'il a gardée en séquelle. Je l'effleure du bout des doigts tout en remarquant les poils noirs qui montent très haut sur son torse musclé. Il reboutonne sa chemise et hausse les épaules comme si tout cela n'avait guère d'importance, avant de commander une nouvelle tournée.

Nous buvons encore. Je suis ivre, maintenant, cela ne fait aucun doute, car lorsqu'il m'apprend que sa mère a jeté dans la rue toutes ses affaires pour se mettre en ménage avec la brute, je pose sans réfléchir ma main sur son avant-bras.

– Un autre verre ?

J'ai bien envie d'accepter, mais il a déjà dépensé pas mal et je n'ai pas un sou sur moi. J'élude la question et avale une minuscule gorgée de vin rouge. Je parle en sirotant mon vin le plus lentement possible. J'ai peur d'apercevoir le fond du verre et d'être obligée de quitter cette taverne minable, de rompre le contact de nos avant-bras sur la table et de ne plus sentir ses poils chatouiller ma peau.

Je lui parle de monsieur LeBlanc qui s'est dressé sur notre seuil, son gilet tendu sur son ventre immense, pour nous réclamer trois mois de loyer. Peut-être Émile comprend-il alors que je suis sans le sou, ou peut-être craint-il lui aussi d'arriver au fond de son verre. Il insiste :

– Allez, Antoinette, laisse-moi t'offrir encore un verre ! On est si bien ensemble, tous les deux !

Il commande de nouveau à boire, cette fois avec des moules persillade et un plat de radis. Je me rends compte que l'heure du rendez-vous avec Marie et Charlotte est largement dépassée depuis longtemps. Il met les moules dans ma bouche avec ses doigts ; il croque les radis en deux et glisse la seconde moitié sur ma langue. Nous restons jusque tard en après-midi, riant et léchant le vin rouge qui coule sur nos lèvres, sa main caressant ma cuisse et remontant de plus en plus haut sans m'indisposer le moins du monde.

Seule une femme affalée sur une chaise de l'autre côté de la taverne reste aussi longtemps que nous. Elle garde la tête baissée, son regard vaguement posé juste à côté du verre de cassis qu'elle n'a même pas la volonté de prendre. Ça me fend le cœur, la solitude qui se lit sur son visage, et la manière dont le type qui est assis près d'elle lit son journal et somnole sans même faire mine de remarquer sa présence une seule seconde. Mais je suppose que c'est précisément cela qui l'a attirée ici. Elle a dû passer la soirée d'hier à l'Élysée Montmartre, à regarder les femmes vêtues de bas noirs et de jupons à volants lever bien haut leurs belles jambes, mais surtout à boire, à draguer, à se mêler aux autres spectateurs dans l'espoir de ne plus se sentir si seule. À la sortie du bal, elle est allée au Rat-Mort pour rire et s'étourdir encore un peu, et peut-être avaler un bol de soupe avant d'aller enfin se coucher dans une chambre minuscule comme on en trouve dans les rues Bréda ou de Douai. À onze heures et demie du matin, elle s'est levée et elle a enfilé le jupon sale qu'elle portait hier soir. Elle a mis par-dessus cette cape informe sans se préoccuper des plis, puis l'a attachée à moitié avant de prendre le chemin de la taverne en se disant qu'un verre de cassis l'aiderait à affronter l'épreuve de la journée. À présent, assise à cette table, elle se rend compte qu'elle n'a pas la moindre envie de recommencer tout ce cirque.

Je chuchote cette histoire à l'oreille d'Émile. La sensation de ses cheveux en broussaille qui me chatouillent le nez me donne un frisson et je titille son lobe de ma lèvre inférieure. Il ferme les yeux et rejette la tête en arrière, s'appuyant contre les carreaux jaunis.

– Partons, Antoinette, sortons d'ici.

Il me dirige vers la sortie en me tenant par le bras. Après quelques pas je trébuche et heurte la table de la femme esseulée. Elle lève les yeux de son verre renversé et je vois ses joues affaissées s'arrondir d'espoir. Toutefois, nous n'entamons pas la conversation. Émile plonge simplement la main dans sa poche et lance deux francs dans la flaque de cassis sur la table, assez pour ne pas avoir une dette envers elle et se sentir obligé de lui consacrer quelques instants.

Nous nous retrouvons dans l'ombre derrière la taverne. Je suis dos au mur et Émile a posé une main derrière ma nuque, tendrement. Mais soudain il se presse contre moi et ce n'est plus aussi doux. Je sens contre ma hanche l'effet que je lui fais, cette bosse dure, et j'entrouvre la bouche pour accueillir sa langue qui cherche la mienne. J'ai la tête qui tourne pendant qu'il se bat avec le cordon de ma blouse et qu'il tire sur l'encolure. Voilà la conséquence d'une lèvre – la mienne ! – sur le lobe d'oreille d'un garçon.

Ma première fois, c'était avec un figurant de l'Opéra. Il m'avait demandé de le suivre et j'avais obéi, courant derrière lui dans le labyrinthe des corridors au sous-sol de l'Opéra. Et pourquoi aurais-je refusé ? Il était beau garçon si on faisait abstraction de sa peau grêlée, et en général les garçons ne s'intéressaient pas à moi. Il m'a embrassée puis m'a poussée sur le sol et a commencé à faire ce pour quoi il m'avait entraînée là. Mais ensuite, de retour en haut, ce crétin n'avait même pas la décence de m'appeler par mon nom. Il détournait même le regard pour ne pas croiser le mien. J'ai fini par me dire qu'il avait dû être déçu en me voyant de plus près, ou que c'était ma faute s'il m'ignorait ainsi, parce que je m'étais tenue tellement raide sous lui alors qu'il faisait sa besogne.

Émile est devenu fou, il me suce, il me malmène, il se presse contre moi, et rien de tout cela ne me plaît. Ce n'est pas comme les mains aux gestes lents du garçon de l'Opéra. L'idée me traverse l'esprit de lui dire d'arrêter, mais un doute, un tout petit doute me serre le cœur : même si je le lui demandais, m'écouterait-il ? Il relève ma jupe et baisse mes pantalons. Est-ce le prix à payer pour le vin, les moules persillade et le poil soyeux de ses bras chatouillant ma peau ?

Ses doigts cherchent à tâtons la chair tendre, ils s'enfoncent en moi en donnant des coups secs. Je crie :

– Tu me fais mal !

Comme cela ne semble pas l'arrêter, je pose les mains sur ses épaules et un pied sur sa cuisse pour le repousser de toutes mes forces. Il recule, abasourdi ; ses yeux noirs me dévisagent puis glissent sur mon corps à moitié nu. Les mains tremblantes, je remonte ma blouse sur mes épaules. Je me souviens alors de ma laideur et je lui tourne le dos.

– Antoinette ! Tu me rends fou, c'est tout !

– J'veux rentrer.

– Je t'accompagne.

– J'veux rentrer toute seule.

Je remonte mes pantalons et, tout en retenant ma blouse, je me mets à courir.

Il me rattrape tout près de l'endroit où la ruelle rejoint la rue.

– Antoinette, répète-t-il.

Il me saisit le bras, mais je fais un mouvement brusque pour me libérer et il me lâche aussitôt. Je comprends qu'il ne me retiendra pas contre mon gré. Je m'arrête.

– Tiens. Tu donneras ça à ton propriétaire, dit-il en me tendant une poignée de pièces, dont plusieurs en argent et deux ou trois en or.

– Me prends-tu pour une paillasse à soldats?

J'ai l'impression de pleurnicher, comme Charlotte, à la moindre contrariété.

– C'est tout ce qui me reste.

– J'en veux pas.

De nouveau, il me tend les pièces, avec plus d'insistance. Je pense à mon estomac bien rempli, puis à Marie et Charlotte, toutes seules à la maison, le ventre vide – vide comme toutes mes soirées de la semaine maintenant qu'il est trop tard pour aller demander du travail à monsieur Leroy. Pourtant, je tourne le dos à Émile dans un pitoyable effort pour me montrer fière. Il n'en a cure. Il jette les pièces à mes pieds.

– Pour LeBlanc, lance-t-il. Tu n'es pas une fille de rue. Je veux pas que tu fasses la rue.

Il tourne les talons. Me voilà seule dans la ruelle, tirant d'une main sur l'encolure de ma blouse et ramassant de l'autre les pièces répandues sur le pavé.

Il y a là presque quatre-vingts francs, assez pour ne pas entendre de sitôt monsieur LeBlanc frapper à notre porte, assez pour acheter des rillons de porc et nous remplir le ventre, assez pour que Marie et Charlotte avalent facilement l'histoire que j'inventerai pour expliquer mon absence à la sortie de l'Opéra.

Marie

Quel tableau désolant ! Maman est affalée sur une chaise, la tête basculée en arrière. Elle respire fort et un peu d'écume a séché aux commissures de ses lèvres. Je m'approche pour sentir son haleine. Absinthe. Toujours l'absinthe. L'odeur piquante de l'anis. Pourquoi pas, d'ailleurs ? Pourquoi une veuve avec trois filles à sa charge ne pourrait-elle pas oublier ses problèmes dans l'alcool ? Je pose la question à Antoinette, qui affiche un air méprisant en découvrant que Maman est toujours là alors que le lavoir est ouvert depuis une heure déjà. Elle la secoue brutalement par les épaules.

– Laisse-la. Mais laisse-la donc tranquille.

– Ils la garderont pas, au lavoir. Elle manque des journées d'ouvrage, elle est ivre la moitié du temps, je parie même qu'elle arrache des boutons et brûle tout c'qui lui passe entre les mains.

– Elle va y aller plus tard.

– J'vais chercher de l'eau, dit-elle en attrapant le seau en zinc avant de me servir un regard noir. Donne-lui rien de ce qui t'reste. Elle prend même pas la peine de demander, pis elle a fini une bouteille, hier soir.

J'ai déjà donné à Antoinette le salaire que j'ai reçu hier à l'Opéra. Elle m'a dit de garder dix francs pour m'offrir un nouveau jupon de travail, ou bien un ruban de ceinture, ou bien une paire de bas sans trou. Elle a pris la responsabilité de payer elle-même le loyer à monsieur LeBlanc, et elle négocie chaque sou en se tenant bien droite, les pieds écartés.

Elle prend son châle sur le crochet. Elle sort et j'entends ses pas rapides dans l'escalier.

Elle pourrait parler correctement si elle s'en donnait la peine. Parfois, elle se moque de moi en imitant ma façon de parler et alors elle n'oublie pas une seule négation et elle n'escamote pas les voyelles. Une fois, alors qu'on se promenait sur le boulevard Haussmann, un jeune homme avec une cravate de soie a salué Antoinette et lui a offert un bouquet de fleurs, de jolies fleurs rose pâle en forme de clochettes qui se balançaient sous la brise. Elle a discuté un bon moment avec lui dans un français impeccable, avant de se rendre compte qu'un groupe de garçons l'observaient en ricanant de l'autre côté du boulevard. Elle a aussitôt levé le menton et lui a jeté les fleurs à la figure, puis s'est enfuie en courant sur le pavé. Lorsque j'ai réussi à la rattraper, j'ai eu l'impression qu'elle luttait contre les larmes.

– J'voulais tellement ces fleurs-là, a-t-elle gémi. J'aurais dû garder ces putains de fleurs.

•

Un gargouillement monte dans la gorge de Maman et sa tête bascule brusquement en avant. Elle se réveille. Elle cligne des yeux, le menton collé sur la poitrine pour se protéger de la clarté. Son regard erre dans la chambre, puis s'arrête sur moi. Je suis en train de glisser un morceau de fromage dans mon sac de toile pour mon déjeuner.

– Marie, souffle-t-elle, son regard vague et vitreux s'animant soudain.

Elle vient de se souvenir que hier était le dernier vendredi du mois. Je serre les doigts sur les dix francs au fond de ma poche. Je suis faible, et elle le sait.

– Que dirais-tu d'un pâté à la viande pour souper ? Ou peut-être du poulet rôti ? fait-elle en se levant, chancelante.

– Tu es en retard pour le lavoir.

– J'ai un peu mal au ventre, ce matin.

– Peut-être des patates frites, dis-je en pensant à la demi-douzaine de pommes de terre sur la tablette du garde-manger.

Elle tangue et s'agrippe impudemment à la table, comme s'il n'y avait aucune honte à avoir besoin d'un appui pour se tenir debout.

– Tu as toujours aimé le poulet rôti.

Bien sûr, je préférerais du poulet rôti nappé d'un peu de sauce, mais je vois bien où elle veut en venir. « Tu sais combien la viande coûte cher, Marie, plaidera-t-elle. Je ne peux pas me le permettre. » Ce pourrait même être encore pire. La dernière fois qu'elle a été trop longtemps privée d'alcool, elle est devenue sentimentale et s'est mise à prétendre qu'elle aimait Papa à la folie et qu'il lui a brisé le cœur.

– Ces traînées ! disait-elle. Il préférait ces traînées de la place Pigalle alors qu'il pouvait avoir la même chose à la maison sans dépenser un sou !

Je sors mes dix francs de ma poche et en compte assez pour qu'elle n'ait pas à choisir entre un poulet rôti et une bouteille d'absinthe. Antoinette me reprochera sûrement d'avoir encore cédé aux manigances de Maman. Cette dernière me regarde toutefois avec étonnement et referme mes doigts sur les pièces que je lui tends.

– Tu donnes déjà presque tout ton salaire.

– J'ai quelques sous de côté.

– Oh... tu as le cœur d'un ange, Marie.

Elle me prend par les épaules et m'attire contre elle. Ses bras sont plus forts et plus doux qu'Antoinette ne veut bien le croire.

– C'est ta pauvre petite sœur morte qui vit en toi, ma chérie préférée.

Ce que je sais des anges, je l'ai appris dans le catéchisme de sœur Évangéline : ils sont en nombre infini, ils sont bons, heureux, ils peuvent nous faire des dons prodigieux, ils nous aiment et il nous protègent corps et âme. Mais certains commettent aussi des péchés. Ils sont alors jetés au plus creux de l'enfer. Or ces anges déchus reviennent ensuite nous tendre des pièges ; ils restent à l'affût d'un moment de haine, d'envie ou de désespoir pour nous précipiter dans les tourments des flammes éternelles.

Parfois, je me demande si ce que dit Maman est vrai, si réellement Marie Première vit encore dans mon cœur. Dans le bureau de monsieur Pluque, je me suis mise à trembler lorsqu'il m'a ordonné de danser. Puis soudain, il m'est apparu comme une évidence que je devais incarner une feuille morte voltigeant dans la brise. Est-ce Marie Première qui m'a soufflé cette idée à laquelle je n'avais jamais pensé auparavant ? Était-ce l'un de ses dons prodigieux ? D'autres fois, cependant, j'ai plutôt l'impression que Marie Première cherche à m'attirer en enfer. Si vraiment c'est un ange bienveillant et qu'elle vit dans mon cœur, alors elle a vu Papa tousser jusqu'à ne plus être capable d'aller travailler à la fabrique de porcelaine, Maman devenir de plus en plus épuisée par la faim et Papa expirer son dernier souffle. Pourquoi ne nous a-t-elle pas fait un de ses dons prodigieux ? Et où est-elle quand monsieur LeBlanc tape du poing à la porte ? Je ne suis pas certaine de vouloir que ma minuscule sœur morte vive ainsi dans mon cœur.

– Ce soir, il y aura du poulet rôti dans ton ventre, dit Maman en desserrant son étreinte et en reculant de quelques pas. Et il y a un ange dans ton cœur, pour toujours.

•

La salle de classe est très grande, carrée, avec une barre fixée au mur. Le sol est incliné; ils disent que c'est pour nous préparer à la scène et cette seule idée me fait serrer les poings à me faire mal. Dans un coin, il y a un réchaud en terre et des chaises – une pour la maîtresse de danse et une pour le violoniste qui nous accompagne. Il y a aussi des bancs le long d'un des murs pour les mères vigilantes qui ne veulent pas laisser leur fille chérie se promener toute seule dans les couloirs de l'Opéra et qui restent là pendant la classe, à tricoter, à lire ou à somnoler. Maman ne vient jamais, mais il arrive qu'Antoinette grimpe la centaine de marches qui mènent aux salles de classe pour passer rapidement la tête par la porte entrebâillée et nous saluer avant de se précipiter au bureau de monsieur Leroy.

Il y a un mois, on m'a promue dans la classe de madame Dominique, où je fréquente à présent des filles de mon âge. C'est tout à fait par hasard qu'elle est venue dans la classe de madame Théodore pour dire un mot au violoniste. Elle est restée pour regarder. En sa présence, même les filles les plus malicieuses se retenaient de mettre leurs orteils dans le dos du petit rat devant elles à la barre. Quand est venu le temps de nous échauffer – se pencher en avant, cambrer le dos en arrière, descendre la poitrine bien à plat sur le sol avec les deux jambes en grand écart de chaque côté – madame Dominique ne m'a pas quittée des yeux. Elle s'est approchée et m'a fait faire les mêmes exercices que monsieur Pluque au printemps. L'espoir a monté en moi, mais aussi la peur, parce que l'espoir, en général, est quelque chose qu'on nous arrache très vite. Une semaine plus tard, alors que madame Théodore était sur le point de commencer son cours, madame Dominique est entrée et m'a demandé de me présenter dans sa classe le lendemain matin ; dorénavant, ce serait elle qui m'enseignerait les pas et qui me corrigerait. J'aurais pu sauter de joie en pensant à tout ce que je laissais derrière moi : les cris perçants et les tortillements pendant les glissades et les entrechats, les cheveux tirés et les bagarres pendant les grands jetés et les pirouettes, les querelles autour de l'arrosoir pour savoir à qui c'était le tour de mouiller le plancher. Mais il y avait mieux encore. Charlotte ne serait plus à côté de moi à la barre, à me souffler des corrections à l'oreille, à me dépasser dans la ligne et à se plaindre qu'une telle l'accuse de se donner de grands airs. Enfin, pour couronner le tout, pendant ma première semaine dans la classe des filles de mon âge, madame Dominique nous a emmenées du côté du public pour assister à une répétition en costume du divertissement ballet qui intervient à l'acte IV de *Polyeucte*, le nouvel opéra de monsieur Gounod.

J'ai été ahurie en découvrant la scène. Il y avait là un temple avec ses colonnes ; un baldaquin écarlate orné de glands ; des statues de marbre, de bronze et d'or ; un char doré tiré par quatre étalons ; des magistrats, des nobles et des soldats romains, soit neuf cents costumes en tout ! J'ai été encore plus émerveillée en voyant danser Rosita Mauri, venue de Barcelone en passant par la Scala de Milan spécialement pour incarner Vénus dans le divertissement. Madame Dominique nous a expliqué qu'elle est moins raffinée et moins classique que les danseuses étoiles françaises, mais qu'elle les surpasse toutes par sa force, sa rapidité et son jeu de jambes. Les jambes de Rosita Mauri s'entrechoquaient et ses pieds vibraient en plein vol ; je n'avais jamais vu une batterie si bien exécutée. Je n'avais jamais vu non plus de telles pirouettes, vives et précises, toujours sur les pointes. Les danseuses du corps de ballet en restaient bouche bée. Leurs yeux brillaient d'amertume. Moi, je voulais danser comme Rosita Mauri, avec la force et la violence d'un homme, la légèreté et la grâce d'une femme. Après son numéro, elle a fait une profonde révérence ; lorsqu'elle s'est relevée, elle rayonnait de joie. Je reconnaissais ce plaisir intense que je lisais sur son visage, car je l'avais déjà éprouvé une ou deux fois pendant les cours : le plaisir d'avoir été remplie par la musique de la tête aux pieds, le plaisir d'être devenue musique.

•

Je commence à cerner les règles tacites qui régissent ma nouvelle classe. J'ai compris tout de suite qu'une certaine Blanche se voit toujours assigner la première place à la barre, puis une place dans la première rangée quand nous faisons des exercices au milieu pendant la deuxième partie du cours. C'est toujours elle que madame Dominique choisit pour montrer la position correcte du genou dans une attitude ou celle des chevilles dans une cabriole. Les autres filles chuchotent souvent entre elles lorsque nous attendons notre tour pour faire une série de grands jetés, mais Blanche reste dans son coin, une jambe levée sur la barre pour s'étirer ; ou bien, lorsque nous nous exerçons à faire des enchaînements de piqués et de pirouettes, elle répète les coupés de son côté. À la fin de la classe, Blanche ramasse rapidement ses affaires et se sauve comme un lapin dans l'escalier. Cela vaut mieux, sans doute, que de rester seule parmi ces filles qui rient et se tiennent par la main, dans le maigre espoir qu'un jour, l'une d'elles dira : « Tu marches avec nous, aujourd'hui ? »

Au début, les élèves ont été plus gentilles avec moi. Elles m'entouraient pour me demander où j'habitais et si je croyais que Marie Sanlaville était furieuse que Rosita Mauri ait été choisie pour danser Vénus dans *Polyeucte*. J'ai répondu qu'elle s'en moquait probablement, surtout à présent que les journaux jugeaient l'œuvre de Gounod d'une insupportable monotonie. Je n'étais pas peu fière de ma réplique; chacune des filles rassemblées autour de moi avait compris que je savais lire. Toutefois, après une semaine, madame Dominique m'a indiqué la deuxième place à la barre. Au début, j'ai cru que c'était pour me placer derrière Blanche, parce que je bâclais les exercices, ce qu'elle ne faisait jamais. Mais les autres filles sont devenues amères. Bientôt, Blanche n'était plus la seule à s'isoler dans son coin pour s'échauffer et répéter les coupés.

Comme je suis désormais en avant, madame Dominique ne cesse de relever mon coude qui s'affaisse, de taper mes épaules qui se soulèvent, d'attraper ma jambe très haut dans un grand battement pour cambrer davantage mon pied. Je n'ai pas mis longtemps à comprendre que les jours où elle se concentre ainsi sur moi sont aussi les jours où je descends l'escalier toute seule après la classe. Comme les autres élèves, j'ai commencé à tenir le compte de ses petites attentions. C'était peut-être une erreur puisque maintenant, je ne peux plus m'en empêcher.

Aujourd'hui, comme toujours lorsque nous sommes à la barre, je surveille attentivement les mouvements de Blanche. Je remarque la petite fioriture qu'elle fait avec sa main lorsqu'elle écarte les bras, et sa nuque toujours bien dégagée, même lorsqu'elle cambre le dos. Je l'imite de mon mieux, puis j'essaye de me rappeler tout cela lorsque madame Dominique nous demande de refaire le même exercice avec la jambe gauche, car alors, Blanche n'est plus dans mon champ de vision. Je place les bras en seconde position pour exécuter les battements frappés, et je répète les mouvements déjà effectués avec la jambe droite en me creusant la mémoire pour me rappeler le claquement du pied de Blanche frappant le sol. Je sursaute presque en l'entendant murmurer derrière moi :

– Plus bas, les bras, Marie.

Je m'empresse de baisser les bras avant que madame Dominique ne remarque mon erreur. Pourquoi Blanche prend-elle ainsi la peine de m'aider ? Un peu plus tard, lorsque je commets l'erreur de détacher mes orteils du plancher pendant les ronds de jambe, elle me chuchote :

– Laisse ton pied par terre. Les ronds de jambe se font le pied à terre.

Cette fois, j'ose la remercier tout bas. Comme toujours, elle garde la tête tournée en avant, le menton bien haut, la nuque dégagée, les bras souples, exécutant des mouvements rapides et précis. Cependant, lorsque nous nous retournons vers l'avant, je vois qu'elle sourit.

•

Lorsque je suis rentrée hier soir, Antoinette m'a fait un rapide baiser sur la joue en m'annonçant qu'elle allait acheter des côtelettes chez le charcutier et des caramels à la confiserie. Elle avait les joues un peu rouges, mais peut-être seulement parce qu'elle avait chaud ainsi vêtue de son châle. Malgré tout, c'était comme si le soleil brillait dans notre chambre. Charlotte a cessé de se tenir au buffet, où elle était occupée à balancer sa jambe dans une série de battements en balançoire, pour s'intéresser aux propos d'Antoinette :

– Vraiment ?

– Oui, nous célébrons ! a répondu Antoinette.

– Quoi donc ?

– J'ai trouvé un emploi stable.

Ses yeux brillaient.

– Je vais jouer dans une pièce au théâtre de l'Ambigu.

La pièce avait pour titre *L'Assommoir,* et Antoinette devait incarner une blanchisseuse dans un tableau se déroulant au lavoir, où figureraient des dizaines d'autres blanchisseuses. Ce travail me semblait fort semblable à ce qu'elle faisait déjà à l'Opéra, à la différence qu'elle serait figurante sur la scène d'un théâtre beaucoup plus modeste et dans une pièce que tout le monde ayant lu les journaux savait tirée d'un roman de bas étage. Mais ce qui était plus surprenant encore, c'est qu'elle jouerait une blanchisseuse, soit précisément le métier qu'elle refusait d'exercer dans la vraie vie. Malgré cela, elle est restée de bonne humeur toute la soirée. Perdue dans ses pensées, elle chantonnait, riait pour des riens. Elle a même embrassé Maman sur la joue à son retour du lavoir.

Je réfléchis à tout cela tout en faisant un relevé à la barre, un mouvement assez facile à exécuter qui demande de soulever les talons du sol. Soudain, madame Dominique donne un grand coup de canne sur la barre, juste à côté de ma main.

– Seconde position, Marie, soupire-t-elle.

Aussitôt, je suis certaine que ce petit endroit entre mes omoplates, là où j'éprouve souvent une vive douleur, est devenu rouge.

Pendant le reste des exercices à la barre, je m'efforce d'oublier Antoinette et son allégresse d'hier soir. Deux fois, je vois passer dans les yeux de madame Dominique ce mélange de surprise et de plaisir qu'elle exprime parfois ; et même, une autre fois, alors que je me maintiens en équilibre dans une arabesque en touchant à peine la barre du bout des doigts, je la vois faire un hochement de tête à peine perceptible.

Monsieur Degas est assis dans son coin habituel, tour à tour griffonnant dans son carnet de croquis et s'adossant dans sa chaise, nous fixant comme s'il ne savait pas que c'est impoli de dévisager ainsi les gens. Son regard est à la fois perçant et perplexe ; il exprime la solitude, aussi, et les cernes sous ses yeux révèlent une grande fatigue. De sa bouche je ne peux rien dire, puisqu'elle est cachée dans le fouillis de sa barbe. Cependant, si je me fie à sa façon de nous reluquer, je ne serais pas du tout surprise d'entendre des mots fort désagréables sortir d'entre ses lèvres. Il me donne la chair de poule ; j'ai l'impression qu'il peut voir sous ma peau. Et il n'a même pas la décence de détourner son regard lorsqu'il croise le mien. Aujourd'hui je l'ai senti intensément, ce regard, comme s'il pouvait voir à travers moi et me brûler la peau.

Lorsque madame Dominique nous appelle au milieu, je me place dans la deuxième rangée, juste derrière Blanche. Monsieur Degas déplace sa chaise vers un endroit de la salle d'où il peut encore me voir. C'est tellement évident. Tellement effronté, aussi ! Il agit comme si le fait d'examiner ainsi un petit rat maigre, les bras dénudés, était la chose la plus naturelle du monde. L'autre jour, j'ai osé en parler à Lucille, une élève paresseuse au nez retroussé qui ne s'intéresse pas assez à la danse pour être méchante.

– Il est inoffensif, m'a-t-elle assuré. Fais-lui un sourire. Il a toujours des bonbons au fond de ses grandes poches.

Une autre fille, Joséphine – que les autres n'aiment pas trop, sans doute à cause de ses rubans de ceinture d'une couleur différente pour chaque jour de la semaine, de ses chaussons qui n'ont pas été reprisés des centaines de fois comme les nôtres, et de sa mère qui la surveille tout le temps, replaçant sans cesse les cheveux de son petit trésor et se redressant sur son banc lorsque c'est son tour de traverser le plancher de danse dans un enchaînement de piqués et de pirouettes –, m'a pourtant raconté :

– Ma mère a vu un gendarme entrer chez lui, rue Fontaine. Elle l'a interrogé et il a dit qu'il avait reçu des plaintes. Il y avait trop d'allées et venues, trop de petites filles qui venaient visiter monsieur Degas. À présent, Maman m'interdit de lui adresser la parole.

Les bras de Joséphine sont ronds et souples ; elle n'a pas les coudes osseux et ses clavicules ne font pas de saillies disgracieuses sur ses épaules. Je me suis dit qu'un bonbon n'aurait aucun intérêt pour elle. J'ai aussi pensé à Antoinette, qui m'a reproché de devenir trop maigre, ce à quoi j'ai répondu qu'il n'y a rien dans le garde-manger à l'exception des pelures d'un vieil oignon et de deux tablettes vides.

•

Lorsque madame Dominique en a fini avec nous pour la journée, je ne tiens presque plus sur mes jambes. Elle nous a gardées plus tard aujourd'hui parce que la moitié des élèves de la classe, selon elle, n'atterrissaient pas assez légèrement après les sauts.

– Vous ressemblez davantage à des ogres qu'à des sylphides !

Son regard sévère s'est attardé sur Lucille et Nelly lorsqu'elle a annoncé que nous ferions une heure supplémentaire, et ce, après avoir corrigé Lucille trois fois, Nelly quatre fois, et une fois chacune Linette, Joséphine et Alice. Blanche, pour sa part, n'y était pour rien ; madame Dominique l'avait complimentée pour son saut de chat et nous avait toutes réunies pour nous faire admirer la précision de son jeu de jambes, ses orteils touchant le genou exactement au milieu du saut, son menton relevé, son visage fier et arrogant comme celui d'un félin. Ce n'était sans doute pas la faute de Chantal et de Margot non plus, qui avaient toutes les deux reçu un petit hochement de tête, ni celle de Perot et d'Aimée, dont madame Dominique avait gentiment touché l'épaule alors que nous répétions les ronds de jambe à la barre. Pour ma part, il y avait d'abord eu ce coup de canne, mais ensuite ce petit hochement de tête approbateur pour mon arabesque et encore, pendant les exercices au milieu, un mince sourire, si mince que somme toute c'était peut-être seulement un tic. Au prochain cours, je ferai en sorte d'attirer son regard et de le garder posé sur moi. Oui, au prochain cours, j'offrirai à madame Dominique un saut de chat capable de rivaliser de perfection avec celui de Blanche.

Je me change en y mettant un soin presque pitoyable, desserrant mon ruban de ceinture, le pliant en deux, puis encore en deux, avant de le rouler soigneusement comme si c'était de l'or pur et non de la soie usée à la corde. Antoinette dit qu'il en coûte six francs pour un ruban neuf, et aucune de nous n'a six francs à dépenser pour cela. Je glisse ma jupe miteuse dans mon sac comme une mère dépose un bébé endormi dans son berceau. Bien sûr, tout cela fait en sorte que je suis la dernière à partir, la dernière à descendre l'escalier, affamée et fourbue.

J'erre dans les escaliers et les corridors de l'Opéra six jours par semaine, passant devant les salles de classe, la cour des décorateurs, les loges du chœur, celles des coryphées. Mes oreilles s'emplissent de sons, puis de silence, puis de sons encore – les notes plaintives des violons, les trémolos d'une diva, la voix déchaînée d'un maestro, les grossièretés d'une étoile. En général, j'aime descendre l'escalier en effleurant les murs du bout des doigts, me répétant que je fais partie de tout cela, de cet Opéra solide, costaud et durable, de ce lieu de tromperie, d'échauffement et de sueur, de bonds et de pirouettes. Je me rappelle ce que j'ai appris et le sens jusque dans mes os. Je dois me préparer pour l'examen lors duquel n'importe quelle élève de la classe de madame Dominique pourrait être promue dans le second quadrille et ainsi danser sur la scène de l'Opéra. Aujourd'hui, cependant, je mordille ma lèvre inférieure en me demandant dans quelle moitié de la classe je me situe. Madame Dominique me compte-t-elle parmi les ogres pitoyables aux pieds de plomb ? Ou parmi les sylphides légères comme l'air ?

En atteignant le premier palier, j'aperçois monsieur Degas assis sur un banc en bas de la prochaine volée de marches. Pendant quelques secondes, je manque d'air. Je pense à toutes ces mères qui surveillent leur fille, et je me rappelle qu'Antoinette m'a conseillé de ne pas traîner. Je me dis qu'il me suffira de ne pas m'arrêter, de dévaler les marches trois à la fois. Je l'ai déjà fait. Le jour où on m'a mise dans la classe de madame Dominique, j'avais tellement hâte d'annoncer la nouvelle que je planais littéralement au-dessus des marches en descendant l'escalier.

Au bruit de mes pas précipités, monsieur Degas lève ses yeux fatigués. Au moment où je passe devant lui, il m'apostrophe :

– Mademoiselle van Goethem !

Je n'aime pas du tout le fait qu'il connaisse mon nom de famille, alors que madame Dominique m'appelle toujours « mademoiselle Marie ».

– S'il vous plaît, attendez !

Il reste immobile, le dos bien appuyé contre le dossier du banc. Je n'ai pas l'habitude de défier les ordres des gentlemen, aussi je m'arrête au milieu de la volée de marches suivante, ce qui établit une distance raisonnable entre lui et moi.

Il se lève mais, voyant que je descends aussitôt deux autres marches, il se laisse retomber sur le banc. Avec ses paumes vers le bas, il fait un geste apaisant.

– Je m'appelle monsieur Degas, dit-il en posant ses mains sur ses genoux. Je suis peintre.

– Je sais. Les danseuses qui se grattent le dos.

Malgré sa barbe touffue, je vois bien à ses yeux qu'il avale péniblement pour ne pas éclater de rire.

– Voulez-vous prendre ma carte ? demande-t-il en tirant une carte de visite de la poche de son gilet froissé. J'aimerais vous avoir pour modèle. Mon adresse est écrite là. Je vous donnerai six francs pour quatre heures.

– Perot n'est pas intéressée ? dis-je en pensant aux petites dents blanches parfaitement alignées de ma camarade.

– Perot ?

Il hausse les sourcils, ce qui creuse de grosses rides sur son front.

– Joséphine est jolie aussi, mais sa mère lui défend de vous parler.

Il ferme les yeux un instant, puis les ouvre à nouveau. Il me semble encore plus fatigué.

– Votre visage est intéressant, répond-il. Votre dos aussi. Vos omoplates ressemblent à deux petits bourgeons d'ailes.

– Je suis maigre.

Il balaie ma maigreur du revers de la main et je me prends à rêver d'un joli ruban de ceinture turquoise. Il se penche pour me tendre sa carte.

– Voulez-vous la prendre ?

Je grimpe trois marches et saisis la carte en passant la main entre les barreaux qui me protègent de lui. Il habite dans la rue Fontaine, au numéro 19 ; ce n'est pas plus loin de chez nous que le charcutier ou le fruitier.

– Vous saurez lire l'adresse ?

– Évidemment, dis-je avec arrogance.

– Venez jeudi, après la classe, à treize heures.

– Je vais demander la permission à Papa...

Je réfléchis au genre de père qui serait le plus féroce, et je m'imagine un homme qui transporte des barils à longueur de journée. J'ajoute :

– ... lorsqu'il rentrera de la tonnellerie.

Aussitôt, je me mords la lèvre inférieure. N'ai-je tiré aucune leçon des mensonges d'Antoinette ?

Les paupières fatiguées de monsieur Degas se ferment encore un peu. Il sait très bien que mon père ne fait plus rien d'autre que de pourrir dans la terre.

LE FIGARO
19 novembre 1878

ÉMILE ZOLA ET *L'ASSOMMOIR*

Même si nous avons déjà assez parlé de L'Assommoir, *ce roman qu'Émile Zola a écrit en trempant sa plume dans son pot de chambre, nous sommes bien forcés d'en parler encore puisque tout le monde en parle, tant dans les tavernes que dans les salons. Zola dit avoir rédigé son roman en poursuivant un but scientifique. Selon lui, il s'agit d'un roman naturaliste qui répond aux préoccupations de nos hommes de science ; ce serait un roman fondé sur des observations, une histoire qui ne fait que montrer la réalité, « le premier roman sur le peuple, qui ne mente pas et qui ait l'odeur du peuple ». Il en a fait une « expérience » en plaçant dans un certain milieu une jeune blanchisseuse dotée d'un certain caractère. Il a ensuite laissé l'histoire se construire selon des règles « scientifiques » au lieu de l'informer de ses propres caprices. Le récit se déroule donc de la seule manière possible étant donné les forces de l'hérédité et de l'environnement qui s'exercent sur le destin de la jeune Gervaise.* L'Assommoir *a été attaqué et accusé de tous les crimes avec une brutalité sans précédent, et avec raison. Zola y a dépeint un aspect de la vie qui ne méritait pas une telle attention, en a répertorié jusqu'aux moindres détails et y a fait évoluer une femme au caractère médiocre. Le commentaire le plus aimable que nous puissions faire est celui-ci : c'est ennuyeux comme un jour de pluie. Le plus dur : c'est de la pornographie. Ce roman présente en effet beaucoup trop de scènes crues, allant des actes sexuels aux fonctions digestives, en passant par le langage vulgaire, la violence et l'ivrognerie des personnages. Il vaudrait mieux introduire la variole dans nos maisons plutôt que de laisser cet ouvrage malpropre parvenir entre les mains de nos jeunes filles à l'esprit pur et de nos jeunes hommes innocents.*

Antoinette

J'espérais depuis longtemps revoir Émile Abadie, depuis les arbres chargés de fleurs au printemps, depuis les herbes nouvelles poussant sous nos pieds et depuis ces jours de pluie incessante qui me donnaient envie de pleurer parce que je me languissais de ses cheveux en broussaille, de ses doigts robustes qui avaient introduit les plus belles moules dans ma bouche. Mais les pavés brûlants et le soleil aveuglant de l'été étaient déjà du passé ; les arbres s'étaient dépouillés, attendant le manteau blanc de l'hiver, lorsque j'ai enfin fini par l'apercevoir.

Un peu plus tôt, j'étais allée à l'Opéra et j'avais fait l'effort de grimper les millions de marches jusqu'à la classe de madame Dominique. J'avais passé la tête par la porte entrebâillée et j'avais vu Marie, semblable à l'une des trois Grâces malgré sa jupe grisâtre. En voyant sa nuque dégagée, ses bras passant harmonieusement d'une position à l'autre et son dos parfaitement cambré, bien mieux que toutes les autres filles, j'avais éprouvé de la honte d'avoir pu entretenir le moindre doute. J'avais même senti une boule dans la gorge en pensant qu'un jour elle danserait sur la scène et serait promue au-delà du second quadrille. Un bref instant, j'avais regretté d'avoir été si prompte à répondre au vieux Pluque. Puis je m'étais souvenue des journées passées à faire des retirés dans le seul but d'apprendre l'exacte position des orteils contre la jambe opposée, et le regret s'en était allé aussi vite qu'il était venu. Ensuite je m'étais rendue à la classe de madame Théodore, dont j'avais entrouvert légèrement la porte. Charlotte se faisait réprimander pour avoir remplacé un changement de pied – le saut tout simple que madame Théodore lui avait demandé d'exécuter – par un entrechat, beaucoup plus compliqué. Il faudrait que je rappelle à Charlotte de suivre les consignes et d'éviter de faire l'intéressante. Ne savait-elle pas que son talent n'avait pas besoin de tous ces embellissements pour transparaître, qu'il était inutile d'exécuter un entrechat au lieu d'un changement de pied ? Ensuite, je suis allée voir monsieur Leroy. Il m'a octroyé un autre mois de mise en place en après-midi, et une autre semaine de figuration en soirée dans l'opéra *Robert le Diable*, où je devrais garder la tête baissée et glisser silencieusement à travers la scène en faisant semblant d'être une nonne.

Après tout cela, je m'étais rendue au théâtre de l'Ambigu où, selon une rumeur, un groupe de gentlemen mettaient en scène une pièce sur les gens du peuple et cherchaient des acteurs du milieu ouvrier pour jouer tous les rôles, sauf les principaux. D'après eux, une telle distribution étant garante d'une production théâtrale ancrée dans la réalité. Toutefois, si j'en jugeais d'après la manière dont ils recrutaient ces acteurs authentiques en leur promettant qu'ils seraient d'une espèce que les spectateurs n'avaient jamais vue encore, il n'y avait aucun doute dans mon esprit qu'il s'agissait d'une stratégie destinée à attirer l'attention plutôt que d'un désir sincère de montrer la réalité des gens du peuple. De toute façon, avec une de mes canines virant au brun et mes jupes tellement élimées que j'en porte toujours deux, l'une par-dessus l'autre, je supposais que je faisais assez « femme du peuple » pour décrocher un rôle.

L'Ambigu était à une demi-heure de marche de l'Opéra, vers l'est, en passant par la rue Poissonnière et le boulevard Saint-Martin, mais j'ai fait un détour de un ou deux pâtés de maisons au lieu de m'y rendre en droite ligne. Je me suis arrêtée devant la taverne où j'avais passé de si belles heures avec Émile à boire du cassis et du vin rouge. J'ai ouvert la porte et scruté l'intérieur jusqu'à ce que mes yeux s'habituent à la pénombre. Comme toujours, Émile n'était pas avachi sur l'un des bancs à haut dossier.

Je suis retournée dans la rue Poissonnière, accablée par le quotidien et soudain consciente de la rudesse du vent. Et alors, comme souvent, je me suis remémoré cet après-midi vécu avec lui des mois auparavant – sa voix disant que mes yeux étaient des océans de chocolat, sa manière de dire « On est si bien ensemble, tous les deux ! », son désir pour moi et la manière dont je l'avais repoussé.

Lorsque je suis arrivée au théâtre, j'ai regardé les quatre étages, les fenêtres en arches, les doubles colonnes, les statues... Rien à voir avec la splendeur de l'Opéra. Je traînais, incapable de me décider à entrer pour trouver un responsable et lui prouver que j'appartenais à cette espèce d'acteurs que les spectateurs n'avaient encore jamais vue, lorsqu'une charrette s'est arrêtée dans la rue. Mon regard est allé d'un visage à l'autre : joues flasques, cheveux filandreux, cigarettes roulées à la main, bouches édentées. Des acteurs authentiques, très certainement, rassemblés dans les faubourgs et amenés à l'Ambigu. J'étais sur le point d'esquiver le flot des nouveaux arrivants pour me mettre rapidement dans la file avant qu'elle soit trop longue, ce qui ne tarderait pas, quand mon regard a capté une chevelure en broussaille prenant racine très bas sur un front, et un œil noir planté sous la crête d'un sourcil. J'allais crier son nom, mais déjà Émile Abadie avait bondi hors de la charrette et venait vers moi à grandes enjambées.

– Antoinette van Goethem ! a-t-il lancé. J'ai arpenté tout Paris pour te retrouver.

Le choc de le voir a fait ressurgir mon insolence naturelle :

– Je suppose que t'as pas pensé aller voir à l'Opéra.

– J'peux pas.

– Et pourquoi pas ?

– À cause de toi.

J'ai croisé les bras.

– J'y suis allé trois fois, a-t-il expliqué. Cette chèvre qui garde la porte arrière voulait pas me dire où tu habites.

– M'dame Gagnon, ai-je fait d'une voix neutre.

– Dix francs, que je lui ai donnés, pour qu'elle me dise que tu vivais rue Saint-Séverin. J'ai fait le pied de grue là pendant deux jours de suite, sans bouger, avant de me rendre compte qu'elle avait menti. Je suis retourné à l'Opéra. Alors elle se met à hurler et, comme le sergent vient voir ce qui se passe, elle m'accuse d'avoir mis la main dans son décolleté. Et alors, le sergent, il a dit qu'il me surveillerait, et que s'il me voyait dans les parages, ce serait une paire de chaînes et La Roquette.

– Et moi, j'vaux pas quelques jours à La Roquette ?

Il a allumé une cigarette roulée à la main et me l'a tendue.

– J'fume toujours pas, dis-je, amère.

J'essayais de cacher ma déception. De toute évidence, il n'avait pas comme moi l'habitude de repasser dans son esprit chaque détail de ce fameux après-midi.

– Et que fais-tu ici, Émile Abadie ? Toute cette belle racaille ferait-elle partie de la pièce ?

– Ils veulent une production fidèle à la réalité.

Tout en parlant, il montrait du menton trois gentlemen sur le seuil de l'Ambigu. Ils portaient de beaux chapeaux de soie et semblaient tenir un conciliabule au-dessus d'un livre ouvert.

– Je suis mieux placé qu'un acteur aux ongles limés pour jouer un ouvrier de bas étage.

– Moi aussi je suis venue pour avoir un rôle.

Alors il m'a tirée par le bras vers les trois hommes en disant :

– Celui qui porte des gants, c'est lui qui engage les acteurs. Surtout, ne parle pas de l'Opéra. Ils cherchent des amateurs.

Comme aucun des trois messieurs importants ne levait la tête, Émile s'est raclé la gorge et s'est adressé à l'un d'eux en le saluant du menton :

– Monsieur Martin, voici Antoinette van Goethem. Elle aimerait jouer un rôle dans votre pièce.

Pendant que les deux autres me scrutaient de la tête aux pieds, monsieur Martin m'a dit :

– Mademoiselle van Goethem, permettez-moi de vous présenter monsieur Zola et monsieur Busnach.

Le dénommé Zola n'avait rien d'un snob. Au contraire, avec sa figure large et bien en chair, il aurait même figuré en bonne place parmi ceux qui étaient arrivés dans la charrette. Ses yeux brillaient de gentillesse et il m'a fait un signe poli. L'autre, monsieur Busnach, n'a pas hésité un instant avant de déclarer :

– Elle est parfaite. Tout à fait l'air d'une blanchisseuse.

Autrement dit, j'avais l'allure d'une fille faite pour travailler à moitié déshabillée dans la chaleur et la vapeur, pour aller ramasser des vêtements souillés dans les garçonnières et pour frotter jusqu'à les rendre blancs les sous-vêtements les plus dégoûtants. J'ai relevé le menton et serré la mâchoire ; le vieux Busnach a vite détourné les yeux.

J'ai bien vu le regard sévère que lui a lancé monsieur Zola, auquel Busnach a répondu en levant au ciel des yeux exaspérés. Rapidement, monsieur Martin nous a rappelés à notre affaire, parlant du salaire et de l'horaire – qui entrait complètement en conflit avec le contrat que j'avais accepté pour monsieur Leroy à peine une heure plus tôt. Monsieur Busnach a remarqué mon hésitation :

– Dites-moi, mademoiselle van Goethem, perdons-nous notre temps ?

J'ai gardé le silence, en prenant soin d'entrouvrir les lèvres pour leur donner l'impression que j'allais parler d'une seconde à l'autre. Émile s'est rapproché de moi et m'a soufflé à l'oreille :

– On va s'amuser !

Je me suis décidée :

– Vous avez rien perdu, messieurs. Et vous serez heureux d'apprendre que j'ai coutume d'être à l'heure.

•

C'est ainsi que j'en suis venue à interpréter une blanchisseuse dans une pièce intitulée *L'Assommoir*. Selon Marie, la pièce est créée d'après un livre écrit par monsieur Zola. Elle s'est mise dans tous ses états lorsqu'elle a su que je l'avais rencontré et a semblé encore plus énervée lorsque j'ai avoué que je n'avais jamais entendu parler de ce livre.

– Mais Antoinette, les journaux n'auraient rien à raconter si ce n'était de *L'Assommoir* ! s'est-elle écriée, les mains sur les hanches et la poitrine en avant.

Je lui ai lancé un regard féroce pour l'avertir de ne pas se moquer de moi et pour lui rappeler que pendant toutes ces années où elle étudiait avec sœur Évangéline, je travaillais, moi, à gagner un salaire. Elle a précisé :

– C'est l'histoire d'une blanchisseuse nommée Gervaise, ça se passe à la Goutte-d'Or.

Je connaissais ce quartier, c'était à quinze minutes à peine de chez nous, et les maisons de rapport y étaient au moins aussi minables que dans notre rue. J'ai regardé Marie, sur le point de faire remarquer que j'allais peut-être jouer dans une pièce qui raconte notre propre vie, mais elle semblait de nouveau au bord de la crise de nerfs. Elle a mis une main sur son ventre comme pour calmer les contractions de son estomac.

•

Sur le chemin de l'Ambigu, une petite neige flotte dans l'air et disparaît en touchant les pavés. Je sors la langue et penche la tête en arrière pour attraper quelques flocons, ce qui me fait rire. J'ai un amoureux qui m'attend à l'Ambigu. Nous répétions depuis presque un mois que je n'en étais pas encore tout à fait sûre, mais il y a une semaine, alors que nous étions devant le théâtre avec un groupe d'acteurs authentiques, en train de plaisanter et de rigoler après la journée de travail, je l'ai su de façon certaine. Émile était là, à côté de moi, et il a passé son bras autour de mon cou, reposant son poignet sur mon épaule. Comme son bras restait là, je me suis penchée un tout petit peu vers lui et alors il a transféré son poids de sorte qu'il aurait été impossible d'être plus près l'un de l'autre. Quand j'ai levé les yeux vers lui, il m'a fait un petit clin d'œil, et ceux qui l'ont remarqué ont dû se dire: « Émile Abadie fait les yeux doux à cette Antoinette. » C'est du moins ce que semblait crier au monde entier son bras ainsi posé sur mes épaules.

Il m'avait certes pelotée et embrassée quelques fois auparavant, il avait même glissé sa main sous ma blouse, mais cela n'était pas allé plus loin, jusqu'à ce jour où il m'a prise par le cou devant tous les autres. Une heure plus tôt, nous étions assis à l'écart dans les sièges défraîchis de l'Ambigu, côté public. Il a pris ma main et l'a guidée vers l'endroit où une bosse soulevait les boutons de sa braguette. Les filles savent quoi faire dans ces cas-là et je l'ai fait, mais seulement à travers ses pantalons, et seulement une fois avant de retirer ma main.

– Je suis pas sûre, Émile.

– Mais on est des amoureux ...

J'ai fait la moue et j'ai haussé les épaules pour lui faire comprendre que ça ne me semblait pas si évident.

•

Dehors en face de l'Ambigu, Émile me fait signe tout en fumant avec Pierre Gille, un garçon que je n'aime pas beaucoup. Souvent, il s'approche en douce des blanchisseuses avec ses mains baladeuses. Il dit des mots grossiers, qui choquent d'autant plus qu'il a les lèvres délicates, les yeux pâles, les cheveux blonds et une jolie fossette au menton. Comme Émile et tous ceux qui sont arrivés dans la charrette, il joue un ouvrier alcoolique, mais avec son air angélique je ne comprends pas qu'on lui ait donné un rôle.

Émile pose ses doigts gelés sur ma gorge et me demande, fier comme un coq :

– Vous me réchauffez, mademoiselle Antoinette ?

– J'ai aucun intérêt pour les bouts de doigts glacés.

Je donne un petit coup sur sa main en faisant un sourire boudeur. Pierre Gille reste là, cigarette au bec, observant notre manège. Ça ne change pas grand-chose, cependant, et ça n'efface pas les mots qu'il me souffle très bas :

– Ton con te démange, Antoinette ? Ta fente a besoin de chair fraîche ?

Émile laisse tomber son mégot et l'écrase sous son talon. Il me tend le bras et je comprends qu'il veut me promener comme une dame sur les Champs-Élysées. Je m'accroche à lui et quelques pas plus loin je dis :

– C'est beau, ces flocons qui tombent du ciel.

– Je t'ai vue les attraper sur ta langue, répond-il. La plus belle chose que j'ai vue cette semaine.

Avec ces mots doux qui flottent entre nous, je marche en silence, intimidée. Je voudrais lui faire aussi un compliment. D'ailleurs, la nuit dernière, alors que je restais réveillée dans mon lit, je rêvais d'assommer Maman qui ronflait tout en réfléchissant à des mots gentils que je pourrais dire à Émile. J'ai pensé à « J'aime tes cheveux en broussaille qui me chatouillent le nez », mais ce n'était pas assez bon. Lui, l'autre jour, alors qu'il était en train d'embrasser mes épaules et de lécher mon cou, il s'est reculé pour caresser de ses doigts robustes le petit creux entre mes clavicules et il a dit : « Cette petite vallée, c'est le lieu le plus tendre du monde. »

Je m'arrête et, toujours accrochée à son bras, je plonge mon regard dans ses yeux noirs.

– T'es le plus beau cadeau de ma vie.

– Beau ?

– C'est sûr.

– J'ai la face d'un singe, me répond-il, et ça me fait penser aux paroles insensées de Marie.

Ça me fait mal, cette idée, comme lorsque je vois Charlotte au bord des larmes parce qu'elle a perdu sa rose de soie, comme lorsque j'ai trouvé Marie en train de brailler sur son matelas en se demandant si madame Dominique la comptait parmi les ogres de sa classe ou parmi les sylphides.

– Je ne changerais aucun détail, dis-je en touchant sa joue mal rasée.

•

À l'intérieur de l'Ambigu, les acteurs authentiques se prélassent dans les sièges d'avant-scène en bavardant, en somnolant ou en distribuant les cartes pour une partie de bésigue. C'est ce qu'on nous a dit de faire en attendant le tableau qui précède celui où nous entrons en scène. Alors nous devons nous rendre au foyer des artistes, où il faut garder le silence et guetter le signe du metteur en scène pour filer dans les coulisses. Le tableau du lavoir, dans lequel je figure, est le deuxième de la pièce, mais je reste tout de même au théâtre par la suite, même si la majorité des blanchisseuses s'en vont. Émile apparaît dans le troisième tableau, et ensuite dans le septième ; comme il y a entre les deux un intervalle d'au moins une heure, je l'attends et nous nous éclipsons dans notre petit coin à l'arrière de la salle.

D'après Émile, les règles ne visent qu'à nous empêcher d'errer, d'éventrer nos sièges et d'en retirer la laine, d'arracher les lampes des murs et de ramasser tout ce que nous pourrions ensuite vendre au mont-de-piété. Il m'explique toujours ce que je vois pourtant très bien par moi-même.

– Je t'ouvre les yeux, dit-il.

J'essaie de garder un air intéressé. J'acquiesce. Et pourquoi pas, si ça lui fait plaisir d'avoir l'impression de si bien comprendre le monde ? Dernièrement, les deux gardiens qui devaient nous surveiller ont relâché leur attention, et depuis deux jours Émile me chuchote à l'oreille qu'il connaît un endroit, un débarras avec une vieille méridienne solitaire.

– Du bon temps, me susurre-t-il.

Quand il sort de scène après le troisième tableau, il me rejoint dans la dernière rangée de sièges, où je l'attends paresseusement. Aussitôt qu'il est assis près de moi, je sens sa main sur ma cuisse.

– Tu viens à la brasserie des Martyrs, ce soir ? On va s'amuser avec une douzaine de copains.

– J'peux pas.

Je pense aux promesses que j'ai faites à Marie et à Charlotte, et d'ailleurs je sais fort bien qu'Émile et Pierre Gille vont passer la soirée à se donner des tapes dans le dos.

– J'ai des chaussons à raccommoder pour Marie, et j'ai promis à Charlotte de lui montrer comment faire un postiche pour ses cheveux.

– Ça sert à rien de les couver, Antoinette. Elles feraient mieux d'apprendre à se débrouiller toutes seules.

Je hausse les épaules. Il caresse ma cuisse. Je sens le désir monter en moi et je ferme les yeux.

– Cette vieille méridienne solitaire... J'aimerais bien te voir couchée dessus.

– Mmm... j'sais pas.

Sa main tapote ma cuisse avant d'aller se poser sagement sur la sienne. J'ai envie qu'il me caresse encore. Ma patience est poussée à bout.

– Et si quelqu'un nous surprend ?

Marie lit souvent les journaux à voix haute ; il y a des potins au sujet des danseuses et de leurs liaisons amoureuses, et tous les petits ragots concernant *L'Assommoir.* On y parle vraiment de tout : comment mademoiselle Hélène Petit étudie son rôle de Gervaise dans un véritable lavoir ; comment de nombreux théâtres, se considérant trop honnêtes et honorables, ont refusé de présenter la pièce ; comment chaque costume et chaque scène correspondent exactement à la description que monsieur Zola en a faite dans son roman. Toutes ces histoires me portent à croire que la pièce *L'Assommoir*, indécente ou pas, restera longtemps à l'affiche de l'Ambigu. J'hésite donc à céder à la tentation de la méridienne, car je sais que j'ai beaucoup à perdre si je me fais renvoyer. À la maison, mes sœurs comptent sur moi.

Émile sort une clé de sa poche et, du bout pointu, il touche le petit creux à la base de mon cou qu'il a déjà embrassé des centaines de fois.

– Je vais verrouiller la porte, dit-il.

– Où t'as trouvé cette clé ?

– Sur la serrure. On aurait dit qu'elle m'attendait.

Je le regarde dans les yeux en battant des cils et en faisant un sourire boudeur. Il n'y a presque rien que j'aimerais davantage que de le suivre, et je veux qu'il le sache, je veux qu'il brûle à cette vision de moi couchée sur la vieille méridienne.

– Personne n'est entré là depuis au moins cent ans. C'est tout poussiéreux et plein de toiles d'araignée.

– Demain, dis-je.

Un autre jour à rêver de lui. Je dois laver et raccommoder mes pantalons. Peut-être même que je pourrai piquer quelque chose avec de la dentelle dans le panier de Maman. Avec un peu de chance, elle reviendra du lavoir avec du linge à livrer.

Marie

Je suis assise à notre petite table et j'espère qu'Antoinette franchira bientôt la porte en valsant, illuminant la chambre avec ses yeux pétillants, pour nous régaler de morceaux de sucre d'orge ou nous raconter des histoires à propos des acteurs authentiques de l'Ambigu qui, ivres morts, tombent de la scène ou pissent dans les coulisses. Il y a un feu qui brûle en elle, pour qu'elle brille ainsi. Hier, par exemple, comme Charlotte et moi en avions assez de l'attendre et que nous nous étions attablées sans elle pour un souper tardif composé de bouillon et de pain sec, elle s'est soudain pointée à la porte.

– Vous m'attendez pas ? a-t-elle lancé, en brandissant un sac sous nos yeux. Faudrait que je me farcisse moi-même tous ces beaux flans que j'ai achetés chez le pâtissier ?

Pendant que j'attends à la table, Maman, assise sur son matelas, recoud l'encolure déchirée de sa meilleure robe sans se préoccuper de moi.

– La salope ! maugrée-t-elle. Elle me revaudra ça. Comme si j'avais une bonne à la maison pour faire mon raccommodage !

Il y a quelques jours, elle a surgi dans notre chambre, la robe en lambeaux, en criant tellement fort que même Charlotte s'est réveillée. Alors Antoinette a dit :

– Je sais pas à quoi tu t'attendais, à t'effondrer comme ça dans les cafés et à baver de l'absinthe.

Soudain, Maman plante si furieusement son aiguille qu'elle se pique le doigt. Elle repousse son travail et s'effondre sur la robe en désordre.

Je contemple la carte de monsieur Degas, posée bien à plat sur la table devant moi, qui me semble comme un billet pour traverser le Styx. L'ongle de mon index gratte la peau à vif autour de l'ongle de mon pouce ; je lèche la goutte de sang qui perle. Antoinette a une heure de retard, mais c'est presque devenu une habitude. Cependant, comme c'est demain que monsieur Degas m'attendra après la classe, je ne peux plus retarder le moment de demander conseil. Je m'accroupis près de Maman sur le matelas et j'entoure mes genoux de mes bras.

– Il y a un peintre. Madame Dominique lui donne la permission d'assister à la classe de danse.

Maman me lance un regard confus.

– Il trouve mon visage intéressant.

– Tu as la marque de ma chère pauvre enfant.

Elle roule sur le dos. Je continue avant qu'elle n'enchaîne sur le sujet de ma chère petite sœur morte :

– Il veut que je pose pour lui. Mais la mère de Joséphine dit de nous en tenir loin.

D'un mouvement maladroit du poignet, elle balaie l'avertissement de la mère de Joséphine.

– Dis-lui que tu te déshabilleras pas tant qu'il aura pas fait un bon feu avec beaucoup de bûches.

Je n'aurais pas été plus surprise si elle avait craché une pièce de cent francs.

– Nue ?

Son menton retombe un peu et elle a un hoquet.

– Beaucoup de bûches.

Je m'imagine en train de grelotter, nue, pendant que les yeux brûlants de monsieur Degas errent sur ma peau frissonnante. J'approche mon visage de celui de Maman ; je veux qu'elle me voie, moi, sa fille effrayée mordillant sa lèvre inférieure. J'aurais envie de la frapper en voyant son petit sourire suffisant, sa fierté de m'avoir donné un si bon conseil.

– Combien il paie ?

Je lui lance un regard glacial ; l'air stupide, elle hausse les sourcils en attendant ma réponse.

– Six francs pour quatre heures, dis-je.

Elle me tapote la cuisse comme si j'étais un bon chien qui vient d'exécuter un tour d'adresse.

– Tu te contentes de poser. Rien de plus.

Un vent froid secoue nos volets en mauvais état et s'infiltre dans la chambre. Je laisse Maman s'envelopper dans les couvertures et je retourne à la table attendre Antoinette. Je sais bien ce qui la retient : c'est ce garçon qu'elle nous a emmené l'autre jour. Je n'ai pas du tout aimé son allure, avec sa peau basanée et son regard fuyant. Comment un singe aussi vulgaire peut-il rendre Antoinette joyeuse à ce point ? Quel attrait a donc ce garçon pour qu'elle préfère rester avec lui au lieu de venir souper à la maison avec nous ?

Au début, il a laissé les mains dans ses poches, comme s'il s'en balançait de nous rencontrer, Charlotte et moi. Antoinette nous a présentées, et il nous a donné à chacune un morceau de sucre d'orge entortillé, pareil à ceux qu'elle nous avait donnés les semaines précédentes, et j'ai alors compris que c'étaient des cadeaux qu'elle recevait de lui. C'est comme ça que j'ai su qu'il était son amoureux, ça et aussi la manière qu'il avait de la chatouiller dans les côtes, ce qui la faisait rire aux éclats, se débattre et se comporter comme si elle n'avait jamais eu tant de plaisir de toute sa vie. J'ai regardé ses doigts courir le long de l'encolure de sa blouse et sa grosse main lui tripoter le dos avant de l'attirer contre lui. Antoinette ne s'en formalisait pas le moins du monde ; au contraire, elle rejetait la tête en arrière et riait encore. Elle a fait une petite bouche en cœur et a envoyé un baiser dans le vide, et alors il l'a serrée encore plus étroitement et l'a embrassée sur la bouche. Ils faisaient comme si nous n'étions pas là, et je savais bien que pour lui nous n'étions qu'un embarras, les petites sœurs pour qui Antoinette rentrait à la maison après sa journée de travail. Il faisait mine d'ignorer Maman, aussi, qui n'avait pas l'air bien même si elle levait à peine les yeux de la pile de vêtements propres qu'elle triait pour ses livraisons.

•

Le bruit des pas d'Antoinette dans l'escalier me redonne de l'entrain. Elle se hâte parce qu'elle est en retard ; et dans sa précipitation j'entends des sœurs dont il faut s'occuper, une mère encombrante, un amoureux qui lui offrirait du bon temps si seulement elle ne se pressait pas toujours de rentrer rue de Douai. Je vais l'attendre à la porte et, en me voyant là, la lèvre inférieure coincée entre mes dents, elle demande :

– Qu'est-ce qu'il y a, Marie ? T'as pas l'air bien.

– Rien, dis-je, en regrettant de ne pas avoir attendu sagement à la table. Je voulais seulement voir qui te pourchassait.

Elle ferme la porte. Met ses poings sur ses hanches. Mon estomac gronde et, pour éviter qu'elle l'entende, je recule d'un pas, mais trop tard. Déjà elle glisse les doigts le long de ses sourcils comme lorsque la migraine la guette.

– J'ai rien d'autre qu'un morceau de sucre d'orge, m'apprend-elle en me tendant un bâton couleur de miel qui provient sûrement de la poche d'Émile Abadie.

Je me rends compte combien les six francs de monsieur Degas seraient les bienvenus : je pourrais acheter des rillons de porc pour une semaine.

Je prends le bâton, le casse en deux d'un coup de dents et lui en tends une moitié.

– Garde-le pour Charlotte, dit-elle. Je l'ai vue en bas, elle court d'un bout à l'autre de la rue avec un cerceau et un bâton, deux clébards sur les talons. Le charcutier et le fruitier se tapent sur les cuisses et crient : « Charlotte, t'es plus rapide qu'un renard ! Continue comme ça et ces deux chiens vont tomber raides morts ! »

Elle imite le charcutier en se gonflant la poitrine, se faisant des joues rondes et un ventre tellement rebondi qu'elle doit le soutenir par en dessous. Pour le fruitier, elle devient nerveuse, pleine de tics, les yeux bougeant sans cesse comme si une nuée de spectres voletaient dans la chambre. Ses caricatures si bien observées me font momentanément oublier monsieur Degas, jusqu'à ce qu'elle me ramène à la réalité :

– Maintenant, dis-moi pourquoi t'étais dans la porte, nerveuse comme une poule.

– Monsieur Degas veut que je pose pour lui demain.

Elle attend, la tête inclinée, m'incitant à tout déballer.

– Peut-être nue.

Ces derniers mots, je les prononce d'un ton léger, comme si je n'étais pas effrayée à l'idée des yeux brûlants de monsieur Degas sur ma peau nue, mais elle ne semble pas plus inquiète que Maman.

– Il t'a dit combien ça paie ?

– Six francs pour quatre heures.

– Plus que raisonnable.

Elle hoche la tête.

– Maman dit de poser seulement. Rien de plus.

– Cette femme a pas plus de cervelle qu'une puce.

Elle souffle comme un cheval enragé avant de ramener son attention sur moi.

– La peau, ça veut rien dire pour lui. Il a déjà vu des centaines de filles nues.

Toutefois, elle ne lève pas les yeux au ciel en disant que Maman délire, et je ne suis pas tout à fait rassurée. Je pousse un minuscule soupir.

Elle recommence à passer ses doigts sur ses sourcils, ne s'arrêtant que pour dire, en levant les yeux sur moi :

– J'vais aller avec toi demain. Juste une fois.

– Mais il m'a dit de venir tôt, à une heure de l'après-midi.

– T'iras à l'Ambigu quand t'auras fini à l'Opéra et tu diras à monsieur Busnach que j'ai la fièvre, un mal qui court rue de Douai. Dis-lui que personne a été à terre plus qu'une journée, comme ça il n'ira pas donner mon rôle à une autre.

– Mmm... je ne sais pas.

J'imagine un homme en redingote qui se tourne vers moi alors que je m'éclaircis la gorge et que je récite en bégayant des phrases répétées maintes fois avec Antoinette ; à cette seule idée, je sens dans mon ventre ce que d'autres appellent des papillons, mais cela me fait plutôt l'effet d'un essaim d'abeilles bourdonnantes.

– C'est logique, estime Antoinette. J'perds trois francs mais toi t'en gagnes six, et encore, avec une chance que monsieur Degas te demande de revenir.

– Et si je dois faire plus que de tenir la pose ?

Je me suis hâtée d'exprimer ma crainte, car je sais que je n'ai plus que deux secondes avant qu'Antoinette ne trouve notre conversation ennuyeuse comme la mort.

– Alors j'lui casserai un bras.

À ces mots, elle se détourne de moi pour ouvrir les tiroirs de la commode, à la recherche d'un vêtement pas trop sale ou d'une tasse pas trop ébréchée, n'importe quoi qui vaudrait, au mont-de-piété, le prix d'une petite miche de pain.

•

Le lendemain après-midi, Antoinette me tire jusqu'en bas de la rue de Douai, puis nous tournons dans la rue Fontaine. Je me suis attardée le plus longtemps possible dans la cage d'escalier, faisant mine d'ajuster les lacets de mes bottines, mais elle m'a brusquement attrapée par le bras, me faisant trébucher et buter contre les marches et me forçant à battre l'air de mes bras pour tenter de me libérer.

– Arrête de traîner, m'a-t-elle lancé.

Charlotte nous accompagne, visiblement malheureuse d'être ainsi à notre remorque. Lorsque nous arrivons devant les lourdes portes de l'immeuble où vit monsieur Degas, Antoinette dit :

– Fais pas cette tronche, Marie. Eugénie Fiocre elle-même a posé pour monsieur Degas.

À ces mots, Charlotte laisse échapper un soupir de dépit.

– C'est absurde ! grogne Antoinette.

En effet, la situation a quelque chose de ridicule : une sœur souffre de n'être pas celle sur qui les yeux brûlants de monsieur Degas se sont arrêtés, et l'autre est paralysée par la panique parce qu'elle a été choisie.

À l'intérieur, Antoinette donne un coup de heurtoir à la porte sur laquelle une petite plaque indique : EDGAR DEGAS, PEINTRE. Une femme corpulente au visage large et honnête, portant le tablier d'une bonne, jette un coup d'œil par l'entrebâillement. En nous voyant là toutes les trois – avec nos trois châles à prendre et à rapporter ensuite, et nos trois traînées de boue à nettoyer – elle émet un soupir désapprobateur.

– Marie ? demande-t-elle. L'une de vous trois est Marie ?

Je fais un léger signe de la main, timidement, et la femme tend un bras pour récolter notre monceau de châles.

– Par ici, nous indique-t-elle.

Elle désigne d'un geste monsieur Degas qui semble contempler le vide, le menton appuyé dans sa main. Cependant, l'ardeur de son regard songeur me fige complètement ; mes pieds ancrés au sol refusent de bouger, et mes sœurs semblent éprouver le même malaise.

C'est la première fois que je pénètre dans l'atelier d'un peintre. Ce qui me frappe de prime abord est la forte odeur de térébenthine et le fouillis qui recouvre à la fois les murs et toutes les surfaces horizontales. C'est une vaste pièce éclairée par des fenêtres nues qui laissent entrer le soleil à flots. Elle est meublée d'une table en bois solide et d'un long banc, tous deux ensevelis sous un fatras de pinceaux, d'éponges, de chandeliers, de vaisselle, de soucoupes remplies de peinture, de bols d'eau, de bouts de fusain et de boîtes de pastels. Il y a aussi une demi-douzaine de chaises bancales – deux servent de supports à des toiles ; au dossier d'une troisième est accroché un sarrau barbouillé de peinture ; sur une autre je remarque une boîte en bois de rose débordant de tubes de couleurs ; une autre encore, dont une patte est brisée, est renversée ; la dernière est vide. Les murs sont recouverts d'un badigeon gris et des peintures y sont accrochées du plancher au plafond ; il y en a tant que si je devais sortir maintenant, je serais bien incapable d'en décrire une seule. D'autres tableaux reposent sur le sol, appuyés contre les murs et tournés de manière qu'on ne voie que le dos de la toile.

– Il ne faut pas me blâmer, lance la bonne. Il ne me laisse toucher à rien, et je ne peux même pas balayer, parce que les grains de poussière iraient se coller sur la peinture fraîche.

Elle va vers la table et empile nos châles sur la seule chaise libre. Puis elle reste là, debout, les poings sur les hanches, son regard errant sur le désordre jusqu'à ce qu'elle aperçoive une palette et deux pinceaux. En les saisissant, elle demande :

– Je vais vous nettoyer ça, non ?

Monsieur Degas s'extirpe de ses réflexions et acquiesce. En posant les yeux sur nous trois, il pousse un profond soupir, comme s'il regrettait que nous soyons venues rompre la tranquillité de son après-midi.

– Votre dos, dit-il à mon intention. Je vais commencer par votre dos.

Il pointe du doigt un paravent dans un coin de la pièce.

– Vous pouvez vous déshabiller là.

Derrière le paravent, je me sens étourdie. Pendant que mes doigts peinent à défaire le cordon de ma blouse, j'entends monsieur Degas crier après sa bonne – Sabine, qu'il l'appelle – afin qu'elle vienne libérer des chaises pour ces deux sœurs que j'ai emmenées avec moi. Cependant, à la seule pensée de sortir de derrière le paravent en essayant de cacher de mes mains les deux petites bosses qui commencent à pousser sur ma poitrine et la toison noire qui est apparue depuis peu entre mes jambes, et cela, devant mes sœurs – l'une au regard certainement embarrassé, l'autre les yeux grands ouverts, étonnée –, je sens ma volonté fléchir.

En retenant les pans de ma blouse déboutonnée, j'examine ce coin de la pièce dissimulé derrière le paravent. Un lavabo, un petit lit en fer, des draps froissés, une lampe à alcool posée par terre, sur le croquis d'une danseuse affalée sur un banc. Le dessin se résume à quelques traits de fusain, à quelques coups de pastel, mais tout l'épuisement de la fille est exprimé là, les côtes qui se soulèvent à chaque respiration, la veille tardive et le père qui gueule, les longues heures passées à la barre dans un effort pour garder l'équilibre une seconde de plus ou pour atterrir un peu plus légèrement, et aussi les cuisses douloureuses qui roulent vers l'en-dehors même lorsque le corps est au repos. Je sors de derrière le paravent instable.

– Vous pouvez partir, dis-je à Antoinette et à Charlotte.

Ma petite sœur se tient la nuque allongée, les bras en repos, attendant que monsieur Degas lève les yeux de la table et du fouillis dans lequel il farfouille.

Antoinette prend une longue inspiration.

– T'es sûre ?

– Mais on est ici, maintenant ! geint Charlotte, et j'entends dans sa voix qu'elle est sur le point de taper du pied de frustration, parce que monsieur Degas n'a pas encore remarqué sa grâce et qu'Antoinette se lève déjà pour partir.

Alors, bien vite afin de ne pas changer d'avis, je me déshabille, le regard rivé sur la danseuse épuisée, sur la finesse de ses membres et la douceur du pastel qui souligne la saillie de sa clavicule. Enfin, je me risque lentement à quitter l'abri du paravent, les bras croisés sur ma nudité.

Antoinette

J'entre dans le foyer de l'Ambigu en clignant des yeux à cause du temps ensoleillé qu'il fait dehors, et je vois le vieux Busnach venir vers moi avec un air hautain, sans doute pour me reprocher mon absence d'hier. J'ai une envie presque irrépressible de ricaner, mais au lieu d'attiser sa fureur, je me contente de resserrer mon châle autour de mes épaules pour me réchauffer, comme si je grelottais à cause d'une fièvre qui persiste. Ce n'est pas naturel, chez moi, de ravaler mes ricanements et de tenir ma langue ainsi, mais ça vaut mieux. En plus de m'assurer des revenus réguliers, l'Ambigu me permet aussi de passer de longs après-midi avec Émile. J'expire lentement, mais le vieux Busnach me fait seulement un signe de la tête en me remerciant d'avoir envoyé ma sœur lui dire que je ne me sentais pas bien.

– Le reste n'a pas d'importance, m'assure-t-il.

Aujourd'hui, nous répétons comme si c'était le soir de la première, avec les costumes et les décors. Pour le deuxième tableau, on se croirait dans un vrai lavoir. Il y a des cuves, de l'eau chaude, de la vapeur qui s'élève, des vêtements sales, des cordes à linge qui fonctionnent ; en plongeant mes bras jusqu'aux coudes dans l'eau savonneuse, je ne peux m'empêcher de penser à tout cet argent dépensé pour recréer ce que les spectateurs auraient pu trouver dans presque n'importe quelle rue des quartiers pauvres.

L'Assommoir a pour trame l'histoire pitoyable d'une blanchisseuse nommée Gervaise, et le tableau dans lequel je figure a lieu au moment où elle découvre que son amant, Lantier, est parti; elle se bat alors avec Virginie, qui est responsable de cet abandon. Les premières fois où nous avons répété la bagarre, Busnach voulait que Virginie s'écroule au sol, trempée, les pantalons déchirés, pendant que Gervaise lui assenait des coups sur ses fesses nues avec un de ces battoirs utilisés pour laver les draps. C'était ainsi que monsieur Zola avait écrit la scène, selon Busnach, et il ne cessait de nous répéter que *L'Assommoir* était une pièce naturaliste qui devait rendre compte exactement de la réalité, tout comme le roman. Souvent, il nous lit à haute voix une page ou l'autre du livre, et il prend un soin maniaque à en rendre le moindre détail. Par exemple, le premier seau ne devait mouiller que les chaussures de Virginie. L'envie me démangeait d'intervenir pour dire que j'étais allée au lavoir des centaines de fois et que jamais je n'avais vu une femme être ainsi battue, les fesses à l'air, à coups de battoir. Mais finalement, il n'y aura pas de fesses nues rossées sur la scène, car l'ombre de la censure plane sur Busnach. De toute façon, telle qu'elle sera jouée, avec les éclaboussures, les injures et le coup qui fait saigner l'oreille de Virginie, la scène poussera les spectateurs à se lever pour applaudir. Déjà, nous savons que la première sera à guichets fermés, et je pourrais affirmer sans l'ombre d'un doute que la moitié des billets ont été vendus à cause de cette bagarre dans le tableau du lavoir.

Nous commençons au début du tableau: les actrices authentiques sont en train de frotter tandis que les trois vraies actrices – celles qui ont des rôles parlants – s'interpellent en attendant l'entrée en scène de Gervaise. Cependant, monsieur Busnach ne semble pas satisfait. Non, il secoue la tête et tape sèchement dans ses mains.

– Il nous faut une autre ligne de texte. Vous, mesdemoiselles (il s'adresse aux actrices authentiques, car il appelle les vraies actrices par leur nom), dites-moi quelque chose qu'on pourrait entendre dans un lavoir.

Après un long moment, je lève la main, puisque toutes les autres restent muettes. Je n'ai jamais été de celles qui lèchent les bottes aux patrons, mais d'une part le vieux Busnach n'est pas mauvais, et d'autre part Émile assiste à notre répétition et je sais que la petite idée qui m'a traversé l'esprit le fera sourire.

– Mademoiselle ? dit Busnach.

Je plonge les deux mains dans mon baquet, puis je lève les yeux en feignant la colère avant de lancer d'une voix forte :

– Qu'est-ce qu'est arrivé à mon morceau d'savon ? Y'a encore quelqu'un qui m'a chipé mon savon !

J'entends les actrices authentiques pouffer de rire. Elles savent bien, toutes, que le savon se perd facilement dans l'eau pleine de mousse, où il fond rapidement, et qu'il est alors plus facile de dire à votre mère que quelqu'un l'a pris au lieu d'admettre que vous avez été négligente une fois de plus.

– Parfait, approuve Busnach. On reprend du début.

À son signal, je répète ma ligne de texte ; il fait un large sourire comme cela lui arrive rarement. Ensuite, nous jouons le reste du tableau sans qu'il nous interrompe de ses habituels aboiements, et je me crève à avoir l'air morose, ennuyée et épuisée pendant que je tords les draps, que je m'essuie le front et que je retrousse mes manches trempées. Busnach a aimé ma réplique à propos du savon au point de l'inclure dans sa pièce, et maintenant, j'ai un rôle parlant.

De temps à autre, je jette un coup d'œil à Émile. Il est assis dans la troisième rangée, les pieds posés sur le dossier du siège devant lui et une cigarette pendouillant entre les lèvres. Il ne m'adresse pas de clins d'œil ou de gestes approbateurs de la tête comme il a coutume de le faire. Rien dans son attitude ne montre ne serait-ce qu'un peu de fierté. Peut-être plus tard, dans le débarras, entre les deux tableaux où il doit être sur scène, sur la méridienne qui n'est plus du tout solitaire.

La première fois qu'il m'a emmenée là, je pouvais sentir son trouble alors qu'il déplaçait des caisses, envoyait valser la poussière, déposait un ruban rouge sur la méridienne pour que je me sente comme une reine. Cette fois-là, il ne m'a pas brusquée comme derrière la taverne ce fameux soir. Non. Il m'a soulevée dans ses bras et m'a installée sur la méridienne. Ensuite, agenouillé à côté de moi, il m'a pris le menton entre les mains, ses doigts me couvrant les joues.

– Laisse-moi plonger mes yeux dans tes océans de chocolat, a-t-il murmuré.

J'ai rivé mon regard au sien sans éprouver le besoin de le détourner. Il a posé ses lèvres sur le petit creux entre mes clavicules, puis il a touché le cordon de ma blouse en demandant :

– Puis-je ?

Ce à quoi j'ai répondu, comme si nous étions comte et comtesse :

– Oui, vous pouvez.

Une fois ma blouse tombée de mes épaules, j'ai vu ses yeux s'agrandir alors qu'il découvrait la pâleur de mes seins, le rose de mes mamelons. Il a tendrement promené sa bouche sur ma peau frissonnante tout en caressant mon ventre de ses mains. J'ai fermé les yeux ; j'avais l'impression d'être la créature la plus adulée du monde entier.

Nous avons été un peu gauches au début. La boucle d'une jarretelle de fantaisie piquée dans le panier de Maman nous résistait à tous les deux. Le reste du temps que nous avons passé là, dans le débarras, n'a été que baisers, coups de reins et étreintes, jusqu'à ce que mon dos se cambre contre la méridienne, moi toute frémissante et lui, effondré sur moi, tremblant aussi fort.

Je suppose qu'il savait que je n'étais pas vierge, mais j'ai tenu à lui dire que ma première fois n'avait rien à envier à ce que nous venions de vivre sur cette méridienne. Je l'ai regardé dans les yeux pour qu'il voie à quel point les miens brillaient. Et comme il ne me servait pas son petit sourire suffisant, j'ai dit :

– J'ai eu l'impression d'être adorée.

– Eh bien, mademoiselle Antoinette, j'ai l'intention de vous adorer ainsi chaque jour.

•

Et à présent, chaque jour comme il l'a promis, je me retrouve couchée sur cette vieille méridienne, et cette petite heure passée dans le débarras pendant les tableaux quatre, cinq et six est la plus belle de ma journée. Je pense à cet instant de promesse lorsque le matin est glacial et que je n'ai pas envie de quitter la chaleur de mon matelas, et j'y pense encore au moment de fermer les yeux pour m'endormir le soir venu.

Même en ce moment, mon esprit en est tout entier occupé pendant que, dans la loge des actrices, je me tortille pour enlever mon costume de blanchisseuse. Si je ne vais pas assez vite, je dois patienter pendant que la costumière va porter un premier chargement dans le magasin de costumes avant de revenir, les bras vides, prête à prendre une autre pile de jupes et de tabliers.

Marie s'est moquée de moi en disant que j'avais un amoureux et qu'elle ne m'avait jamais vue prendre autant de soin à ma coiffure et à ma toilette. En fait, elle a ri tant que je n'ai pas invité Émile à monter jusqu'à notre chambre pour les rencontrer, elle et Charlotte. Dès qu'il a été parti, Marie s'est appuyée contre la porte refermée et a murmuré :

– La bête est partie...

Puis elle s'est mise à déblatérer contre lui, comme quoi il aurait manqué de respect à Maman, et comme elle ne se fermait pas le clapet, j'ai lancé durement :

– Pas un mot de plus !

– Barbe Bleue, a chuchoté Charlotte.

– Quoi ?

– Oh... rien. Comme tu as dit, pas un mot de plus.

– C'est une histoire que je lui ai racontée, a précisé Marie. C'était un roi très laid avec une barbe bleue. Il assassinait ses épouses et les suspendait à des crochets fixés au mur.

– Je peux te dire la fin, a fanfaronné Charlotte.

J'ai poussé une chaise qui bloquait mon chemin ; elle a fait lentement un pas de côté, mais je voyais bien qu'elle se tenait prête à sauter. Pourquoi ces deux filles ne voyaient-elles pas ce qui était sous leurs yeux ? Ne se rendaient-elles pas compte qu'Émile me rendait légère et me faisait pousser des soupirs de bonheur ? J'avais l'impression d'être au premier jour du printemps – avec le soleil et la brise tiède, et toute la nature qui s'éveille – à la différence que ce premier jour se répétait à l'infini.

•

Le matin suivant, Marie s'est levée avant que la moindre lueur s'infiltre entre les lattes des volets. Je sommeillais sur le matelas, écoutant les bruits de la rue de Douai qui s'éveillait – le martèlement des sabots, le cliquetis des roues de charrette sur les pavés, les salutations matinales du boulanger, du fruitier, du charcutier.

Étendue sur le dos, le souffle irrégulier, Maman ronflait et grognait. Comme je n'avais guère d'espoir qu'elle se taise enfin, j'allais prendre mon courage à deux mains pour affronter le froid de la chambre lorsque j'ai entendu Marie revenir, prenant soin de refermer sans bruit la porte derrière elle. Elle est restée immobile un moment, clignant des yeux pour s'habituer à la lumière grise puis, voyant avec étonnement que j'étais réveillée, elle a rapidement caché derrière son dos un petit paquet enveloppé de papier brun.

– Notre repas de ce matin ? ai-je demandé, sachant fort bien que ce n'était pas une baguette qu'elle dissimulait ainsi.

– Quoi ?

– Derrière ton dos.

– Chut ! Tu vas réveiller Charlotte.

Elle a mordillé sa lèvre pendant quelques secondes.

– Je suis allée rue Laval pour voir madame Lambert.

D'après madame Legat, en bas, c'est grâce à une teinture de madame Lambert que Lucie Roux a pu éviter de porter un enfant à terme.

– Marie, il y a très peu de chances que ça fonctionne, au cas où tu saurais pas.

Mais en mon for intérieur, je me rappelais ma nervosité, une semaine auparavant, ces longues journées d'inquiétude avant que mes règles ne commencent enfin. J'avais même conclu avec moi-même un marché que j'ai été trop faible pour tenir par la suite : « Si le sang arrive enfin, je parlerai à Émile, je lui dirai de se retirer à temps. »

– C'est du vinaigre, a-t-elle dit en lançant le paquet vers moi. Tu y trempes un morceau de coton et tu insères ce tampon loin à l'intérieur avant de laisser ton homme prendre son plaisir.

Je l'ai imaginée chez madame Lambert, rougissante, mordillant sa lèvre et essayant d'expliquer ce qu'elle était venue chercher.

– Je sais que c'était pas facile d'aller chez m'dame Lambert.

Le rouge lui est monté aux joues et elle a annoncé qu'elle allait chercher de l'eau ; en un clin d'œil, elle avait passé la porte et dégringolait l'escalier.

Lorsque je suis retournée dans le débarras avec Émile, je lui ai parlé de ces morceaux de coton trempés dans le vinaigre et je lui ai demandé de ne pas regarder.

– Ça me dérange vraiment pas, a-t-il répondu en me tournant le dos. Il faut que je mette quelques sous de côté avant de nous installer dans nos meubles.

Oh, le large sourire qui m'est venu aux lèvres pendant que je tâtonnais, les pantalons descendus jusqu'aux genoux. Il m'incluait dans ses projets d'avenir ! Il nous imaginait installés ensemble, dans une chambre à nous ! Je n'étais pas juste une fille de plus, un maillon ajouté à la chaîne.

Maintenant, j'accomplis deux petites tâches les jours où il m'adore, soit presque tous les jours. D'abord, je rince les morceaux de coton à la pompe, six maisons plus loin. Pour les faire sécher, je les étale à plat sur la plus haute tablette du garde-manger. Ensuite, je marque le jour d'un petit *x* sur le calendrier que j'ai piqué dans le bureau de Busnach. Le vieux bouc le méritait, il m'avait fait attendre là plus d'une demi-heure. Il s'était excusé avant de sortir, il ne lui fallait qu'une minute, pas plus, pour vérifier pourquoi le commis à la paie ne trouvait pas mon nom sur sa liste. Toutefois, je l'entendais fort bien ricaner dans le corridor avec monsieur Martin sans se hâter le moins du monde. Ce calendrier ne lui manquera pas. Non. Dans le désordre sur son bureau, il était ouvert à une page montrant des feuilles aux couleurs de l'automne, alors que dehors les arbres étaient nus depuis longtemps.

Le calendrier est recouvert de cuir avec du lettrage doré, et ses pages, festonnées, sont illustrées de flocons de neige, de fraises ou de feuilles rouges et jaunes, selon le mois de l'année. Sur chaque page figurent également quelques mots, dans une écriture dont les enjolivures deviennent des vignes avec leur feuillage. Un jour, je demanderai à Marie ce que tout cela veut dire, mais pour l'instant, je dissimule mon calendrier dans un interstice entre le mur et le manteau de cheminée. Je ne le sors que tard la nuit pour y tracer un petit *x* dans la case des jours où j'ai été adorée.

Pourquoi est-ce que je veux garder une trace de ces jours-là ? Peut-être que je souhaite simplement utiliser le calendrier, qui est si joli. Peut-être aussi que c'est ma façon de marquer ces jours comme étant spéciaux, même si, selon toute apparence, il y aura dix jours spéciaux pour chaque jour dont la case restera vierge. Ça me rend heureuse de tracer un nouveau *x*, de les compter, de me rendre compte qu'il y en a maintenant vingt-sept alors qu'hier il y en avait seulement vingt-six.

•

Encore toute à ma joie d'avoir obtenu un rôle parlant, je passe mon costume de blanchisseuse par-dessus ma tête avant de nouer rapidement les deux bouts du cordon de l'encolure. On nous a demandé de procéder comme ça pour éviter que les cordons ne tombent sur le sol.

– Toujours à la course, remarque Colette, une autre blanchisseuse authentique.

Je n'éprouve pour elle aucune amitié. Ses rondeurs débordent toujours de son corsage et elle a tendance à se frotter aux ouvriers authentiques dans le corridor, voire à

Busnach, même lorsque ce n'est pas nécessaire. L'autre jour, par exemple, elle a gonflé sa poitrine et, en se caressant légèrement, elle a dit à Pierre Gille : « C'est comme des pêches. Un délice sur la langue. Mmmm... »

– J'aime regarder la pièce, lui dis-je.

C'est vrai, d'ailleurs. Dans le tableau suivant celui du lavoir a lieu la descente des ouvriers : un fleuve de travailleurs arrive en ville depuis les hauteurs de Montmartre et de Saint-Ouen. C'est le tableau où Émile apparaît la première fois, sous les traits d'un maçon, pour traverser la scène dans un pantalon de toile blanche, une truelle à la main et une grosse miche de pain sous le bras. Grâce à la lueur rougeâtre des lampes à gaz qui éclairent des échoppes semblables en tout point à celles de la rue des Poissonniers, on s'imagine facilement qu'il est tôt le matin dans le quartier de la Goutte-d'Or. Si je ne traîne pas – tant pis pour cette salope de Colette –, j'aurai peut-être la chance d'attraper le moment où Émile s'arrête au milieu de la scène pour souffler dans ses mains afin de les réchauffer.

Par la suite, le tableau devient plutôt mielleux. Un zingueur nommé Coupeau évite les ouvriers qui s'arrêtent à L'Assommoir pour boire un coup et qui, une fois sur deux, perdent leur raison au fond de leur verre au point d'en oublier de se rendre à la forge ou au moulin. Il arrête Gervaise sur le pavé et lui déclare son amour ; elle lui fait alors un joli petit discours pour lui exposer la vie dont elle rêve.

– Mon idéal, ce serait de travailler tranquille, de manger toujours du pain, d'avoir une chambre propre pour dormir, un lit, une table et deux chaises, dit-elle. C'est tout ce que je voudrais, et ainsi je serais heureuse.

C'est mielleux, mais je dois avouer que je sens une boule se former dans ma gorge et que j'ai même aperçu des larmes dans les yeux de quelques autres filles. J'imagine que chacune de nous a un peu le même rêve, et lorsque Coupeau demande Gervaise en mariage en lui promettant de combler ses souhaits, et qu'elle accepte, on est tenté de croire qu'elle va se sortir des caniveaux de la Goutte-d'Or. C'est le moment de l'histoire où tous les espoirs sont permis.

•

Colette me souffle à la figure et me lance d'un ton railleur :

– Tu aimes surtout regarder Émile Abadie.

– Et puis ?

Elle hausse les épaules et passe sa blouse de blanchisseuse par-dessus sa tête, exposant dans toute leur gloire ses gros seins protubérants.

– C'est une brute.

Je hausse les épaules à mon tour.

– Tu ne crois pas ? ajoute-t-elle d'un ton qui me fait imaginer ses lèvres entrouvertes et son expression d'étonnement sous sa blouse.

– Non. Pas du tout.

Émergeant de son costume, elle tord un peu la bouche et ses belles dents mordillent sa lèvre inférieure bien en chair. Sur un ton soucieux, elle dit :

– Il n'est pas respectueux.

Je donne un coup sec à ma robe de blanchisseuse, manquant de peu le menton de Colette, et je la lance sur la pile qui grossit à vue d'œil sur le bras tendu de la costumière.

– C'est juste qu'il se fout pas mal de la peau qu'on lui fiche sous le nez, dis-je avant de la planter là, sa jupe roulée en boule à ses pieds.

Comme d'habitude, à la fin de son tableau, Émile descend dans la salle, toujours vêtu de son pantalon de maçon.

Toutefois, il ne vient pas s'asseoir près de moi pour me taquiner et m'embrasser furtivement dans le cou. Aujourd'hui, il se contente de me faire un vulgaire signe de la tête depuis l'allée pour m'intimer de le suivre. Il n'a même pas la décence de m'attendre. Je dois galoper derrière lui, n'osant crier son nom que lorsque deux volées de marches nous séparent des autres. Mais il ne m'attend toujours pas. Je le rattrape à la porte du débarras, et seulement parce qu'il prend un peu de temps pour tourner la clé dans la serrure.

– Eh bien, dis-je. Tu as aimé ma phrase sur le savon ?

Il ne rit pas, il ne dit pas à la blague que je devrais demander à Busnach qu'on mentionne mon nom dans le programme ou qu'on me donne une loge privée. Non, il lève les yeux de la serrure pour me jeter un regard dur, le visage fermé.

Je m'assois sur la méridienne au lieu de me coucher sur le dos. Il s'approche et je fuis son regard froid. Il pose aussitôt les mains sur moi pour me retourner brutalement, jusqu'à ce que je sois recroquevillée sur la méridienne, dos à lui.

Tout va très vite – ma jupe retroussée, mes pantalons descendus sur mes chevilles, son membre dur enfoncé en moi par-derrière – et presque tout de suite après, Émile referme sa braguette.

Je remets en place mon pantalon et ma jupe et je m'assois sur la méridienne. Le silence entre nous se fait lourd. Je reste figée, sachant que je serais dans mon bon droit de lui envoyer un coup de pied dans les tibias ou de lui cracher à la figure.

– C'était quoi, ça ? dis-je enfin.

Il passe ses doigts dans ses cheveux en broussaille.

– J'ai des besoins, Antoinette. Je t'ai cherchée partout, hier. T'étais nulle part. J'ai pas pu dormir de la nuit, répond-il.

Je me mets debout de toute ma hauteur et approche mon visage très près du sien.

– Je te défends de refaire ça.

Ou bien quoi ? Je vais le quitter, peut-être ? Ou bien je vais le gronder encore, avant de retrousser de nouveau ma jupe pour lui le lendemain ?

– C'est pas juste, Émile. Pas juste du tout.

– T'as pas le droit de me faire faux bond, souffle-t-il, incapable de regarder autre chose que la poussière du plancher. Je le supporte pas.

Il me jette un œil par-dessous ses sourcils.

– Où étais-tu, Antoinette ?

Il tend la main vers ma joue, hésitant, et je ne le repousse pas. Je réponds d'une voix que je souhaite docile :

– Au-dessus d'un seau. J'ai été malade toute la journée.

Nous nous sommes raccommodés, maintenant, et je ne lui révélerai sûrement pas que j'ai plutôt escorté Marie qui devait travailler comme modèle, d'autant plus qu'il me reproche toujours de les couver, elle et Charlotte. Je les empêche de grandir, selon lui, alors que les filles les plus pauvres de Paris doivent plutôt vieillir le plus vite possible. Dans d'autres circonstances, je lui aurais peut-être avoué la vérité. J'aurais plaidé que ces deux filles n'ont pour ainsi dire pas de mère à la maison et je lui aurais avoué combien je voudrais être, juste un peu encore, le bouclier qui les protège contre la dureté du monde. Mais pour l'instant, je n'ai pas plus de volonté qu'une assiette en fer blanc.

1879

*

Marie

Finalement, monsieur Degas n'est pas si effrayant; certes, on peut dire qu'il est un peu particulier, mais il ne ferait pas de mal à une mouche. Oh, il est grincheux, ça oui, et avec Sabine plus qu'avec n'importe qui d'autre. Il beugle quand il n'arrive pas à mettre la main sur un de ses pinceaux, quand il ne trouve aucun chiffon propre, et il beugle de plus belle lorsqu'il trouve ses pastels bien rangés dans leur boîte, les bouts usés soigneusement coupés.

Aujourd'hui il est content. Je le sais à la minute où j'entre dans son atelier et où j'aperçois trois de ses toiles retournées au lieu de reposer face au mur. Cela signifie qu'il traverse une phase où il se montre moins critique envers son travail, et aussi que j'aurai quelque chose de nouveau à regarder pendant mes quatre heures de pose.

Après m'avoir demandé de poser pour lui environ deux fois par mois pendant la moitié d'une année, il est devenu comme obsédé et maintenant je dois venir tous les jours. Il y a une douzaine de socles éparpillés dans l'atelier, et il veut toujours que je me tienne sur l'un d'eux. Il a besoin de m'observer d'au-dessus et d'en dessous, explique-t-il. Tout cela a commencé un mardi où il faisait une chaleur écrasante; en arrivant, je l'ai trouvé en train de contempler un pastel de moi tenant un éventail. Il est resté prostré comme ça pendant un bon quart d'heure.

Pour ce dessin, il m'a fait poser en quatrième position, le pied droit devant le gauche et les pointes vers l'extérieur. Cela, ce n'était rien, c'était même facile avec mes hanches naturellement souples et de plus en plus mobiles grâce aux exercices visant à faire pivoter les jambes vers l'en-dehors en roulant dans l'articulation de la hanche. Le plus difficile, c'était de tenir l'éventail d'une main tandis que l'autre était passée derrière ma tête, comme si je me massais la nuque. C'est le genre de dessin qu'il aime exécuter – une danseuse en sueur, exténuée, profitant de quelques secondes pour se rafraîchir un peu en attendant son tour dans la salle de classe. Au début, j'ai dû feindre la fatigue, mais comme monsieur Degas était plongé dans ses croquis et qu'il ne m'octroie toujours que très peu de pauses, j'ai tenu cette position pendant près de trois heures; bientôt, ma nuque m'a fait souffrir pour vrai et mes épaules se sont véritablement affaissées. Plus je devenais fatiguée, plus il exultait. Je me suis voûtée encore un peu.

– Oui. Oui, a-t-il approuvé. Oui. C'est cela.

•

En ce mardi de canicule, il a médité longtemps devant ce dessin, un pouce sous le menton et l'index posé sur sa bouche. Les yeux plissés, il a levé les yeux vers moi avec l'air d'un homme sur le point d'avoir la meilleure idée de sa vie. Je suis restée là, mourant de soif et m'intimant de ne pas bouger, de ne pas distraire son attention de ce dessin, du moins jusqu'à ce que Sabine revienne avec un verre d'eau.

Quand j'ai eu bu tout mon saoul, il s'est raclé la gorge et a dit:

– Très bien, mademoiselle van Goethem.

C'était sa façon de m'annoncer que j'allais poser nue et que je devais aller derrière le paravent pour me déshabiller. Les jours où il voulait que je pose dans mon costume de travail, il disait plutôt: «Alors, enfilez votre jupe, mademoiselle van Goethem.» Il évitait de me donner sèchement l'ordre de me mettre nue, et j'appréciais cette délicatesse.

Il avait commencé une série d'esquisses – des dessins tout simples, des lignes de fusain avec une touche de pastel blanc. Sur certaines, j'avais un doigt sous le menton; sur d'autres, j'ouvrais largement les bras en tenant ma jupe; sur d'autres encore, je posais la main sur la bretelle descendue de mon corsage, comme si je voulais la remonter. Parfois, il voulait mes cheveux en chignon, dégageant ma nuque. D'autres fois, il préférait qu'ils tombent dans mon dos, tressés en une grosse natte, ou qu'ils soient dénoués et rassemblés sur une épaule. Une fois sur deux, j'étais nue. Ce qui ne changeait jamais, par contre, c'était son souhait de voir mes pieds en quatrième position, et j'ai commencé à me demander si ce n'était pas cela, la grande idée qu'il avait eue en regardant le dessin de moi avec l'éventail: je poserais ainsi en quatrième position et il me dessinerait des centaines de fois.

Par la suite, en regardant les croquis, je n'ai vu que des bras grêles, des hanches osseuses, une poitrine à peine différente de celle d'un garçon. J'ai regardé encore, essayant de voir ce que monsieur Degas, lui, avait vu. Et peut-être ai-je trop regardé car, dans les lignes noires un peu brouillonnes, j'ai vu une fille au visage vulgaire. Et cette fille n'avait aucune chance d'évoluer gracieusement sur une scène.

•

Aujourd'hui il veut que je pose nue, les pieds dans cette bonne vieille quatrième position, mais les mains jointes derrière le dos et les coudes bien droits. C'était déjà la position de mes mains hier et avant-hier, et je commence à penser qu'elle est coulée dans le bronze comme celle de mes jambes.

– Plus haut, le menton. Ah, voilà !

Il s'installe à son chevalet et attrape son fusain ; ma peau picote sous son regard ardent. Pendant une heure, il ne cesse de me rappeler à l'ordre parce que mon menton retombe, parce que mon dos fléchit, parce que mes coudes se relâchent, ne serait-ce qu'un tout petit peu. Aujourd'hui, il passe son temps à déplacer son chevalet de quelques pas, puis, après m'avoir dessinée sous cet angle, il le déplace encore, tout en me répétant de rester absolument immobile, ce qui par deux fois m'oblige à plisser le nez alors que je sens venir un éternuement.

– Si vous devez vous moucher...

Sa voix trahit son agacement. Il fait un grand geste vers mon sac posé contre le paravent, comme pour me permettre d'aller y prendre le mouchoir qu'il sait bien ne pas y être. Quand j'ose me passer la langue sur les lèvres, il lance violemment un bâton de fusain à mes pieds ; plus tard, il hurlera contre Sabine en l'accusant de l'avoir caché. Il continue à soupirer, à gémir et à grommeler, mais les périodes de silence deviennent de plus en plus longues.

Je rêve de saucisses pour le souper ; je repense à la manière dont Blanche, qui a commencé à marcher avec moi après la classe, a feint l'indifférence lorsque je lui ai raconté que je devais aller à l'atelier tous les jours, à présent. Cela la rend jalouse que je sois ainsi choisie, même si ce n'est que par monsieur Degas, elle qui a l'habitude d'être la favorite de madame Dominique. Je porte ensuite mon attention sur l'une des peintures qui ont été retournées. Un groupe de danseuses se distingue dans le coin en arrière ; elles sont en train d'ajuster leur jupe ou leurs chaussons, les yeux au sol. Au premier plan, il y a trois autres danseuses, l'une jouant avec le nœud de son ruban de ceinture, les deux autres assises par terre, leurs jupes étalées derrière elles afin de ne pas froisser la tarlatane. Je sais qu'une danseuse a servi de modèle pour chacun des personnages, parce qu'un jour monsieur Degas m'a expliqué que le dessin de moi avec l'éventail était une étude pour une œuvre de plus grande envergure. La fille au nez retroussé qui est en train de nouer son ruban de ceinture, ce pourrait bien être Lucille, et cela voudrait dire, hélas, que monsieur Degas n'est pas très exigeant dans le choix de ses modèles. Chaque jour, elle se fait réprimander pour ses pieds paresseux, ses pas traînants. « Vous êtes Française ! crie madame Dominique en donnant des coups de canne. Notre style est raffiné. » Quant aux autres filles du tableau, je ne pourrais pas dire. Il y en a plus d'une centaine à l'école de danse et encore plus dans le corps de ballet.

Dans le tableau, la danseuse assise sur un banc attire le regard. Elle porte un châle rouge éclatant, et sa détresse saute aux yeux. Elle est toute seule, isolée des autres, le dos voûté, peut-être même qu'elle vient d'essuyer une larme. Peut-être qu'elle ne se sent pas capable de suivre la classe. Peut-être que sa sœur est rentrée très tard, alors que le jour gris filtrait déjà entre les lattes des volets. Peut-être qu'elle l'a entendue rire dans la cage d'escalier et dire à un garçon que oui, dimanche après-midi, pendant ces quelques heures de repos accordées aux jeunes travailleuses parisiennes, elle l'accompagnerait au Rat-Mort, alors que la danseuse malheureuse aurait voulu passer ce précieux temps avec elle. Peut-être qu'elle s'est réveillée au bruit que faisait sa mère en vomissant son absinthe. Ses pieds sont coupés, ce qui est une habitude de monsieur Degas, un problème qu'un peu de planification pourrait aisément régler. Aussi, il laisse toujours des espaces blancs sur le plancher au lieu de remplir la toile de couleur. C'est sûrement pour cela que ses tableaux ne sont pas exposés avec les plus grandes œuvres d'art au Salon. Ce qui n'aide en rien, c'est qu'il nous montre, nous les danseuses, sous des traits trop communs, avec nos bouches grandes ouvertes, nos genoux noueux et nos bras maigres, même si c'est effectivement la réalité.

Si je ne craignais pas de perdre six francs, et si j'avais un peu d'audace, je lui dirais que j'aimerais être jolie au lieu d'avoir l'air si lasse. Danser au lieu de reposer mes os douloureux. Briller sur la scène, comme une vraie danseuse – même si ce n'est pas encore le cas –, au lieu d'être toujours représentée dans la salle de classe. Ne sait-il pas que les gens souhaitent orner leurs murs de belles choses ?

Il appelle Sabine pour son repas du midi et je suppose qu'elle lui apportera, comme tous les jours, un plat de macaronis bouillis et une escalope de veau. Je m'envelopperai dans mon châle et je m'assoirai avec un des vieux journaux qu'il laisse pour moi derrière le paravent depuis que j'ai osé le lui demander.

Une fois ma nudité couverte, je dis :

– Cette fille au premier plan, celle avec le châle rouge, elle a l'air épuisée. On dirait même qu'elle ne se sent pas capable d'assister au cours de danse qui est sur le point de commencer.

Il hoche la tête. J'ajoute :

– Peut-être que son père est mort.

Il me regarde, longtemps, très longtemps, avec des yeux très doux, et lorsque Sabine arrive en poussant la porte de l'atelier de sa hanche rebondie, il me demande :

– Vous aimez le veau ?

J'ai un élan d'affection pour monsieur Degas ; certes, il parle d'un ton cassant et il crie souvent, mais au fond il a l'âme d'un agneau et il regrette sûrement de m'avoir lancé ce fusain.

– Je suis si affamée que je me mangerais les lèvres.

Un sourire apparaît dans sa barbe hirsute.

Assise à table sur un long banc, je découpe le plus gros morceau de viande que j'ai jamais vu et j'en savoure chaque bouchée. Seulement, mon plaisir est un peu gâté par l'impatience de monsieur Degas, qui jette des coups d'œil incessants aux dessins réalisés ce matin ; je vois bien qu'il se retient de me presser. Par chance, Sabine revient dans l'atelier pour annoncer de sa voix la plus austère que monsieur Lefebvre est à la porte et qu'elle va le faire entrer.

Monsieur Degas pousse un profond soupir.

– Je ne reçois pas de visiteurs quand je travaille.

– Il vient de la galerie Durand-Ruel, précise Sabine, les poings sur les hanches. Il porte un manteau de qualité. Du cachemire. Il a la Légion d'honneur à la boutonnière, aussi.

Pour ma part, attablée devant ce plat de veau, je souhaite qu'elle tienne tête à monsieur Degas, ce qui me permettrait de terminer mon repas.

Le manteau de qualité de monsieur Lefebvre ne dissimule pas la maigreur de l'homme. Il pend à ses épaules comme à un cintre en bois. Son chapeau de soie entre les mains, il s'incline légèrement. Des mèches de cheveux argentés échappées à la pommade tombent devant ses yeux. Alors qu'il serre la main de monsieur Degas en disant à quel point il admire ses huiles, ses pastels, et en particulier ceux montrant des danseuses, son regard tombe soudain sur moi, la bouche pleine de veau.

– Mademoiselle van Goethem, de la classe de madame Dominique, dit-il.

Je penche la tête et garde les yeux fixés sur le sol. Comment se fait-il qu'il connaisse mon nom ?

– Je m'intéresse aux petits rats, explique-t-il à mon intention, avant de poursuivre pour monsieur Degas : Je me surprends souvent à voir au-delà des clavicules protubérantes et des mains rouges de leur âge ingrat. Rien ne me plaît plus que de faciliter le passage de l'école au quadrille, puis aux rangs supérieurs du corps de ballet.

– Ah, lance monsieur Degas. Quand je l'ai trouvée dans la classe de madame Dominique, j'ai pensé que ses omoplates ressemblaient à de petits bourgeons d'ailes.

Il dégage une partie de la table juste à côté de moi et y dépose une feuille de papier vélin gris où l'on voit trois croquis de moi. J'y suis dessinée en quelques traits rapides, de dos, de côté et de face, toujours nue et les pieds en quatrième position, mes mains jointes derrière mon dos. Du vivant de Papa, je me déshabillais derrière un carré de drap usé tendu entre deux cordes dans un coin de notre chambre. Mais depuis un an, Papa n'est plus là et le morceau de drap nous semble plus utile sur nos matelas ; comme j'ai presque quatorze ans et que ma poitrine commence à se développer, j'ai pris l'habitude de tourner le dos à Antoinette, à Charlotte et à Maman par crainte qu'elles ne se moquent de moi.

Le croquis qui me dérange le plus est celui qui me montre de face. Non pas à cause de la tache de gris qui marque l'endroit où mes jambes se rejoignent, ni à cause de la ligne de fusain qui trace la courbe de mes seins naissants. Pas à cause de ma nudité. Je n'ai presque plus de réticente à poser nue, à présent, du moins pour monsieur Degas, si je compare avec cette première fois où j'ai tellement tremblé. Je suis étonnée de constater qu'on peut s'habituer à beaucoup de choses, que la deuxième fois est plus facile que la première, et la troisième encore plus que la deuxième. Non, ce qui me dérange, c'est mon menton relevé. Mon apparente aisance à le maintenir ainsi vers le haut dénote le calme d'une fille qui pose dans la quiétude d'un atelier, devant un homme qui a déjà vu sa nudité des dizaines de fois. J'ai honte devant monsieur Lefebvre qui scrute les croquis sans se douter à quel point cela me cause de l'embarras, même lorsque Sabine entre dans l'atelier. Ce visage pourrait être celui d'une fille qui porte une blouse décente et une jupe qui lui descend jusqu'aux chevilles.

Le regard de monsieur Lefebvre s'attarde longuement sur le papier vélin. Soudain, il enlève un de ses gants et tend un long doigt vers les dessins. Ce doigt tremble en suivant ma colonne vertébrale sur le croquis qui me montre de dos, puis il touche le papier pour tracer la ligne de mes omoplates et enfin aller se perdre dans la rondeur de mes fesses. Sa petite langue rose lèche la commissure de ses lèvres et moi, assise là sur le banc, devant la table, je sens mon dos se cambrer un peu.

– Ah, oui, des bourgeons d'ailes, dit-il.

Il délaisse les croquis pour s'intéresser à moi ; je m'empresse de contempler l'escalope de veau qui gît dans mon assiette. Alors les deux hommes se mettent à parler comme si je n'étais pas là. Mes genoux et mes coudes sont trop gros pour mes membres graciles ; les muscles de mes cuisses sont protubérants ; mes sourcils sont trop peu fournis. Si j'étais hardie comme Antoinette, je leur ferais remarquer à la blague que j'ai aussi une paire d'oreilles. Au lieu de cela j'attends, en prenant bien soin de me tenir droite parce que, selon madame Dominique, avoir le dos voûté est pire que de cracher.

– Voyons voir ces petites ailes, mademoiselle van Goethem, dit monsieur Degas. Montrez-nous ce dos gracieux et enfantin.

Est-ce que cela veut dire que je dois me dénuder devant monsieur Lefebvre ? Que je dois laisser tomber le châle qui me couvre les épaules ici même, alors que dans son atelier je me déshabille toujours derrière le paravent ? Je lève les yeux et il tourne ses paumes vers le plafond, devant son visage, dans un geste d'impatience. Six francs pour quatre heures. Il paie bien et les quatre heures ne sont pas encore écoulées.

Leur tournant le dos à tous les deux, je laisse glisser le châle sur mes épaules, mais je le tiens bien en place contre ma poitrine, devant moi. J'entends une respiration saccadée, puis je sens un doigt qui touche cette fois ma propre peau, descendant le long de ma colonne. Sans même y penser, je bondis aussitôt vers l'avant pour échapper à ce contact. Quelqu'un s'approche brusquement de moi, d'un pas rapide et brusque, puis je comprends que ce doigt impudent a été chassé loin de mon dos.

– Venez, fait la voix de monsieur Degas. Je vais vous montrer une toile terminée.

Ils tournent les talons et j'en profite pour remonter mon châle et le draper vivement autour de mes épaules. J'ai bondi si rapidement. Sans réfléchir. Comme si Marie Première savait, avant quiconque, qu'un doigt allait se tendre pour me toucher – le doigt de monsieur Lefebvre, j'en mettrais ma main au feu.

Monsieur Lefebvre reste encore une demi-heure dans l'atelier, à regarder les peintures et à écrire dans son petit livre à la couverture de cuir. Toutefois, l'ambiance est maintenant tendue ; seules les bonnes manières le poussent à s'attarder. Par deux fois, monsieur Degas montre une peinture avant de changer d'avis et de la retourner contre le mur, les condamnant tous deux à contempler le verso vierge d'une toile tendue sur un cadre de bois.

– Pas terminée, prétend-il.

La seconde fois, monsieur Lefebvre esquisse un geste pour remettre la toile à l'endroit, mais monsieur Degas rugit :

– Non ! N'y touchez pas !

Puis, il ajoute plus doucement :

– Il faut que j'y travaille encore.

Par la suite, l'atelier est plongé dans le silence, les deux hommes se tenant les bras croisés et ne prononçant que très peu de mots, et encore, d'une voix presque hargneuse. Avant de partir, monsieur Lefebvre revient près de la table et, même s'il est plus âgé que mon père, il prend la peine de me dire au revoir. Je me remets rapidement sur mes pieds. Alors qu'il s'incline légèrement devant moi, je capte son odeur de renfermé.

– À la prochaine, dit-il.

La prochaine ? Que veut-il dire ? Qu'il s'attend à me croiser à l'Opéra, alors que je ne l'avais jamais vu avant aujourd'hui ? Qu'il se mettra en quête pour me retrouver ? Non. Sans doute voulait-il seulement se montrer noble en faisant comme si l'énorme fossé entre nous n'existait pas, comme si une amitié pouvait se nouer entre un homme décoré de la Légion d'honneur et une fille qui a les muscles des cuisses protubérants.

– Quel homme désagréable ! grogne monsieur Degas lorsque Sabine a refermé la porte derrière monsieur Lefebvre.

Elle lui fait les gros yeux et le réprimande :

– Vous n'êtes pas très poli.

Monsieur Degas me pointe du doigt avant d'indiquer un endroit précis devant son chevalet, ce qui signifie que je dois sans délai me remettre au travail.

Antoinette

Comme c'est lundi, l'Ambigu est fermé. Ça fait une semaine qu'Émile parle du plaisir qu'on aura à la brasserie des Martyrs, ce soir, avec une douzaine des acteurs authentiques qui s'y retrouveront vers neuf heures. J'ai déjà ciré mes bottines et je me suis octroyé un bon savonnage dans notre baignoire minuscule. Puis, j'ai pris dans le sac de Marie les fleurs de soie que j'avais piquées pour elle le jour où elle avait rencontré le vieux Pluque pour la première fois. Hier, j'ai convaincu Maman d'emporter ma meilleure jupe au lavoir et de la lessiver avec le soin qu'elle accorde aux vêtements faits de la soie la plus fine. Enfin, j'ai aussi une nouvelle blouse, que j'ai volée dans son panier de livraison. Je l'ai emballée dans du papier brun et l'ai cachée sur la dernière tablette du garde-manger, là où personne n'aurait l'idée de chercher une croûte de pain.

Dès que je tourne dans la rue des Martyrs, j'aperçois Émile, appuyé contre le mur de la brasserie, une cigarette aux lèvres, en train de rire avec Colette. L'espace d'une seconde elle avance une main pour lui toucher le torse, avant de la promener sur ses propres rondeurs bien en chair. Je retiens mon souffle en espérant qu'Émile ne sera pas tenté. Mais non, il se contente de tirer une bouffée de sa cigarette. Ouf, je respire de nouveau.

En me voyant approcher, Émile s'éloigne du mur. En posant une main sur ma joue, il me salue :

– Bonsoir, beauté.

Je sens une joie mesquine à l'idée que Colette l'a entendu. Elle se penche et m'embrasse en faisant tout un cirque, comme si nous étions de bonnes amies qui s'étaient perdues de vue depuis longtemps. Elle incline ensuite la tête vers la porte :

– Les autres sont déjà là, je pense, lance-t-elle.

Puis, avant de s'éloigner, elle ajoute :

– Si je vous manque, vous savez où me trouver !

– J'aime pas cette fille, dis-je à Émile.

Il souffle un rond de fumée et vient se coller contre moi, son nez dans mon cou, en murmurant :

– Tu sens diablement bon !

À l'intérieur, les lampes à gaz sont allumées, mais il y a tellement de fumée dans la salle qu'il y fait sombre et gris. Les fauteuils de velours ont des pattes sculptées, tandis que les bancs et les longues tables sont faits de chêne verni et luisant. Il y a là un bric-à-brac indescriptible de gravures et de miroirs ; des statues soutiennent le linteau de la porte ; des moulures dorées recouvrent toute la surface des murs. J'ai la tête qui tourne tellement mes yeux sont attirés par toutes ces choses en même temps, sans compter les odeurs qui se mélangent, le tabac et la bière, l'huile de friture et l'oignon, la serpillière humide et les bottes sales.

Nous nous frayons un passage jusqu'à la table occupée par une douzaine de garçons que je connais pour les avoir rencontrés à l'Ambigu. Colette est coincée entre Paul Kirail, dont les cheveux courts sont raides de pommade, et Michel Knobloch, dont la figure un peu niaise a autant d'intérêt que l'eau des égouts. Ce dernier a déjà occupé par cinq fois le banc des accusés. Cinq fois on l'a envoyé en prison pour des délits mineurs : vagabondage, agression, vol. Quand on l'entend raconter ces histoires, on se demande s'il fait bien la différence entre un verdict de culpabilité et le ruban rouge de la Légion d'honneur que le président Grévy lui-même aurait épinglé à sa boutonnière. Sans remarquer l'air profondément ennuyé de ceux qui l'entourent, il continue à nous conter ses bêtises, comme la fois où il a volé des cerises et où les gendarmes, ayant suivi la piste des noyaux, l'ont retrouvé en train de s'empiffrer derrière une charrette. Même l'intervention d'Émile – « Quel crétin, je te jure ! » – ne l'arrête pas. Non, il en rajoute : les cerises n'étaient pas mûres et il a été malade dans sa cellule à la prison. Pierre Gille aussi est là, vêtu d'un gilet de soie, d'une chemise blanche fraîchement repassée et d'une cravate.

– T'as l'air d'un dandy, lui fait remarquer Émile.

Pierre Gille lève ses yeux de son verre de bière.

– On pourrait pas en dire autant de toi. Vraiment pas.

Émile avance le menton.

– Ta chemise est encore chaude du fer de la blanchisseuse ?

Pierre Gille esquisse un petit sourire suffisant avant de laisser tomber, en me regardant en face :

– Je vois que t'a emmené ta paillasse.

Émile expulse de la fumée par le nez avant de rétorquer :

– Je vois que t'es tout seul.

Pierre Gille attrape son verre et le vide d'un trait.

– Pas pour longtemps.

– T'en veux une autre ?

C'est toujours ainsi avec ces deux-là : ils s'insultent à tour de bras, mais ils s'offrent mutuellement des verres.

– Sûr.

– Et vous autres ? demande Émile en s'adressant à tout le groupe.

Aussitôt, sept garçons lèvent leur verre et le vident pour profiter de l'offre tant qu'elle tient.

Émile et moi nous installons sur le banc à côté de Michel Knobloch, les seules places laissées libres par ceux qui, bien inspirés, sont arrivés plus tôt. Personne n'avait vu Paul Kirail depuis des mois ; il était sous les verrous pour vol à la tire parce qu'un gentleman s'était donné la peine de le poursuivre sur les Champs-Élysées pour cinq misérables francs. Il prend une minuscule gorgée puis il sort son mouchoir, rien de moins, pour essuyer la mousse restée collée à sa moustache.

– J'ai changé, avoue-t-il, lorsque Émile mentionne qu'il a fini de purger sa peine. J'ai plus envie de mettre les pieds en prison. Plus jamais.

– Trop de types qui te prennent pour leur épouse, hein ? lance Pierre Gille tout en examinant le bord embué de son verre de bière.

Les autres rient, mais Paul Kirail se met à tirailler les poignets de sa chemise.

– Je me suis enrôlé, annonce-t-il. Je serai soldat. Je pars bientôt pour la garnison de Saint-Malo.

– Saint-Malo ? répète Michel Knobloch. Je crois bien que mon père, dans sa jeunesse, a été corsaire à Saint-Malo.

Émile dépose son verre et serre les poings :

– Ça, Knobloch, j'en doute fort.

– Tu me traites de menteur ?

Un menteur : c'est en effet ce que tout le monde pense de lui depuis toujours. Il n'a même pas assez de jugeote pour fabriquer des mensonges le moindrement plausibles.

– Tu mens comme tu respires.

Émile reporte son attention sur sa bière.

– Ce n'est rien de nouveau, ajoute Pierre Gille.

Les yeux de Michel Knobloch vont de l'un à l'autre. Certains se détournent, embarrassés. Les autres soutiennent son regard en hochant la tête de haut en bas. Au bout d'un moment, Pierre Gille fait tourner sa bière dans son verre et dit :

– Le roi de France a protégé les corsaires. Il a empêché qu'on les pende, à condition qu'ils lui envoient une partie de leur butin.

– Imaginez ça ! fait Émile. On pourrait piller tant qu'on veut sans aucun risque de se réveiller à La Roquette !

– Mais sans aucune chance non plus d'échanger la puanteur de Paris pour les brises salines de la Nouvelle-Calédonie, rétorque Pierre Gille.

La suite de la conversation ne fait aucun doute. Ils vont parler de la chance de tous ces condamnés exilés en Nouvelle-Calédonie ; c'est une île lointaine qui est, paraît-il, une colonie française. On les met aux travaux forcés pour abattre les forêts, construire les routes et récolter la canne à sucre. Plus d'une fois déjà j'ai entendu Émile discuter de la vie là-bas avec Pierre Gille, qui prétend tout savoir à ce sujet grâce au cousin d'un ami. Il raconte qu'un prisonnier se serait tenu à carreau pendant deux ans, et la première chose qu'il a su, il était assigné aux travaux légers : couture des habits pour les détenus ou préparation des grosses portions de viande qu'on leur sert trois fois par semaine. Il dit aussi que le travail là-bas est payé, mais qu'on retient le salaire du prisonnier jusqu'à ce qu'il soit libéré. À la fin de sa peine, on lui remet tout le pécule amassé, qui est suffisant, dit-on, pour acheter un grand lopin de terre où il pourra planter et récolter pour son propre compte. Selon lui, le gouvernement, en agissant ainsi, a pour seul objectif de peupler sa colonie.

Pierre Gille s'allume une cigarette et, d'une voix assez forte pour que tout le monde l'entende autour de la table, il déclare :

– Le cousin de mon ami s'est fait aimer des gardes, là-bas, et il est vite devenu le jardinier du gardien. Quand il a eu tiré sa peine, le gardien lui a donné son propre lot. Avec l'argent qu'il avait gagné, il a acheté deux mules et une charrette.

Il avale une grande gorgée de bière.

– Et les gardes, ils acceptent facilement de vendre à l'extérieur ce que les prisonniers parviennent à voler. Le cousin de mon ami, avant d'être jardinier, il était cuistot. Il a empoché une fortune en piquant une partie du rhum qu'on sert aux détenus quatre fois par semaine. En échange d'une part du butin, le trésorier s'est fait un plaisir de dissimuler toute l'affaire.

– Par contre, les gardes sont sans pitié avec leurs vis à ailettes et leurs fouets. Du moins, c'est ce que j'ai entendu dire, intervient Paul Kirail. Et ils punissent les détenus en les enfermant dans un trou complètement noir.

Pierre Gille lui souffle un nuage de fumée au visage.

– Suffit qu'ils t'aient à la bonne.

Émile ouvre la bouche pour parler à son tour. Comme il appuie toujours Pierre Gille, je ne suis pas surprise de l'entendre dire :

– En fait, une peine purgée en Nouvelle-Calédonie, c'est rien d'autre qu'un apprentissage pour s'installer sur une terre.

Je déteste quand il parle comme ça, comme si l'idée de partir sans moi pour un endroit que personne d'entre nous ne pourrait pointer sur une carte ne le dérangeait pas le moins du monde. Je sais bien que ce n'est pas vrai. Mais quand même.

Pierre Gille approche son verre de celui d'Émile, et ils les entrechoquent gaiement. Michel Knobloch lève sa bière à son tour pour trinquer avec eux.

– C'est mieux que d'être enfermé tout seul, à faire les cent pas dans une cellule grande comme ma main, commente-t-il. On aime avoir de la compagnie.

Pierre Gille se renfrogne et éloigne son verre de celui de Michel Knobloch. Il lance :

– À propos des corsaires, ils ont disparu de France il y a au moins soixante ans. Bien avant que ton père soit capable de se torcher le cul tout seul.

Comme des loups, les autres se mettent à rire, à lever leur verre, à trinquer, préférant se joindre à la meute plutôt que de prendre le parti du plus faible. Émile écrase son mégot, attrape la cigarette que Michel Knobloch tient entre ses doigts et se la met entre les lèvres. C'est la goutte qui fait déborder le vase : Knobloch se lève d'un bond, les poings serrés. Je pose une main sur la cuisse tendue d'Émile et alors – coup de chance – le tavernier saute sur une chaise et, les mains en porte-voix, il crie :

– Mes chers hôtes, c'est le moment pour les hommes bien élevés de commander un autre verre.

Michel Knobloch s'éloigne de la table et marche d'un pas lourd vers la porte.

– Eh bien, soit ! dit Émile en levant la main pour appeler la serveuse.

Il commande une douzaine de bières. Il paie avec un billet de cinq francs et ne prend pas la monnaie. Quand nous sommes dans un café, il refuse toujours de prendre les quelques pièces que je lui tends en disant : « T'as un loyer à payer. » Cela me rappelle surtout que lui n'en a pas. Non, il loge dans un entrepôt appartenant au père de Pierre Gille, au beau milieu de fleurs artificielles, et même ainsi, il ne semble pas mettre un sou de côté pour nous installer dans nos meubles, comme il me l'a promis. Je ne dis rien devant tous les gars de l'Ambigu, mais je sens le rouge me monter aux joues. Avec ostentation, la serveuse lui souffle un baiser, mais elle n'obtient en retour qu'un vague signe du menton. Pierre Gille roule des yeux et l'appelle à son tour :

– J'ai une petite place pour tes belles fesses, moi, au contraire de mon ami ici présent.

– T'es un porc, dis-je.

– L'autre jour, tu voulais pas justement sucer des rillons de porc ?

– Ce devait être ce vieux Paul, là.

Bien sûr, ce n'est pas juste de choisir le garçon le moins capable de se défendre.

Pendant un instant, Pierre Gille contemple le bout de son joli nez. Puis, il hausse les épaules et remarque :

– Je vois que la bière vous rend audacieuse, mademoiselle Antoinette.

Après encore une bière pour moi et deux pour chacun des autres, je cesse de réfléchir aux répliques acerbes que j'aurais pu lui servir et je sens une chaleur m'envahir, comme si un halo de lumière entourait Émile et tous les autres qui sont devenus mes amis. Les garçons commencent à se laisser aller, se retournant sur leur chaise et lorgnant les quelques filles présentes dans la taverne. Colette, joyeuse et frivole, fait tout un plat du gilet de soie de Pierre Gille, puis elle glisse à Paul Kirail que beaucoup de femmes aiment voir leur homme en uniforme ; elle se donne même la peine de me complimenter pour mes cheveux, que j'ai coiffés en chignon lâche entouré d'un ruban noir et décoré des fleurs de soie de Marie.

Émile rit, me touche la main, trinque avec les autres, et c'est vrai qu'on s'amuse bien. Toutefois, il commande une autre tournée de douze bières, alors qu'à nous deux, nous en avons bu sept, pas plus. Calmement, je lui fais remarquer :

– Émile, c'est pas ton tour.

Il a cette habitude de dépenser au lieu d'épargner.

– C'est pas tes affaires.

Il plonge la main dans sa poche et en sort un autre billet de cinq francs. La serveuse apporte les verres. Une fois qu'ils sont vides, Émile la rappelle et commande du cassis pour tout le monde. Je bois le mien en me tortillant sur le banc pour m'éloigner de lui, car il tape vigoureusement sur la table en ponctuant d'un grand rire chacun des mots de Pierre Gille. Puis, il fait de nouveau signe à la serveuse.

Colette se lève et se fraie un chemin à travers la salle pour se joindre à un groupe animé de gentlemen encanaillés, si j'en juge par leurs souliers cirés. On appelle Paris la ville de l'amour, et la rue des Martyrs est l'un des endroits qui ont fait cette réputation. On ne se surprend plus de voir des femmes du demi-monde partager la table des gentlemen, leurs rondeurs débordant de leur décolleté et la dentelle de leurs sous-vêtements bien visible sous leurs jupes relevées. Je reste bouche bée en voyant Colette se montrer si familière avec ces poules de boulevard. Je suis encore plus stupéfaite devant son calme lorsqu'un homme qui fait deux fois son âge glisse la main sur son bas, révélé à dessein par l'étalement de ses jupes. Bien sûr, ils s'éclipsent ensemble avant même que je me sois faite à l'idée qu'elle est une cocotte.

D'abord, je fais mine d'ignorer la main d'Émile qui, sous la table, me caresse discrètement la cuisse. Mais comme sa main remonte de plus en plus haut, je la chasse d'un coup sec.

– Quoi ? demande-t-il.

Je laisse échapper :

– Combien t'as mis de côté, Émile ?

Il me regarde sans comprendre.

– Pas un sou, hein ? J'ai pas raison ? Pas un seul sou. Tout ce que t'as à m'offrir, c'est de vivre dans un entrepôt avec toi et Pierre Gille. C'est ça, hein, Émile ?

Pierre Gille dépose son verre en faisant assez de bruit pour attirer l'attention des gars de l'Ambigu, même ceux qui sont déjà complètement poivrés.

– Elle te harcèle déjà, hein ?

– Ouais, répond Émile.

J'attrape mon châle. Un des coins est humide parce qu'il traînait sur le plancher souillé de bière. Je me lève et m'en vais en prenant soin d'effleurer son bras avec mes seins quand je passe près de lui.

Émile ne me suit pas. Évidemment... Pas devant les gars qui guettent sa réaction. Après quelques secondes, cependant, je pense à toutes ces assiettes de moules persillade que j'ai acceptées, tous ces verres de cassis, ces morceaux de sucre d'orge. Pas une seule fois je n'ai refusé. Je renifle quelques coups, j'avale difficilement, mais je ne peux pas m'empêcher de fondre en larmes.

Lorsque je lève les yeux, j'aperçois Colette à quelques pas de moi. Elle est appuyée contre le mur de la brasserie et enlace langoureusement l'homme qui lui a fait des avances à l'intérieur. En m'entendant renifler, ils se tournent vers moi.

– Antoinette ? fait Colette.

Je donnerais n'importe quoi en échange d'un mouchoir. Je voudrais tellement pouvoir me moucher. Pourquoi donc n'en ai-je aucun sur moi, alors qu'il y en a toujours en quantité dans le panier de livraison de Maman, à portée de main ? Colette s'approche de moi malgré les appels de l'homme qui la supplie de revenir. Elle me tend un mouchoir sur lequel est brodée la lettre *C*, preuve qu'elle gagne beaucoup plus d'argent que les gages qu'on reçoit à l'Ambigu.

– Colette ! lance l'homme sur le ton qu'il prendrait pour gronder un chien désobéissant.

– Une minute, rétorque-t-elle.

– Merci, lui dis-je.

– Les hommes nous font bien de la misère, hein ?

– C'est rien.

– Colette !

– Mais ouvre les yeux, à la fin ! Tu vois bien que j'ai besoin de parler à mon amie !

Sur le coup, l'homme reste figé. Il semble ahuri d'entendre une fille de ce genre lui répondre si durement. Après quelques secondes, il s'éloigne et disparaît dans l'obscurité en sortant du halo d'une lampe à gaz.

– Vas-y, dis-je.

Elle secoue la tête.

– Je préfère un gentleman qui m'offre au moins une coupe de champagne.

– J'aime beaucoup ton mouchoir.

Je caresse du pouce le minuscule *C* brodé dans un coin.

– Garde-le, alors. Viens avec moi, rentrons. Je vais te présenter mes amis.

M'asseoir parmi les poufiasses de boulevard, le cordon de ma blouse défait, ma tête rejetée en arrière, ma jupe relevée, avec tous ces hommes impatients et en quête de plaisir ? Ça ne me dit rien, surtout pas maintenant. Non. Moi, je veux mener une vie tranquille, comme celle dont rêvait Gervaise, avec un bon lit pour dormir et de quoi manger tous les jours. D'ailleurs, si je retourne à l'intérieur, Émile essuiera encore plus de railleries de la part de Pierre Gille, alors que je me sens déjà coupable de l'avoir harcelé et d'avoir fait toutes ces histoires. Je lui ai fait honte.

– Émile aimerait pas ça, dis-je. De plus, je dois rejoindre des amis au Rat-Mort.

En vérité, je veux rentrer à la maison pour me blottir au lit contre Marie et Charlotte. Mon plus grand désir, pour l'instant, c'est de sentir le souffle de Marie sur ma nuque, ses mouvements quand elle change de position, et de l'entendre murmurer : « Tu es rentrée, Antoinette... » Je ne vais pas lui demander son avis à propos des mots que j'ai dits à Émile ce soir, ni à propos de ma fuite hors de la brasserie. Elle se rangerait de mon côté, bien sûr, mais j'aurais peur qu'elle le fasse trop rapidement, dans l'espoir que je retrouve la raison et que je revienne enfin de cette canaille d'Émile Abadie.

– Ce garçon te mérite pas, me glisse Colette.

Je gaspillerais ma salive à essayer de lui expliquer ce que c'est que d'être adorée, la sensation de ses doigts caressant doucement le petit creux entre mes clavicules, de sa main cherchant la mienne sur la table dans la brasserie tout à l'heure. Mais les mots de Colette flottent dans l'air entre nous, lourds comme du plomb. Mon esprit tombe soudain sur l'image de cette première fois dans l'allée sombre, avant de se heurter avec un bruit sourd au souvenir de cette autre fois, à l'Ambigu, ce jour où j'ai dû courir derrière Émile dans l'escalier avant qu'il me jette brutalement sur la méridienne.

Je secoue la tête. Loin. Je dois me tenir loin des pépiements de Colette.

Marie

À l'Ambigu, je soulève le rideau de velours poussiéreux qui marque l'entrée du quatrième balcon, où les places les moins chères sont coincées sous les toits. Aussitôt, une vieille concierge fonce vers moi et me retire mon châle avant de m'indiquer une place libre. Cette rapidité m'étonne, vu les veines bleues et saillantes qui déforment le dos de ses mains.

La nuit dernière, Antoinette est de nouveau rentrée très tard, comme presque toutes les nuits à présent. Je me suis réveillée en l'entendant s'accroupir près de moi.

– Marie ? Marie, t'es réveillée ?

Pourtant, elle savait très bien qu'à neuf heures du matin, comme d'habitude, je serais déjà en train de travailler à la barre comme une esclave. J'ai émis un gémissement ensommeillé.

– Qu'est-ce qu'il y a, Antoinette ? Paris est en train de brûler ?

– J'ai un billet pour demain soir. Pour toi.

Je me suis assise sur mon matelas. Comme à toutes les blanchisseuses, on lui avait promis un billet, un seul, mais seulement lorsqu'il serait devenu impossible de remplir la salle avec des spectateurs payants.

– La pièce ne sera bientôt plus à l'affiche ?

Cela voulait dire que ce serait la fin des trois francs qu'elle gagnait chaque fois qu'elle paraissait sur scène. Elle a haussé les épaules, un peu fâchée m'a-t-il semblé.

– Maman m'a suppliée de lui donner le billet.

– Je le veux !

Je me suis élancée hors de mon nid de draps en lambeaux et j'ai touché son genou.

– Je le veux vraiment.

– Je peux pas me plaindre, a-t-elle fait remarquer. On joue depuis presque un an, maintenant.

Même dans la pénombre je voyais bien ses lèvres serrées, son visage tendu. J'ai deviné à quel point ce serait une épreuve pour elle de voir bientôt se terminer son contrat à l'Ambigu.

– Tu trouveras autre chose, ai-je tenté de la rassurer.

Et je savais que c'était vrai. Elle est vive d'esprit et elle a toujours trouvé le moyen de prendre soin de nous deux, Charlotte et moi.

•

Je suis à peine installée au milieu du banc que la concierge surgit de nouveau pour glisser un petit tabouret sous mes pieds. Elle brandit un programme sous mon nez.

– J'en ai déjà un, lui dis-je en sortant de ma poche celui qu'Antoinette m'a donné à la maison.

La concierge semble un peu vexée, et même contrariée lorsqu'elle tend sa main en disant : « Pour le service. » Après quelques secondes de flottement, j'enlève mes pieds du tabouret et je le repousse vers elle.

Les gens qui viennent s'asseoir au quatrième balcon ne sont pas différents de moi, avec leurs joues flasques et leurs dents de travers. « Pour le service », clame la vieille concierge, n'obtenant pour réponse que des poches retournées et quelques sous posés dans sa main à la peau mince comme du papier. Une seule fois encore un repose-pied lui est rendu, par une femme qui est arrivée, tout comme moi, couverte de deux châles plutôt que d'une mante pour se protéger du froid.

Si l'on considère à la fois l'orchestre tout en bas – où les dames arborent des fourrures, les hommes des cheveux pommadés et les concierges des robes garnies de dentelles –, les sièges ici en haut et, entre les deux, les deuxième et troisième balcons – remplis de commerçants, de tuteurs et de clercs –, il semble que tout Paris est venu assister à *L'Assommoir.* Antoinette a dit qu'elle ne voulait pas émousser mon plaisir et a refusé de me dire comment la pièce se termine. Tout ce que je sais, c'est que Gervaise est une blanchisseuse, pauvre et boiteuse, abandonnée par son vaurien d'amoureux, Lantier. Elle se débrouille toute seule pour survivre, jusqu'à ce que surgisse un ouvrier zingueur nommé Coupeau. Soudain, je me penche davantage vers la scène, car je pense avoir vu le lourd rideau bouger un peu, comme si quelqu'un avait commencé à appuyer de tout son poids sur la manivelle qui en contrôle l'ouverture.

Enfin le rideau s'ouvre et le public commence à applaudir avant même que Gervaise se tourne vers nous à la fenêtre où elle est postée, guettant Lantier qui ne revient pas. Les spectateurs applaudissent de plus belle lorsque Coupeau passe la tête par l'entrebâillement de la porte et demande à Gervaise s'il peut entrer. Le décor correspond exactement à la description que j'ai lue dans le livre de monsieur Zola : les trois chaises à fond paillé autour de la table, le cadre de lit en fer, la commode à laquelle il manque un tiroir et le manteau de cheminée où reposent des coupons du mont-de-piété et des chandeliers en zinc. Soudain, assise dans cette salle de théâtre, il me vient à l'esprit que je pourrais très bien être en train de regarder notre propre chambre, si l'on oublie que le cadre de lit de Papa et Maman a été mis au mont-de-piété avant même que Papa n'expire son dernier souffle et qu'Antoinette est trop sage pour laisser les coupons à la vue de Maman, et si on fait exception du buffet de Papa, dont les six tiroirs sont encore bien en place.

Je tombe presque en bas de mon siège lorsque le rideau s'ouvre sur le deuxième tableau et que j'entends Antoinette dire, tout en s'essuyant le front d'une main et en plongeant l'autre dans une bassine d'eau d'où s'élève de la vraie vapeur : « Qu'est-ce qu'est arrivé à mon morceau d'savon ? Y'a encore quelqu'un qui m'a chipé mon savon ! » Tout le monde rit. Tout le monde, sauf moi. Je reste figée, trop étonnée qu'elle ait réussi à garder secret le fait qu'elle avait obtenu un rôle parlant.

– C'est ma sœur, dis-je à la dame assise à côté de moi tout en pointant la scène.

– Celle qui a dit la réplique à propos du savon ?

Je hoche la tête et la dame se penche vers un homme à sa droite, qui a la moustache cirée, et lui murmure quelque chose à l'oreille.

Antoinette s'essuie de nouveau le front, frotte vigoureusement son drap puis secoue ses mains pleines de mousse, exactement comme elle le fait lorsqu'elle va au lavoir de la rue de Douai. Je me perche sur le bout de mon siège, attendant une autre réplique de sa part, mais elle ne dit plus un mot et bientôt le rideau se referme sur le tableau du lavoir qui me semblait tellement familier.

Au troisième tableau, Émile Abadie traverse la scène parmi une nuée d'ouvriers. Au lieu de marcher avec un certain but, comme Coupeau, Émile avance d'un pas nonchalant, s'arrêtant parfois pour souffler dans ses mains gelées. Dans les tableaux suivants, on voit Gervaise et Coupeau travailler nuit et jour ; finalement, ils amassent assez d'argent pour que Gervaise puisse acheter son propre lavoir. Je ne cesse de penser à la nonchalance d'Émile Abadie, ce paresseux qui condamnera Antoinette au désespoir d'un garde-manger toujours vide.

Monsieur Zola affirme avoir écrit un roman expérimental. Comme les journaux aiment bien le rappeler, il clame s'être contenté de mettre une femme donnée dans un environnement particulier et de laisser l'histoire se dérouler d'elle-même de la seule manière possible étant donné le tempérament de Gervaise et le quartier de la Goutte-d'Or, que Zola appelle le « milieu ». L'histoire à laquelle j'assiste me semble vanter les vertus du travail pour obtenir ce qu'on souhaite le plus – un petit lavoir, ou la réussite à un examen de danse et la chance de danser sur scène – même si on vit dans le Bas-Montmartre, dans un lieu comme la Goutte-d'Or ou la rue de Douai.

Mais au cinquième tableau, Coupeau tombe du toit où il travaillait, au sixième on le voit boire à la taverne et au septième, Gervaise perd son lavoir et son goût du travail pour plonger elle aussi dans l'alcool. Au huitième tableau, le boulanger refuse de lui faire davantage crédit et le propriétaire réclame le loyer en retard. Finalement, au neuvième tableau, Gervaise est devenue misérable. « Il y a des femmes qui sont heureuses, bien heureuses, lorsqu'on les emporte. Oh oui, je suis bien heureuse ! » dit Gervaise sur son lit de mort, qui n'est pas du tout un lit, en fait, mais le caniveau du boulevard Rochechouart, à dix minutes à peine de notre logis.

Le livre de monsieur Zola ne porte pas sur la réussite, l'achat d'un lavoir ou la chance de danser sur scène. Il raconte plutôt comment ceux qui sont nés opprimés sont condamnés à le rester toute leur vie. Peu importe l'ardeur que l'on met au travail, cela ne fait aucune différence. Mon sort, comme le sort de tous ceux qui m'entourent, a été scellé au moment où nous sommes nés dans le caniveau, de parents n'ayant jamais réussi eux-mêmes à sortir du caniveau.

Au quatrième balcon, comme partout ailleurs dans le théâtre, les gens sont debout, tapent du pied, crient dans leurs mains en porte-voix ou applaudissent en levant les bras au-dessus de leur tête. Je ne fais rien de tout cela ; je reste assise, muette et immobile, et je m'interroge sur les gens autour de moi, sur cette femme qui a refusé le tabouret pour ses pieds. N'ont-ils rien vu ? N'a-t-elle rien compris ?

Je reste là sur mon siège, frottant mes sourcils ridicules du bout de mes doigts. Même lorsqu'il n'y a plus personne au balcon, à part moi et la vieille concierge qui se penche péniblement, en se tenant le dos, pour ramasser les talons de billets et les papiers gras, je ne peux chasser de mon esprit l'histoire de Gervaise. Je la vois se recroqueviller pour se protéger contre le froid d'une nuit d'hiver, pendant que de petits morceaux de papier lancés de l'arche d'avant-scène flottent dans l'air et tombent sur son dos comme autant d'anges sans pitié.

•

Antoinette est restée avec Émile Abadie, et je suis donc toute seule lorsque j'ouvre la porte de notre chambre. La chaleur étouffante me surprend après le froid glacial de la nuit, après tous ces mois passés à grelotter, même sous les couvertures, blottie contre une de mes sœurs pour partager notre chaleur. Charlotte dort à poings fermés sur le matelas ; elle a rejeté en boule à ses pieds la plus chaude de nos couvertures. Maman est affalée sur la table, la tête couchée sur ses bras qui lui servent d'oreiller. Des flammes dansent dans le foyer et baignent la pièce d'une jolie lumière, en plus de dispenser une douce chaleur. Je fais quelques pas et je distingue soudain le trou noir à la place du tiroir manquant, faisant comme une bouche béante au milieu du buffet de Papa.

Je me laisse tomber sur une chaise. La vie se déroule de la seule manière possible, d'après monsieur Zola. « Allez ! il faut oublier Zola ! » Par deux fois je murmure cette phrase pour moi-même, la seconde fois d'une voix un peu plus forte que la première. Je me force à me lever. Je redresse les épaules. J'ai un cours avec madame Dominique demain matin. J'ai ma chance.

1880

*

Antoinette

La veuve Joubert a été assassinée, battue à coups de marteau selon le boulanger et le charcutier, et selon Marie qui sait toujours tout avec son nez sans cesse fourré dans les journaux qu'elle rapporte de l'atelier de monsieur Degas. Ce n'est pas bien de parler dans le dos des morts, mais la veuve Joubert était une vieille pimbêche. Prétentieuse, même, qu'elle était, derrière son étalage de journaux. Elle se donnait de grands airs pour discuter avec les hommes qui lui achetaient les journaux du soir et elle me jetait des regards mauvais dès que je m'approchais, sans même faire mine de s'en cacher. Qu'est-ce que j'aurais bien pu faire d'un journal de toute façon ? Bien sûr, il y a des images dans *L'Illustration*, mais si on ne peut pas déchiffrer les mots imprimés dessous, ces images ne signifient pas grand-chose. Peu importe. Je prenais plaisir à rôder autour de son kiosque, ne serait-ce que pour la voir devenir folle. Mais les côtes brisées, le crâne défoncé, les dents réduites en miettes ? Personne ne mérite un sort pareil. Je me joins à la foule rassemblée à l'intersection des rues de Douai, Fontaine et Mansart, à l'endroit où le petit commerce de la veuve Joubert est resté fermé ce matin.

Avant même que la voiture de la morgue arrive dans la rue Fontaine, les badauds se sont massés sur trois rangs. Il est impossible de distinguer le cercueil sous la masse des bouquets de fleurs et des couronnes, dont l'une porte l'inscription : À NOTRE MÈRE. Les deux hommes sur le siège devant la calèche doivent être ses fils, et leurs épouses sont sans doute celles qui mènent le cortège de femmes qui suit derrière. Parvenue devant le kiosque de journaux, l'une des deux belles-filles pose une main sur son cœur et, les jambes soudain très faibles, elle fait quelques pas en titubant. Alors que la foule retient son souffle, la procession s'arrête le temps que l'autre femme lui porte secours. La veuve Joubert doit être enterrée au cimetière de Saint-Ouen. Lorsque la femme chancelante fait signe aux deux frères en avant, ils ont le bon sens de se rendre compte qu'elle n'arrivera pas jusque-là. Ils l'escortent jusqu'au siège de la voiture, où elle s'assoit entre eux.

Le soleil pâle et gris est encore bas dans le ciel brumeux. Je resserre un peu plus mon châle autour de mes épaules pour me protéger de l'humidité de ce printemps tardif. Avec l'hiver qui s'attarde et Maman qui n'apporte pas tellement plus que son souffle fétide pour chauffer la chambre, je ne sais pas où l'on trouvera le bois pour le foyer, à moins, bien sûr, qu'elle ne décide de brûler d'autres tiroirs du buffet. *L'Assommoir* n'est plus à l'affiche depuis la fin de la semaine dernière, et monsieur Leroy m'a annoncé qu'il n'a déjà pas assez de rôles pour les figurants qui ne l'ont pas abandonné, comme moi, pendant presque un an. Mes sœurs ne reçoivent chacune que soixante-dix francs par mois de l'Opéra et Marie ne fréquente plus l'atelier de monsieur Degas aussi régulièrement qu'avant. Elle a trouvé un nouveau travail, à la boulangerie de l'autre côté de la rue ; tous les matins, entre quatre heures et demie et huit heures, elle pétrit la pâte pour quatre-vingts baguettes. Sa hardiesse pour chercher du travail m'a étonnée, mais je n'ai pas été surprise que le boulanger l'engage. Depuis longtemps, Alphonse, son fils, s'arrange pour fumer sa cigarette devant la boutique au moment précis où Marie sort de chez nous pour se rendre à l'Opéra. Plus d'une fois j'ai vu ce pauvre garçon rassembler son courage et entrouvrir les lèvres pour parler, mais Marie gardait toujours les yeux obstinément fixés sur notre porte au lieu de lui accorder un seul regard, un seul petit signe qui l'aurait encouragé à la saluer. Mais, nouveau travail ou pas, Marie est avare comme un rat et elle ne rate pas une occasion de se plaindre :

– Je suis exténuée. Mes jambes peuvent danser, au moins. Mais comme j'ai mal aux bras !

Hier, j'ai dit avec ironie que, réellement, cette besogne me semblait dure – après tout, elle travaille à côté d'un four bien chaud, et dans la puanteur du pain frais... Elle s'est aussitôt détournée pour masser de ses jointures les muscles de ses mollets.

– Tu n'es pas assez souvent à la maison pour te rendre compte de ma fatigue. Toujours à traîner avec ce garçon ! Dehors la moitié de la nuit ! Et tu n'as même pas encore réussi à trouver du travail dans l'une ou l'autre de ces brasseries que tu fréquentes !

– Au moins, moi, je cache pas mon argent pour que personne y touche.

Je disais la vérité. Chaque franc que j'ai gagné à l'Ambigu a été dépensé depuis longtemps pour payer le loyer, le lait, les œufs et même, parfois, un peu de porc.

– Je donne l'équivalent de ce que tu gagnais, en plus de la baguette que je vous laisse chaque jour.

– Mais tu gardes une baguette entière pour toi toute seule !

Ça lui a cloué le bec. Sa paye à la boulangerie comprend deux baguettes, et non pas l'unique baguette qu'elle met sur la table pour que Charlotte et moi la divisions en trois avant que Maman n'engloutisse plus que sa part. Marie croyait que nous ne le savions pas. Maman m'a raconté qu'elle a cru mourir de honte lorsqu'elle est allée à la boulangerie demander une seconde baguette de la part de Marie, et qu'on lui a appris que Marie partait déjà chaque matin avec deux baguettes.

Elle a aspiré sa lèvre inférieure au point de la faire disparaître dans sa bouche.

– Demain, je mettrai les deux baguettes sur la table pour les diviser également. Je te le promets.

La nuit tombée, j'ai eu des remords et je me suis pelotonnée contre elle sur le matelas. Maman était Dieu sait où et Charlotte, de l'autre côté de Marie, avait le souffle lent du sommeil; elle rêvait probablement qu'elle était sur une scène en train de faire une profonde révérence, pendant que le public lançait des gerbes de roses à ses pieds.

– À propos de *L'Assommoir*..., a commencé Marie.

Il y avait plus de deux mois depuis qu'elle avait assisté à la pièce à l'Ambigu, mais elle voulait toujours en parler. On en avait déjà discuté au moins une demi-douzaine de fois.

– ... Si Coupeau n'était pas tombé du toit et ne s'était pas mis à boire, Gervaise aurait réalisé son rêve.

– Je sais pas. Elle avait visiblement l'art de choisir des mauvais garçons. D'abord Lantier, puis Coupeau...

– Alors, tu es d'accord avec monsieur Zola? D'après toi, la vie de Gervaise s'est terminée de la seule manière possible?

J'ai senti son dos se raidir contre ma poitrine. Alors je lui ai répondu ce que j'aurais dû lui répondre depuis le début:

– C'est juste une histoire, Marie. Rien de plus.

J'ai glissé mes doigts dans sa chevelure épaisse.

– La rue de Douai est pas aussi miséreuse que la Goutte-d'Or. Et t'es pas Gervaise.

– Non. Je ne suis pas jolie comme elle.

– Tu es deux fois plus intelligente. Je connais personne qui réfléchit comme toi.

Bien sûr, je n'ai pas mentionné la perte de temps colossale que ses lectures représentent, je ne lui ai pas fait remarquer que cela ne la mène à rien, sauf peut-être à se gratter la peau du pouce jusqu'au sang et à rester éveillée jusqu'au beau milieu de la nuit. Elle était trop triste pour que je lui reproche quoi que ce soit.

– Tu ne te moques pas de moi ?

– Pas ce soir.

Elle a faufilé ses doigts entre les miens et nous sommes restées allongées comme ça un long moment ; je savais qu'elle sentait ma chaleur comme je sentais la sienne.

– Où est le reste de l'argent que tu gagnes ? lui ai-je demandé.

– Je ne veux pas finir comme Gervaise. Vraiment pas. Il faut que je me remplume un peu, sinon je peux oublier le quadrille. Je ne peux pas pétrir du pain, danser et poser pour monsieur Degas tout en restant si maigre...

– Maman ? Tu donnes encore de l'argent à Maman ?

Elle a poussé un profond soupir.

– J'ai acheté un nouveau jupon de travail au mont-de-piété. Je l'ai eu pour dix francs et il est comme neuf.

– Ça fait pas le compte, Marie.

– Joséphine, la fille qui a un ruban de ceinture d'une couleur différente pour chaque jour... Eh bien, sa mère a conclu une entente avec madame Théodore pour des leçons particulières.

Marie s'est interrompue et même dans l'obscurité je savais qu'elle se mordillait la lèvre.

– Je fais pareil. Deux fois par semaine. Je suis en retard sur les autres, Antoinette. J'ai commencé trop tard. Et les examens pour le quadrille sont dans trois mois.

J'ai été abasourdie par sa volonté de fer, elle qui avait tendance, en général, à douter d'elle-même.

– Tu me fais penser au baron Haussmann qui a mis à terre la moitié de Paris une fois qu'il s'est mis dans la tête d'ouvrir les boulevards.

L'air était saturé de son ambition, de son désir de passer du caniveau à la scène de l'Opéra.

– Garde la seconde baguette. Garde-la pour toi, ai-je dit.

La nuit a été longue. Nous nous tournions et nous retournions sans cesse sur notre matelas. Le rêve de Marie grandissait, et moi j'avais l'impression de rapetisser jusqu'à n'être qu'une poussière. Je me suis demandé si cet élan formidable de Marie, d'une part, et ma propre chute, d'autre part, étaient la volonté du Ciel. Qu'est-ce qui l'avait menée à vouloir, à espérer autant ? Elle avait une envie folle de danser sur scène, oui, mais pourquoi ? Et moi, est-ce que quelque chose me faisait défaut pour y avoir renoncé sans regret, en une semaine à peine, lorsque le vieux Pluque m'a expulsée du quadrille ? Marie était-elle réellement faite pour danser, et moi non ? Ce devait être ça. Mais étais-je faite pour autre chose ? Je me suis mise à penser aux cinquante francs cachés dans une pochette suspendue à un clou derrière le buffet de Papa. Émile était arrivé avec cette bourse le lendemain de ma scène à la brasserie. Il s'était planté sur le seuil de notre chambre et m'avait dit : « C'est pas énorme, je sais. Mais garde ça en sûreté. »

Alors que je restais réveillée à côté de Marie, que je sentais chacune de ses respirations, une pensée m'obsédait : je n'avais épargné moi-même aucun des sous contenus dans cette bourse.

•

C'est aujourd'hui samedi. C'est mon sixième jour de travail en tant qu'apprentie blanchisseuse, et le contremaître, monsieur Guiot, m'avertit que je dois m'attendre à travailler tard. Tous les clients veulent que leurs plus beaux vêtements soient amidonnés et repassés pour assister à la messe demain matin.

– Jusqu'à quelle heure ? dis-je.

– Jusqu'à ce que vous ayez fini, mesdames.

Maman est déjà partie. Avant de sortir du lavoir, elle a mis une main sur mon épaule et m'a rappelé d'une voix forte, pour que tout le monde l'entende, que la veuve Joubert avait été assassinée juste au coin de la rue, et que je devais être prudente en rentrant à la maison.

Nous ne sommes plus que quatre, maintenant, dont l'une utilise une forme en bois et un polonais – un petit fer arrondi aux deux bouts – pour le repassage délicat des bonnets. Deux autres tentent de venir à bout d'une immense pile de chemises, de jupons, de camisoles et de pantalons de femme, tandis que de mon côté, on m'a laissé le travail le plus ingrat, soit les chaussettes, les taies d'oreiller et les mouchoirs. Le repassage est la tâche la plus facile qu'on m'ait assignée cette semaine. J'ai même été surprise ce matin lorsque monsieur Guiot m'a dit :

– Vous serez à la planche à repasser, mademoiselle Antoinette.

Maintenant je sais pourquoi : les repasseuses finissent très tard le samedi soir. Je considère la pile de linge humide qui m'empêche d'aller retrouver Émile, avec qui j'ai rendez-vous dans un quart d'heure. Je pense à ses cheveux en broussaille que mes doigts n'ont pas touchés une seule fois cette semaine, puisque j'ai travaillé tous les jours de sept heures du matin à sept heures du soir. Je prends un fer chaud sur le poêle et, comme on me l'a enseigné, je le racle contre une brique avant de l'essuyer sur le chiffon qui pend à la ceinture de ma jupe.

Lundi, j'ai passé douze heures interminables dans le bureau de monsieur Guiot, à ouvrir des ballots de linge puant ; il inscrivait un à un chaque morceau dans son livre, puis je cousais à l'intérieur un fil d'une couleur donnée pour indiquer à qui on devrait le retourner une fois qu'il serait propre. Trois fois je me suis piqué le doigt ; mon sang a taché deux chemises et un jupon. Une blanchisseuse prénommée Paulette, une brute dont les favoris sont si denses qu'ils se rejoignent en un amas de poils noirs sous son menton, s'est plainte de ma négligence et du travail supplémentaire que je lui causais. À ma grande surprise, Maman a levé la tête de sa cuve, non loin, et a crié :

– Personne se plaint du travail supplémentaire causé par les poils de ta barbe qui tombent dans les draps !

De mardi à jeudi, j'étais postée à la cuve voisine de celle de Maman. Avec une patience d'ange, elle m'a expliqué qu'il faut commencer par les blancs, bien étaler chaque morceau de linge sur la planche à laver, puis savonner un côté avant de le retourner pour savonner l'autre. Ensuite, il faut pilonner le tout à coups de battoir, rincer, savonner une seconde fois, frotter avec une brosse, rincer encore avant d'étendre le linge propre sur des tréteaux, où il s'égouttera à même les tuiles du plancher, qui est légèrement incliné afin de drainer les eaux de lessive.

Vendredi, j'ai travaillé aux tréteaux. Je trempais le linge dans une petite cuve de bleu, puis je tournais la manivelle d'une machine à essorer : le linge passait entre deux cylindres de fonte pendant que la peau de mes mains se couvrait d'ampoules et se déchirait. Maman m'a fait un bandage avec un vieux chiffon usé tout en chuchotant quelque chose à l'oreille d'une vieille femme dont la lèvre est barrée d'une mauvaise cicatrice. Peu après, cette femme est venue tourner la manivelle à ma place avec ses paumes endurcies par des callosités jaunâtres, pendant que je m'occupais d'étendre les vêtements essorés sur les cordes à linge en laiton. Je ne sais pas quelle mouche a piqué Maman pour qu'elle se montre si maternelle tout à coup. Il doit y avoir une part de satisfaction à me voir de nouveau gagner un revenu stable, et sans doute aussi une petite part de fierté d'avoir une fille qui apprend si rapidement. Peu importe. Il reste que la gentillesse qu'elle m'a témoignée cette semaine m'a retenue de lancer des vêtements sales à la tête de monsieur Guiot et de claquer la porte.

•

J'étends une taie d'oreiller, le dernier morceau de linge de mon panier, sur ma planche à repasser capitonnée. En voyant le nombre de chemises qui doivent encore passer sous le fer, j'envoie au Ciel une prière pour que les autres blanchisseuses se rendent compte que ça n'aurait aucun sens de m'enseigner maintenant à les repasser. Pas ce soir.

– Bon... J'vais réclamer mon salaire à m'sieur Guiot !

Je ne m'adressais à personne en particulier, mais j'ai parlé assez fort pour que les trois femmes m'entendent. J'ajoute :

– Juste à temps pour la dernière messe, en plus !

La plus corpulente lève les yeux de son travail. Elle passe la langue sur ses lèvres charnues avant de se mettre à beugler :

– Monsieur Guiot !

Le contremaître passe la tête par la porte entrebâillée de son bureau.

– C'est pas juste d'assigner une apprentie au repassage un samedi ! Pas juste du tout ! Et elle ose prétendre partir la première, alors que c'est sa faute si on finit si tard aujourd'hui.

– Mademoiselle Antoinette ! m'avertit monsieur Guiot sur un ton sévère qui ne correspond pas à l'expression que je lis sur son visage. Toutes les repasseuses restent jusqu'à ce que le travail soit terminé.

À ces mots, il descend de son perchoir et sort sur le trottoir, où il commence à déplier les volets, masquant aux passants de la rue de Douai les fenêtres embuées du lavoir et les repasseuses qui sont toujours au travail.

En colère, la femme qui vient de se plaindre me souffle au visage tout en balançant une douzaine de chemises dans mon panier. Même si les cuves sont vides, et même si, maintenant que la responsable de l'alimentation en charbon est rentrée chez elle, la chaudière ne fait plus que frémir au lieu de siffler en produisant de la vapeur brûlante, il fait ici une humidité étouffante, et l'air est plus épais que le brouillard de Paris en juillet. Dans mon dos, je sens la chaleur du poêle où l'on fait chauffer les fers. De la sueur dégouline vers mes reins. La moiteur mouille progressivement mes aisselles, s'insinue entre mes seins et à l'intérieur de mes cuisses. L'odeur âcre de ma transpiration parvient à mes narines. Il y a une semaine, je considérais comme un soulagement la chaleur qui régnait ici, après le froid glacial de notre logis. Mais à présent, avec mes sous-vêtements trempés qui me collent à la peau, le temps qui passe à une lenteur désespérante et la course, chaque soir, pour traverser la rue, grimper l'escalier et enfiler une blouse sèche avant d'aller rejoindre Émile, cette atmosphère cuisante me semble une calamité.

Avant même que monsieur Guiot ait fini de fermer les volets, les repasseuses se mettent à l'aise : elles enlèvent le fichu qui leur couvrait les épaules, relâchent l'encolure de leur blouse, retroussent leurs jupes. Lorsqu'il rentre enfin, frottant ses mains pour les réchauffer, il ne semble pas le moins du monde étonné d'apercevoir leurs bras nus, leur cou découvert. Sans piper mot, il retourne à son poste de surveillance. À mon tour, je dénoue le cordon de ma blouse.

J'étale une chemise sur la planche à repasser et comme personne ne semble disposé à me donner la moindre instruction, je trempe mes doigts dans l'eau amidonnée et j'en asperge la chemise, tout comme j'ai vu les autres le faire. Je glisse le fer sur le collet, je fais un pli en travers de chaque extrémité et le presse jusqu'à ce qu'il soit bien net, jusqu'à ce que les petits triangles de tissu se tiennent droits comme des ailes. Mon collet est tout à fait semblable aux leurs, alors je poursuis mon travail, glissant le fer sur le devant de la chemise ; je remonte jusqu'à la parementure et passe entre les boutonnières, ce qui me semble aussi facile que de respirer. Soudain, le bout de mon fer heurte un bouton en ivoire, qui se découd et roule sans un bruit sur la table matelassée. Je me retiens de le ramasser dans un geste brusque, pour éviter d'attirer l'attention sur ce bouton arraché et sur le trou de la taille d'un pois que j'ai fait dans la chemise. Je passe la main sur le vêtement et le fait glisser sur la table, attrapant le bouton du même mouvement. Une fois ce petit bout d'ivoire en sécurité dans ma poche, je glisse le fer sur les manches et sur le dos, je plie la chemise en un carré parfait en prenant soin de dissimuler le trou.

Je prends une deuxième chemise, je l'amidonne, la repasse et la plie, puis je m'empresse de la poser sur celle qui est abîmée. Alors que j'ajoute sur ma pile une troisième chemise craquante et bien pliée, je me félicite de soutenir le même rythme que les autres, qui sont pourtant toutes des repasseuses accomplies. J'attrape une autre chemise tout en laissant échapper un soupir satisfait. Je prends un autre fer sur le poêle, je le racle sur la brique, j'asperge la chemise à volants d'eau amidonnée, puis je songe à la remplacer par une chemise plus simple. Ce n'est pourtant pas possible, du moins pas sans m'attirer les railleries et la colère des autres blanchisseuses. Je dépose donc le fer sur les volants tout en sachant fort bien que je ne parviendrai qu'à en faire un désastre de faux plis, ce qui bien sûr se vérifie rapidement. J'amidonne de nouveau et j'essaie de disposer la chemise pour que seuls les volants se trouvent sous le nez de mon fer. J'y parviens à peu près, mais j'ai beau faire, je ne viens pas à bout des plis récalcitrants que j'ai créés moi-même. Encore de l'amidon, puis un autre fer brûlant. J'appuie dessus de tout mon poids et j'attends un peu pour permettre à ces plis rebelles de s'aplatir.

– Antoinette !

La repasseuse à barbe beugle mon nom, puis elle me pousse et saisit mon fer. Elle le brandit au-dessus de sa tête dans un air de défi et je lève les bras pour l'attraper.

– Monsieur Guiot ! Monsieur Guiot ! hurle-t-elle. Venez voir cette idiote ! Elle a complètement brûlé une belle chemise !

Monsieur Guiot surgit près de la planche à repasser, examine le volant brûlé et touche du doigt son bord roussi. D'un mouvement rapide, il vérifie la couleur du fil cousu à l'intérieur du col.

– Monsieur Berthier, soupire-t-il. Sa bourgeoise n'acceptera pas une chemise rapiécée.

Je garde les yeux fixés sur mes bottines en piteux état : le cuir détrempé porte les marques d'une semaine complète à patauger dans les eaux sales.

La repasseuse barbue s'empare de ma pile de chemises.

– Voyons voir..., fait-elle.

D'un geste brusque, elle déplie la chemise qui se trouve sur le dessus, puis la suivante, son visage se tordant de plus en plus sous l'effet de la colère. Pas de faux plis. Pas de traces d'amidon. Les ailes des collets repassées dans une symétrie parfaite. Finalement, elle déplie la première chemise et aussitôt son doigt trapu indique le trou.

– Où est le bouton ? demande-t-elle.

– J'sais pas.

– Tu sais pas ?

Je secoue la tête, mais le bouton dans ma poche semble soudain très lourd contre ma cuisse. Monsieur Guiot examine les boutons restants avant de me regarder droit dans les yeux.

– Il faudra réparer le trou, mademoiselle Antoinette, remplacer le bouton manquant et la chemise brûlée. C'est l'équivalent d'une semaine de salaire.

– Au moins ! renchérit la femme à barbe.

Je me concentre sur mes bottines, car un seul coup d'œil sur sa figure triomphante me ferait sortir de mes gonds. Ce n'est pas dans mes habitudes de me taire, surtout avec tous ces yeux qui me dévisagent. Demandez au vieux Pluque. Cependant, il n'est pas question qu'on me renvoie injustement de nouveau, du moins pas sans avoir obtenu une rétribution honnête pour mon travail. Je hoche la tête en signe d'assentiment et un sentiment de victoire m'envahit, presque de la fierté, comme si j'avais eu le dernier mot. Il me relève de mes fonctions à la table à repasser et m'ordonne d'aller essuyer la machine à essorer pendant que les autres terminent le travail.

– Merci pour votre gentillesse, dis-je en faisant une petite révérence.

Monsieur Guiot retourne à sa place et les trois autres repasseuses, qui n'ont pas daigné me donner la moindre explication, se remettent à la tâche. Je me faufile derrière la table à repasser en jetant à la vieille sorcière barbue un regard tellement furieux qu'elle se détourne. J'attrape un seau et me dirige vers le robinet. Sur mon chemin, en passant près des paniers prêts pour la livraison, je pique trois chemises et une camisole ajourée ornée de rubans et de dentelles. La soie et les jolis ornements feront oublier à Émile mon odeur aigrelette.

C'est une affaire de rien d'aller décharger ces vêtements volés dans la ruelle derrière le lavoir, puisque l'unique robinet est de l'autre côté de la chaudière qui empêche le vieux Guiot de voir la porte qui donne à l'extérieur. Et même s'il devine que c'est moi qui ai pris les chemises et qu'il me jette à la rue lundi matin, ce sera le moindre de mes soucis. J'aurai quand même au fond de ma poche les pièces qu'on m'aura données au mont-de-piété en échange des chemises, et ce sera plus qu'assez pour compenser les gages que monsieur Guiot a décidé de retenir sur ma paye. J'essaie de ne pas penser à Marie, à son visage qui s'est éclairé lorsque je lui ai annoncé que j'allais travailler au lavoir avec Maman, et à sa déception si je devais être renvoyée.

•

Il est tard lorsque je franchis en courant les cinq pâtés de maisons qui séparent la rue de Douai de la brasserie des Martyrs où m'attend Émile. La nuit est fraîche, la camisole de dentelle me fait l'effet de l'eau froide contre ma peau et je comprends que les sous-vêtements de soie ne sont pas très pratiques, du moins pas pour tenir chaud. Ils n'ont de valeur que pour exciter un homme, exciter Émile. Comme la méridienne de l'Ambigu me manque ! Le confort d'un endroit chauffé, le rembourrage épais dans mon dos, l'heure entière entre les troisième et septième tableaux... À présent, j'ai mon lot de ruelles et de cages d'escalier ; une fois, c'étaient les toilettes d'un bal près de la place Pigalle. Étrange, non, comme il est plus facile d'apprécier quelque chose une fois qu'on ne l'a plus ? Émile dit de ne pas m'en faire, que bientôt il m'emmènera voir la verdure et la chute du bois de Boulogne. Alors, ce sera l'herbe tendre du printemps qui chatouillera doucement ma peau dénudée.

Je ne suis pas encore parvenue à la porte de la brasserie que je vois Émile, de dos, qui s'éloigne avec Colette et Pierre Gille. Blessée de voir qu'il ne m'attend pas, je crie :

– Émile !

Il se retourne, puis revient vers moi à grandes enjambées. Il m'attrape par le cou et me serre très fort contre sa poitrine ; je sens la chaleur de sa bouche dans mes cheveux, tandis que l'odeur de son souffle, un mélange de bière et de tabac, s'insinue jusqu'à mes narines.

– Tu partais ? dis-je.

– Ça fait une heure qu'on attend !

Il recule d'un pas en chancelant et, devant l'évidence de son ivresse, il esquisse un sourire en coin.

– Le contremaître m'a gardée plus tard.

– C'est juste un lavoir, Antoinette.

Ce qu'il veut dire, c'est que j'aurais dû laisser là mon fer et me barrer.

– Il me doit une semaine de salaire, dis-je.

Je ne lui explique pas pourquoi je n'ai pas reçu un seul sou. À la place, je lui parle de la femme à barbe en espérant le faire rire. Comme je n'arrive pas à le dérider, je change de tactique :

– Regarde ça...

J'entrouvre mon châle et lui révèle un bout de mes jolies dentelles. Il pose une main sur ma poitrine, me tâte avidement et, tout à coup, sa bouche cherche la mienne. Sa respiration s'accélère, puis s'emballe ; en sentant le pouvoir que j'ai sur cet homme, j'oublie le dur labeur de la semaine et mes lèvres s'ouvrent sous la pression des siennes.

– On ne vous attend pas ! beugle Pierre Gille, en bas de la rue.

Il attrape Colette par un bras, mais elle se dégage vivement et crie à son tour :

– Hé, les tourtereaux, 'venez pas ?

Émile m'entraîne brusquement avec lui. Je crois que si Pierre Gille lançait « Au pied ! » ou « Couché ! », Émile obéirait aussitôt. Nous nous dirigeons vers l'Élysée Montmartre, un bal situé non loin de la place Pigalle. Les trois autres marchent en se bousculant et en racontant n'importe quoi ; Colette retrousse sa jupe et fait quelques pas de danse sans raison apparente, sinon celle de provoquer Pierre Gille qui, je le vois bien, est en train de changer d'humeur. Je ne le blâme pas, d'ailleurs ; Colette exhibe ses magnifiques mollets juste devant ses yeux, elle agite sa lourde poitrine en effleurant son bras, puis elle le repousse de ses mains délicates. Elle brandit son châle bien haut au-dessus de sa tête et tourbillonne comme une folle en lançant vers le ciel étoilé :

– C'est pas gratuit, Pierre Gille. Pas pour les pauvres types comme toi. Pas pour les pauvres types comme Pierre Gille.

– Ta gueule, glapit-il.

Elle approche ses lèvres pulpeuses à un doigt de celles du malheureux garçon.

– T'en veux, hein, Pierre Gille ? susurre-t-elle d'une voix veloutée comme la noirceur d'une chaude nuit d'été.

Il se penche vers elle en écartant les lèvres. Colette le gifle avant de s'enfuir sur le pavé, hurlant de rire et pliée en deux tellement sa blague lui semble drôle.

Nous la rattrapons devant l'étal fermé d'un poissonnier, où elle est en train de parler doucement à un chien rachitique au ventre fauve et au museau gris.

– Assis ! dit-elle.

Le vieux chien se redresse sur son arrière-train, les oreilles couchées en arrière sur la fourrure noire qui entoure sa tête et descend sur son dos comme une espèce de cape à capuchon. Il tend à Colette une patte toute maigre, dans l'espoir qu'elle lui donne une petite marque d'affection. Elle se penche et prend la patte maigrichonne dans une de ses mains, alors que de l'autre elle caresse le dos de l'animal. Le chien se cambre et ferme à moitié les yeux, comme si l'attention de cette fille était le plus beau cadeau du monde.

Soudain, la botte de Pierre Gille frappe durement le cou tendu du pauvre chien. Il y a un seul jappement bref, puis deux pattes qui glissent. Le chien gît immobile sur le pavé. Il a le cou tordu dans une position anormale et un filet de sang s'échappe de sa gueule.

Colette bondit sur ses pieds en tremblant et hurle :

– Ordure ! Moins que rien ! Fils de pute !

Son poing s'abat sur la poitrine de Pierre Gille, sur son visage, elle frappe et frappe jusqu'à ce qu'il lui donne une poussée qui la fait tomber sur les fesses.

– Assassin !

Je me suis brusquement avancée pour lui cracher ce mot à la figure. Pour toute réponse, il me gifle tellement violemment que ma tête est projetée vers la droite. Ma joue est brièvement privée de toute sensibilité, avant de se mettre à brûler et à élancer. Je regarde Émile en craignant que les garçons n'en viennent à se battre, avec la chaleur de l'alcool et la forfanterie qui coulent dans leurs veines. Pourtant, Émile reste immobile ; pas un geste, pas un coup de poing pour me défendre. Mon cœur qui battait la chamade par crainte de la bagarre ne se calme pas pour autant. Au contraire, le souffle lent et régulier d'Émile ne fait qu'attiser ma colère comme un soufflet attise le feu. Tous ces mots doux qu'il me chuchotait à l'oreille – ma si précieuse, ma chérie d'amour, ma bien-aimée – ne seraient-ils que mensonges ? Je gifle Pierre Gille à mon tour et j'attends qu'il me frappe de nouveau, anticipant déjà une lèvre fendue et le goût salé du sang dans ma bouche. Je frappe encore. Il va finir par me rendre les coups. Émile va finir par se réveiller. Et il me défendra contre Pierre Gille.

Tout à coup, Émile se jette sur moi et me maintient les bras le long du corps pour m'empêcher de me débattre.

– Dieu du ciel, Antoinette, arrête ton cirque.

Avec un petit sourire suffisant, Pierre Gille plonge la main dans sa poche à la recherche d'allumettes et d'une cigarette roulée à la main. Du talon de ma botte, je frappe de toutes mes forces les tibias d'Émile. Lorsqu'il me lâche enfin, j'entends Colette gémir, le visage enfoui dans le pelage du chien.

Pierre Gille allume sa cigarette, s'appuie contre un des volets du poissonnier et relève un pied derrière lui, nonchalamment, comme s'il prenait le soleil un beau jour d'été. Il aspire une bouffée et passe la cigarette à Émile ; cela me rappelle une histoire que Marie m'a racontée, une histoire à propos d'une colombe qui revient vers un bateau avec une branche d'olivier dans son bec. Elle a appris cette histoire dans la classe de sœur Évangéline. Lorsque Noé a aperçu le rameau d'olivier, il a compris que c'était une offrande de Dieu, le signe de la fin du Déluge et une promesse de paix. J'avais rétorqué à Marie que pour ma part j'aurais lancé le rameau d'olivier à la tête de Dieu. Imaginez... Il avait noyé le monde entier, à l'exception d'une seule famille qui avait eu la chance de se trouver sur ce bateau avec ses cochons et ses chèvres !

Émile prend la cigarette que lui offre Pierre Gille et la porte à ses lèvres.

– Allons-y ! dit Pierre Gille. J'en ai plus qu'assez de ces deux putains !

Émile recule d'un pas. Il s'éloigne : de moi, de Colette et du chien mort. Puis il fait encore un pas, puis un autre, et bientôt il marche à la même allure que Pierre Gille et je les vois graduellement disparaître au bout de la rue.

LE FIGARO
26 mars 1880

À PROPOS DE LA NOUVELLE PEINTURE EXPOSÉE À LA GALERIE DE DURAND-RUEL

par Edmond Duranty

Sur le tronc du vieil arbre des arts, une nouvelle branche vient d'émerger, un art qui se veut résolument moderne. Les nouveaux peintres qui exposent à la galerie de Paul Durand-Ruel – Edgar Degas, Édouard Manet, Pierre-Auguste Renoir – ont rompu avec la tradition qui veut que la peinture représente des scènes historiques. Ils cherchent à figer sur la toile des moments de la vie quotidienne de nos temps modernes.

En plus de peindre des sujets de notre époque, ces peintres se réclament également d'une vision dite réaliste. Pour eux, le corps ne doit pas être traité comme un vase, l'œil n'y cherchant que de jolies courbes. Ils souhaitent connaître et embrasser le caractère de leur sujet et le reproduire de façon parfaite. Avec un dos, nous voulons que se révèle un tempérament, un âge, un état social; par une paire de mains, nous devons exprimer un magistrat ou un commerçant. La physionomie nous dira qu'à coup sûr celui-ci est un homme rangé, sec et méticuleux, et que celui-là est l'insouciance et le désordre même.

Par ailleurs, dans cette recherche du caractère, les nouveaux peintres abandonnent les fonds neutres, vides ou vagues. Le décor qui entoure le sujet indique sa fortune, sa classe, son métier : il sera à son piano, il appliquera le fer à repasser sur la table à tréteaux, il évitera des voitures en traversant la rue ou il attendra derrière un décor le moment d'entrer en scène. Le crayon du nouveau peintre sera trempé dans le suc de la vie, et ses œuvres captureront l'histoire véridique du corps et de l'âme.

Formons le souhait que cette nouvelle branche, fragile pour l'instant, pourra croître et devenir solide, et que le tendre feuillage se multipliera bientôt pour former une canopée luxuriante.

Marie

Aujourd'hui, on dirait que le lien entre mon cerveau et mes pieds a été tranché à coups de hache. Antoinette n'est pas rentrée à la maison samedi soir. Évidemment, j'étais morte d'inquiétude et j'imaginais le pire. Une autre femme, une tavernière, a été assassinée la semaine dernière. Poignardée. Antoinette le savait. Elle nous avait ordonné, à Charlotte et à moi, de ne plus traîner dans les rues après dix heures du soir, mais cela ne l'empêchait pas de rentrer d'un pas incertain quand il faisait nuit noire depuis longtemps. Je gisais donc sur mon matelas, dans l'enchevêtrement des draps, craignant qu'Antoinette ait été battue à coups de marteau ou poignardée, percée de trous comme une passoire. J'étais exténuée après une journée passée à pétrir le pain, à suivre mes cours à l'Opéra, puis ma leçon particulière avec madame Théodore, avant de livrer des vêtements propres jusque tard le soir, pour certains aussi loin que le troisième arrondissement, puisqu'il était évident, à sa démarche vacillante et à sa manière de se cogner dans les meubles, que Maman serait incapable de le faire elle-même.

La situation ne s'est pas arrangée au lever du jour. Charlotte était fiévreuse et réclamait Antoinette en pleurant; or Antoinette n'est apparue qu'au milieu de la journée, plus verte que de la soupe aux pois et les lèvres portant encore des traces de rouge à lèvres. Je n'ai pas osé demander d'où elle venait, par peur de la réponse – son désir de rester dehors avec Émile Abadie l'emportait sans doute sur son envie de rentrer à la maison auprès de ses sœurs. J'ai pensé très fort aux mille façons dont Antoinette prenait soin de nous. Je me suis rappelé comment, le matin de notre audition avec monsieur Pluque, elle avait reprisé nos chaussons, nous avait apporté des œufs, avait coiffé nos cheveux et appliqué du fard sur nos joues, avant de s'arranger pour passer la porte de l'Opéra malgré l'interdiction de madame Gagnon. Elle m'a accompagnée à l'atelier de monsieur Degas ce jour où j'étais terrifiée à l'idée d'y aller, et elle s'est assurée que je n'étais pas en retard. Elle m'a dit plein de choses rassurantes – par exemple : *L'Assommoir* n'est rien d'autre qu'une histoire ; mon front n'a rien de particulier ; il n'y a aucune raison que je ne sois pas promue dans le quadrille... Elle a grimpé les escaliers jusqu'à ma classe, où elle a remarqué l'équilibre mal assuré de mes fouettés en tournant ; elle m'a alors donné son truc : il suffit d'imaginer une corde qui, du sommet de mon crâne, me tirerait vers le haut. Elle a payé le loyer à monsieur LeBlanc, nous a acheté de la viande et a toujours su ce qu'il fallait mettre au mont-de-piété quand nous étions trop affamées. Soudain, j'ai eu honte de n'avoir jamais rien fait de gentil pour elle en retour, et je me suis promis d'y remédier très bientôt. J'avais honte, oui, mais surtout j'avais peur. Si Antoinette ne rentrait plus passer la nuit à la maison, c'était un signe supplémentaire que nous étions en train de la perdre.

La nuit suivante n'a pas été mieux. Pendant des heures interminables, j'ai épongé le front de Charlotte avec un bout de chiffon humide, jusqu'à ce qu'elle marmonne enfin : « J'ai une faim de loup ! » avant d'engloutir la côtelette de porc qu'Antoinette avait trouvée je ne sais où. Puis elle s'est assoupie sans un mot de remerciement, et cela m'a encore fait penser à ma propre ingratitude. Avec tout cela, il était déjà minuit passé, et je craignais de sombrer dans un sommeil si profond que je n'arriverais pas à m'éveiller à temps pour aller pétrir la pâte de mes quatre-vingts baguettes. Alors je me suis contentée de scruter l'obscurité en songeant à Antoinette, à la côtelette de porc, et je me suis demandé où diable elle pouvait bien passer la nuit. Longtemps, j'ai guetté le cliquetis des charrettes roulant sur le pavé, signe qu'il était temps de me lever.

•

Jusqu'à maintenant, j'ai réussi à me débrouiller pour faire les exercices à la barre et trois adages sans attirer l'attention sur mes jambes lourdes, mes hésitations et mon manque d'entrain. Je suis arrivée la première ce matin; c'est rare, surtout depuis que je travaille à la boulangerie. Parfois, je reste quelques minutes de plus là-bas parce que les macarons ne sont pas encore refroidis et que le fils du boulanger, Alphonse, veut mon avis sur le cacao ou les pistaches qu'il a ajoutés aux blancs d'œuf. Les macarons ne sont-ils pas trop amers, à présent? Trop secs? Est-ce que je ne veux pas en goûter un autre, pour être certaine? Je fais de mon mieux pour répondre le plus honnêtement possible – il a été si gentil et patient avec moi lorsqu'il m'a montré à pétrir la pâte. Pourtant, je ne peux jamais chasser complètement de mon esprit la barre qui m'attend, et je sais que madame Dominique ne laisse pas entrer les retardataires.

Toute seule, j'ai soulevé l'arrosoir et j'ai aspergé les lattes du plancher près de la barre; ensuite, comme d'habitude, j'ai placé mes pieds en cinquième position et j'ai commencé à m'échauffer en me pliant en avant à partir de la taille, mon bras libre quittant peu à peu la deuxième position pour balayer le plancher, puis se levant au-dessus de ma tête pendant que je me redressais et que je cambrais graduellement le dos. Mais alors que je me redressais de nouveau, j'ai commencé à voir flou, puis l'image que me renvoyaient mes yeux est devenue complètement grise et bientôt, seul un filet de lumière me parvenait encore. Je m'inquiétais de cette sueur sur mon front et de la façon dont mes cheveux semblaient se dresser sur ma tête lorsque mes genoux ont cédé.

Ce sont les autres filles, arrivant bruyamment dans l'escalier, qui m'ont ramenée à moi. Je me suis remise sur pied et j'ai trouvé une place au bout de la barre, puis dans la dernière rangée lorsque nous avons commencé les exercices au milieu. Ce n'étaient pas mes places habituelles, mais madame Dominique n'a pas dit un mot.

Pendant qu'elle annonce la première combinaison d'allegros de la journée, mon esprit fatigué s'égare dans les souvenirs d'une rencontre que j'ai faite par hasard dans la rue Blanche l'autre jour. Alors que je rentrais de l'Opéra, j'ai senti une main se poser sur mon épaule. C'était nul autre que monsieur Degas.

– Mademoiselle van Goethem. Puis-je vous dire un mot?

Il ne voulait pas me demander de venir à son atelier le lendemain, ni la semaine suivante. Il se tenait immobile et ne semblait pas être lui-même; il se frottait les mains nerveusement comme s'il les savonnait. Finalement, il a dit:

– Monsieur Lefebvre est revenu. Il voulait un dessin de vous.

Il y avait dans son atelier des centaines de dessins de moi, dont plusieurs avaient été laissés sur le plancher afin que Sabine les balaie. Pour la plupart, ce n'étaient que quelques traits de fusain. Une fois seulement il m'a représentée dans un tableau plus complexe, le genre de tableau qu'un abonné comme monsieur Lefebvre pourrait vouloir accrocher au mur. C'était une huile montrant une leçon de danse ; des ballerines faisaient des étirements à la barre, d'autres se reposaient sur un banc, et au milieu il y avait moi, maigre et exténuée, en train de me rafraîchir avec un éventail. Je me rappelais avoir posé pour cette toile, je me rappelais la douleur causée par cette pose difficile.

Monsieur Degas avait un air grave. J'ai effleuré du bout des doigts le mur de pierre de l'apothicaire devant lequel nous étions.

– L'huile de la leçon de ballet ? ai-je demandé.

– Non.

Il a baissé les yeux vers le sol avant de préciser :

– Un croquis au fusain, trois vues de vous posant pour la statuette.

– Une statuette ?

– Oui, oui, a-t-il marmonné en faisant un geste de la main, comme si mes mots l'importunaient. Savez-vous de quel croquis il s'agit ?

– Une statuette de moi ?

Il a approuvé de la tête d'un geste brusque, précisant :

– Pour le cinquième Salon des impressionnistes, le mois prochain.

J'ai joint les mains et les ai serrées contre mon cœur. Monsieur Degas – le peintre des danseuses, le peintre d'Eugénie Fiocre ! – monsieur Degas faisait une statuette de moi.

– C'est le croquis qu'il a touché après avoir enlevé son gant, m'a-t-il alors appris en me regardant droit dans les yeux pour être bien sûr que je le comprenais. Il avait glissé son doigt sur votre colonne vertébrale...

Bien sûr, je me rappelais comment j'avais esquivé ce contact, mais il me semblait qu'il y avait cent ans de cela ; ce n'était rien comparativement à cette nouvelle de la statuette, une statuette de moi.

– Oh, monsieur Degas ! dis-je en haussant les épaules pour chasser son air soucieux. Je suis heureuse comme une reine !

J'étais davantage qu'un personnage dans un tableau représentant une douzaine de filles. J'étais une danseuse élue, celle qu'il avait choisie pour la ciseler dans le marbre, pour la couler dans le bronze. Ses épaules se sont soulevées avant de retomber lourdement pendant qu'il poussait un soupir à la fois par le nez et par la bouche. Il a battu des paupières avant de fermer les yeux. Ses doigts, qu'il avait d'abord posés sur l'arête de son nez, se sont écartés et ont glissé sur son front.

– Je lui ai dit qu'il ne pouvait pas l'avoir, m'a-t-il confié d'une voix de plus en plus faible.

Nous sommes restés un moment immobiles dans la rue Blanche ; son regard s'attardait sur moi. Devais-je montrer de la reconnaissance ? Du soulagement ? Je n'ai manifesté ni l'un ni l'autre. Certes, je me souvenais d'avoir éprouvé ce jour-là de la honte et de la peur, en dénudant ma peau devant monsieur Lefebvre et en sentant son doigt se poser sur moi, mais même cette honte et cette peur étaient oblitérées par la fierté qui me gonflait à présent. Monsieur Degas a haussé les épaules pour chasser l'inquiétude qu'il avait entretenue à mon égard... Enfin, je dirais plutôt qu'il a haussé une seule épaule, et très légèrement seulement, mais c'est ainsi que j'ai interprété son geste.

•

Je sens la panique m'envahir : je suis incapable de me rappeler les pas de l'allegro que madame Dominique nous a demandé d'exécuter. Elle se dirige vers le coin de la classe pour discuter de la musique avec le violoniste. Pour notre part, nous sommes censées prendre nos repères en attendant que le musicien place son instrument sous son menton. Les pieds de Blanche restent immobiles sur le sol mais, comme le font la plupart des danseuses, elle imite le mouvement des pieds avec ses mains : glissades, jetés, entrechats. Je m'approche d'elle, assez près pour qu'elle ne puisse pas ignorer ma présence, mais elle poursuit son travail sans même me jeter un coup d'œil. Dans un murmure, j'essaie d'attirer son attention :

– Blanche...

Je lis l'agacement sur son visage alors qu'elle porte un doigt à ses lèvres pour m'inciter à me taire. J'insiste :

– S'il te plaît...

– Sissonne de côté, entrechat quatre, glissade, deux brisés, jeté, assemblé, changement.

Elle me tourne le dos et retourne à ses pas imaginaires.

Ce n'est pas suffisant. Elle ne m'a pas indiqué la position de départ. Ni la direction de la glissade, des brisés, de l'assemblé. Ni sur quel pied je dois atterrir. Elle le sait bien, mais elle me tourne le dos quand même. Hier, nous avons répété un enchaînement difficile, et six filles, dont Blanche, l'ont raté. C'est alors que mon tour est venu. J'ai exécuté les pas de façon parfaite, terminant le jeté final en atterrissant dans une attitude assurée. Madame Dominique a vivement applaudi.

Je ne suis pas vraiment une rivale pour Blanche. C'est toujours elle la meilleure danseuse de la classe, cependant je ne suis plus le cancre que j'étais au début. En la voyant faire glisser et bondir ses mains en me tournant ostensiblement son dos maigrichon pour m'empêcher de l'observer, je comprends que je ne suis pas la seule à avoir vu se réduire le fossé qui nous sépare. Lorsque je lui ai parlé de la statuette, tout ce qu'elle a trouvé à dire est que monsieur Degas a l'air d'un lunatique avec ses lunettes bleues et sa grosse barbe hirsute, et j'ai regretté de n'avoir pas gardé mon excitation pour moi. Samedi, après la classe, elle m'a accompagnée rue Laffitte, car Joséphine disait avoir vu un portrait de moi dans la galerie de Durand-Ruel. Nous étions à peine en route que nous nous sommes arrêtées, juste devant l'Opéra, pour jeter un œil à la vitrine de la galerie Adolphe Goupil, ce que je n'avais encore jamais fait. Le plafond était haut et percé de grandes fenêtres par où entrait la lumière du jour, il y avait aussi un lustre en cristal, et la vitrine était encadrée de rideaux de velours retenus par des cordons dorés ornés de glands. Les fauteuils, faits de bois chantourné et de brocart tufté, étaient rassemblés au centre de la pièce et tournés vers les murs, lesquels étaient recouverts de tableaux depuis les lambris jusqu'au plafond. Mon regard a sauté rapidement de l'un à l'autre ; je n'ai pas vu de pieds coupés ni de grandes surfaces vides, et encore moins des blanchisseuses penchées sous de lourdes charges ou voûtées devant une planche à repasser, maniant un fer brûlant, alors que c'était le genre de tableaux que je voyais en général dans l'atelier de monsieur Degas.

Blanche m'en a indiqué un.

– Celui-là, avec Ève cueillant la pomme, il a l'air tellement réel !

– Les tableaux de monsieur Degas sont différents, ai-je dit.

Avant même que nous arrivions dans la rue Laffitte, j'ai compris que c'était une erreur de l'avoir invitée à venir avec moi. Il y avait de nombreuses galeries d'art dans cette rue, mais aucune ne pouvait rivaliser de splendeur avec celle d'Adolphe Goupil. Nous avons atteint le numéro 16 et j'ai noté que l'édifice était en pierre, avec une vitrine de bonne dimension et d'une propreté impeccable. Malgré tout, Blanche a dit :

– Ça n'arrive pas à la cheville de Goupil.

– Partons.

Par la vitrine, aucun portrait de moi n'était visible, et Blanche ne semblait pas d'humeur à dire quelque chose de gentil, même si monsieur Degas avait peint mes jambes avec les deux pieds attachés au bout.

– Nous sommes venues pour voir ton portrait, a-t-elle rétorqué en poussant la porte.

L'endroit était désert. Des lampes aux réflecteurs criards projetaient de la lumière sur des murs loin d'être aussi hauts et aussi remplis de tableaux que chez Goupil. Un gentleman vêtu d'un gilet et portant une montre à gousset à moitié dissimulée dans sa poche est venu vers Blanche et moi en nous scrutant de la tête aux pieds. Ses cheveux bouclaient au-dessus de ses oreilles, là où ils grisonnaient un peu. L'étonnement de trouver dans sa galerie deux filles maigrichonnes aux bottines usées lui faisait légèrement froncer les sourcils ; malgré tout, il souriait affablement et j'ai su qu'il ne nous demanderait pas sèchement de sortir.

– Nous sommes venues voir son portrait, a annoncé Blanche en me montrant du pouce. Un portrait fait par monsieur Degas.

– Ah. Le pastel, a-t-il répondu.

Il a toussé un petit coup dans son poing fermé avant d'ajouter :

– Suivez-moi.

J'étais bien là, sur le mur du fond, au pastel et à la craie noire – deux jambes, deux pieds, deux bras – en train de lire le journal près du poêle dans l'atelier de monsieur Degas. Je portais mon jupon de travail et le ceinturon bleu que j'avais acheté avec l'argent gagné à la boulangerie ; on discernait aussi la tresse enroulée derrière ma tête et que je n'avais réussi à faire tenir qu'au bout d'une bonne demi-heure. Il y avait aussi des bracelets à mes avant-bras, ce qui m'a paru étrange puisque je n'en possède aucun. Le pastel était accroché à côté d'un autre tableau de Degas, celui de la leçon de danse, mettant en scène la fille au cœur brisé portant ce châle au rouge si éclatant.

Pendant que monsieur Degas mélangeait ses pigments avec de l'huile ou qu'il cherchait un pastel d'une certaine nuance de bleu, je passais le temps en lisant le journal. Il n'y a même pas une semaine de cela, c'est exactement ce que je faisais, tout en laissant la chaleur de son poêle réchauffer mes os fatigués, lorsqu'il m'a lancé :

– Ne bougez pas, mademoiselle van Goethem. Ne bougez pas d'un poil.

Bien sûr, en l'entendant crier, j'ai levé la tête.

– Baissez les yeux. Continuez à lire le journal.

J'ai donc reporté mon attention sur l'article que j'étais en train de lire, à propos d'une tavernière qui avait été assassinée et dont la montre avait été volée. On demandait à tout Parisien qui viendrait à tomber sur cette montre de contacter l'inspecteur chargé de l'affaire. La séance de pose s'est déroulée ainsi, et la durée des intervalles entre les moments où monsieur Degas lançait ses croquis sur le sol s'allongeait peu à peu, ce qui voulait généralement dire qu'il ne quitterait pas son atelier d'un pas furieux, écourtant les quatre heures prévues et me payant tout de même mes six francs. Je n'osais pas tourner les pages. Par conséquent, lorsque monsieur Degas a enfin quitté son chevalet, je savais tout du petit couvercle en forme de cœur de la montre disparue.

•

Le gentleman a tendu la main vers le tableau.

– *Danseuse au repos*, a-t-il dit.

J'ai senti mes épaules se redresser lorsque je me suis vue au mur de la galerie, dans un si joli cadre ; j'avais davantage l'air d'une vraie ballerine que d'une pauvre enfant affamée de la rue de Douai.

– Ça n'a pas l'air fini, a commenté Blanche.

Je voyais ce qu'elle voulait dire, surtout après avoir jeté un coup d'œil à la galerie d'Adolphe Goupil, qui exposait des tableaux si léchés qu'on aurait presque dit des photographies.

– Les nouveaux peintres, comme monsieur Degas, ne s'embarrassent pas du fini, a répondu le marchand d'art. Leur but est seulement de reproduire exactement la sensation produite par une scène donnée. Ils veulent saisir la vie.

– Oh, ai-je dit.

Je n'avais pas compris et il a dû s'en apercevoir, puisqu'il a précisé :

– Les tableaux de Degas, tous ses tableaux, racontent l'histoire d'un corps et d'une âme.

Il a croisé les bras et a rivé son regard sur mon portrait.

– Nous voyons facilement que vous êtes danseuse. Il y a votre dos droit, vos jambes tournées vers l'en-dehors, votre costume de travail. Vos cheveux sont relevés. Vous êtes maigre ; une travailleuse acharnée qui ne mange pas toujours à sa faim.

Il a fait une pause et a eu un bref regard dans ma direction, peut-être pour s'assurer que l'adjectif « maigre » ne m'avait pas blessée ; cependant, il l'avait dit si doucement que je ne lui en voulais pas.

– Votre jupe est propre, neuve. J'y vois de l'ambition. Et vous savez lire. Vous profitez d'un instant de tranquillité pour parcourir le journal. La façon dont une fille choisit de se détendre en dit long sur elle-même.

Il m'a adressé un sourire chaleureux.

– Alors ? Trouvez-vous que monsieur Degas a réussi son tableau ?

– Il a dessiné des bracelets à mes avant-bras. Je n'ai pas d'argent pour cela.

J'ai haussé les épaules avant d'esquisser un sourire en pensant que je pourrais réussir l'examen et passer dans le quadrille. Je gagnerais alors davantage – quinze francs de plus par mois, plus deux francs de prime pour chaque soir où je danserais sur scène.

– Les danseuses reçoivent toujours des présents de leurs admirateurs, a-t-il fait remarquer.

J'ai senti une vague de plaisir me traverser à l'idée que, peut-être, monsieur Degas et ce gentleman croyaient qu'un jour, quelqu'un apprécierait assez mon talent de danseuse pour me parer de bracelets. En même temps, cette idée me rendait nerveuse.

Parfois, les filles parlaient de ces admirateurs – ou protecteurs, comme on dit en général. Elles rapportaient des ragots entendus dans les couloirs de l'Opéra, ou à la maison pour celles qui avaient une sœur aînée, une cousine ou une voisine dans le corps de ballet. Pour ma part, je gardais le silence, les bras serrés autour de mes côtes, mais je sentais le poil se dresser sur mes avant-bras. C'étaient des hommes aux manières raffinées, selon Perot, qui ne voulaient que rendre la vie plus facile aux ballerines, afin qu'elles puissent se consacrer à leur travail. Lucille prétendait qu'ils étaient ambitieux ; ils ne demandaient rien d'autre que l'alliance de leur nom avec celui d'une danseuse, de sorte à provoquer la jalousie des autres abonnés. Blanche, Ila et Louise soutenaient que c'étaient des gentlemen fatigués de leur épouse et recherchant ailleurs un peu de plaisir. Une fois, Joséphine a secoué la tête et, à voix basse, tout en guettant l'arrivée de madame Dominique, elle a raconté comment les abonnés s'imaginaient des choses contre nature et comment ils réalisaient ces fantaisies avec les danseuses, quitte à les forcer. Des mains baladeuses. Des filles mises à genoux. Des branlées. Des orgies. J'ai mordillé ma lèvre et j'ai souhaité que Joséphine se taise, mais je ne me suis pas éloignée du groupe de filles qui discutaient ainsi.

•

J'ai cessé de regarder mon portrait pour me tourner vers celui de la jeune fille portant le châle écarlate. Je me suis souvenue de ce jour où, dans l'atelier de monsieur Degas, j'étais restée devant ce tableau en essayant d'imaginer la vie de cette danseuse, de deviner ce qui l'accablait tant.

– C'est un nouveau tableau ? ai-je demandé.

L'homme a hoché la tête, et j'ai fait de même.

– Je ne comprends pas pourquoi il prend Marie comme modèle, a dit Blanche en faisant la moue. Il devrait plutôt faire le portrait d'une danseuse étoile.

Elle n'aimait pas la prophétie à propos des bracelets. Elle n'aimait pas que je sois choisie parmi toutes les autres. Oui, j'étais son amie, mais cela n'y changeait rien : il y avait si peu de places disponibles dans le second quadrille que nous étions toutes les deux des rivales.

– Ses premiers tableaux représentant le monde du ballet mettaient en scène Eugénie Fiocre qui a dansé dans *La Source*, lui a fait remarquer le gentleman, ce qui a eu pour seul effet d'accentuer sa moue de dépit.

•

Madame Dominique nous appelle : « Joséphine, Marie, Perot ! » Nous avançons toutes les trois vers le milieu et nous nous plaçons en cinquième position. Le violoniste lève son archet et le pose sur les cordes de son instrument. Je parviens à exécuter le sissonne, l'entrechat et la glissade avant que madame Dominique ne tape sèchement dans ses mains pour nous immobiliser et faire cesser la musique.

– C'est une glissade dessous, Marie, me reprend-elle.

Cela veut dire que le pied d'en avant doit terminer le mouvement en arrière. La musique reprend, mais presque aussitôt madame Dominique tape de nouveau dans ses mains.

– Ce sont deux brisés, Marie.

Après ma troisième bourde, elle me lance sèchement :

– Vous pouvez vous asseoir, Marie.

Je me dirige vers le banc et m'y blottis comme la jeune fille au cœur brisé qui porte le châle écarlate. Un bras autour de ma taille et l'autre appuyé sur ma cuisse, je me demande si la tristesse de cette autre fille provient de ce qu'on lui a dit, à elle aussi, d'aller s'asseoir.

Chaque jour, à la fin de la classe, les élèves font ensemble une gracieuse révérence, chacune se penchant bien bas pour témoigner son respect à madame Dominique ; cette dernière retient quiconque ayant négligé de baisser les yeux, puis de les relever pour croiser son regard.

– C'est une tradition qui provient du temps des danses courtoises, dit-elle. Une tradition sacrée. Inviolable.

Je me joins donc aux autres filles au milieu de la salle et j'exécute une révérence avec toute la grâce que je peux encore trouver en moi, me penchant très bas pour marquer mon humilité. Ce faisant, je fais une petite prière pour Antoinette, je formule le vague espoir qu'elle ne prenne pas l'habitude de passer la nuit dehors, qu'elle ne finisse pas ses jours percée de trous comme une passoire. Toutes les élèves maintiennent la position finale de la révérence, les bras en seconde position, un pied tendu devant, jusqu'à ce que madame Dominique hoche légèrement la tête et dise : « Vous pouvez partir. » Éclate alors la clameur des filles qui rient, qui bavardent et qui dévalent l'escalier pour se rendre à la loge des petits rats.

Notre loge est trois fois plus longue que large, et une rangée de placards bas la traverse d'un bout à l'autre. Chacune dispose, à sa place attitrée, d'un miroir et d'une lampe à gaz sur soixante centimètres de comptoir, du placard au-dessous et d'un tabouret que nous avons rarement le temps d'utiliser. Le vacarme augmente encore d'un cran pendant que nous chaussons nos bottines et que nous jetons nos jupons de travail dans notre sacoche. À la porte, des mères crient à leur fille de se dépêcher, de nouer son châle un peu plus serré et de faire attention à sa jupe de tarlatane.

– Ça coûte quinze francs s'il faut en acheter une nouvelle, gronde une mère. Ce sera le lavoir pour toi avant que je puisse en payer une autre.

Je suis en train de rouler minutieusement mon ruban de ceinture lorsque j'aperçois devant moi la jupe noire de madame Dominique. Je lève les yeux et cesse de me mordiller la lèvre.

– Venez me voir avant de partir, me dit-elle.

Comme j'aimerais mieux que les autres filles, surtout Blanche, soient parties avant de recevoir les réprimandes que je mérite, je prends tout mon temps pour envelopper mes chaussons dans leurs rubans et pour plier soigneusement ma jupe. Avec madame Dominique, l'humilité est la meilleure attitude à adopter ; j'essaie donc d'oublier la méchanceté de

Blanche, mais cela ne fait qu'empirer les choses – je suis comme un marchand ambulant qui a trop rempli sa charrette et qui ne sait plus la pousser. Je me promets de travailler plus fort, pour occuper un jour la première position à la barre ; je me dis qu'alors, ce sera moi qui ferai la démonstration des exercices pendant que Blanche sera condamnée à me regarder. Mais en vérité, je le sais bien, il y a peu de chances que je la rattrape jamais : elle est toujours la première à arriver en classe, elle ne perd jamais une seule minute à dorloter ses jambes fatiguées, à soulager les courbatures de son dos. Elle veut danser sur la scène de l'Opéra. Elle veut que des bouquets de roses atterrissent à ses pieds, que des bracelets ornent ses bras. Un jour que je lui avouais mon désir le plus cher, réussir l'examen pour le quadrille, elle m'a répondu :

– Le quadrille, c'est seulement le début, pour moi.

Je me suis contentée de hocher la tête, parce que je savais qu'elle avait raison. Elle n'a pas de père, elle n'en a jamais eu, seulement un frère parti pour Saint-Malo il y a des années déjà, pour devenir marin au long cours. Sa mère va de bordel en bordel l'après-midi pour coiffer les cocottes, avant de laver la vaisselle dans les cuisines du Meurice jusque tard dans la nuit. Le matin, elle gémit qu'elle ne tiendra pas une semaine de plus, et elle répète à Blanche que l'Opéra est leur seul espoir. Elle fait trop attention à chaque sou gagné pour le dépenser dans l'absinthe ; cela donne à Blanche, qui déjà est entrée à l'école de l'Opéra deux ans avant moi, l'avantage non négligeable de ne pas avoir à pétrir la pâte pour quatre-vingts baguettes chaque matin avant de venir en classe.

Lorsque toutes les filles – sauf Blanche – ont disparu en dévalant l'escalier et en se moquant bêtement de moi qui reste derrière, elle vient dans ma direction. Je la regarde se lécher les lèvres en tordant sa jupe entre ses mains.

– Monsieur Degas a eu raison de peindre ces bracelets à tes bras, commence-t-elle. Tu seras promue dans le quadrille. Tu seras admirée.

Je tire ma sacoche tout contre mon ventre et mordille la peau à vif autour de l'ongle de mon pouce.

– J'aurais dû t'aider. J'ai été méchante de ne pas le faire, admet-elle avant de s'accroupir près de moi.

Elle pose sa tête contre le tabouret sur lequel je suis assise avant de poursuivre :

– Je dois grandir encore de dix centimètres, sinon je n'ai aucune chance de devenir une étoile.

Elle me raconte alors comment sa mère la mesure deux fois par mois et comment elle a entrepris d'allonger sa colonne vertébrale. Blanche doit se coucher sur le dos, les orteils coincés sous la porte du garde-manger ; sa mère saisit alors la base de son crâne et tire dessus.

– Ça ne fonctionne pas. Ce dont j'ai besoin, c'est de viande. Je n'ai pas grandi d'un cheveu depuis quatre mois.

Avant que je puisse prononcer un seul mot, elle se lève et disparaît par la porte qui mène dans le couloir. Je regrette de n'avoir rien dit. C'est vrai : aucune danseuse étoile, aucune première danseuse même, n'est aussi petite que Blanche. Quand même, j'aurais dû lui dire que tout le monde sait qu'elle a du talent, et qu'elle éclipse tous les autres petits rats.

Madame Dominique entre dans la loge et s'appuie contre le placard devant mon tabouret.

– Vous avez une nouvelle jupe, non ? demande-t-elle.

Je fais signe que oui.

– Des leçons supplémentaires avec madame Théodore ?

– Deux fois par semaine.

– Les abonnés veulent voir leurs protégées sur la scène, mais ils les font sortir jusqu'à très tard dans la nuit...

Elle se tourne de sorte à me regarder en face.

Je hausse légèrement les épaules ; je ne suis pas certaine de ce qu'elle veut dire.

– Vous savez que les examens auront lieu bientôt, mais vous arrivez encore en classe visiblement exténuée.

– J'ai fait l'erreur d'aller au lit trop tard.

Madame Dominique pince les lèvres.

– Les cernes sous vos yeux n'ont rien de nouveau.

Elle tape sur le dessus du placard avec la bague de corail qu'elle porte au petit doigt, attendant une explication ; je gratte la peau à vif de mon pouce en cachant mon tic derrière mon autre main.

– Pourrais-je lui parler ? demande-t-elle. À votre protecteur ? Il doit être à même de comprendre l'importance de ces examens.

Elle me touche la main, ce qui me force à cesser mes mouvements nerveux.

– Vous devez arriver reposée en classe. Vous avez besoin d'une allocation pour acheter de la viande. Une nouvelle jupe ne suffit pas.

Soudain, je comprends : elle croit que j'ai un protecteur et que la nouvelle jupe est l'un de ses présents.

– Je travaille à la boulangerie.

Un sillon se creuse entre ses sourcils.

– Je pétris la pâte, seulement. Mes jambes ne travaillent pas. J'y vais le matin à la première heure.

– Avant la classe ?

D'une main posée sur sa joue, elle semble maintenir le poids de sa tête soudain devenue lourde.

– À quatre heures et demie. À huit heures, j'ai terminé.

– Oh, Marie... Tous les matins ?

Je hoche la tête.

– Je pose, aussi. Mais pas autant qu'avant.

– Je vois.

Elle laisse retomber sa main.

– C'est noble de votre part. Mais... oh, Marie. Ce n'est pas possible. Vous êtes déjà en train de vous user à la tâche.

Elle m'a envoyé m'asseoir pendant la classe, et même si elle m'avait donné une quatrième chance je n'aurais pas réussi l'enchaînement.

– Il y a d'autres moyens.

Elle a parlé très bas, les yeux fixés sur le plancher.

– Un protecteur ?

– J'ai cru que vous en aviez un. J'avais remarqué vos nouveaux effets. Et madame Théodore m'a parlé des cours supplémentaires.

– Vous m'aiderez ? Je ne connais pas les abonnés.

– Non, répond-elle trop rapidement.

Sa décision semble arrêtée depuis longtemps ; sans doute a-t-elle déjà formé son opinion à ce sujet lorsqu'une situation semblable s'est présentée pour une autre fille.

– Non, il ne faut pas compter sur mon aide.

Son œil a un tic étrange que je ne lui ai jamais vu avant, elle qui a toujours un regard très franc. Je me demande si ce tic ne révèle pas un soupçon de honte de laisser ainsi une fille à elle-même, une fille qu'elle a pourtant la responsabilité de former pour la faire passer du rang de petit rat dans sa classe à celui de danseuse sur la scène de l'Opéra.

Antoinette

Colette insiste pour que nous ramassions le chien mort au cou tordu et à la gueule sanguinolente. Elle en fait toute une histoire, elle chiale, elle renifle sans même se donner la peine d'essuyer la morve qui souille son visage. Une part de moi-même aurait envie de l'imiter, de brailler et de frapper le sol à coups de poing, mais ça donnerait quoi ? Il n'y a pas de gentille maman pour nous consoler avec une tétine apaisante, pas d'amoureux pour nous enlacer dans la chaleur de ses bras. Colette et moi sommes livrées à nous-mêmes. Et nous aurions beau pleurer toute la nuit, ça n'y changerait rien. Elle étale son châle sur le pavé et y glisse l'arrière-train du chien.

– Laisse-le là, dis-je.

Elle passe une main sous son museau et l'autre sous sa poitrine. Puis, en faisant bien attention au cou cassé, elle soustrait ce pauvre cabot au froid des pavés.

– Eh bien, aide-moi ! me lance-t-elle.

Je sais que Marie m'attend en ne dormant que d'un œil. Elle se réveille toujours quand je me glisse sous les couvertures, puis, lorsqu'elle sent ma chaleur à ses côtés, elle sombre dans le vrai sommeil pour la première fois de la nuit. Je sais reconnaître son allure paisible lorsqu'elle dort, et aussi les cernes qui se creusent sous ses yeux lorsqu'elle manque de repos. Cependant, Colette m'implore avec le regard pur d'une gamine qui découvre à peine la misère de la rue.

Ensemble, nous soulevons notre fardeau et commençons à marcher, chacune tenant une extrémité du châle replié sur le cadavre ; entre nous deux, nous sentons le poids du chien qui se balance au gré de nos pas. Colette semble savoir où aller, alors je me contente de la suivre en mettant un pied devant l'autre. Je sens mon cœur se fendre à l'idée qu'Émile puisse accepter une cigarette de la part d'un garçon qui m'a giflée, puis me tourner le dos et s'en aller. Pourtant, son souffle brûlant sur ma peau me manque déjà, et la douce caresse de ses doigts... S'il ne vient pas me supplier, c'est moi qui le ferai, et je ne vois aucun intérêt à prétendre le contraire, ne serait-ce que l'espace d'une soirée. Peut-être le savait-il, d'ailleurs, alors même qu'il portait cette cigarette à ses lèvres ? Peut-être qu'il ne m'a pas vraiment préféré Pierre Gille, s'il savait dès le départ que cela ne changerait rien entre nous ?

Alors que nous tournons le coin de la rue, Colette, sans ralentir le pas, me dit que nous allons chez madame Brossard dans le Bas-Montmartre. Je sais que les parents de Colette sont morts et que son nom de famille n'est pas Brossard, mais Dupré. Elle semblait copine avec les putains du boulevard à la brasserie, et aussi avec un homme qui avait au moins deux fois son âge. Elle possède quatre robes, toutes en soie, aucune ne montrant des signes d'usure, et ce soir, autour du cou, elle porte une montre magnifique. Au bout de sa chaîne, le bijou clignote sous la lumière vacillante des lampes à gaz, attirant le regard. Pour elle, ce n'est qu'une babiole, quelque chose qu'on peut négligemment lancer au fond d'un tiroir. Elle n'a pas une once de modestie et ne paraît pas le moins du monde gênée de sa lourde poitrine, de ses jolis mollets, de ses lèvres pulpeuses. Il n'y a pas une heure de cela, elle retroussait sa jupe devant Pierre Gille pour l'exciter tout en clamant haut et fort : « Ce n'est pas gratuit ! » Tout cela me fait penser qu'il n'y a qu'une seule possibilité : la maison de madame Brossard est un bordel, une des maisons closes de Paris. Nous franchissons péniblement un autre pâté de maisons avant que j'ose lui demander :

– C'est qui, au juste, madame Brossard ?

– C'est la tenancière de la maison où j'habite. Et oui, je suis une cocotte, puisque c'est ça que tu veux vraiment savoir.

Nous prenons une ruelle qui longe une maison grise à deux étages ; j'entends la musique d'un piano et le bruissement des conversations provenant de la taverne qui occupe le rez-de-chaussée. La ruelle est sombre, éclairée seulement par une lanterne accrochée dans une cage au-dessus de la porte.

– Laissons le chien ici, dit Colette.

Elle dépose son bout du paquet à côté du perron de pierre avant de tendre la main vers la poignée de porte en laiton.

– Nous aurons sûrement de la soupe, peut-être même que tu pourras prendre un bain si madame Brossard est d'humeur.

Les marches de bois qui mènent au premier étage sont impeccablement balayées ; la cage d'escalier est largement éclairée par trois lampes à gaz aux abat-jour parfaitement propres et polis. Les murs épais nous coupent rapidement du brouhaha qui règne dans la taverne en bas. Quand nous arrivons dans l'alcôve en haut de l'escalier, j'aperçois, derrière des draperies de velours, deux filles vêtues de soie, chacune assise à une extrémité d'un sofa en brocart, le menton posé sur la main, le bras appuyé sur les épais coussins du dossier. Elles concentrent toute leur attention sur le gentleman qui se prélasse entre elles. Colette, tout bien considéré, ne semble pas être une putain de rang inférieur. Elle me prend par le bras et me guide dans un corridor faiblement éclairé jusqu'à une grande cuisine où se trouve un âtre rougeoyant.

– Mon Dieu, Colette ! s'exclame une femme aux joues flasques, qui tient un verre à vin dans une main et un chiffon à lustrer dans l'autre. C'est du sang que je vois sur ta jupe ?

– Il y a un chien mort à la porte de la ruelle. Je l'ai enroulé dans mon châle de laine.

Colette recommence à renifler. Entre ses sanglots, elle explique comment un garçon a donné un coup de pied à la pauvre bête, de toutes ses forces, brisant son joli cou. Ses épaules se soulèvent tellement elle pleure. Madame Brossard la tire par le bras vers une grande table en chêne et la pousse gentiment sur une chaise. Après quoi, elle se tourne vers moi et dit :

– Veuillez vous asseoir, mademoiselle...

– Van Goethem, Antoinette van Goethem, dis-je en m'assoyant à côté de Colette.

En guise d'accueil, elle pose une main sur mon épaule ; cependant, maintenant qu'elle est près de moi, son nez se pince à l'odeur que je dégage après une semaine au lavoir et une soirée à trimballer le cadavre d'un cabot.

– Il faut enterrer le chien, dit Colette.

– D'abord, vous allez manger, toutes les deux, et ensuite vous allez vous laver.

Elle attrape une petite clochette, qu'elle fait tinter deux fois avant de l'étouffer vivement ; je me demande si cela signifie qu'il y a plus d'une servante dans la maison et que chacune répond à un signal différent. Madame Brossard se dirige vers le foyer, où elle prend une marmite fumante et deux bols qu'elle apporte vers nous. Avec une louche, elle entreprend alors de remplir les bols d'une épaisse soupe au bœuf et à l'oignon. Une bonne qui peut avoir l'âge de Marie entre dans la cuisine ; elle porte un tablier empesé. Madame Brossard lui donne ses instructions : il faut préparer un bain et des sous-vêtements propres pour moi, et avertir Maurice – le tavernier du rez-de-chaussée, je suppose – de creuser une petite tombe dans la cour arrière.

– Dois-je faire appeler la coiffeuse ? demande-t-elle à Colette.

– Mmm... Je me ferais bien dorloter un peu.

À moitié morte de faim, j'attaque la soupe, vraiment plus riche en viande que la soupe servie dans les cafés. Quand il ne reste plus qu'une pelure d'oignon dans ma cuillère, Colette jette un coup d'œil, par-dessus son épaule, vers la porte par laquelle madame Brossard est sortie, puis elle échange son bol encore presque plein contre le mien. Assise à la table de chêne de madame Brossard, qui est entourée de huit chaises, j'imagine les filles de la maison rassemblées ici, jouant une partie de bésigue, riant, léchant sur leurs lèvres la graisse d'un canard rôti. Pendant un instant, je considère la possibilité de rester ici ; madame Brossard me fournirait la soupe, me ferait préparer mon bain, appellerait la coiffeuse. Mais cette vie rêvée n'inclut pas Marie et Charlotte. Elle n'inclut pas Émile non plus, et moi, je veux ces trois-là davantage que je veux être dorlotée, manger de la soupe et voir tous les détails de mes journées réglés par une maquerelle.

– Madame Brossard est généreuse ? dis-je.

– Pauline, une des filles, a raté l'examen médical. Son visa n'a pas été tamponné.

– J'ai un travail. Je suis blanchisseuse dans la rue de Douai.

– C'est une bonne maison, ici.

– Le prends pas mal, Colette, mais je suis pas faite pour jouer les putains.

– Quand même. Tu peux au moins prendre un bain.

Dans l'âtre, une grosse marmite est suspendue à un crochet. Des flammes orangées en lèchent le dessous, et des volutes de vapeur, légères comme des plumes, s'en échappent. La baignoire qui attend à côté du foyer est au moins deux fois plus grande que la nôtre, et son haut dossier incliné semble inviter à la paresse.

Une quinzaine de minutes plus tard, je suis allongée dans la baignoire et je comprends que j'ai abandonné Marie. Peut-être qu'Émile a raison, après tout. Peut-être que ce n'est pas bon pour mes sœurs que je les couve ainsi. Peut-être que Marie a besoin de devenir plus forte et Charlotte de se rendre compte que le monde ne tourne pas autour d'elle. Je ferme les yeux ; peu après, je sens qu'on tire doucement sur mes cheveux pour les peigner, les peigner encore, avant de les friser au fer ; la coiffeuse semble habituée à ce que ses clientes soupirent d'aise dans un bain chaud.

– Vous en profitez bien, Antoinette ? demande madame Brossard, dont la jupe fait un léger bruissement à son arrivée.

Je me cambre comme un chat qu'on gratterait doucement sous le menton.

– Colette me dit que vous avez été ballerine à l'Opéra ?

– C'était il y a longtemps.

Une fois que mes cheveux sont coiffés et que ma peau est sèche, j'enfile un corset – mon premier depuis mes apparitions sur la scène de l'Opéra – et madame Brossard le lace si serré que le peu de poitrine que j'ai est poussé vers le haut. Elle me passe une robe de soie mauve, qu'elle boutonne elle-même. Enfin, elle remplit un verre de vin rouge et me le tend en disant :

– Cadeau de la maison.

Elle me farde le nez avec de la poudre de riz et colore mes lèvres avec de la pommade avant de me guider vers un miroir rond suspendu à une chaîne au-dessus d'un buffet.

Ma peau blanche forme deux petits monticules qui débordent du corsage de soie mauve. Cette jolie robe est fluide contre mes côtes, puis elle se rétrécit autour de ma taille étroite. Mes cheveux brillent d'avoir été brossés et mes lèvres luisent d'un bel éclat. Ma peau poudrée est douce comme du velours. Ce que je voudrais par-dessus tout, c'est qu'Émile me voie ainsi – peut-être pas aussi belle que Colette, mais plus belle que je ne l'ai jamais été.

– Eh bien ? fait madame Brossard.

– Vous perdez votre temps avec moi.

Pour toute réponse elle hausse les épaules, comme si un bol de soupe, une marmite d'eau chaude, une note de coiffeuse et un verre de vin étaient des dépenses négligeables. Depuis l'alcôve qui donne sur le salon, j'entends Colette me conseiller :

– Essaie de t'amuser au moins ce soir. Madame Brossard te surveillera. Tu retourneras bien assez tôt frotter ton linge sale.

Dans ma tête, je me dis que c'est demain dimanche, mon jour de congé du lavoir. Je vais me mettre à la recherche d'Émile, en commençant par l'entrepôt du père de Pierre Gille et la brasserie des Martyrs, avant d'aller voir s'il le faut dans les autres tavernes qu'il fréquente. Colette joint ses mains et les ramène sous son menton comme si elle s'apprêtait à dire une prière ; aussitôt, souriante, elle tourne les talons et va embrasser sur les joues cinq des six hommes qui sont dans le salon, avant de s'approcher du laissé-pour-compte et de poser une main sur sa poitrine.

– Vous êtes nouveau, ici, non ?

– Monsieur Arnaud, se présente-t-il.

Elle lui prend son verre, qui n'est qu'à moitié vide :

– Il vous faut encore du vin, monsieur Arnaud. Dans cette maison, nous aimons faire la fête !

Elle donne une petite tape sur le revers du veston d'un autre gentleman qui semble se croire à l'Opéra, à en juger par sa canne et ses gants blancs.

– Je vois que vous tenez votre tailleur occupé, monsieur Barbeau, dit-elle. Cette coupe convient bien à un homme comme vous qui se tient le dos bien droit.

Elle traverse la pièce, ébouriffant au passage les cheveux d'un homme qui pourrait tout aussi bien être un hibou avec son nez pointu et ses gros sourcils qui lui font des touffes de chaque côté du visage.

– Une si belle chevelure, le complimente-t-elle.

Je reste dans l'alcôve, buvant mon vin rouge et sentant avec satisfaction le courage que cela me donne avant que le regard des six gentlemen se détache de Colette qui ondule des hanches dans le salon, comme une vraie friponne. Madame Brossard ressurgit près de moi avec sa bouteille et me verse du vin. Je bois encore, et bientôt je vois le fond de mon verre pour une seconde fois. Cela me donne de l'audace. Lorsque je vois entrer un autre homme, à peine assez âgé pour se servir d'un rasoir, j'ose lui faire une moue lutine et lui adresser le plus impudent des sourires. Émile ne m'apprécie pas à ma juste valeur.

Ce garçon lève légèrement son verre en haussant les sourcils. Comme il n'y a rien d'autre derrière moi qu'une porte en chêne, je comprends que c'est pour moi qu'il lève ainsi son verre, pour ma robe mauve, pour mon nez poudré. Il a l'air d'un chérubin, sauf qu'il est très grand; il a des lèvres de femme, une fossette au milieu du menton, la peau laiteuse, des boucles dorées... Un très joli garçon, comme Pierre Gille. À mon tour, je lève mon verre – rempli pour une troisième fois – et, tout en imaginant qu'Émile me regarde depuis un coin du salon, je passe doucement mes doigts le long de mon décolleté garni d'un cordon mauve.

De son côté, Colette a passé un bras sous celui de monsieur Arnaud et elle lui fait faire le tour du salon en lui présentant les autres :

– Voici monsieur Picot, un marchand de bois.

Elle se tourne vers le chérubin :

– Voici monsieur Simard, qui est en apprentissage pour devenir banquier, comme son papa.

Puis elle se tourne vers deux hommes assis côte à côte sur le sofa, leurs deux fronts tellement près l'un de l'autre qu'ils se touchent presque :

– Et voici enfin monsieur Mignot et monsieur Fortin, propriétaires d'une conserverie de poisson au Havre. Ils sont comme des frères depuis qu'ils se sont rencontrés au lycée là-bas.

Les presque frères se lèvent pour serrer la main de monsieur Arnaud. En voyant leurs pantalons et leur moustache, j'ai envie de dire qu'ils ont sans doute aussi le même tailleur et le même barbier. Le chérubin me lance un coup d'œil et avale une gorgée de vin.

– Nous sommes tous des amis, ici, monsieur Arnaud, dit Colette.

Même sans tenir compte des hochements de tête des autres, je sens que c'est la vérité, que ces hommes qui blaguent ensemble, qui se tapent sur les genoux et se penchent l'un vers l'autre ne viennent pas chez madame Brossard seulement pour jouir de la compagnie de Colette.

Elle se tourne à présent vers les autres filles.

– Je vous présente Adèle, de la Loire. Nous l'appelons Petite. Et Odette, une pure Parisienne. Et Constance, qui nous vient tout droit des Pyrénées.

Petite est blonde, courte et tellement potelée que ses bras semblent faits d'une pâte dans laquelle une pression du doigt aurait formé le creux des coudes. Odette me fait penser à une ballerine avec son long cou, ses épaules tombantes et sa taille fine. Constance, pour sa part, est grande et foncée comme une Espagnole. Je me dis que madame Brossard a dû rechercher la variété en choisissant ces filles une à une pour les faire entrer dans sa maison. Je me demande si Pauline, dont le visa n'a pas été tamponné, n'était pas maigre comme moi, avec une tignasse foncée. Seule Colette est une vraie beauté, mais je vois bien que les autres sont enjouées : elles rient et se montrent caressantes, et elles sautent sur leurs pieds dès que le verre d'un gentleman est à moitié vide.

– Enfin, je vous présente Antoinette, dit Colette en guidant monsieur Arnaud vers moi. Je l'ai rencontrée à l'Ambigu, alors que nous étions figurantes dans *L'Assommoir*. Nous nous sommes bien amusées, toutes les deux. Antoinette s'est même débrouillée pour obtenir un rôle parlant.

Les hommes se tournent vers moi et le chérubin propose :

– Eh bien, mademoiselle Antoinette, pourquoi ne pas partager votre talent avec nous ?

Tous ces hommes raffinés me dévisagent, aucun ne tourne les talons, aucun ne s'éloigne sur le pavé, une cigarette aux lèvres. Je pose mon verre sur une petite colonne qui porte une fougère en pot, et même si je suis à moitié ivre, le vin n'a pas épaissi ma langue au point que je ne puisse plus savoir ce que je fais.

– Messieurs...

J'ai parlé assez bas et tous se penchent vers l'avant, les yeux fixés sur moi comme si j'étais Hélène Petit sur la scène de l'Ambigu.

– Imaginez que je suis une blanchisseuse : mes bras nus ruissellent d'eau savonneuse et de la vapeur condensée me dégouline dans le cou. Il fait diablement chaud dans le lavoir.

Du dos de la main, j'essuie de la sueur imaginaire sur mon front. Je relève la tête et j'aperçois dix paires d'yeux intéressés ; les lèvres du chérubin sont entrouvertes.

– Jetez un coup d'œil à travers les volets d'un lavoir à la fin de la journée, et je vous jure que vous verrez pas une seule blanchisseuse avec sa blouse lacée jusqu'en haut.

Le chérubin se passe la langue sur les lèvres. Colette rit de bon cœur. Alors, je relâche la cordelette qui retient l'encolure de ma robe de soie mauve.

Le marchand de bois applaudit. Le chérubin se donne une grande tape sur la cuisse. Colette pose une main sur son cœur. Je sens une chaleur m'envahir, comme la soupe, tout à l'heure, qui a rempli mon ventre affamé, et je lève la main.

– Messieurs, revenons au lavoir de *L'Assommoir.*

Je plonge les mains dans une cuve invisible, exactement comme je le faisais sur les planches de l'Ambigu, puis je lève les yeux et fais mine d'être en colère.

– Qu'est-ce qu'est arrivé à mon morceau d'savon ? Y'a encore quelqu'un qui m'a chipé mon savon !

Tout le monde éclate de rire et applaudit. Des verres se lèvent. Le chérubin parle le premier :

– Je me souviens de vous ! Je me souviens de cette réplique !

– Moi aussi, renchérit l'un des deux gentlemen qui possèdent une conserverie de poisson au Havre.

– Tout comme moi, ajoute son presque frère.

Je scrute tous les visages, tour à tour : chacun me regarde amicalement, les joues rosies à cause de la chaleur, et cela me fait la même impression que d'être adorée. Colette s'approche de moi et passe son bras sous le mien.

– Notre Antoinette a aussi dansé sur la scène de l'Opéra.

Le chérubin presse les jointures d'une main contre ses lèvres. Il bondit sur ses pieds en criant :

– Encore !

– Oui ! approuve Colette en lâchant mon bras et en commençant à applaudir.

Ces hommes, ce soir, ont tous choisi de venir ici, dans cette maison du Bas-Montmartre, au lieu d'assister à une réception ennuyeuse ou de se présenter à un dîner respectable. Ce qu'ils veulent avant tout, c'est s'amuser, et on pourrait en dire autant de ceux qui fréquentent sans leur épouse les loges ou le Foyer de la danse de l'Opéra. Ça me procure une joie étrange d'être ainsi choisie par ces gentlemen alors qu'Émile, Pierre Gille et les autres garçons ne m'accordent même pas un regard. Je considère pendant quelques secondes la possibilité d'exécuter une ligne de fouettés en tournant. Cette petite réplique à propos du savon n'est rien en comparaison d'une ballerine qui lève la jambe bien haut et qui tourne sur elle-même.

Pendant que je croise les bras sur la poitrine, me préparant à amorcer la rotation, mon regard s'attarde sur le chérubin qui me fixe, bouche bée. Soudain, le salon se met à tanguer. Le coin où le marchand de bois est assis entre Petite et Odette se soulève, tandis que s'affaisse le coin opposé, où se tient la vigilante madame Brossard. Je préfère reprendre mon verre sur la petite colonne et porter un toast à la compagnie.

– Une autre fois, messieurs, dis-je. Une autre fois...

Le chérubin m'appelle d'un signe de la main et je me creuse la mémoire pour retrouver son nom. Il tapote le sofa, près de lui ; je m'y laisse tomber maladroitement, en renversant un peu de vin sur ma main.

– Vous êtes faite pour la scène, me dit-il.

– Je sais pas... Je crois pas.

Je lèche le vin qui a coulé sur mon pouce, mais le chérubin ne détourne pas les yeux. Au contraire, sa jolie figure semble subjuguée.

Il prend entre ses doigts une mèche de mes cheveux, que la coiffeuse a élégamment frisés et disposés en boucles autour de mon visage. Aussitôt, je secoue la tête et il retire sa main comme un enfant qu'on aurait réprimandé. Il se met alors à tripoter le bord de son verre. Comme je vois que ma réaction le rend timide et non amer, alors que nous sommes assis sur un sofa dans une maison comme celle-ci, je lui fais un clin d'œil pour m'excuser :

– On vient juste de me faire ces boucles. J'en ai pas souvent, des boucles.

– Cela vous va très bien. Voulez-vous encore du vin ?

Je lui tends mon verre tout en me demandant si madame Brossard permet que je boive du vin qu'elle ne m'offre pas elle-même. Il vide la moitié de son verre dans le mien et nous buvons ensemble en nous dévisageant.

– De si beaux yeux, me complimente-t-il.

En réalité, la beauté des dames qui se retournent au sommet du grand escalier de l'Opéra pour regarder leurs admirateurs vient surtout des pinces à friser, de la poudre de riz et d'une robe fignolée par une douzaine de couturières. Je porte mon attention sur les lèvres du chérubin, qui sont roses, pleines et douces, et non épaisses, gercées et en train de téter une cigarette offerte par Pierre Gille.

– Des belles lèvres, dis-je. Des lèvres de chérubin.

Nous parlons de *L'Assommoir* et de la scène de l'Opéra, de mes rôles dans *Coppélia*, *La Sylphide* et *Sylvia*, même si les deux premiers ont été joués bien avant mon temps. Il prétend se souvenir de moi – une sylphide, dit-il, avec des ailes dans le dos. Il en est certain. Vraiment. Il remplit de nouveau mon verre et nous portons un toast à l'Opéra, à la maison de madame Brossard et même à la banque, bien qu'il n'aime pas beaucoup s'asseoir derrière un grand bureau. Nous portons des toasts jusqu'à ce que nos verres soient vides, puis nous les remplissons encore, et nous portons d'autres toasts : à l'impératrice Eugénie et à Napoléon III qui se cachent en Angleterre depuis que les Prussiens les ont expulsés de France, puis à Jules Grévy qui, selon le chérubin, excelle davantage autour d'une table de billard que dans ses tâches de président. Lorsque je clame « À la république ! » en levant mon verre, il le remplit, mais se garde de prendre une gorgée lui-même.

Colette et monsieur Arnaud ne sont plus dans le salon. De son côté, Petite passe et repasse ses doigts dans les cheveux du marchand de bois, sa robe délacée laissant voir ses tétons roses. Constance est en train de distribuer des cartes aux deux presque frères et à Odette.

Le chérubin caresse une boucle près de mon oreille.

– Je ne l'écrase pas, m'assure-t-il.

Je ris, et il me touche la joue ; ses doigts ne sont pas calleux comme ceux d'Émile. Je ferme les yeux et hume son odeur : il sent le girofle et le savon, pas le tabac ni la peau crasseuse. Ses doigts glissent sur ma gorge, puis vers l'encolure de ma robe, puis sur mes seins à travers la soie de mon corsage. Un émoi me saisit et, plus bas, une chaleur, puis je sens la bouche du chérubin sur la mienne. J'entrouvre les lèvres ; il a un goût légèrement sucré. Il se recule doucement et me chuchote à l'oreille :

– Je vais dire un mot à madame Brossard.

Je me dis que je pourrais faire comme si j'étais allongée sur la méridienne. La moitié des couturières, des marchandes de fleurs et des bonnes de Paris le font un jour ou l'autre – pour une tasse de chocolat, un verre de champagne, une paire de gants, pour tenir le propriétaire à distance un jour de plus... Toutefois, avant de se lever du sofa, le chérubin caresse le creux entre mes clavicules, précisément là où Émile aime me caresser. Je reprends mes sens et je sais que je ne le suivrai pas là où Colette a disparu avec monsieur Arnaud. Une boule se forme dans ma gorge ; je sens une brûlure croître derrière mes paupières, mais je n'ose pas cligner des yeux. Je me détourne. Je compte les lampes à gaz accrochées dans la pièce qui tangue. Cinq. Ou six ? Les fougères en pot. Quatre.

– Une autre fois, dit-il.

Ce n'est qu'un garçon timide.

Je me mets debout. J'ai la tête qui tourne. Je veux m'éloigner, mais je trébuche sur l'ourlet de ma robe.

– J'ai jamais été si ivre. Et je sais même plus votre nom.

– Jean-Luc. Jean-Luc Simard.

Madame Brossard, qui a surgi à côté de moi, appelle Odette pour qu'elle vienne raconter à monsieur Simard l'histoire du marchand ambulant qui vendait des fleurs qu'il coupait dans le cimetière à deux pas d'ici. Elle me prend ensuite par le coude pour me faire sortir du salon tout en lançant par-dessus son épaule :

– Vous imaginez cela, monsieur Simard ?

Un cimetière est un très bon endroit pour cueillir des fleurs. Demain, je vais en faire plusieurs bouquets et je les disposerai sur ma jupe soigneusement étalée pendant que j'attendrai Émile devant l'entrepôt du père de Pierre Gille.

Marie

Entre la rue de Douai et la rue des Pyramides, Charlotte et moi comptons vingt-six affiches annonçant le cinquième Salon des impressionnistes. Le nom de monsieur Degas est le troisième sur la liste qui en compte quatorze, dont deux que je connais grâce aux journaux : Pissarro et Gauguin. J'ai pris cette habitude de compter les affiches. Une fois, alors que j'avais marché plus longtemps que la petite demi-heure d'aujourd'hui, j'en avais compté quarante-trois. Tout Paris est donc au courant.

– En voilà une autre, dis-je.

– Vingt-sept, dit Charlotte.

– Ça me rend nerveuse de savoir que tant de gens verront la statuette.

Le Salon s'est ouvert jeudi dernier, le 1er avril, et les trois jours qu'il m'a fallu attendre ont été les plus longs de ma vie. Je n'avais aucune possibilité de me libérer avant aujourd'hui, avec les cours de madame Dominique, les leçons particulières de madame Théodore et le pétrissage des baguettes. Vendredi soir, j'ai bien failli manquer à ma propre règle, soit d'être au lit tous les soirs à huit heures. Mais si j'étais sortie, comment aurais-je pu ensuite supplier Maman et Antoinette de marcher sur la pointe des pieds, le soir, et de cesser leurs bavardages lorsque j'étais couchée ?

– J'ai besoin de sommeil, leur avais-je affirmé d'une voix plaintive en me frottant les yeux. Madame Dominique m'a dit de prendre plus de repos.

Les examens n'étaient plus que dans neuf semaines et madame Dominique avait recommencé à distribuer ses petits hochements de tête approbateurs. Blanche restait gentille avec moi : elle prétendait que mes fouettés en tournant étaient plus réussis que les siens et elle me montrait l'enchaînement de pas dès qu'elle voyait que j'étais bloquée. Un jour où il faisait chaud et où nous étions assises dans un rayon de soleil, le dos appuyé contre le mur de l'Opéra, Blanche a enfoui son visage dans ses mains.

– Maman ne peut plus continuer comme ça. Il n'y a pas une minute dans la journée où elle ne travaille pas.

J'ai posé la tête sur son épaule.

– Et je n'ai pas grandi depuis cinq mois.

– Moi j'ai une face de singe. Cela va jouer contre moi à l'examen.

Elle a haussé les épaules en émettant un petit rire ; que pouvait-elle faire d'autre ?

– Un singe et une crevette sur la scène, ai-je soupiré.

– S'il y a un peu de justice dans le monde...

Elle avait raison de dire que notre promotion à toutes les deux dans le quadrille serait justice, et madame Dominique aurait probablement été d'accord avec elle. Certes, elle nous disait souvent :

– Un peu plus d'efforts, je vous prie !

Cependant, jamais elle ne nous reprochait, à Blanche et à moi, d'être paresseuses. Blanche conservait facilement sa première place à la barre, mais j'avais rattrapé une à une toutes les autres de la classe et j'étais parfois si loin devant que certaines s'efforçaient maintenant de me rattraper. Il m'arrivait de me demander si mes jetés ne manquaient pas encore de hauteur, si le dos de Joséphine ne devenait pas plus souple que le mien, si je n'étais pas la seule à remarquer la puissance de mes fouettés en tournant. Cependant l'autre jour, un ruban s'est arraché de mon chausson, et comme Linette et Alice trouvaient mille excuses pour ne pas me prêter un bout de fil à coudre, j'ai compris ce que cela signifiait. Blanche et moi, ainsi qu'une poignée d'autres élèves, nous nous tenons loin des filles comme Linette et Alice, qui ratent encore les enchaînements et continuent à atterrir sur le talon au lieu de se maintenir en équilibre sur les orteils, en arabesque. Le quadrille représentait mon unique chance de devenir une vraie ballerine – avec de la poudre sur mes bras et un costume de soie ! –, d'incarner une sylphide et d'être admirée, et ma réussite de l'examen devenait une possibilité de plus en plus tangible. Lorsque, au lieu d'un seul violon, j'imaginais la musique d'un orchestre entier se glisser en moi, me remplir et me faire vibrer, je me sentais devenir plus légère.

Malgré tout, la peau de mon pouce était à vif. Je gardais mes ongles très courts et j'essayais de ne rien tenir pour acquis. Toutefois, je ne pouvais pas m'empêcher de réfléchir ; j'y pensais sans cesse, à ce rêve pour lequel je suais et m'échinais dans la salle de classe, mais en même temps je redoutais sa réalisation. Mon travail à la boulangerie nous fournissait les baguettes que nous mangions le matin, je payais le loyer, le bois et le lait, et je conservais une part de mes gains pour m'acheter des costumes de travail et pour m'offrir, dans un café de la place Pigalle, des portions de viande supplémentaires, côtelettes de porc ou ragoût de veau, en gardant nerveusement un œil sur la porte de crainte de voir surgir Antoinette. Si je passais dans le quadrille, je danserais sur scène certains soirs ; cela voulait dire que je ne rentrerais pas avant minuit et qu'il me serait impossible de me lever assez tôt pour aller pétrir la pâte chez le boulanger. Les danseuses du corps de ballet étaient censées se lever tard, arriver à l'Opéra pour les classes de l'après-midi, et rester ensuite toutes les heures qu'il fallait pour répéter ou pour danser sur les planches. Toutefois, ces filles qui dormaient jusqu'à midi avaient un père qui leur achetait de la viande... Un père, ou un abonné.

Deux fois, après la classe, alors que je traversais avec Blanche la cour de l'administration qui mène à la grille arrière de l'Opéra, j'ai aperçu monsieur Lefebvre. La première fois, il discutait avec un autre gentleman à côté d'une berline – une très belle berline tirée par une paire de chevaux ornés de plumets, avec des fenêtres et un *L* doré sur la portière. Le siège du conducteur était capitonné et il y avait un autre siège pour le valet en arrière, alors que la plupart du temps, sur les berlines, le valet se tient debout sur le marchepied situé sur le côté. J'ai essayé de rassembler mon courage pour l'aborder, tout en sachant fort bien que je n'en aurais jamais l'audace. C'est alors que monsieur Lefebvre s'est incliné devant moi en portant la main à son chapeau.

J'ai souri, discrètement, et j'ai dit « Bonsoir... », avant d'ajouter, après avoir marqué une courte pause, « ... monsieur Lefebvre », pour lui faire remarquer que je me rappelais son nom. Lorsque nous sommes parvenues de l'autre côté de la rue, Blanche m'a demandé :

– Tu le connais ?

– Il est venu à l'atelier de monsieur Degas.

– Belle berline...

Elle s'est étiré le cou pour jeter un autre coup d'œil et j'ai été soulagée de constater que, debout derrière la berline, monsieur Lefebvre ne pouvait pas la voir.

Une semaine plus tard, il était de nouveau là ; il nous a fait signe d'approcher, à Blanche et moi, et nous a fait monter dans sa berline. Il voulait savoir si madame Dominique nous faisait travailler assez fort en vue des examens. Il a furtivement passé sa langue rose à la commissure de ses lèvres. La date était-elle déjà arrêtée ? Il souhaitait assister aux examens et il essaierait d'obtenir un laissez-passer. Nous devions conserver notre énergie, prétendait-il, et il a demandé à Blanche si elle habitait près de chez moi, avant d'insister pour nous conduire au moins jusqu'à la confiserie de la rue Fontaine. Il affirmait que madame Lefebvre adorait les bâtonnets de caramel rouge qu'on y vendait.

Lorsque nous nous sommes arrêtés devant la confiserie, il nous a invitées à l'attendre dans la berline, car une sucrerie ne ferait pas de tort à des ballerines comme nous, qui travaillaient si fort. Il est revenu avec des morceaux de pâte d'amande, des bonbons et des bâtonnets de caramel rouge. Nous nous sommes empiffrées ; Blanche plus que moi, cependant, parce que mes dents sont déjà assez laides sans avoir besoin de les barbouiller de rouge. Pendant tout ce temps, monsieur Lefebvre ne cessait de nous poser des questions. Combien me payait l'Opéra ? Il avait entendu parler de mes leçons supplémentaires avec madame Théodore et il voulait savoir combien cela coûtait. Était-ce vrai que mon père était mort ? Que ma mère était blanchisseuse ? Et ma sœur, aussi ? Lui ne mangeait pas une seule sucrerie, ce qui expliquait sans doute qu'un homme comme lui assez riche pour avoir des souliers vernis et une berline luxueuse avait néanmoins les joues creuses comme celles d'un croque-mort. Blanche restait presque muette, mais elle a quand même lancé que personne n'exécutait aussi bien que moi les fouettés en tournant, et qu'il devrait me surveiller dans le quadrille l'automne prochain.

– Ah oui, comme elle tourne ! a-t-il commenté.

J'ai alors pensé aux deux fois où madame Dominique nous a fait la classe sur la scène en préparation des examens. Monsieur Lefebvre était-il assis là, dans l'ombre, à regarder ?

– Je vais intercéder auprès de monsieur Pluque, et de monsieur Mérante également, pour qu'ils lui accordent l'attention qu'elle mérite.

Monsieur Mérante est le maître de ballet de l'Opéra, et c'était une bonne idée de refuser le caramel rouge.

– Et Blanche, ai-je dit. Madame Dominique assure que ses bras sont comme les ailes d'une colombe.

– Une grâce hors du commun, en effet.

Il s'est tourné vers Blanche, et j'ai senti un pincement au cœur en voyant qu'il la regardait exactement comme il m'avait regardée.

Peu après, lorsque la berline a tourné le coin de la rue, nous laissant sur le pavé devant la confiserie, Blanche s'est agrippée à mon bras de ses deux mains.

– Une berline avec des sièges de velours et des rideaux de soie ! jubilait-elle. Et il connaît notre talent à toutes les deux ! Il a dit que j'avais une grâce hors du commun !

Je ne savais pas si je souhaitais retenir l'attention de monsieur Lefebvre, ni même si des bonbons achetés dans une confiserie avaient une quelconque signification, mais j'étais certaine d'un fait : si Blanche avait rencontré monsieur Lefebvre, c'était grâce à moi. Elle était effrontée de dire à quel point il admirait sa grâce, et cela m'a donné l'impression qu'elle pouvait me voler quelque chose. J'ai dû changer d'expression et cela lui a sans doute fait croire que, désormais, j'y penserais à deux fois avant d'évoquer ses bras de colombe devant monsieur Lefebvre, parce qu'elle a aussitôt ajouté :

– Je me disais seulement que peut-être il parlerait de moi aussi à monsieur Mérante...

Elle a passé son bras sous le mien.

– Ce ne serait rien du tout, pour lui, de te donner ce que tu gagnes à la boulangerie.

Et elle m'a brusquement tirée sur le trottoir pour me faire galoper, sauter et virevolter.

•

Dans la rue des Pyramides, je compte encore trois autres affiches, et l'humeur de Charlotte tourne au vinaigre.

– Antoinette dit qu'il ne peint que des danseuses qui se grattent le dos, marmonne-t-elle.

Lorsque j'avais parlé de la statuette à Charlotte la première fois, elle avait mis tout son poids sur une seule hanche et avait avancé le menton.

– Une statuette ? Comme Marie Taglioni ? Mais tu n'as pas encore passé les examens pour le second quadrille !

Antoinette avait levé les yeux au ciel avant de rétorquer :

– Petite idiote, Charlotte. Il ne voit pas Marie comme une fille ordinaire.

J'avais alors senti une douce chaleur m'envahir la poitrine. Mais hier soir, Antoinette est rentrée du lavoir avec un air embarrassé, ses mains derrière le dos.

– Je peux pas aller au Salon avec toi demain, a-t-elle annoncé.

Mon cœur s'est serré. Elle m'a tendu un ruban soigneusement roulé.

– Un peu d'amidon, un coup de fer, et ton vieux ruban a l'air d'un neuf.

Tous les plis avaient disparu, les bouts effilochés avaient été coupés. J'ai touché le ruban, il était lisse et bien empesé.

– Tu vas encore quelque part avec ce garçon, ai-je soupiré.

– Il a un nom, Marie.

– J'irai avec Charlotte. Elle voudra sûrement m'accompagner.

– Je tresserai tes cheveux le matin, a-t-elle promis en me faisant un doux sourire.

J'ai haussé les épaules.

•

Oh, mais peu importe Charlotte. Peu importe Antoinette. Mes pas sont légers sur le pavé. Une brise printanière souffle sur la ville, faisant émerger de tendres brins d'herbe et sortir de leurs durs cocons hivernaux de petites feuilles vertes qui forment un dôme au-dessus de ma tête. Le parfum des cerisiers en fleurs me rend heureuse. Et même plus que ça: j'ai l'impression d'être assise devant un gâteau, l'eau à la bouche, pendant que le pâtissier y ajoute le glaçage, un coulis de chocolat et des fruits confits. D'abord, il y a eu la première affiche – de grosses lettres rouges sur un fond vert. Ensuite, je me suis aperçue qu'il y en avait partout – sur les murs, les portes, les ponts – et qu'on avait dû vider une centaine de pots de colle pour les fixer dans toute la ville. Il y avait aussi l'adresse, indiquée sous la liste des artistes: 10, rue des Pyramides. Je ne connaissais pas cette rue, alors j'ai demandé à Antoinette.

– Sur la rive droite, a-t-elle répondu. La rue donne sur le pont Royal.

La rue des Pyramides est à cinq minutes du clapotis des eaux argentées de la Seine, et encore plus près des massifs de fleurs du jardin des Tuileries et de ses étangs aux eaux lisses comme un miroir. C'est presque à côté du Louvre, la forteresse où sont conservés les plus grands chefs-d'œuvre de France. Le nom même, rue des Pyramides, me fait penser à un monument de pierre dressé pour l'éternité.

Depuis le jour où monsieur Degas m'avait parlé de la statuette, il ne m'avait plus demandé de venir à son atelier;

j'en étais donc réduite à me servir de mon imagination pour m'en faire une image. Je pensais à la figurine de Marie Taglioni que Papa avait offerte à Antoinette. Elle avait été moulée dans de la terre cuite, puis peinte de blanc éthéré et de rose très pâle avant d'être durcie dans un four à céramique et posée sur notre manteau de cheminée pour être admirée. Elle n'était pas nue. Une robe s'accrochait à ses épaules tombantes, et ce détail suffisait à me faire espérer que mon propre corps serait également habillé, à me faire repousser en esprit l'image des centaines d'esquisses de moi posant nue en quatrième position et à me concentrer plutôt sur les derniers croquis. Presque toujours, les dernières fois, j'étais habillée : je portais un corsage, mon jupon de travail, mes chaussons de danse et mes bas.

Les ailes qui se déployaient dans le dos de la figurine montraient clairement que Marie Taglioni portait le costume d'une sylphide, ce qui suggérait que la petite base au-dessus de laquelle elle planait n'était pas le sol d'une classe, mais bien les planches de la scène où elle dansait dans *La Sylphide*. Monsieur Degas me présenterait-il comme une ballerine sur la scène ou comme un petit rat, une élève exténuée qui attend son tour ? Ses tableaux racontaient l'histoire d'un corps et d'une âme, comme l'avait si bien dit le gentleman de la galerie Durand-Ruel, et j'avais bien senti les yeux de monsieur Degas me fouiller jusque sous la peau. Quelle histoire la statuette raconterait-elle ? Qu'avait-il vu ? Un instant j'ai pensé à mes grands espoirs, à ma tendance à trop attendre de la vie, mais si Maman vidait des bouteilles d'absinthe, c'était justement parce qu'elle n'espérait rien.

Parfois, je me rappelais la sculpture massive qui faisait saillie entre les portails en arche du côté est de l'Opéra. Lorsque j'avais dix ans, je m'étais arrêtée avec Antoinette devant ces figures de pierre.

– Ça s'appelle *La Danse*, avait-elle dit.

J'avais contemplé la statue en me demandant comment la pierre, un matériau si lourd, pouvait donner une telle impression de légèreté et de mouvement. J'attendais qu'Antoinette me dicte une opinion. Elle avait quatorze ans et dansait depuis peu sur la scène de l'Opéra.

– Tout Paris a été soufflé à l'inauguration, a-t-elle poursuivi en penchant la tête, encore incertaine elle-même de ce qu'il fallait en penser.

Les femmes se tenaient par la main et formaient une ronde autour d'un homme ailé qui brandissait un tambourin au bout d'un de ses bras levés, les cheveux flottant dans les airs comme s'il venait d'atterrir sur le sol. Ils étaient nus et dodus, ils s'ébattaient dans une danse presque sauvage. Un bébé grassouillet se trouvait à leurs pieds.

– Je me demande ce qu'on leur reproche, a-t-elle finalement dit. Moi, je trouve qu'ils ont l'air heureux.

Les femmes rejetaient la tête en arrière en riant, comme j'avais vu d'autres femmes le faire dans les cafés, comme Maman le faisait encore de temps en temps avant les cris et les pleurs, avant la maladie de Papa.

Depuis ce jour-là, je suis passée au moins cent fois devant la statue. En général, je ne la regardais pas. À la pensée de ces poitrines nues – ciselées, poncées par une main vivante sans même la barrière d'un mince tissu –, j'espérais de tout mon cœur que monsieur Degas aurait conservé le corsage, la jupe et les chaussons de ses derniers croquis.

•

Il n'y a pas de numéro sur la porte, et malgré les nombreuses affiches annonçant le Salon qui y sont collées, je vérifie à deux reprises l'adresse des édifices situés de part et d'autre. L'immeuble neuf est encore en travaux : deux maçons sont juchés sur des échafaudages et quatre zingueurs travaillent sur le toit. Les fenêtres qui donnent sur la rue sont zébrées de saleté, comme si le chiffon qu'on a utilisé pour les essuyer était déjà trop crasseux pour être d'une quelconque utilité.

– C'est ici ? fait Charlotte.

J'ouvre la porte d'un geste enthousiaste pour cacher mon amère déception.

Le bruit qui parvient à mes oreilles me fait reculer d'un pas. Sur le toit, les ouvriers marchent d'un pas lourd, grattent et donnent des coups de marteau ; ailleurs, des charpentiers scient allégrement. Charlotte se bouche les oreilles et, même si j'aurais envie de l'imiter, je me contente de lui lancer :

– Arrête ton cirque !

Un homme aux ongles maculés, vêtu d'une vieille chemise de peintre, est assis à une table faite d'une planche de bois posée sur deux caisses. J'hésite un peu – personne d'autre n'entre pour visiter le Salon – avant de mettre sur la table les deux pièces de un franc que coûte l'entrée. Charlotte s'approche.

– Nous sommes des petits rats à l'Opéra, dit-elle, fière comme un coq. Et ma sœur est modèle pour monsieur Degas. Nous venons voir ses œuvres.

– J'aurais pu le deviner, répond l'homme.

Ses yeux s'allument à la vue de Charlotte, tout comme ceux du charcutier, de l'horloger et du marchand de faïence de la rue de Douai, et comme ceux de monsieur LeBlanc que nous ne devrions pas revoir de sitôt, selon Antoinette, maintenant qu'elle gagne de nouveau un revenu stable. L'homme repousse vers nous les pièces de monnaie.

– Troisième salon, nous indique-t-il.

Dans la première salle, assez vaste, une vingtaine de tableaux sont accrochés aux murs ou posés sur des chevalets au centre de la pièce. Au moins la moitié des cadres sont violets, avec des passe-partout jaunes. C'est la première chose que je remarque, et le fait que mon attention soit attirée par le montage avant les œuvres elles-mêmes me rend mal à l'aise.

– Beaucoup de croûtes, estime Charlotte.

À l'autre bout de la pièce, deux femmes empoignent leurs jupes, plus attentives semble-t-il à les préserver de la poussière qu'à admirer les œuvres. À chaque coup de marteau, les têtes se tournent, les nez se plissent, les épaules tressautent. Néanmoins, quelques-unes des personnes présentes observent les tableaux – une femme hausse un sourcil, un gentleman fourrage dans sa barbe, deux autres, coiffés de hauts-de-forme, se penchent l'un vers l'autre et se parlent en chuchotant.

Dans le troisième salon, je vois tout de suite que les tableaux accrochés aux murs sont de monsieur Degas. Mon regard balaie la pièce à la recherche de la statuette – une danseuse de quatorze ans en quatrième position, les bras derrière le dos et les mains dissimulées dans sa jupe de tarlatane. C'est ainsi, du moins, que j'ai imaginé la statuette des centaines de fois. Cependant, elle n'est pas là.

Il y a la fille vêtue de son châle écarlate, recroquevillée sur un banc, et à côté un autre tableau que je n'avais jamais vu. Deux danseuses sont effondrées sur un banc, les genoux pliés et écartés, les jambes fatiguées tournées vers l'endehors à partir des hanches, même pendant cette pause où elles reprennent leur souffle. Dans le tableau suivant, une danseuse s'est penchée pour ajuster ses bas ; une autre, à la chevelure rousse, tête inclinée vers le sol, semble étirer ses orteils, mais rien ne peut le confirmer, car une bonne moitié de son pied est coupé, tout comme le dessus de sa tête. Derrière les danseuses, la mère, en train de faire bouffer la jupe de sa fille, arbore le visage bouffi d'une concierge, à côté de son amie à l'allure fruste avec son nez grossier et les plumes dressées sur son chapeau. Ne vous laissez pas tromper par le maintien gracieux de ces filles, par leur dos élégant, semble dire monsieur Degas. Ces filles proviennent des quartiers populaires.

Ensuite, des portraits. Je les regarde à peine. Finalement, une bassine de toilette et un broc, puis une femme ne portant que des bas noirs, rien d'autre, et qui est en train de passer une robe par-dessus sa tête. Son dos est potelé et doux au-dessus des plis grassouillets de sa taille. Ce n'est ni une blanchisseuse ni une concierge, pas plus qu'une modiste ou une cardeuse de laine. À cause de la couleur sombre de ses bas, on ne peut pas croire qu'elle a un travail décent, et seule une prostituée se glisse ainsi dans une robe le dos encore nu. Dans l'atelier de monsieur Degas, je détournais mon regard de telles peintures. Mais aujourd'hui, je reste immobile et j'observe en réfléchissant. Pourquoi peint-il de telles choses ? Pourquoi ces toiles sont-elles exposées ici, alors que monsieur Degas possède tant d'autres œuvres, dont certaines sont même un peu jolies si on oublie les pieds coupés et si une fille en sueur sur un banc est un sujet qui ne nous gêne pas ? Pourquoi un dos grassouillet au lieu de moi en quatrième position, avec dans mon dos les bourgeons d'ailes d'une danseuse ?

– Elle n'est pas là, constate Charlotte, désinvolte, comme si c'était de la dernière importance.

– Non, dis-je en la tirant légèrement par le bras. Partons.

Soudain, monsieur Degas franchit la porte du salon et l'homme qui nous a accueillies pointe un index barbouillé dans notre direction. Monsieur Degas a le teint gris, les traits tirés. Pourtant, il n'a que de très légères rides au coin des yeux.

– Mademoiselle van Goethem, dit-il.

Le bruit des coups de marteau augmente encore dans nos oreilles, et il lève les yeux vers le plafond.

– Ce n'est pas ce que j'espérais. L'immeuble devait être terminé. On me l'avait promis. Et pourtant, tout tremble dans ce vacarme.

– Vous avez des visiteurs, dis-je en montrant le salon d'un geste de la main.

– Quelques-uns.

Il hausse les épaules.

– Quand même.

– J'ai vendu le tableau de vous avec l'éventail.

Je n'ai jamais eu à réclamer mes six francs. Je sentais toujours le poids des pièces de monnaie au fond de ma poche avant même de remettre les pieds dans mes bottines. Même lorsqu'il n'en pouvait plus et qu'il écourtait une séance de pose, jamais monsieur Degas n'a diminué mes gages d'un seul sou. Je devrais donc me réjouir à la nouvelle de cette vente. Toutefois, vu l'absence de la statuette, je suis incapable d'éprouver le moindre plaisir.

– C'est monsieur Lefebvre qui l'a acheté, m'apprend-il en secouant la tête d'un air las.

– Ils sont allés à la confiserie, intervient Charlotte. J'ai eu seulement un bonbon.

– La statuette ?

Je me garde d'entretenir une lueur d'espoir, de crainte de tomber de haut.

– Je peux rester parfaitement immobile, dit Charlotte.

– Un échec, soupire-t-il.

Il retire ses lunettes bleues censées protéger sa vue. De l'autre main, il forme une visière au-dessus de ses yeux et il se frotte le creux des paupières. Je pense à la manière dont le monde s'estompe pour lui, l'orangé devenant bronze, le bleu disparaissant pour laisser la place au gris, le rouge déclinant vers un rose trop pâle.

Il n'y a pas de statuette, il n'y a rien pour susciter l'admiration des dames et des messieurs. Il n'y aura rien d'écrit à l'encre noire dans les pages du *Figaro*, du *Temps*, ni même dans *L'Illustration;* rien au sujet d'une statuette racontant l'histoire d'un corps et d'une âme, un petit rat nommé Marie van Goethem, promis à la scène de l'Opéra. Je ne pourrai pas déchirer, le plus soigneusement possible, un carré de papier imprimé, une coupure de journal que j'aurais pu laisser habilement traîner sur le chemin de messieurs Mérante et Pluque. Mon imagination ambitieuse s'était élevée très haut, jusqu'au bord d'un précipice.

Il ne reste plus que monsieur Lefebvre qui a à la fois l'oreille du maître de ballet, l'oreille du directeur de la danse, et un tableau de moi avec un éventail.

Antoinette

C'est lundi matin. J'ouvre la porte du lavoir, comme tous les lundis matin. Je travaille maintenant depuis trois semaines pour monsieur Guiot. Deux semaines ont passé depuis l'histoire des chemises endommagées, depuis la nuit du chien mort. Il n'a jamais su que j'avais piqué des vêtements dans les paniers de livraison, puisque le lundi suivant je suis arrivée tôt au lavoir avec ces vêtements cachés sous ma jupe, guettant l'occasion de les remettre, ni vu ni connu – les trois chemises dans la pile des chemises propres portant au collet la même couleur de fil, et la camisole malodorante dans le tas de linge à trier pour les cuves.

Lorsque j'ai quitté la maison de madame Brossard, je ne suis pas partie à la recherche d'Émile à l'entrepôt du père de Pierre Gille, ni à la brasserie des Martyrs. Ce matin-là, j'étais en piteux état ; j'ai vomi plusieurs fois dans le seau que madame Brossard avait déposé à côté du lit d'appoint dans la chambre de Colette après avoir tiré les draps jusque sous mon menton. À midi, j'avais toujours un mal de tête lancinant et mon estomac se soulevait encore pour expulser une bile luisante et jaunâtre, mais je me suis levée. Marie devait être folle d'inquiétude. J'ai titubé jusqu'à la rue de Douai, où Maman m'attendait dans l'escalier en me menaçant avec un balai emprunté à madame Legat. Elle m'a réclamé de l'argent pour acheter un pâté à la viande, et je lui ai répondu qu'il ne me restait plus rien de ma paye de la semaine, dépensée dans un cabaret.

– Dix-huit francs en une seule nuit ! a-t-elle beuglé.

Mais comme elle n'était pas au mieux de sa forme, elle s'est rapidement affalée sur une marche.

– En fait, j'ai ruiné deux chemises et j'ai pas été payée.

Elle a levé les yeux.

– Espèce de menteuse ! J'ai jamais vu ça.

– Demande à Guiot.

Elle a tiré une flasque des plis de sa jupe, mais, au lieu de boire, elle l'a tendue dans ma direction. J'ai pensé à Émile acceptant la cigarette de Pierre Gille, se ralliant à lui ; accepter la bouteille voudrait dire me rallier à Maman et à l'absinthe, alors je l'ai repoussée.

Maman devait rendre le balai à madame Legat et je l'ai regardée descendre l'escalier comme une vieille femme – un pied posé sur une marche, l'autre pied ramené à côté du premier, et ainsi de suite, tout en s'agrippant à la rampe.

Je n'avais envie que d'une seule chose : me rouler en boule sur mon matelas. En ouvrant la porte de notre chambre, j'ai vu Marie en train de caresser les boucles de Charlotte.

– Ah, te voilà, a-t-elle dit.

Ses mots résonnaient comme un immense soupir de soulagement, mais ses traits restaient crispés par l'inquiétude. Charlotte était mollement assise sur une chaise, pâle et les yeux vitreux.

– Elle n'est pas dans son assiette, a dit Marie.

J'ai touché le front brûlant de Charlotte, et comme nous n'avions pas de mère pour dire « Au lit ! », je l'ai dit moi-même.

La fièvre est tombée aux premières lueurs du jour. Je suis retournée au lavoir après une petite heure de sommeil, les vêtements volés cachés sous ma jupe, tout en pensant à madame Brossard qui m'avait grondée, mais qui avait quand même tenu à me renvoyer à la maison avec une côtelette de porc et deux tangerines à peine un peu trop mûres.

Toute la journée, au lavoir, je me suis languie d'Émile, au point que j'ai cru reconnaître ses larges épaules et sa chevelure en broussaille dans une ombre qui passait derrière les vitres embuées. Quand j'ai eu enfin fini ma journée, j'ai filé de l'autre côté de la rue dans l'intention de changer de blouse et de prendre des nouvelles de Charlotte avant d'aller le trouver quelque part, un verre à la main sans doute.

Eh bien, la petite avait enfilé son jupon de travail et se balançait en tenant d'une main son pied levé très haut audessus de sa tête. Certes, si elle avait manqué un cours, Marie aurait craint que ses muscles s'ankylosent et elle aussi aurait fait des exercices d'étirement. Mais Charlotte répondait simplement au besoin de son corps et, bien sûr, elle avait choisi l'endroit exact de la chambre où sa pose était joliment encadrée dans le miroir.

J'ai attrapé ma blouse de rechange par le trou béant dans le buffet et l'ai passée par-dessus ma tête en rêvant à de la soie mauve, en imaginant l'air ahuri d'Émile s'il me voyait la poitrine ainsi mise en valeur dans un corset, avec des boucles tout autour du visage. Je me suis laissée tomber sur une chaise pour une minute, et aussitôt je me suis sentie lourde, lourde comme un seau plein d'eau, sur le point de se renverser sur le sol. « Juste un petit somme », ai-je pensé en me faisant un oreiller de mes bras repliés. « Un tout petit somme, puis je me lance à sa recherche. » Quand je me suis réveillée, les rues étaient silencieuses. J'ai compris que je n'avais plus aucune chance de retrouver Émile.

Le mardi, lorsque je suis rentrée après une longue journée passée à tourner la manivelle de la machine à essorer, Marie et Charlotte m'attendaient sur le seuil de notre chambre. Elles rayonnaient. Charlotte sautillait sur la pointe des pieds. Marie m'a pris la main et a déclaré :

– Au moins cent fois, nous avons oublié de te dire merci, mais pas ce soir.

Dans le seau en zinc, elle avait mis trois cuisses de poulet rôti, deux poires, une terrine de porc et une baguette. Je ne pouvais tout simplement pas trouver une excuse pour aller à la recherche d'Émile. Elles se relayaient pour me donner la main et porter le seau pendant que nous grimpions jusqu'à un carré de gazon piétiné devant la basilique en construction, au sommet de la butte Montmartre. Le soleil s'est couché pendant que nous dévorions notre pique-nique, et c'était réellement beau, tous les toits de Paris baignés d'une lueur rosée, et l'horizon au loin coloré de bandes jaune paille, orangées et rouges. Ensuite, nous nous sommes couchées sur le dos pour regarder le ciel nocturne s'illuminer de petits points de lumière, et Marie a annoncé qu'elle allait énumérer vingt gestes gentils que j'avais eus envers elle, pour que je sache qu'elle les avait remarqués. Elle les a comptés sur ses doigts : peigner ses cheveux, affronter monsieur LeBlanc, souligner sa fête, lui laisser la plus grosse confiserie, acheter son salami préféré, la caresser pendant qu'elle s'endort, recueillir les gages de Maman, lui montrer comment acheter des poires... Elle a continué ainsi, jusqu'à vingt. Puis Charlotte a fait de même, sauf qu'elle avait vingt et une choses sur sa liste. En refoulant mes larmes, j'ai passé un bras sur les épaules de chacune pour les attirer contre ma poitrine, où sûrement elles pouvaient entendre les battements de mon cœur.

Le mercredi, en quittant le lavoir, je n'avais qu'un seul souhait : retrouver Émile. Et il était là, de l'autre côté de la rue de Douai, appuyé contre notre immeuble avec un air penaud. J'ai tiré l'encolure de ma blouse vers le bas et, en repliant les bras sous ma poitrine, j'ai tout poussé vers le haut, recréant un peu l'effet du corset qui faisait remonter mes rondeurs hors de la soie mauve. J'ai traversé la rue et je suis passée devant lui, très contente finalement de ne pas être allée le chercher, en me disant que je devais apprendre à jouer les filles hautaines.

– Antoinette ! a-t-il appelé du bas de l'escalier.

J'ai grimpé encore deux marches avant de me retourner.

– Je veux rien savoir d'un garçon arrogant et méchant, qui laisse un autre frapper sa nana.

– Avec Colette, tu criais et tu faisais tout un cirque.

J'ai dressé le menton.

– C'est Colette qui a frappé la première, a-t-il dit.

– Pierre Gille a tué un chien.

Émile Abadie, regarde-moi te tourner le dos. Regarde-moi monter l'escalier en me déhanchant comme Colette.

– Elle le provoquait. Colette le provoquait !

J'ai gravi une autre marche, puis encore une autre.

– Je supporte pas que Pierre Gille dise que j'ai autant de volonté qu'une mouche, a-t-il marmonné d'une voix étouffée.

Lorsque je l'ai regardé, j'ai vu qu'il avait les yeux au sol.

– Pierre Gille se vante sans arrêt.

– C'est pas juste de la vantardise.

Il s'est assis de côté sur la première marche au bas de l'escalier, et alors qu'il penchait la tête pour s'appuyer le front contre le mur de plâtre écaillé, il m'a semblé revoir le garçon que j'avais rencontré aux premiers jours de l'Ambigu.

•

Avant la fin de la semaine, j'avais brodé la lettre *E* dans le coin d'un élégant mouchoir – personne ne s'apercevrait de la disparition d'un seul mouchoir. C'était une chose qu'il pourrait garder dans sa poche et qui lui ferait penser à moi lorsqu'il s'en servirait. Je commençais à bien me débrouiller au lavoir ; je pouvais maintenant dire, devant une tache, si elle avait été faite avec de la cire, un fruit ou de la sève, et je savais quand utiliser un fer tiède, de l'eau bouillante ou de la térébenthine. Il s'était avéré que la femme à barbe – Paulette – n'aimait rien plus que de raconter une bonne blague, sauf peut-être nous entendre papoter entre blanchisseuses. Parfois, certaines chantaient, surtout Justine qui avait une voix puissante et claire comme une cloche, et alors nous frottions les vêtements sales en suivant le rythme. Marie avait déjà exprimé par trois fois sa gratitude de me voir m'échiner à l'ouvrage pour empêcher que monsieur LeBlanc revienne frapper à notre porte. Elle faisait de son mieux pour compenser l'indifférence de Maman, qui se disait seulement surprise de me voir chaque jour prendre la peine de me lever pour aller au lavoir, et la froideur de Charlotte qui réservait ses gentillesses au charcutier, avec ses restes de rillons de porc, et au fruitier, avec sa pyramide de pommes sur le point d'être blettes. Oui, les journées étaient longues, exténuantes, et monsieur Guiot n'avait aucun scrupule à nous garder après sept heures du soir. Bien sûr, chacune était libre de partir à sa guise et de trouver du travail comme bonne, pour pencher la tête, faire la révérence et se pelotonner contres les autres servantes la nuit venue, et ne plus jamais de sa vie voir un café ; ou comme ouvrière textile, pour étouffer dans un espace miteux et exigu, cuire dans la chaleur de l'atelier et travailler au coude à coude avec des gamins morveux qui ont fait descendre le salaire à deux francs par jour. Une couturière pouvait gagner davantage, une modiste aussi. Cependant, n'importe quelle blanchisseuse qui aurait eu une bonne connaissance des aiguilles, du fil, des ourlets et de la broderie aurait déjà quitté le lavoir depuis des lustres. Nous n'étions bonnes qu'à frotter sans arrêt, qu'à pousser de toutes nos forces sur la manivelle de la machine à essorer. J'ai donc pris toutes mes précautions pour le mouchoir : je l'ai enfoui dans ma poche avant même que monsieur Guiot l'ait noté dans son livre.

•

Courbée au-dessus de ma cuve, éprouvant le poids du battoir dans ma main, je pilonne une nappe. Alors que je prends une minute pour m'essuyer le front, je vois se ruer par la porte du lavoir nul autre que Michel Knobloch, le regard fou, cherchant nerveusement à gauche et à droite. La dernière fois que je l'ai vu, c'était à la brasserie des Martyrs, le soir où Émile l'a traité de menteur et où il s'est levé pour sortir de la taverne d'un pas lourd.

Monsieur Guiot dégringole du perchoir d'où il nous surveille et se lance à sa poursuite. Michel Knobloch est-il venu ici pour voir des bras nus ? Quelqu'un l'a-t-il mis au défi de courir le long des cuves en zigzaguant parmi les blanchisseuses ? Je jette un coup d'œil à la fenêtre, mais je n'y aperçois aucun visage collé contre les vitres embuées, aucune paire d'yeux voyeurs. Je reporte mon attention sur Michel Knobloch : son regard va rapidement d'une blanchisseuse à l'autre et, les jambes fléchies, il semble prêt à bondir. Monsieur Guiot arrive près de lui en tendant la main vers son collet ; je songe à lui lancer un avertissement, mais je ne peux pas. Monsieur Guiot n'a pas encore oublié la chemise brûlée, le bouton arraché et le trou qui en a résulté. Michel Knobloch l'esquive et court vers le fond du lavoir. Il regarde maintenant droit devant lui ; il fonce droit sur moi.

Je lâche le battoir, essuie l'eau savonneuse sur mes mains en m'apprêtant à le repousser, à lui dire : « Laisse-moi faire mon travail tranquille ! » Toutefois, lorsqu'il n'est plus qu'à un pas de moi, ses lèvres articulent silencieusement un seul mot : « Abadie. » J'attends, les bras ballants, craignant de l'entendre dire qu'il est mort, mais Michel Knobloch forme une sorte de tunnel devant sa bouche avec ses mains et s'approche de mon oreille.

– La police l'a emmené à Mazas avec Pierre Gille. On les accuse du meurtre de la tavernière à Montreuil.

Michel Knobloch est en train de mentir, ça ne fait aucun doute, ou du moins il prouve encore une fois qu'il déforme toujours la réalité. Tout de même, mon cœur sombre dans ma poitrine.

Sans mot dire, je le contourne pour faire face à monsieur Guiot. Assez fort pour que mon explication fasse ensuite le tour du lavoir, je dis :

– Ma sœur a perdu conscience à l'Opéra et s'est cogné la tête contre le sol. Elle me demande.

Maman est là, elle s'approche en bousculant les autres et entend ce que je dis. Je songe un instant à lui éviter la douleur de croire que la blessée est Charlotte. Mais Marie sera incapable de mentir pour confirmer mon histoire, du moins pas sans me poser des centaines de questions, alors je n'ai pas le choix :

– C'est Charlotte.

On invitera Maman à s'asseoir, on en fera toute une histoire, on lui offrira une tasse de thé fort. Je l'imagine se frapper la poitrine et se tamponner les yeux, en rajoutant même un peu en mimant le désarroi d'une mère qui attend.

– C'est la croix que je dois porter, dira-t-elle. Deux filles à l'école de danse de l'Opéra. Elles font de terribles efforts, tellement qu'elles en perdent conscience.

Elle tordra le mouchoir que monsieur Guiot lui aura prêté.

– Ces fillettes, c'est comme deux cygnes.

Elle dressera le menton.

– Écoutez bien ce que j'en dis : toutes les deux seront un jour sur la scène de l'Opéra.

Le regard de monsieur Guiot va de moi à Michel Knobloch avant de revenir sur ma personne, soupçonneux. Je prends moi-même la décision de partir et je dénoue le cordon de mon tablier.

– Vos gages seront retenus, m'avertit-il.

Je lance à Maman mon tablier roulé en boule pour fuir aussitôt la vapeur étouffante et la chaleur accablante.

Je pars en courant comme une dératée, même si la prison Mazas est située à l'extrémité est de Paris. Une douleur cuisante croît sous mes côtes, mais je ne ralentis pas la cadence. Je lance un pied devant l'autre, ne m'arrêtant brièvement qu'à tous les deux pâtés de maisons, haletante, essoufflée, pliée en deux.

Après une heure de course folle à me faire dévisager par les gens qui s'écartent sur mon passage, j'atteins enfin l'épais et imposant mur qui forme la face arrière de Mazas. Il n'y a pas grand-chose à voir à part des pierres et du mortier qui montent vers le ciel et, plus haut, le toit des six blocs de cellules et la tour de garde centrale.

Je m'empresse de contourner le bâtiment pour passer sous l'arche massive de l'entrée principale. Je me dirige vers les quatre gardiens vêtus d'uniformes marine, debout, immobiles, appuyés sur leur fusil à baïonnette. L'un d'eux, l'air antipathique, lève soudain la crosse de son fusil qui reposait sur le pavé.

– Je viens voir Émile Abadie, dis-je en avançant la mâchoire pour me donner un air féroce. Ils l'ont amené aujourd'hui.

Un autre gardien daigne lever les yeux de ses ongles jaunes qu'il était en train de nettoyer.

– Il faut un rendez-vous pour les visites, m'apprend-il. Reviens demain matin pour faire ta requête, puis le jour d'après pour voir si le directeur t'aura fixé un rendez-vous.

En passant la main sur une poche de ses pantalons, il ajoute :

– Ça ferait pas de mal de graisser certaines pattes...

– T'as pas honte de manger le pain que tu voles aux autres ? que je lui réponds, tout en faisant un signe vers son ventre aussi gros que celui d'une femme à son neuvième mois de grossesse.

Deux autres gardiens me dévisagent en se tordant la bouche pour ne pas sourire.

– C'est pas très futé d'insulter celui qui transmet les demandes de visite.

– C'est pas très futé de voler les sous d'une fille honnête et travailleuse dont le père est mort, dont la mère est alcoolique, et qui a deux petites sœurs incapables de subvenir à leurs besoins.

Il gonfle sa lèvre inférieure sans se soustraire le moins du monde à mon regard dur. Le charcutier, avec son petit faible pour Charlotte, devra attendre encore une autre semaine avant d'être payé.

– Je sais même pas si c'est vrai qu'il est ici. J'ai juste entendu ça...

– Je saurais pas le dire, me lance-t-il en retournant à ses ongles.

– Il était avec un diable qui a l'air d'un ange, un blond bouclé à la peau laiteuse.

Un autre gardien, celui qui a le nez rouge cerise d'un homme qui voit trop souvent le fond de son verre, intervient :

– Ces types qui ont tranché la gorge de la tavernière ?

– Je peux pas le jurer pour Pierre Gille, dis-je, mais Émile ferait pas de mal à une mouche.

Il se croise les bras, ce qui a pour effet de plaquer le canon de son fusil sur son uniforme.

– T'es sa nana ?

La langue me brûle de lui lancer : « Ça concerne en rien un soûlard comme toi », mais celui qui se vante de transmettre les demandes de visite se met à ricaner avec mépris. Et qui sait lequel est susceptible d'apporter ses repas à Émile ? Je compte jusqu'à trois en tenant ma langue entre mes dents.

– Il a bon cœur, dis-je. Ferait pas de mal à une mouche.

– Moi et La Pêche, là, dit-il en montrant du pouce le seul garde encore trop jeune pour arborer le tour de taille des hommes corrompus, on les a escortés tous les deux au sixième bloc. Un est tout seul dans une cellule, et l'autre on l'a laissé dans une cellule commune avec de gentils compagnons. Tu connais Vera et Billet ?

Devant son sourire mauvais, je me retiens d'ouvrir la bouche.

Quand la lumière du jour filtre encore dans notre chambre, ou lorsqu'il nous reste un bout de chandelle, Marie nous lit les journaux, à Charlotte et à moi ; je sais donc que Billet est un boucher de la rue de Flandre qui a tué sa femme avec le couperet destiné à séparer la viande des os, et Vera un Italien qui a troué son frère de vingt et un coups de couteau de cuisine. D'une voix la plus neutre possible, je demande :

– Lequel des deux est avec les assassins ?

– Le brun, celui qui a l'air d'une bête.

Je cesse de respirer. Le sang se glace dans mes veines. Le monde devient noir et semble s'effondrer autour de moi. Et puis je vois une lumière, brillante, éblouissante, comme si elle émanait d'un ange. Je sens l'air effleurer ma peau, comme le souffle de Goliath, comme la brise engendrée par une aile géante qui se déploie. Une image – une vision – me vient à l'esprit. Il y a de la peau blafarde, une rivière de sang, une lame qu'on essuie, une main qui empoigne le couteau – une main sans poil, belle, pas du tout masculine sauf pour la forme carrée des ongles. La main de Pierre Gille.

LE FIGARO
13 avril 1880

ARRESTATIONS DANS L'AFFAIRE DU MEURTRE DE MONTREUIL

Deux individus ont été arrêtés dans l'affaire Élisabeth Bazengeaud, la tavernière assassinée il y a trois semaines à Montreuil. Émile Abadie, dix-neuf ans, et Pierre Gille, seize ans, resteront sous les verrous à la prison Mazas jusqu'à leur comparution.

L'inspecteur en chef, M. Macé, s'est mis à la recherche d'Émile Abadie pour le questionner quand des clients de la taverne lui ont appris que le jeune homme a déjà été l'amant de Bazengeaud. On l'a trouvé avec Pierre Gille, son compagnon des derniers mois, dans un entrepôt appartenant au père de ce dernier, où le duo avait établi ses quartiers. Les deux jeunes hommes ont d'abord nié haut et fort avoir été dans le faubourg le jour du meurtre. Cette assertion semble bien avoir causé leur perte, puisque plusieurs témoins les ont identifiés et affirment les avoir vus entrer dans la taverne ce jour-là. Alors que Gille, jusqu'à maintenant, était inconnu des autorités, Abadie a déjà été reconnu coupable d'une série d'infractions mineures. M. Bazengeaud déclare que dix-huit francs ont été volés dans le coffre-fort de la taverne, de même qu'une montre.

Le jeune âge des criminels attisera certainement l'anxiété publique croissante quant à la gangrène morale qui semble avoir infecté la jeunesse de Paris depuis notre défaite aux mains des Prussiens.

Marie

Comme tous les matins, Alphonse glisse deux baguettes sur le comptoir de bois en disant :

– Les meilleures pour toi.

Mais nous sommes aujourd'hui samedi, le jour où, généralement, il compte les douze francs qu'il me doit avant de déposer les pièces dans ma paume ouverte et de refermer mes doigts dessus. Pourtant, il ne m'a pas encore payée et il est déjà en train de disposer les miches sur la grille pour les faire refroidir. Parfois, il me fixe longuement, et plus d'une fois je me suis demandé si quelque chose lui plaisait davantage que de me donner deux baguettes parfaites. Ce matin, cependant, il ne m'a jeté qu'un coup d'œil timide avant de porter son attention sur les baguettes déposées sur le comptoir.

– Les meilleures pour toi, a-t-il dit d'une voix gênée.

Je les prends. Dorées. Régulières. Des entailles parfaites. Je me racle la gorge.

– Alphonse ?

– Oui ?

Il reste face aux grilles de refroidissement.

– Nous sommes samedi.

Il revient vers le comptoir et reste là, immobile, les bras ballants.

– Le charcutier n'avait pas été payé.

Il appuie ses paumes sur le dessus du comptoir.

– Il est allé collecter son dû au lavoir, mais monsieur Guiot lui a dit qu'Antoinette avait réduit ses heures toute la semaine. Alors Papa a payé le charcutier de votre part.

Il lève les yeux vers moi et nos regards se croisent.

– C'était deux francs de plus que ce que nous te devions.

Je suis exténuée par la semaine que je viens de vivre. Et, à présent, je n'ai pas les six francs nécessaires pour payer les leçons particulières de madame Théodore cet après-midi. Je ne sais pas pourquoi le charcutier n'a pas été payé ni pourquoi Antoinette travaille moins. Ce que je sais, par contre, c'est que, depuis qu'Émile Abadie est en prison, elle passe ses soirées à la maison, à arpenter la pièce et à soupirer en secouant la tête. Il n'est pas question que je discute avec ce si gentil Alphonse de l'affection qu'entretient ma sœur pour un pensionnaire de Mazas, d'autant plus que ce garçon lui drainait déjà sa joie de vivre avant même d'être mis sous les verrous.

Souvent, Émile Abadie passait à la maison avant qu'Antoinette soit rentrée du lavoir, pour me demander de dire à ma sœur de le rejoindre au Rat-Mort ou à la brasserie des Martyrs. Lorsque je transmettais le message à Antoinette, elle changeait immédiatement d'humeur : fatiguée et maussade à son arrivée, elle débordait soudain d'espoir. Elle se dépêchait, se lavait les aisselles, faisait la moue devant ses deux blouses, s'arrangeait les cheveux ; puis elle se plantait devant le miroir, essoufflée et déçue. Certains jours, il ne venait pas du tout, et alors Antoinette râlait parce que je n'étais pas allée chercher de l'eau ou parce que Charlotte avait déchiré l'ourlet de sa jupe. Parfois, il ne surgissait qu'au beau milieu de la nuit ; je l'entendais arriver sur le palier, puis frapper à la porte en appelant Antoinette. Il parlait d'abord tout doucement, puis, si personne ne bougeait, il ne prenait plus la peine d'être discret. Maman ne s'éveillait pas. Pour ma part, les poings serrés sur le matelas, j'hésitais entre réveiller Antoinette d'un coup de coude ou laisser Émile mariner dans la cage d'escalier. Mais le tapage ne cessait pas. Et si madame Legat l'entendait et en parlait à monsieur LeBlanc ? J'ai donc fini par pousser Antoinette dès que je l'entendais arriver en pleine nuit. Je ne pouvais pas dormir pour autant. Pendant quelque temps, ils se disputaient à propos d'un chien mort, à propos d'une cigarette qu'il aurait acceptée ; Antoinette voulait savoir où il était la veille, et le jour d'avant. D'autres fois, je les entendais se parler à voix basse, puis rire doucement avant de se mettre à gémir dans les craquements rythmés des planches du palier. Oh ! comme je le détestais, ce garçon ! Comme je détestais la façon dont il étouffait la gaîté d'Antoinette pour nous laisser, à Charlotte et à moi, une sœur sans cesse en train de se morfondre !

•

J'écarte les mains avec un air de dépit, les paumes tournées vers les poutres du plafond, et Alphonse dit :

– Tout le monde dans la rue de Douai rend grâce à Dieu, parce que ce n'est pas l'une de vous trois qui a été tuée.

Je hoche la tête et, sans aucune expression, je me tourne vers la porte. Hier, j'ai agi de la même façon avec Blanche, alors que nous grimpions l'escalier pour nous rendre en classe. Elle est arrivée derrière moi et a lancé son bras autour de mon cou pour me serrer contre elle.

– Je grandis de nouveau ! Maman en mettrait sa main au feu.

Je ne l'ai pas prise par les épaules pour la serrer à mon tour. J'ai seulement fait un très léger signe de la tête et j'ai continué à monter l'escalier, un pied après l'autre. Elle a retiré son bras en disant :

– Ton air renfrogné n'améliore pas ta face de singe !

Alphonse, lui, reste muet.

Je traverse la rue de Douai le plus rapidement possible, pour échapper aux regards des voisins qui semblent surveiller les moindres faits et gestes des filles van Goethem. Hélas ! madame Legat fait le guet devant notre immeuble, les yeux fixés sur la boulangerie. Elle se plante au milieu de la porte pour m'empêcher de passer.

– Antoinette était censée travailler au lavoir ce matin, lance-t-elle en se croisant les bras. Elle a dit à monsieur Guiot qu'il pourrait compter sur elle toute la journée, ce samedi, et dès la première heure, en plus. En tout cas, c'est ce qu'on m'a dit. Pour l'instant, je ne l'ai toujours pas vue et il est déjà tard.

Tous les jours de cette semaine, en revenant de la boulangerie, j'ai trouvé Charlotte prête à partir pour l'Opéra, sa sacoche déjà sur l'épaule. Antoinette était déjà au lavoir, du moins c'est ce que je croyais. Et maintenant, madame Legat m'apprend qu'Antoinette n'est pas au lavoir ce matin, et Alphonse prétend qu'elle a réduit ses heures toute la semaine. Qu'est-ce qu'elle me cache ? Quel est donc ce gouffre qui me sépare de plus en plus de ma propre sœur, de l'autre côté duquel elle mène une vie secrète ? Pourquoi le charcutier n'a-t-il pas été payé ? Mon argent s'est envolé et voilà que je ne peux plus payer madame Théodore. Antoinette met en péril mes chances d'être promue à l'Opéra, mes chances de danser sur la scène ; et du même coup elle nous prive peut-être de viande, de tasses qui ne seraient pas ébréchées et de murs blanchis à la chaux au lieu d'être noirs de suie. J'ai une boule dans la gorge, même si je serre les poings. D'une voix étouffée, je marmonne :

– Ce que fait Antoinette n'est pas mon affaire.

Madame Legat ne bouge pas d'un poil.

Elle pointe un doigt vers moi, si près qu'elle me touche presque le menton.

– Faudrait dire à ta sœur que ses visites à la prison, eh bien, ça paie pas le loyer, hein ! Tous les matins, en plus ! Un homme pour sûr promis à la guillotine !

J'ai le sentiment qu'elle dit la vérité : Antoinette continue à voir Émile Abadie, même s'il est en prison.

– J'ai bien le droit de parler, ajoute madame Legat, vu que le loyer a pas été payé.

Elle dresse le menton, ce qui laisse voir son cou disgracieux. Un cou qu'on tordrait volontiers. Pourtant, non, ce n'est pas autour de son cou que j'ai envie de serrer mes doigts. Au moins une douzaine de fois ces derniers jours, Antoinette a répété : « Je suis sûre que c'est pas Émile. Sûre et certaine. » Moi, ce que je sais avec la même certitude, c'est que ses matinées de travail au lavoir ont été remplacées par des visites à Mazas. Elle a empoché l'argent destiné à payer le charcutier, elle l'a volé. C'est sa faute si je suis plantée ici, si je dois subir le regard perçant de madame Legat et ses manières indiscrètes. La force qui m'avait désertée toute la semaine me revient soudain. J'écarte madame Legat et je grimpe les marches quatre à quatre.

En ouvrant à la volée la porte de notre chambre, j'aperçois Antoinette, debout devant le miroir accroché au-dessus du buffet de Papa. Elle fait mille façons avec une mèche de cheveux, l'enroule autour de son doigt, puis la glisse derrière son oreille en penchant la tête pour juger de l'effet. Sa blouse est fraîchement lavée, elle a mis du rouge sur ses lèvres et son cou est encore rose d'avoir été frotté. Charlotte se lève d'un bond de la table.

– Je suis prête ! Cette semaine, tu n'as pas eu besoin de m'attendre, pas une seule fois !

Mon cœur se met à battre plus vite en voyant la légèreté de ses pas sur le sol.

– Monsieur Guiot t'attend au lavoir, dis-je à Antoinette.

– Faut que je fasse une course, avant.

– Tu vas à Mazas. Tu es allée à Mazas toute la semaine.

Antoinette quitte des yeux son reflet dans le miroir pour se tourner vers moi. Elle ouvre la bouche et la referme, hésitante, puis l'ouvre de nouveau.

– C'est pas vrai, dit-elle.

Cent fois déjà je l'ai entendue mentir à Maman, à propos d'une question d'argent, à propos de l'heure à laquelle elle est rentrée la nuit précédente, à propos de tout et de rien. Cent fois je l'ai entendue mentir aussi à monsieur LeBlanc : il y avait un rat dans l'escalier ; elle a vu l'inspecteur sanitaire traîner dans les environs ; elle a lavé le palier elle-même parce que madame Legat avait mal au dos. Elle a prétendu devant le charcutier que Charlotte devait manger du foie, parce qu'elle manquait de fer. Elle a dit au fruitier que Charlotte perdait ses cheveux et qu'une orange par semaine pourrait régler le problème. Elle a dit à madame Gagnon que monsieur Pluque nous attendait en haut, Charlotte et moi, et elle s'est montrée si convaincante que j'ai moi-même cru un instant que c'était vrai. La plupart du temps, Maman n'y voyait que du feu, tout comme monsieur LeBlanc, le charcutier et le fruitier, et tout comme madame Gagnon. Et même si je ne l'ai jamais surprise à me mentir, à moi, j'ai souvent eu des doutes. Mais, toujours, je me souvenais qu'elle m'aimait. Elle ne me débitait que des mensonges sans conséquence, des vétilles, comme la fois où elle m'a dit que j'étais « belle comme une fleur » avant de m'emmener voir monsieur Pluque. Ce mensonge, pourtant, ne visait qu'à me faire plaisir. À présent, c'est différent.

– Toute la semaine, tu as réduit tes heures, dis-je.

Je la vois tressaillir lorsqu'elle comprend que je sais tout, et la certitude d'avoir été découverte la fait légèrement reculer. Elle joint les mains comme pour faire une prière, comme si elle avait besoin que j'écoute ses explications. Elle raconte qu'elle est d'abord allée à Mazas lundi en apprenant la nouvelle, puis mardi, parce qu'il fallait un rendez-vous pour avoir le droit de faire une visite, puis mercredi et jeudi, parce que c'était la seule de manière de savoir à quel moment serait fixé ce fameux rendez-vous, puis encore hier, vendredi, où on lui a finalement dit qu'elle pourrait voir Émile aujourd'hui, samedi.

– Mon salaire de la boulangerie a servi à payer le charcutier, parce que toi, c'était le moindre de tes soucis.

– Les gardiens de Mazas, il faut leur graisser la patte, et pas rien qu'un peu, explique-t-elle.

Je fais quelques pas vers elle, la poitrine gonflée, les muscles tendus, et je hausse le ton :

– Je n'ai plus rien pour payer madame Théodore. Et mon examen est dans six semaines.

– C'est juste une leçon, Marie.

– Tu me voles pour rendre visite à un assassin !

Ses mains retombent. Elle me jette un tel regard de défi que je comprends ce qu'elle voulait à tout prix me cacher : l'argent dû au charcutier a servi à payer les gardiens de Mazas, ce qui voulait dire qu'elle faisait passer Émile avant Charlotte et moi. Des deux mains, je prends appui sur ses épaules et la pousse de toutes mes forces. Elle trébuche, et je la pousse encore. Elle me pousse à son tour, me propulsant sur le sol, puis elle se laisse tomber sur moi en me hurlant au visage :

– C'est pas un assassin ! Je le sais, c'est certain !

En criant, elle me plaque contre le sol en appuyant ses genoux écartés sur mes épaules.

– Dis plus jamais que c'est un assassin !

Elle lève le bras en guise de menace.

– Assassin !

Soudain, je sens les milliers de piqûres d'épingle causées par une gifle. Sa main se lève une seconde fois, mais Charlotte l'intercepte en enroulant son bras autour du coude d'Antoinette.

– Il va être guillotiné !

Antoinette dégage son bras. Aussitôt Charlotte tombe à genoux et se roule en boule par-dessus moi, protégeant mon visage de ses deux petites omoplates.

La chambre est soudain plongée dans le silence, puis j'entends Charlotte renifler. Son dos se soulève. Antoinette se lève et me libère.

– Émile est innocent, dit-elle.

Je prends Charlotte dans mes bras, la caresse et la frictionne tout en la poussant doucement pour qu'elle me libère la tête. Je suis tout étonnée qu'elle se soit interposée entre Antoinette et moi. C'est la première fois que nous crions ainsi, toutes les deux; jamais encore nous ne nous étions bousculées et n'en étions venues aux coups. Jamais encore elle ne m'avait menti si effrontément. Je me soulève sur un coude, me sentant soudain seule et effrayée. Antoinette cessera-t-elle de prendre soin de nous ? Qu'est-ce qui cloche, chez elle, pour qu'elle se pâme devant un garçon comme Émile ? Pourquoi n'est-elle aucunement ébranlée par le fait qu'il soit en prison et accusé d'avoir égorgé une femme ? En plus d'être effrayée, je pense que je me sens aussi désolée pour elle. Si ma semaine a été horrible, la sienne l'a sans doute été encore plus. Je serre le corps tremblant de Charlotte contre mon cœur battant la chamade, et je regarde Antoinette essuyer des larmes sur ses joues avant d'ouvrir la porte.

Antoinette

Un gardien dont l'haleine rappelle les oignons bouillis me précède d'un pas lourd. Nous longeons une série de portes massives qui s'ouvrent sur des cellules miteuses, pas plus larges que deux bras écartés. Dans ces cellules aux murs de plâtre nu, on ne trouve qu'une chaise placée devant la grille de fer qui forme le mur du fond.

– Ce sont les cellules pour les visites ? dis-je.

Son altesse ralentit le pas et daigne me répondre d'un bref hochement de tête.

– Je vois pas pourquoi on m'a fait attendre si longtemps.

Pour chaque cellule où je vois un visiteur affalé sur la chaise, il y en a au moins douze autres aussi vides que ma semaine a été longue.

Le gardien s'arrête, grogne et pointe le canon de son fusil ; j'entre dans la cellule qu'il m'indique et j'entends aussitôt le grincement de la porte qui se referme derrière moi. L'assise paillée de la chaise est percée d'un trou béant qui s'élargit encore lorsque je m'y laisse tomber sans même essayer de me faire légère. Je jette un œil par la grille de fer et j'aperçois, de l'autre côté d'un corridor central, une autre longue rangée de cellules. Je suppose qu'on amènera Émile dans la cellule qui fait face à la mienne. Un gardien passe lentement dans le couloir. Le bruit de ses pas s'évanouit graduellement alors qu'il s'éloigne, puis augmente lorsqu'il revient vers ma cellule. Il passe ainsi trois fois devant moi pendant que j'attends, me sentant à un cheveu de rendre mon déjeuner – des frites volées à un marchand dans la rue. C'est Marie qui a commencé la dispute, Marie qui m'a poussée la première, Marie qui a hurlé « Assassin ! » alors que j'avais déjà le bras levé. Dans le dos courbé de Charlotte, les côtes ressemblaient à la carapace d'un cloporte attendant le coup de poing qui va l'écraser. Je n'ai pas frappé. J'ai lâché Marie et me suis redressée. Charlotte va oublier. Et Marie, elle m'aurait tabassée plus fort que je ne l'ai fait moi-même si elle savait le moindrement se battre. Tout de même, la graisse des frites me tord les tripes. J'ai menti à Marie, et elle sait très bien que ce mensonge n'était pas innocent. Je lui ai expliqué tout le cirque pour obtenir un rendez-vous, mais c'était déjà trop tard. J'avais déjà menti en disant que je n'étais pas allée à Mazas. Je voulais seulement partir sans faire d'esclandre, sans voir la lèvre de Marie se mettre à trembler et ses yeux se remplir de larmes. Je voulais m'accrocher à la petite lueur d'espoir qui surgissait, enfin, ce matin. Mais Marie a crié et elle m'a bousculée. J'ai fait une erreur en la renversant à mon tour. En la frappant, aussi. J'ai fait peur à ces deux gamines, alors qu'elles ont déjà assez de raisons d'avoir peur dans la vie.

Le gardien repasse une nouvelle fois, mais la cellule en face de la mienne reste vide : toujours aucun signe d'Émile. J'avale difficilement ma salive et, tout en serrant mes doigts autour des barreaux de fer, je me demande s'il n'a pas été conduit dans la mauvaise cellule. Quels abrutis, ces gardiens ! Quels insensibles ! Je me penche, le visage tout contre la grille, mais les visiteurs ne peuvent voir qu'à l'intérieur de la cellule située vis-à-vis, de l'autre côté du couloir. J'appelle :

– Émile !

Je me tourne de l'autre côté, j'appelle encore, puis de nouveau, plus fort.

Le gardien revient, les boutons de cuivre de sa veste marine clignotant sous la lumière des lampes. Il passe la baïonnette de son fusil entre les barreaux de ma cellule.

– Tu te la fermes, oui ?

– Peut-être, si vous amenez le garçon que je suis venue voir.

Depuis combien de temps est-ce que j'attends ? Vingt minutes ? Une heure ? Je ne sais pas. Le passage du temps doit ressembler à ça pour tous les prisonniers, pour Émile.

– Encore un mot et je m'arrangerai pour qu'il vienne pas du tout.

Je me recule et me laisse de nouveau tomber dans la chaise trouée et bancale. Je m'efforce de lui lancer le regard le plus grossier possible, alors qu'il tourne les talons en prenant son temps, comme s'il y avait de la fierté à bouger lentement.

Tous les garçons de Paris qui attendent leur procès sont emprisonnés à Mazas, et j'ai plusieurs fois entendu parler de l'ennui qui règne ici. Ils se réveillent à six heures au son d'une cloche retentissante, ouvrant les yeux sur quatre murs de plâtre avant de rouler hors du hamac dans lequel ils ont dormi contre des inconnus. Ils attendent que la porte s'ouvre dans un grincement et qu'on pose sur le plancher un plateau garni d'un ridicule pichet de vin amer et d'un morceau de pain rassis. Une fois la dernière goutte de liquide avalée et les dernières miettes enfournées dans leur bouche, ils ont devant eux six heures vides, sans rien d'autre à faire que de plier leur hamac et de balayer leur cellule. La monotonie est enfin rompue par le repas de midi. On remplit leur gamelle d'une soupe qu'ils avalent avec une telle lenteur que la dernière cuillerée est toujours froide. L'après-midi, on conduit les prisonniers à la « promenade », qui n'est en réalité qu'un espace long et étroit, à ciel ouvert, limité de chaque côté par les hauts murs de la prison. À Mazas, il n'y a aucune chance qu'un détenu puisse comploter avec un autre à propos des déclarations à faire devant le juge. Aucune chance non plus qu'il puisse profiter de la présence familière d'un ami pendant que les heures passent lentement. Émile subit cette monotonie lui aussi, mais, comme ils l'ont enfermé avec Vera et Billet, j'imagine qu'il surveille sans cesse ses arrières, la peur lui glaçant le sang et les heures s'écoulant encore plus lentement pour lui que pour les autres.

Je m'accroche plus fermement à la grille de fer, quand soudain j'entends la voix d'Émile qui semble s'approcher.

– Ses beaux yeux mentent jamais, dit-il.

En pénétrant dans sa cellule, il pointe le menton vers moi et, par-dessus son épaule, il lance un regard au gardien qui l'escorte.

– Comme je te disais. Des océans de chocolat.

Lundi, après avoir appris la nouvelle et après ma course folle du lavoir à Mazas, je me suis rendue à l'Opéra, où je me suis glissée parmi les mères qui tricotaient au fond de la classe des plus jeunes petits rats, en se racontant les derniers ragots. Lorsqu'elle a croisé mon regard, Charlotte a plissé le front. J'ai fait un signe de la main pour chasser son inquiétude, je lui ai soufflé un baiser et elle a aussitôt reporté son attention sur l'enchaînement annoncé par madame Théodore et sur la musique qui émanait du violon. Certaines des autres filles sautaient plus haut qu'elle. Deux semblaient se déplacer avec plus de légèreté. Cependant, je pouvais voir la musique pénétrer profondément en elle et pendant une minute je me suis contentée de la regarder. J'étais soufflée. Avec son audace, son courage et son ardeur à l'ouvrage, avec son jupon de travail défraîchi, ses joues crasseuses et ses cheveux décoiffés qui lui faisaient comme une crête de coq sur la tête, Charlotte n'était pas la plus débraillée de toutes ces fillettes maigrichonnes, loin de là.

Plus tard, je lui ai dit :

– Tu sens mieux la musique que les autres rats.

Vive comme l'éclair, la petite m'a rétorqué :

– T'es censée être en train de frotter du linge avec Maman.

Je lui ai caressé la joue et elle est restée là, les bras souples le long du corps, le regard déjà trop las pour un si jeune visage, et j'ai eu comme un coup au cœur en m'apercevant que, désormais, cette enfant avait elle aussi, comme Marie, tendance à s'inquiéter.

– J'ai reçu un message au lavoir. J'ai dit à Maman que tu avais perdu connaissance à l'Opéra et que tu me demandais. Je peux pas t'en dire plus, mais aide-moi.

– T'as quitté ton travail pour ce garçon, hein ?

Son regard n'était plus fatigué, mais dur comme la pierre. Même avant d'apprendre qu'Émile était emprisonné à Mazas, elle s'était dressée contre lui, sous l'influence de Marie. J'ai pris sa petite main. Je ne me sentais pas la force d'affronter les questions de Marie ni la violence de Maman, si je devais avouer la réelle teneur du message de Michel Knobloch. Pas ce soir. Pas après la journée que j'avais vécue.

– Juste cette fois-ci...

– Je veux un nouveau ruban de ceinture. Rouge écarlate.

Plus tard le même soir, en l'entendant pondre une histoire d'évanouissement à la barre et de pastille à sucer donnée par madame Théodore, puis répondre à l'interrogatoire de Maman sans jamais se contredire, je n'ai éprouvé aucune fierté à constater que les mensonges de cette fillette valaient bien les miens.

•

Émile est assis, ses cuisses musclées légèrement écartées et ses larges mains jointes juste au-dessus des genoux. Il se penche jusqu'à frôler de son front la grille de fer, le regard aussi fixe qu'une pierre plate. Sans se crisper d'aucune manière, sans se gratter, sans avaler, sans même lancer un regard de côté, il dit tout de go :

– J'y suis pour rien dans cette boucherie.

Le jour après avoir appris la nouvelle de la bouche de Michel Knobloch, je suis entrée dans notre chambre et j'ai trouvé Marie penchée sur un journal à la petite table. J'ai compris qu'entre l'Opéra et la rue de Douai, elle était tombée sur un marchand de journaux qui criait les noms d'Émile Abadie et de Pierre Gille.

– Antoinette, a-t-elle dit en bondissant sur ses pieds. Assieds-toi. Un verre d'eau ? Maman, donne un verre d'eau à Antoinette.

Maman m'a lancé :

– T'es pâle comme un drap passé à l'eau de Javel.

– Émile est à Mazas, a annoncé Marie. Il a été arrêté pour avoir volé et assassiné la tavernière de Montreuil.

Elle a porté une main à son cœur, ce qui m'a permis d'apercevoir, pire que jamais, la chair à vif de son pouce, là où elle triture sans cesse la peau. Maman s'est laissée tomber sur une chaise. J'ai vu comme elle se crispait en pensant avec envie à la flasque cachée dans la poche de sa jupe.

– Je sais, ai-je dit.

La main de Marie est retombée contre sa cuisse et ses traits se sont détendus.

– Le garçon avec qui tu restes dehors la moitié de la nuit ? a demandé Maman.

– C'était pas Émile, ai-je lancé.

Discrète comme une souris, Marie a touché le journal.

– Des témoins l'ont vu entrer dans la taverne. Ils les ont vus tous les deux.

– C'est l'autre, Pierre Gille, qui a égorgé la femme, ai-je assuré.

– C'est Émile Abadie qui t'a dit ça ? a fait Marie.

– C'est la vérité, je le sais, c'est tout.

J'ai dressé le menton avant de jeter un regard dur à Maman, puis à Marie.

– J'ai eu une vision. C'était la main de Pierre Gille sur le manche du couteau.

Marie a ouvert la bouche, puis l'a refermée, comme un poisson.

– Allez, Marie, crache ce que t'as à dire.

Elle a de nouveau tendu la main vers le journal.

– C'est écrit ici qu'Émile Abadie était l'amant de la femme Bazengeaud.

Maman a sorti la flasque de sa poche et elle a pris une bonne et longue gorgée avant de lécher l'absinthe qui faisait briller ses lèvres.

•

Émile enfouit son visage dans ses mains. Il secoue la tête.

– Je voulais juste de l'argent, dit-il. Pas un seul sou de côté. Je dépense à mesure ce que j'ai dans les poches.

Mieux que personne, je peux témoigner de sa générosité, mais je n'en glisse pas un mot.

– Je dois tellement te décevoir.

Il me regarde entre ses doigts, par-dessous ses sourcils, et il attend. Il attend quoi ? Que je lui murmure un « non » étranglé d'émotion ? Que je secoue la tête ? Je sens un léger tiraillement, comme un nœud qui se desserre. Mais non, je ne dois pas céder. Il faut qu'il me dise la vérité à propos de la femme Bazengeaud, il faut qu'il me dise si toutes ces fois avec moi – sur la méridienne, dans la cage d'escalier, contre un mur de pierre – ne voulaient rien dire.

Ses mains retombent et il plante son regard dans le mien.

– Une nuit, je me suis retrouvé les poches vides. J'avais mal au ventre tellement j'avais faim.

Il passe la langue sur ses lèvres.

– Gille, lui, il arrêtait pas de me raconter comment il avait extorqué cinquante francs à la vieille bonne de sa mère, juste pour qu'il ne dise pas qu'elle avait baissé ses pantalons devant lui.

Bientôt, lui et Pierre Gille couraient vers Montreuil, excités à l'idée de menacer la femme Bazengeaud. Elle lui donnerait cent francs, sinon Émile irait dire à son mari quel genre de putain elle était.

– Elle tirait toujours une chaise près de moi, elle tripotait les boutons de mon pantalon, elle me caressait, elle m'offrait un cognac aux frais de la maison, poursuit-il. Mais Antoinette, tu dois savoir que ces petits jeux-là, c'était avant toi. Je te jure. C'était il y a longtemps.

Je prends une profonde inspiration, très lentement, et j'imagine Marie comme une petite mouche qui se déplace sans bruit le long d'un mur. Même cette mouche, avec son scepticisme et son regard méfiant, verrait bien que tous les détails concordent avec ce qui est écrit dans le journal. Et n'a-t-il pas raconté de lui-même son aventure avec la femme Bazengeaud, sans le moindre encouragement de ma part ? Cela prouve qu'il dit vrai, la mouche le voit bien. La lampe à gaz s'embrase un instant, illuminant les pauvres murs de plâtre.

– Tu me déçois pas, dis-je.

– Je m'étais mis dans la tête que tu trouverais un autre amoureux, Antoinette. Tu parles toujours d'avoir ton propre logement, et de cette pochette que tu gardes en sûreté. J'ai juste vu l'occasion d'en tripler le poids.

Il continue en racontant que la femme Bazengeaud s'était contentée de sourire en coin en lui donnant un coup de chiffon sur la poitrine.

– Est-ce que je me serais donné toute cette peine avec toi, hein, est-ce que j'aurais fait ça si ça risquait de déranger mon mari ? avait-elle dit. Vas-y, Émile. Dis-lui ce que tu voudras.

Elle lui a resservi du cognac en disant à Pierre Gille qu'il devait payer s'il voulait la moindre goutte de plus. Elle s'était déjà éloignée et essuyait le comptoir lorsque Pierre Gille a tapé du poing sur la table en crachant tout bas qu'il n'était pas venu jusqu'à Montreuil pour un doigt d'alcool et que le coffre-fort était juste là, entrouvert, à moins de cinq pas d'eux.

– Je n'avais pas la moindre affection pour cette vieille peau, dit Émile, mais j'ai au moins la décence de ne pas voler une femme qui vient juste de remplir mon verre.

Il a bu ce qui lui restait de cognac en laissant Pierre Gille pester, fulminer et le traiter de poule mouillée.

Le bruit des talons du gardien s'approche ; chacun de notre côté, nous nous remettons droit sur notre chaise, loin de la grille, jusqu'à ce qu'il s'éloigne. Émile se balance alors sur les pattes arrière de sa chaise.

– Gille m'avait promis que ce serait facile, poursuit-il en regardant fixement le plafond blanc au-dessus de sa tête.

– Le chantage ?

Il remet sa chaise sur ses quatre pattes.

– Évidemment, le chantage. Je serais jamais allé avec lui si j'avais su qu'il avait un couteau. Je te jure, Antoinette, c'est Gille qui lui a tranché la gorge.

Je hoche légèrement la tête et je sens que mes coudes, que je tenais serrés contre moi, se relâchent enfin.

– Je te crois.

Et alors, pour la première fois, je vois les yeux d'Émile se remplir de larmes. Un petit bruit – comme le châssis d'une fenêtre à guillotine qui se décoince – émerge de sa gorge et il s'essuie les yeux du dos de la main.

– T'es tout ce que j'ai au monde, Antoinette.

Je voudrais réparer ce qui est brisé, lui dire que la cour entendra les deux versions, que ces grands esprits sont habitués à trouver la vérité ; mais soudain je me souviens qu'on l'a mis dans la même cellule que deux meurtriers, le boucher de la rue de Flandre et l'Italien qui a lardé son frère de coups de couteau, et même si la porte derrière moi est bien fermée, je sens un souffle froid me glacer la nuque. Émile passe les doigts dans ses épais sourcils, agitant la tête d'un côté puis de l'autre.

– Quand on est arrivés à Mazas, dit-il, Gille marchait devant, avec un inspecteur, et moi je suivais derrière.

Il ferme les yeux.

– L'inspecteur a dit à Gille, assez fort pour s'assurer que je l'entendrais : « Voyons, Gille, vous semblez être un honnête homme. Vous ne pouvez pas avoir commis ce meurtre. Vous avez été entraîné par Abadie et dans ce cas vous devriez tout nous raconter. On tiendra compte de votre honnêteté, soyez-en bien certain. »

Derrière moi, j'entends un cliquetis métallique, une clé qui tourne dans une serrure, et la voix du gardien qui m'a amenée ici me lance :

– Ta demi-heure est écoulée.

– Mais je viens juste de m'asseoir ! regimbe Émile.

En esquissant un sourire en coin, le gardien bombe le torse et se croise les bras.

– T'aurais pas dû prendre le temps de finir ta cigarette.

Le gardien m'attrape par le bras pour me mettre debout.

– Demain, Antoinette ? Tu reviendras demain ?

Demain c'est dimanche et je me suis déjà entendue avec les gardiens pour que ce soit mon jour officiel de visite. Je hoche la tête en regardant Émile par-dessus mon épaule pendant que l'homme m'entraîne hors de la cellule.

– Demain.

Nous avons déjà fait une douzaine de pas dans le couloir lorsque j'entends l'écho de la voix d'Émile qui me crie :

– Tout ce que j'ai au monde !

Je porte une main à mon cœur : ce garçon compte sur moi plus que sur n'importe qui d'autre, il m'aime plus que tout.

Le gardien relâche son emprise sur mon bras et dit :

– Ce sera la guillotine, pour lui.

J'aspire l'intérieur de mes joues ; mon crachat atterrit sur ses bottes vernies. Sous le coup de la gifle que je reçois en retour, je m'effondre sur les genoux. J'essaie de prendre une grande goulée d'air humide en me tenant les côtes à deux mains.

Marie

J'ai l'impression d'être minuscule lorsque je pousse de l'épaule la porte massive du Foyer de la Danse, parvenant à l'entrouvrir juste assez pour me faufiler dans ce lieu ordinairement réservé aux danseuses de haut rang et aux abonnés qui viennent les admirer. Cet endroit est toujours interdit aux petits rats, sauf aujourd'hui.

Je reste un moment clouée sur place, tendant le cou et tournant lentement sur moi-même. Les autres filles qui sont déjà en train de faire des exercices d'assouplissement à la barre ont certainement eu la même réaction que moi en découvrant tout ce faste pour la première fois. Le plafond est entièrement recouvert de peintures et de sculptures représentant des chérubins, des fleurs, des rouleaux de parchemin. Les murs dorés étincellent ; ils sont bordés de banquettes de velours, éclairés par un lustre ruisselant de cristal et ornés sur tout leur pourtour, près du plafond, d'une guirlande de médaillons dont chacun encadre le portrait d'une étoile. Aurai-je un jour assez de mérite pour fréquenter cet endroit ? La question se pose aujourd'hui plus que jamais, puisque c'est la raison pour laquelle nous sommes réunies ici, la raison pour laquelle on nous appelle tour à tour. Chacune attend que résonne son nom, chacune attend le moment de monter sur scène pour prouver son aptitude à voleter, à battre des jambes et à planer au-dessus du sol avec une grâce semblant provenir d'un autre monde.

Autour de moi, des mères font gonfler la tarlatane parfaite de jupes neuves achetées pour quinze francs, nouent des rubans de ceinture qui coûtent encore six autres francs, et fixent dans les cheveux de leur fille des fleurs de soie pour lesquelles elles ont investi les derniers sous qu'elles avaient réussi à mettre de côté. Tout cela se répète dans un miroir qui occupe un mur entier. Je jette un œil à mon reflet – ma face de singe, mes cheveux qu'Antoinette n'a pas coiffés : un ver de terre parmi les fleurs... Au moins, j'ai mes nouveaux chaussons et le ceinturon écarlate que Charlotte a réussi à obtenir d'Antoinette. Il a fallu que je supplie Charlotte de me le prêter ce matin. Comment peut-elle se montrer si ingrate, avec mon salaire de la boulangerie, les baguettes, les seaux d'eau que je transporte ? Pourtant, je n'étais quand même pas si contrariée, puisque cela me donnait l'occasion de répéter à quel point cette journée était importante.

– Oh ! mon Dieu ! s'est exclamée Antoinette en se frappant le front. Je voulais m'occuper de tes cheveux. Je te jure que je voulais le faire. Mais il est trop tard.

C'est vrai qu'elle oublie beaucoup de petites choses depuis quelque temps, par exemple me demander comment s'est déroulée ma journée, si mon allegro s'améliore ou si Blanche a été gentille avec moi. Tout de même, c'est la première fois qu'un événement aussi capital que mon examen de danse lui sort ainsi de l'esprit.

Elle s'est avancée entre moi et Charlotte qui persistait à serrer son ruban derrière son dos. En posant les mains sur mes épaules, Antoinette a dit :

– Laisse la musique te remplir la tête. Laisse la musique repousser ta peur. T'es prête, Marie. Ça fait aucun doute.

Elle s'est ensuite tournée pour faire face à Charlotte.

– Je te donne une seconde pour prêter ce ruban à Marie, sinon j'aurai besoin d'une seule seconde pour le déchirer en deux.

•

Je dis à Lucille qu'elle arbore les plus jolies fleurs, à Ila que son ruban est du beau rose pâle des fleurs de cerisier, à Perot que sa jupe si blanche met en valeur sa peau crémeuse. Elles me répondent qu'elles aimeraient avoir le dos aussi souple que le mien, que certainement on nous demandera d'exécuter des fouettés en tournant et que les miens sont les plus stables. Blanche me serre très fort; je la regarde droit dans les yeux et lui dis:

– Ensemble, très bientôt, sur la scène.

Aussitôt, nous touchons l'un des poteaux qui tiennent la barre, parce qu'il y a sans doute du fer sous la dorure. C'est ainsi que nous nous sentons aujourd'hui: dorées, parfaites.

Madame Dominique nous a expliqué ce à quoi nous devons nous attendre exactement: chacune devra se tenir debout, seule, au milieu et en avant de la scène de l'Opéra, en attendant les instructions de monsieur Pluque. Il sera assis dans la première rangée de l'orchestre, nous a-t-elle dit, avec monsieur Vaucorbeil, le directeur de tout l'Opéra, et monsieur Mérante, le maître de ballet. Elle-même et madame Théodore seront juste derrière eux, dans la deuxième rangée.

Loin derrière les examinateurs, dans les loges du premier balcon, seront assis les abonnés et les danseuses du corps de ballet qui ont envie d'assister à l'examen, de même que les mères – les doigts croisés ou crispés sur le crucifix qui pend à leur cou, laissant pour une fois au fond de leur sac leurs éternelles aiguilles à tricoter. Toutes les mères seront là sauf la mienne, mais je préfère cela. J'ai déjà assez de soucis sans craindre en plus qu'elle ne se mette à m'appeler à haute voix lorsque je serai sur scène, qu'elle décide d'avoir une petite discussion avec monsieur Pluque ou encore qu'elle s'imagine être en train de chuchoter avec les autres mères alors qu'en réalité son caquètement est pire que celui d'une poule en train de pondre.

Monsieur Pluque demandera d'abord un adage, qui consiste en des mouvements si lents qu'il faut, par exemple, prendre seize mesures de musique pour se dresser sur la pointe d'un pied et exécuter un grand rond de jambe en l'air. Il y aura un pianiste dans la fosse de l'orchestre pour accompagner nos mouvements, ce qui signifie que le tempo dépendra de quelqu'un qui ne peut même pas voir si la fille sur la scène chancelle et prie pour que l'adage finisse avant qu'elle ne retombe sur la plante de ses pieds. Ce n'est pourtant pas cela qui m'inquiète le plus. Madame Dominique m'assure que j'ai l'équilibre d'un flamant rose et la souplesse d'un roseau. C'est l'enchaînement d'allegros que je redoute. Les pieds haut dans les airs, battant l'un contre l'autre, puis glissant sur le plancher avant de s'envoler de nouveau, les orteils contre le genou, cette fois, et tout en se rappelant d'atterrir en cinquième position, le pied droit derrière. Encore et encore. Mon esprit va trop vite, mes épaules se soulèvent : voilà ce qui arrive lorsque je pense trop à mes pieds, et aussi au bruit de la canne de madame Dominique qui heurte sèchement le sol.

– Deux entrechats, m'a-t-elle dit l'autre jour en me montrant deux doigts, comme si cela allait m'aider à compter. Ensuite, une glissade, une seule, avant le saut de chat.

Elle a adressé un signe de tête au violoniste pour qu'il recommence à jouer, puis elle a reporté son attention sur une autre fille. D'ailleurs, ce n'est même pas suffisant d'exécuter les bons pas.

– Vous devez donner à chaque pas un caractère particulier, ce qui deviendra votre propre style en tant que danseuse, nous conseille madame Dominique. C'est ainsi que vous accéderez à une place dans le quadrille.

Nous avons tiré à la courte paille pour savoir dans quel ordre nous serons appelées, et je serai la dernière à me présenter devant les examinateurs. Comme toutes les autres filles qui patientent avec moi, je m'efforce de garder mes muscles étirés en faisant des pliés très bas et très lents, les pieds bien écartés en seconde position, puis en inclinant le torse jusqu'à toucher la jambe qui est appuyée sur la barre. Comme les autres, je souhaite bonne chance à celle qui est appelée, et je scrute son visage à la recherche d'un signe quelconque lorsqu'elle revient. Parfois, l'une d'elles réapparaît en larmes : le pianiste n'a pas maintenu un tempo régulier, monsieur Vaucorbeil se tortillait déjà sur son siège après la troisième mesure de l'adage, elle avait oublié de mettre de la colophane sous ses chaussons et elle a glissé à la fin du grand jeté. Nous hochons la tête, les lèvres pincées et le front ridé dans un effort pour dissimuler notre joie de voir nos propres chances augmenter.

•

Je suis immobile sur la scène de l'Opéra, les pieds en cinquième position, les bras au repos, et j'attends que monsieur Mérante lève les yeux de son cahier de notes et fasse signe à monsieur Pluque de demander les derniers pas. Mon regard plane derrière les examinateurs jusqu'aux quatre rangées de balcons qui dominent la salle. Partout, je ne vois que du velours rouge et des dorures ouvrées avec mille détails, le tout plongé dans la pénombre, puisqu'il n'y a que trois lampes à gaz dans la salle, soit deux sur la scène et l'autre produisant un halo lumineux autour des examinateurs et de monsieur Degas, trois rangées derrière eux, penché sur son bloc à dessin.

Je n'en peux plus d'attendre qu'on m'annonce les pas, je ne souhaite qu'entendre le son du piano fendre l'air, caresser cette petite place spéciale juste derrière mon cœur et me remplir complètement. Je veux danser encore, je veux sentir la musique me soulever, me cambrer le dos, ruisseler jusqu'au bout de mes doigts, jusqu'à la pointe de mes orteils. Aujourd'hui, je sens la grâce me venir naturellement, tout comme l'équilibre, et la légèreté, et la rapidité. J'ai vu le sourire paisible de madame Dominique, les sourcils arqués de monsieur Mérante, le regard abasourdi de monsieur Pluque.

– Quatre fouettés en tournant, annonce monsieur Pluque en se redressant sur son siège. Huit, si vous le pouvez.

Je retiens le sourire qui me vient en entendant nommer ce pas qui est devenu si facile pour moi depuis qu'Antoinette m'a montré le truc qui consiste à imaginer une ficelle qui me tire vers le haut à partir du sommet de mon crâne. Lorsque j'ai caressé le fer à cheval, sur la table devant la loge du gardien de l'entrée des artistes, j'ai justement fait le vœu qu'on me demande des fouettés en tournant. Je me place en quatrième position, je pense à la ficelle et je fixe du regard l'écharpe orange de madame Théodore, qui sera mon point de repère pendant que mon corps tournera, point sur lequel mes yeux reviendront s'amarrer chaque fois que je ferai face au-devant de la scène. Le fait de se donner ainsi un point de repère améliore la précision du fouetté en tournant et, plus important encore, empêche l'étourdissement qui vient facilement lorsqu'on tourne comme une toupie. Je respire le temps d'une seule mesure avant de me hisser sur la pointe du pied gauche et de me mettre à tourner en fouettant l'air de ma jambe. Pas quatre fois. Pas huit. Mais seize. Seize fouettés en tournant. J'atterris doucement, parfaitement en équilibre, les pieds formant une parfaite quatrième croisée, et je me maintiens immobile, submergée de joie à l'idée d'avoir exécuté un pas parfait.

Le sourire de madame Dominique s'élargit tellement que j'ai l'impression qu'elle va rire, mais elle pose rapidement un poing devant sa bouche pour s'en empêcher. Il y a des chuchotements et des hochements de tête parmi les examinateurs, puis monsieur Pluque s'adresse à moi :

– S'il vous plaît, mademoiselle van Goethem, une révérence.

Je fais une révérence en tendant d'abord les bras vers les jurés, puis en les ouvrant largement. Mon regard, plus solennel que jamais, va de visage en visage – monsieur Vaucorbeil, monsieur Mérante, monsieur Pluque, madame Dominique, madame Théodore. Enfin, je consacre les dernières secondes de ma révérence à monsieur Degas.

Hier, j'ai grimpé les escaliers jusqu'à la classe de madame Dominique ; il ne restait plus qu'un seul cours avant de faire face aux examinateurs ! Je me suis rendue à l'endroit précis où j'ai l'habitude, chaque jour, de commencer ma routine pour assouplir mon dos. Là, accrochés à la barre par leurs rubans, j'ai trouvé une paire de chaussons de ballet sans la moindre trace d'usure. Une petite étiquette y était attachée : « À mademoiselle van Goethem, pour que vos pieds brillent. » Monsieur Degas savait que c'était ma place à la barre. Et seul son regard brûlant pouvait être assez précis pour évaluer ma pointure de façon si exacte.

•

En sortant de l'Opéra, je n'éprouve pendant un instant que de la joie pure, du bonheur, puis je bondis à travers la cour jusqu'au portail arrière, m'accrochant à ce moment, mais m'y accrochant tellement fort que je finis par donner forme à la pensée que je voulais éviter: le quadrille implique de danser sur la scène le soir et de rester éveillée jusqu'à une heure avancée de la nuit, ce qui m'obligera à quitter mon travail à la boulangerie, me privant ainsi des revenus dont j'ai besoin autant que j'ai besoin d'air. Je ralentis mon allure et me mets à marcher; lorsque je lève les yeux, j'aperçois la berline de monsieur Lefebvre qui brille sous les rayons du soleil. Les chevaux décorés de plumets hennissent, soufflent et tapent du pied, chassant de la queue les mouches attirées par leur chaleur.

– Mademoiselle van Goethem!

Monsieur Lefebvre m'appelle en se penchant hors de la voiture pour me faire signe d'approcher.

– Vous avez été splendide aujourd'hui, dit-il en faisant un saut de côté pour dégager la portière et en faisant un geste de la main qui, du moins je le suppose, m'invite à monter.

Je m'avance lentement vers la berline, veillant à ne pas me précipiter, de peur qu'il me trouve effrontée si son geste signifiait autre chose.

– Oui, oui, confirme-t-il, venez vous abriter du soleil.

À l'intérieur, il m'indique un siège et s'assoit à mes côtés; je trouve qu'il se presse un peu trop près de moi, vu la largeur du banc où quatre personnes pourraient tenir à l'aise, et vu que juste en face de nous il y en a un autre qui fait toute la largeur de la berline.

– Vos tours à la fin! poursuit-il. Même Vaucorbeil s'est redressé dans son siège.

– Vous étiez là ?

Monsieur Vaucorbeil s'est redressé en me regardant ? Monsieur Lefebvre se rend-il bien compte de l'importance d'une telle affirmation ?

– Et mon petit cadeau ? La pointure était bonne ? Bien sûr que j'étais là.

– Les chaussons ?

– Allons, mademoiselle van Goethem. Il n'y a presque aucune danseuse dans le corps de ballet qui achète ses propres chaussons.

– C'est seulement... Je croyais que quelqu'un d'autre me les avait offerts.

Je me sens un peu stupide d'avoir présumé que les chaussons venaient de monsieur Degas. C'était vraiment idiot de ma part : depuis trois mois, il ne m'a pas demandé une seule fois d'aller poser pour lui, et la statuette est un échec.

Il approche son visage du mien et sa voix passe de la légèreté à la sévérité.

– Je vous avais dit que je parlerais en votre faveur à messieurs Pluque et Mérante. J'ai tenu ma promesse. Mais dites-moi, de qui pensiez-vous qu'ils venaient, ces chaussons ?

J'ai presque l'impression d'être de nouveau dans la classe de sœur Évangéline, craignant d'être sur le point de donner une mauvaise réponse tout en souhaitant de tout mon cœur trouver la bonne. Avec ces chaussons, monsieur Lefebvre manifestait-il un désir de me venir en aide ? Maintenant, plus que jamais auparavant, j'ai besoin de sa charité.

– Monsieur Degas.

Il balaie monsieur Degas d'un petit coup de poignet, comme si les hommes portant un gilet froissé et une barbe négligée ne valaient pas la peine qu'on s'y attarde. Il ouvre la boîte doublée de velours qui se trouve à ses pieds pour en sortir une coupe ciselée aux motifs de guirlandes et de couronnes de fleurs, qu'il me tend. Ensuite, il soulève le tissu qui recouvrait un seau à glace en argent et retire le bouchon d'une bouteille de verre foncé, perlée de vapeur condensée.

– On m'a assuré que vous aurez une place dans le quadrille, dit-il.

Il ne me semble pas le genre d'homme à dire des choses qui ne sont pas vraies, au contraire de Maman qui devient parfois sentimentale et m'appelle sa « chérie préférée », alors que nous savons bien que sa préférée est Marie Première ou, si on ne compte pas les anges, la petite Charlotte. Mais si demain matin, malgré la prétention de monsieur Lefebvre, mon nom n'est pas sur la liste accrochée à l'extérieur du bureau de monsieur Pluque, j'aurai le cœur brisé mille fois plus douloureusement que s'il n'avait rien dit.

– S'il vous plaît, monsieur Lefebvre, ne me dites rien qui ne soit gravé dans la pierre.

Il remplit mon verre.

– Je comprends l'importance de ce que je viens de dire.

Il pose une main sur ma cuisse et la serre gentiment, comme Papa le faisait, et je me retiens pour ne pas me mettre à danser de joie. Sa main se lève jusqu'à mon verre et le pousse un peu pour l'incliner vers ma bouche.

– À présent, ma chère, soyez une bonne fille et buvez votre champagne.

Devrais-je lui demander pour Blanche ? Quand elle est revenue au Foyer de la Danse après son examen, j'ai vu tout de suite qu'elle serrait ses mains l'une contre l'autre en essayant de cacher sa jubilation. Elle n'allait pas bondir et faire tout un cirque pour me rendre amère, toutefois, pas aujourd'hui. Elle s'est contentée de m'adresser un petit sourire signifiant qu'elle avait montré le meilleur d'elle-même aux examinateurs. De toute façon, je n'ai aucune raison de rappeler ses bras de colombe à l'esprit de monsieur Lefebvre. Je ne suis pas très fière de cette pensée, car Blanche est ma seule vraie amie à l'école de danse, mais s'il s'avérait que monsieur Lefebvre avait davantage à donner qu'une paire de chaussons, les besoins de Blanche seraient aussi criants que les miens.

Je mouille ma langue, puis avale une gorgée. Boire du champagne – je n'y avais encore jamais goûté –, c'est un peu comme boire de l'air. Je sens des bulles minuscules éclater dans ma gorge, un goût piquant qui rappelle un couteau de métal qui couperait une tarte aux pommes.

– Sur la rue de Douai, le vin goûte toujours le tonneau.

Il rit, puis remplit son verre avant de faire glisser la petite fenêtre de l'autre côté de notre banc pour dire au cocher de longer la Seine. Une fois que nous sommes en route, il me demande :

– Une petite promenade pour célébrer, mademoiselle ?

Je hoche la tête tout en me demandant pourquoi il n'ouvre pas les rideaux qui nous empêchent de voir le clapotis de la Seine.

Il appuie sa tête contre l'arrière de la berline sans montrer le moindre désir de bavarder, et nous avançons en silence un moment, pendant que je sirote mon champagne. En cet instant, je ne devrais penser à rien d'autre qu'aux petites bulles au fond de ma gorge, mais je n'ai jamais été douée pour me concentrer sur les bonnes choses. Dans mon esprit se forme l'image d'Antoinette à son retour de Mazas dimanche dernier, assise à table et la tête enfouie dans ses bras. J'ai pris une profonde respiration en me rappelant les centaines de fois où elle avait fait preuve de patience à mon égard.

– Alors ? ai-je demandé.

– Ils ont trouvé le couteau. L'inspecteur l'a dit à Émile.

– Oh !

Une petite lueur d'espoir s'allumait en moi. L'idée de la culpabilité d'Émile Abadie se frayait-elle lentement un chemin dans son esprit ?

– Tu comprends pas ? Pierre Gille a pas voulu lâcher l'endroit où il s'en était débarrassé avant qu'on lui ait promis qu'aucune accusation serait portée contre lui.

Elle a levé la tête : elle était maigre, elle avait l'air fatiguée, ses yeux étaient rouges et bouffis. Mon cœur s'est serré. Bien sûr, ce n'était pas une bonne idée d'attiser son espoir alors qu'elle était affalée sur sa chaise, car je savais bien que cela ne servirait qu'à retarder le gros chagrin qui l'attendait au tournant. Toutefois, son angoisse semblait telle en cet instant que j'ai oublié la promesse que je m'étais faite de lui faire voir Émile Abadie à travers les lunettes non déformantes de mes propres yeux. J'ai dit :

– Peut-être que l'inspecteur bluffait.

– Il a montré le couteau à Émile.

Elle devrait donc abandonner sa fantaisie de croire à l'innocence d'Émile Abadie. J'ai posé une main sur son épaule, le plus tendrement possible, mais je l'ai sentie se hérisser à ce contact, comme si c'était traître de ma part de penser que cette nouvelle l'inciterait à admettre sa culpabilité. Était-il possible qu'elle n'éprouve pas le moindre doute ?

– C'est donc certain que ces deux garçons ont égorgé la tavernière.

J'ai parlé comme si j'énonçais un fait avéré.

– Ça prouve rien, a-t-elle rétorqué en haussant l'épaule pour se débarrasser de ma main.

•

Monsieur Lefebvre redresse la tête et je me rappelle que je ne l'ai pas encore remercié pour les chaussons. Je dois remédier à cet oubli. D'ailleurs, le champagne dans mon ventre presque vide, à l'exception d'un croûton de pain, me donne de l'audace :

– Eh bien, dis-je, si mes pieds ont brillé le moindrement aujourd'hui, c'est grâce à votre cadeau. Vous m'avez envoyée sur la scène l'esprit léger.

Il pose de nouveau sa main sur ma cuisse, mais cette fois il ne la serre pas comme Papa. Non, il la laisse là. Je me souviens des histoires de Joséphine, qui disait que les abonnés s'imaginaient des choses contre nature et qu'ils réalisaient ces désirs avec les danseuses, quitte à les forcer. Que leurs doigts s'attardaient là où ils n'avaient rien à y faire. Mon dos se raidit, mes omoplates s'appuient fort contre le dossier du siège, et la main de monsieur Lefebvre se retire. Perot, pour sa part, croit que les abonnés se contentent d'aider les danseuses pour qu'elles puissent se concentrer sur leur travail.

– Madame Dominique m'a dit que vous vous levez avant le chant du coq pour pétrir de la pâte à pain dans une boulangerie.

– C'est vrai, dis-je, en cherchant à me rappeler pourquoi sa main sur ma jambe m'a rendue si nerveuse, alors que même le souvenir du poids de cette main s'est maintenant dissipé.

– Cela ne peut plus continuer ainsi. Vous devrez paraître sur scène certains soirs. Vous devrez dormir tard le matin. Combien vous paie-t-on ?

N'est-il pas, en ce moment même, en train de penser à changer ma situation ? Pour attirer la chance, je glisse une main dans ma poche et je touche le fer noir de ma petite clé.

– À la boulangerie ? Douze francs par semaine, plus deux baguettes par jour.

Il entrouvre son veston, en sort un portefeuille et me tend un billet de vingt francs.

– Démissionnez, me dit-il.

Il semble que Perot avait une vision plus juste des abonnés que Joséphine.

Je pense à la profonde révérence d'un coryphée qui jouait le rôle d'une nymphe dans *Polyeucte* – un rôle adapté par monsieur Mérante à partir d'un rôle inférieur de ménade. Je me lève dans l'intention de la reproduire, mais je suis secouée par les cahots de la route et je retombe assise sur le banc. À la place, encouragée par le rire de monsieur Lefebvre, j'esquisse le sourire décontracté de Charlotte et j'adopte la voix qu'elle prend avec le charcutier.

– Quelle générosité ! dis-je. Je suis votre obligée.

– Rien ne me fait plus plaisir.

Il penche la bouteille de champagne au-dessus de mon verre vide, que je m'empresse de lui tendre. Je lèche la mousse qui remplit ma coupe et je ris quand elle me chatouille le nez, ce qui le fait sourire encore. Une fois mon verre de nouveau vidé et rempli, monsieur Lefebvre ouvre la fenêtre coulissante pour lancer au cocher :

– Au bois de Boulogne !

Je n'ai jamais vu cet endroit, mais je sais que c'est un boisé dense situé très loin dans la périphérie ouest de Paris.

J'avale difficilement les bulles d'air au fond de ma gorge.

LE FIGARO
3 août 1880

LE MEURTRE DE MONTREUIL

Le mois prochain, Émile Abadie et Pierre Gille se présenteront devant la cour d'assises pour répondre du meurtre de la tavernière Bazengeaud, cette brave femme de Montreuil qui a été massacrée avec le couteau dont ces deux jeunes crapules ont pu indiquer la cachette à l'inspecteur en chef. Alors que tous les deux admettent être entrés dans la taverne dans l'intention de faire chanter la victime, Gille soutient qu'Abadie a égorgé la femme Bazengeaud dans un instant de panique. Abadie nie avoir fait autre chose que de savourer un cognac après l'échec de la tentative de chantage, et affirme avoir quitté les lieux avant Gille.

Je les ai vus tous les deux la semaine dernière, lorsque l'inspecteur en chef les a emmenés dans la taverne de Montreuil pour les interroger. On ne peut s'empêcher d'être immédiatement frappé par l'apparence bestiale d'Abadie. Il n'a que dix-neuf ans, mais déjà il est formé comme un homme : petit, trapu, les épaules larges. Sa tête est plantée solidement sur un cou épais et court. La mâchoire, large et puissante, donne à sa tête une allure de brute. Le teint est pâle, jaunâtre ; c'est la coloration de la prison. Ce jeune scélérat sue le crime de haut en bas. En le rencontrant dans un lieu isolé, on porterait la main à la pomme de son épée.

Gille, au contraire, n'est que sourires dans une figure fraîche. Il a la mine éveillée d'un honnête jeune homme qui, à première vue, appelle la sympathie. À seize ans, il est grand, svelte; la taille est fine. Son teint, malgré sa longue détention à Mazas, est encore aujourd'hui d'une blancheur élégante. Les cheveux sont blonds et abondants, campés sur un front large et bien proportionné. Le regard est d'une douceur exceptionnelle. Je dirais même plus : il est distingué. Si on faisait habiller ce garçon par un tailleur à la mode, toutes les filles de Paris raffoleraient de sa beauté. Si un soir de première on apercevait cette jolie tête d'adolescent dans une avant-scène, on prendrait Gille pour le fils de quelque lord anglais.

Antoinette

Aujourd'hui, dernier jour du procès, je suis présente pour la première fois dans la salle bondée de la cour d'assises. J'attends de voir paraître les juges et les prisonniers. Pas plus tard qu'hier, qui était un jour de pause, j'étais assise en face d'Émile, de l'autre côté de la grille de fer. Lorsque je l'ai assailli de questions à propos du procès, il m'a répondu sèchement que si j'étais si intéressée, je n'avais qu'à prendre la peine de venir à la cour. Pourtant, je l'avais déjà entendu fulminer en traitant tous ceux qui allaient à la cour de voyeurs et de dégénérés – tant les dames de la société, qui avaient déposé une requête officielle pour avoir une place sur le banc des témoins, en avant, que la foule qui faisait la queue pendant des heures pour accéder à la partie basse de la salle d'audience.

– Je ne voulais pas passer pour voyeuse.

Comme cela n'adoucissait en rien son visage hostile, je lui ai fait la promesse que je tiens aujourd'hui :

– Demain, je serai là.

Pendant des semaines, Marie est restée le nez fourré dans les journaux. Depuis le début du procès, elle passe son temps à s'inquiéter, à faire des plans, à se mordiller les lèvres, à essayer de me prouver la culpabilité d'Émile. La semaine dernière encore, elle a tapoté le journal grand ouvert sur notre petite table, où j'étais occupée à sucer la moelle d'un os.

– Ils ont trouvé une chemise et une paire de pantalons tachés de sang dans l'entrepôt du père de Pierre Gille, m'a-t-elle appris. Les pantalons sont de la taille de Gille, mais pas la chemise. La chemise serait de la taille d'Émile.

Ce n'était pas une bonne nouvelle, j'avais assez d'intelligence pour le comprendre. Toutefois, comme je lisais encore sur son visage l'espoir de me voir changer d'avis à propos d'Émile, j'ai fait la moue et j'ai dédaigneusement haussé les épaules.

– Ça prouve que c'est Pierre Gille qui a égorgé la femme, non ?

– Ça prouve qu'Émile était assez proche pour être éclaboussé, ce qui n'est pas très différent de ce qu'il dit depuis le début.

Je me suis levée. Elle a tapé du doigt à un autre endroit sur la page, tout en bas d'une colonne de mots imprimés.

– La montre volée n'a pas encore été retrouvée. Est-ce qu'Émile ne t'a jamais montré une jolie montre de femme, Antoinette ?

Il y a une semaine, un inspecteur est entré au lavoir d'un pas désinvolte en demandant si j'étais l'amoureuse d'Émile. Il a ouvert une grande serviette plate avant de brandir sous mon nez le dessin d'une montre dotée d'un petit couvercle en forme de cœur.

– Disparue du coffre-fort de la taverne, a-t-il dit en pointant le dessin. Ton chéri a-t-il l'habitude de t'offrir des cadeaux ?

Je n'avais jamais vu une telle montre, alors j'ai dit :

– Je sais rien à propos de cette montre-là.

Ce sont exactement les mots qu'Émile a prononcés à son tour lors de ma visite suivante, lorsque je me suis assise face à lui, de l'autre côté de la grille, et que je l'ai questionné à propos de la montre.

J'ai jeté mon regard le plus glacial à Marie qui restait plantée là, le menton en avant, les mains sur les hanches.

– Il m'a donné une douzaine de montres, lui ai-je répondu, et je les ai toutes portées au mont-de-piété.

– Oui ou non, Antoinette ?

– Qu'est-ce qui te fait croire que je te le dirais, de toute façon ?

Ça me hérissait, cette manière qu'elle avait de me harceler, encore et encore. J'avais l'impression qu'elle voulait bien plus un verdict de culpabilité que mon propre bonheur. J'ai fini par me demander si, au fond de son cœur, elle ne faisait pas toutes ces histoires simplement parce qu'elle ne voulait pas me partager avec Émile.

Le lendemain soir, elle a recommencé, cette fois en me suivant partout dans notre chambre avec son journal, comme si je ne pouvais pas entendre ses âneries sans qu'elle soit assez proche pour que je puisse sentir son souffle sur ma nuque.

– Le beau-père d'Émile, un monsieur Picard, était à la cour aujourd'hui, a-t-elle dit. Il a traité Abadie de...

Elle s'est arrêtée le temps de retrouver la phrase dans l'article.

– ... de « mauvais garçon qui avait toujours de l'argent pour les femmes et pour l'alcool, et ce, sans même avoir travaillé honnêtement un seul jour dans toute sa vie ».

Je me suis retournée brusquement pour lui faire face.

– Il déteste Émile.

– Antoinette, écoute. Écoute seulement, en ouvrant ton esprit à la possibilité qu'Émile Abadie ne soit peut-être pas celui que tu penses.

Elle s'est raclé la gorge puis, lisant de nouveau, elle a ajouté :

– « Sous serment, monsieur Picard a dit : “Ce gamin, il a déjà menacé de mort ma bourgeoise avec un couteau, parce qu'elle refusait de lui verser un verre de vin alors qu'il était déjà ivre." Madame Picard confirme les dires de son mari. »

J'ai dû devenir toute blanche, parce que la seconde d'après, Marie se précipitait vers moi et posait tendrement une main sur mon bras. D'une voix ferme, j'ai rétorqué :

– Elle ment pour son mari. Elle montre juste un peu de loyauté. Et je peux pas en dire autant de toi.

Sa main est retombée. Elle a mordu sa lèvre. Et peut-être que j'ai senti une pointe de remords de l'avoir ainsi rabrouée. Tout de même, ça lui a cloué le bec.

•

Il fait aujourd'hui une chaleur accablante, l'air est saturé de puanteur, et la chaleur est encore pire dans la salle d'audience. Ma peau devient moite et je sens les odeurs de tabac, d'ail et de sueur des gens qui se pressent contre moi dans la partie basse de la salle. Mon estomac se retourne et, tout en repoussant du coude un type édenté qui profite de la promiscuité pour se coller contre ma hanche, je me demande déjà comment je vais survivre à cette journée.

La salle est longue et étroite ; les sièges des juges sont situés à l'extrémité la plus éloignée de nous. Sous les hautes fenêtres qui percent un des murs de côté, les jurés attendent en se lissant la moustache, en enlevant les peluches sur leur veste et en feignant d'être plongés dans leurs réflexions. Je les observe l'un après l'autre et je constate, comme me l'a dit Émile, qu'ils sont tous du genre à admirer le baron Haussmann qui a jeté à terre les quartiers pauvres pour percer les boulevards, du genre à croire que seuls les bals et les cafés empêchent les pauvres de manger de la viande tous les soirs. En face des jurés se trouvent les avocats de la défense – les héros de la justice, selon Émile –, et derrière eux, haut perché et baigné de la lumière crue qui tombe des fenêtres, le box des détenus, où se tiendront Émile et Pierre Gille.

Soudain, le vacarme de la foule augmente ; les dames des douze premiers bancs, parées de leurs plus beaux atours, se lèvent d'un seul mouvement. Dans la partie basse, les badauds se hissent sur la pointe des pieds pour tenter de voir ce qui se passe. Plus d'un pointe quelque chose ou quelqu'un du doigt. Émile et Pierre Gille, clignant des yeux à cause de la clarté aveuglante, avancent d'un pas lourd vers le box des détenus, flanqués de gardiens qui les tiennent fermement par le bras. Quelques instants plus tard, l'attention se tourne vers les trois juges qui, l'un derrière l'autre, font leur entrée dans la salle d'audience. En d'autres circonstances, je m'écroulerais de rire devant leur air ridicule : chacun porte un petit chapeau qui fait penser à un tuyau de poêle d'une quinzaine de centimètres, de même qu'une lourde robe rouge ouverte à l'avant et bordée de fourrure blanche tachetée de noir. Avant même de s'asseoir sous la statue de Jésus sur la croix, le visage du juge président ruisselle de sueur. Je jette un coup d'œil aux fenêtres, aux rideaux immobiles et au ciel chargé, et je prie pour que le tonnerre gronde, pour qu'un souffle d'air frais rafraîchisse la nuque de ce juge qui est déjà en train de cuire.

Quand je lui ai promis que j'allais venir, Émile m'a dit à quoi je devais m'attendre. D'abord, le plaidoyer final de monsieur Albert Danet, l'avocat qui le défend, puis celui de l'avocat de Pierre Gille, qui ment comme un arracheur de dents ; ensuite, le résumé du juge avant le verdict prononcé par les jurés, puis la sentence rendue par les juges. Émile m'a signalé plusieurs fois que monsieur Danet travaille comme un forcené pour lui, et je suppose qu'il s'agit du gentleman maigrelet qui porte une robe noire et qui me semble avoir les yeux cernés. Il s'approche des jurés et, en fixant son regard sur le visage de l'un ou l'autre de ces hommes austères, il dit :

– Le procureur vous enjoint de vous demander pourquoi Émile a nié s'être trouvé à Montreuil le jour de la mort d'Élisabeth Bazengeaud. La réponse qu'il vous donne – Émile sait qu'il est coupable – est vraie. Toutefois, estimés jurés, le procureur vous a induits en erreur en vous faisant croire qu'Émile se savait coupable de meurtre, alors qu'en vérité il ne se savait coupable de rien d'autre que d'une tentative de chantage. Conclure autrement serait vous dérober à vos responsabilités envers cette cour.

Il poursuit sa plaidoirie en parlant des pantalons tachés de sang que portait sans aucun doute le voyou qui tenait le couteau ayant servi à égorger la bonne dame Élisabeth Bazengeaud.

– Beaucoup d'encre a coulé pour décrire le physique herculéen d'Émile, dit-il, et je peux vous garantir une chose : malgré tous les efforts de l'inspecteur, les pantalons tachés de sang – qui vont comme un gant à Pierre Gille, soit dit en passant – n'ont jamais pu monter plus haut que le milieu des cuisses d'Émile Abadie.

Alors, monsieur Danet écarte les pans de sa robe et, tout en la maintenant ouverte par le collet, il tourne lentement sur lui-même. Lorsqu'il fait de nouveau face au jury, il explique qu'il est à peu près de la taille de Pierre Gille et qu'il porte en ce moment la réplique exacte de la chemise maculée de sang trouvée dans l'entrepôt.

– Ce n'est pas la taille parfaite, je l'admets, mais c'est très acceptable, surtout pour un jeune homme comme Pierre Gille, sans emploi et séparé de sa famille.

Il rappelle ensuite les dires de trois témoins, selon qui le beau-père d'Émile est connu pour être un fieffé menteur et un homme violent envers sa femme et son fils. Je me penche de plus en plus vers l'avant, et monsieur Danet continue ainsi pendant deux heures pour invalider chaque parcelle de preuve avancée contre Émile.

Monsieur Danet tire finalement un mouchoir de sa poche et prend le temps de s'éponger le front avant de conclure :

– Émile Abadie est-il l'un des meurtriers de la bonne dame Bazengeaud ? Le procureur vous ordonne de ne pas hésiter une seconde à le déclarer coupable. Je l'entends encore vous demander de formuler votre verdict sans pitié. Mais est-ce justice de prétendre que tous les détails de cette affaire sont clairs comme le jour ? Ne serait-il pas plus juste de dire que jamais un cas n'a laissé les esprits si mal à l'aise et les consciences si incertaines ? Émile Abadie, à dix-neuf ans, a encore toute la vie devant lui, et rien n'a pu prouver qu'il est coupable. Je me permets de vous rappeler, estimés jurés, le serment que vous avez fait et le devoir que vous devez maintenant accomplir.

Je scrute le visage d'Émile, à la recherche d'un signe qui m'indiquerait qu'il a autant d'espoir que moi à l'issue de ce brillant plaidoyer de monsieur Danet, mais il ne fait que regarder ses pieds, les lèvres si serrées qu'elles ne forment plus qu'une mince ligne. N'a-t-il pas entendu ? La peur l'a-t-elle rendu sourd comme un pot ? Non, il adopte simplement la posture d'un garçon brisé qui mérite la clémence de la cour.

L'avocat de Pierre Gille s'avance pour occuper l'endroit même où se tenait monsieur Danet et il ouvre les mains devant le jury.

– Pourquoi, dit-il, pourquoi le jeune Pierre Gille aurait-il divulgué la cachette d'un couteau qui pourrait prouver la culpabilité d'un assassin ? Il y a une seule réponse à cette question. Cet assassin n'est pas Pierre Gille.

Trois fois encore, il pose la même question et y répond, dans des formules différentes, mais dont le sens demeure le même. Le menton de quatre jurés monte et descend, et l'avocat répond à ces timides mouvements par un hochement de tête beaucoup plus assuré.

– Élisabeth Bazengeaud n'était pas une petite femme, dit-il, et elle n'était pas non plus douce comme un agneau, vu les longues heures qu'elle passait à travailler dans une taverne. Mon collègue monsieur Danet prétend qu'elle a été tuée d'une seule main.

Il pointe le box des détenus derrière lui.

– C'est impossible de croire qu'un garçon maigrichon comme Pierre possède la force nécessaire pour commettre un tel geste.

Dans le box des détenus, Pierre Gille est assis la tête penchée vers l'avant, les épaules tombantes, les mains sur les genoux. Pendant son séjour à Mazas, il est devenu encore plus maigre qu'avant et, avachi comme il est, il ne semble pas avoir plus de force qu'un oisillon tout juste sorti de l'œuf. À travers la salle, l'attention des hommes du jury va de la taille misérable de Pierre Gille à l'imposante stature d'Émile. Pierre Gille lève la tête pour permettre aux jurés de voir son visage. Il s'essuie ensuite le coin d'un œil du revers de la main avant de ployer de nouveau la nuque, et je le déteste mille fois plus que la nuit où il m'a giflée.

J'entremêle mes doigts et j'appuie mes jointures sous mon menton. Il faudrait dire à ces hommes que Pierre Gille n'est en rien une mauviette. Il faudrait qu'ils sachent comment il a poussé Colette sur le pavé, comment il m'a giflée si fort que ma tête a été projetée de côté, comment il a tué un chien d'un simple coup de pied. J'ai envie de le crier, peu importe les règles de la cour, peu importe le juge président dans sa robe d'empereur et peu importe l'avocat, avec ses regards, ses pauses étudiées, ses phrases habiles. Cependant, étant donné les derniers mots que j'ai échangés avec Émile hier, j'estime qu'il vaut mieux ne pas ouvrir la bouche. Il s'agrippait des deux mains à la grille de fer. Il avait le visage défait et, d'une voix à peine plus forte qu'un murmure, il m'a dit :

– Selon monsieur Danet, je dois me préparer à un verdict de culpabilité et à une sentence de mort par guillotine.

J'ai senti un grand froid m'envahir, comme si la Mort respirait à côté de moi dans la cellule. Je suis devenue toute faible et mon cœur a cessé de battre dans ma poitrine. Ces mots restaient suspendus entre nous deux, et je n'avais pas le courage d'en mesurer la portée.

Alors Émile s'est remis à parler ; je voyais ses lèvres bouger, mais je ne l'entendais plus. J'ai trouvé la force d'agiter légèrement la tête et il a répété :

– Attends. Tout n'est pas perdu.

Je me suis penchée en avant et mon front a touché les barreaux.

– Monsieur Danet me dit de me préparer, parce que devant la cour il faut que je montre seulement du remords. Il dit que le président de la République a le pouvoir d'alléger une sentence. Il faut pas que je réagisse ; il faut pas que je lève le poing ou que je me mette à crier, sauf si je veux perdre toutes mes chances d'être gracié.

•

Après avoir délibéré, les membres du jury reviennent dans la salle d'audience ; chacun fait mine de contempler ses chaussures au lieu de regarder Émile et Pierre Gille. Mon dos est trempé de sueur bien que mes voisins se soient un peu éloignés de moi, effrayés par mon comportement.

Pendant les trente minutes de délibération du jury, j'ai foudroyé du regard une vieille bique qui jurait voir la marque du diable sur le visage d'Émile ; j'ai envoyé valser les pièces de monnaie qu'un homme recueillait en prenant les paris à propos de l'issue du procès ; et, à deux filles qui gloussaient bêtement en parlant de la beauté de Pierre Gille, j'ai craché : « Z'êtes bêtes à manger du foin, toutes les deux. »

Toute seule dans la salle d'audience, j'attends le seul jugement qui m'ait jamais intéressée de toute ma vie. Toute seule et morte de peur. Une partie de moi souhaiterait que Marie soit là. Ses doigts mêlés aux miens me réconforteraient. Sentir qu'elle veut la même chose que moi suffirait à me donner un peu de courage. Mais je sais qu'elle n'attendrait pas ainsi à mes côtés, qu'elle ne souhaiterait pas de tout son cœur l'acquittement d'Émile, et je ne supporterais pas qu'il en soit autrement. Alors j'attends, tremblante, dans la salle d'audience. Toute seule.

Le juré principal se lève. Le public retient son souffle. Il annonce d'une voix sourde :

– Nous, membres du jury, déclarons les prévenus Émile Abadie et Pierre Gille coupables de meurtre sur la personne d'Élisabeth Bazengeaud.

Émile ferme les yeux en portant une main à son cœur, puis le juge prend la parole :

– Je vous demande, à vous d'abord Émile Abadie : avez-vous quelque chose à déclarer ?

Émile lève les yeux sur la statue de Jésus crucifié, au-dessus de la tête des juges.

– Je supplie seulement ma chère mère de me pardonner du fond de son cœur.

Il reste assis, immobile comme une pierre, tandis que le juge pose la même question à Pierre Gille. Ce dernier se lance dans un discours sur le déshonneur qui éclabousse sa famille à cause de lui, sur son père et son frère, honnêtes et travailleurs, qui ne devraient pas être persécutés à cause de leurs liens avec lui.

Émile ne se gratte pas, ne change pas de position sur son banc, ne quitte pas le Christ des yeux pendant que les juges sortent de la salle d'audience pour décider de la sentence. Le bruit augmente dans le public, puis le silence se fait de nouveau dès que les juges, en sueur et le visage rouge, reviennent dans la salle l'un derrière l'autre. Émile ne bouge toujours pas. Le seul signe de vie que je distingue en lui est le mouvement de sa gorge lorsqu'il avale sa salive en entendant le juge président déclarer :

– La cour condamne Émile Abadie et Pierre Gille à la guillotine.

Hier, quand Émile a dit « tout n'est pas perdu », j'ai prié pour qu'il me donne une lueur d'espoir. Comme il n'ajoutait rien, j'ai demandé :

– Qu'est-ce que je devrais espérer, Émile ?

– Le bagne, a-t-il répondu. Les travaux forcés en Nouvelle-Calédonie.

Ma première réaction a été de penser que ce serait pire de le savoir sain et sauf dans ce lieu qu'on appelle la Nouvelle-Calédonie plutôt que d'être séparée de lui par la guillotine. Aussitôt, j'ai eu honte. Tout ce que je voulais, c'était qu'il soit ici, avec moi. Je voulais encore vivre ces moments de bonheur – son sourire quand il me voit apparaître, ses mains si douces sur mes joues, son corps qui enveloppe le mien avec une telle ardeur qu'elle semble éternelle. Je voulais encore ces autres moments où, les mains plongées dans l'eau de lessive, je pense à lui, à la soirée qui approche, à toutes les possibilités qui s'ouvrent à nous...

– La Nouvelle-Calédonie ?

Il a basculé sa chaise sur les pattes arrière, creusant ainsi le fossé qui nous séparait déjà.

– Monsieur Danet est en train d'écrire quelque chose pour susciter la sympathie du public. Je sais pas ce que c'est, mais il veut tous les détails de ma pauvre vie.

J'ai cessé de fixer mes mains pour le regarder en face. La pensée que le président Grévy pourrait lui accorder sa clémence n'allégeait en rien l'ambiance, ne m'inclinait nullement à partager le contentement qui se lisait sur le visage d'Émile.

LE FIGARO
29 septembre 1880

LES MÉMOIRES D'ABADIE

Émile Abadie, condamné à mort pour le meurtre de la tavernière de Montreuil, a rédigé ses Mémoires en attendant d'être conduit à la guillotine. Sans plus attendre, nous vous présentons ici la préface de son Histoire d'un condamné à mort.

« Ce récit a été écrit par un pauvre prisonnier qui implore le lecteur de ne pas juger son style trop sévèrement. Je l'ai écrit du mieux que j'ai pu, avec mon maigre talent, dans l'espoir qu'il puisse empêcher d'autres hommes de s'engager sur le mauvais chemin. »

Il poursuit son récit en racontant comment, à douze ans, peu après sa première communion, il a quitté le foyer maternel la peau marquée par l'empreinte d'une botte, celle de son beau-père. Il a alors trouvé du travail comme apprenti graveur, mais n'est jamais resté plus de quelques mois chez aucun de ses employeurs. Gamin errant dans les rues de Paris, il s'abritait comme il pouvait, partout où il trouvait un toit.

À compter de l'âge de seize ans, les filles ont pris le contrôle de sa vie, ce qui a causé sa perte :

« Les filles, l'amour, les nuits de décadence m'ont fait oublier ce que la vie avait de plus sain. J'avais besoin d'argent pour m'amuser, pour mener la grande vie. Si je perdais soudain mon emploi pour une raison

ou pour une autre, je ne voulais pas pour autant abandonner mes plaisirs. J'avais peur de perdre ma bonne amie, qui s'attendait à ce que je lui offre des sucres d'orge et des repas de moules persillade. »

Il entretenait des relations avec beaucoup de femmes et il en nomme une demi-douzaine. L'une d'elles était la femme Bazengeaud.

Il a rencontré Pierre Gille au théâtre de l'Ambigu, où tous les deux avaient obtenu un rôle de figurant dans L'Assommoir, *la pièce naturaliste de Zola. Gille a invité Abadie à partager son logement clandestin dans l'entrepôt de son père. Ainsi nourri et logé, Abadie était, selon ses propres mots, le plus heureux des hommes. Après plus d'un an, cependant,* L'Assommoir *a quitté l'affiche et le duo s'est retrouvé sans travail.*

Ils ont alors vécu de menus larcins, complotant pour organiser les crimes qui leur permettaient de vivre comme des coqs en pâte. L'un de ceux-là était de faire chanter la femme Bazengeaud. Abadie poursuit ses Mémoires en racontant en détail comment la tentative de chantage a dérapé, mais la fin de l'histoire diffère de celle qu'il a racontée à la cour d'assises. Ici, il ne quitte pas la taverne après avoir savouré son cognac ; lui et Pierre Gille volent la tavernière et, dans un moment de panique, lui tranchent la gorge.

« La pauvre femme était dans mes bras et j'avais plaqué une main contre sa bouche. Gille lui a donné un coup de couteau dans l'estomac, puis un autre à la poitrine. Je l'ai lâchée, j'ai pris le couteau et l'ai égorgée. À la fin, elle était couchée sur le sol, les yeux tournés vers le plafond, baignant dans une mare formée par son propre sang. J'ai soudain été saisi de l'horreur de ce que nous venions de faire. »

Après ce récit, Abadie rend hommage à sa mère, trouvant de belles paroles pour exprimer ses regrets d'avoir été violent avec elle.

« Un jour que j'étais ivre d'absinthe et que j'avais la gueule de bois, j'ai brandi un couteau pour menacer ma pauvre et bonne maman. Je ne l'ai pas frappée, c'est vrai, mais j'ai levé la main sur ce que j'ai de plus sacré au monde. Pauvre maman, qui m'aimait si fort, qui a tout fait pour moi, qui a oublié ses propres besoins afin de me nourrir. Croyez-moi, mon repentir est sincère et je lui demande de me pardonner. »

Dans le cadre si amer de sa prison, Abadie conclut ses Mémoires en tentant de se réconforter lui-même, en se permettant même d'espérer.

« J'attends le jour où l'on me réveillera pour me mener à la guillotine ou pour m'apprendre qu'un sursis m'a été accordé. Tout ce que j'espère, c'est de vivre, pour montrer à mes juges qu'il est plus important de juger un homme sur son cœur que sur un moment de panique. Je me suis repenti aussi sincèrement qu'il est possible de le faire en voyant dans ma prison, la nuit, surgir devant moi la bonne dame Bazengeaud.

« La guillotine. Est-ce donc ainsi que se terminera mon histoire ? Est-ce que ce sera ma fin, moi qui regrette profondément la vie criminelle, l'horrible vie que j'ai menée ? »

J'ai cité Abadie autant que je l'ai pu, en utilisant ses propres mots et expressions dans l'analyse. Dans un cas comme celui-là, la rhétorique d'un journaliste ne sera jamais aussi éloquente qu'un cri du cœur.

Marie

Monsieur Lefebvre est très riche et parfois il est méchant, mais la plupart du temps il est gentil. Il se montre toujours généreux. Mais parfois j'ai l'impression de ne pas le connaître.

– Vous vous déshabillerez, m'ordonne-t-il.

– D'accord, dis-je encore, car c'est ce que j'ai déjà dit vingt fois ces derniers mois.

Je dépose ma sacoche et m'avance vers le paravent dans le coin de l'appartement qu'il appelle son « atelier d'artiste », même si les épaisses draperies ornées de glands bloquent la lumière, et même si les trois sofas et les neuf chaises tuftées et richement décorées – dont l'une a des bras dorés en forme de cygnes –, occupent toute la place où monsieur Degas, pour sa part, aurait installé une table solide jonchée d'un fouillis de pinceaux et de couteaux à peindre.

Pendant qu'il verse l'eau d'une bouilloire dans un tub en zinc qui ressemble à une assiette à tarte gigantesque, j'attends, nue.

– Vous prendrez un bain aujourd'hui, m'annonce-t-il.

Je place un bras devant ma poitrine et l'autre autour de ma taille.

– Allons, Marie. Vous avez sûrement vu les baigneuses de monsieur Degas ?

La semaine dernière, alors que je me dirigeais vers le paravent, il m'a arrêtée d'un geste :

– Je vais vous regarder enlever vos vêtements.

Comme je me figeais, il a ajouté :

– N'êtes-vous pas allée au Salon des impressionnistes ?

– Si.

– Vous l'avez vu, alors, le monotype de monsieur Degas, une femme qui passe sa robe par-dessus sa tête ? *Toilette*, voilà le titre qu'il lui a donné.

J'ai fait oui de la tête. Et, comme il attendait, j'ai commencé à relâcher les cordons de ma blouse. Il a souri et s'est placé derrière le seul chevalet de l'appartement. En moins d'une heure j'étais prête à partir, et comme tous les mardis il m'a mis dans la main un billet de vingt francs, soit presque deux fois le salaire que je gagnais pour une semaine de travail à la boulangerie, et plus de trois fois ce que monsieur Degas me donnait pour quatre heures de pose.

•

C'était plus ou moins ma faute, ce qui est arrivé en ce jour de juin où j'ai passé l'examen qui m'a permis de passer dans le quadrille, et où j'ai vomi sur le plancher de la berline de monsieur Lefebvre, sur le revers de ses pantalons parfaitement repassés et sur ses souliers vernis. Je n'en garde que des souvenirs très vagues ; j'ai des images de cuir noir éclaboussé, de lainage noir éclaboussé, de plancher noir souillé. J'ai vomi, et monsieur Lefebvre a crié quelque chose à l'intention du cocher avant de m'arracher ma coupe aux jolis motifs de guirlandes et de couronnes de fleurs, puis de crier encore. La berline s'est arrêtée, la porte s'est ouverte et j'ai été projetée dans la clarté aveuglante ; je suis presque sûre d'avoir senti le pied de monsieur Lefebvre sur mes fesses. À quatre pattes sur la terre sèche et compacte, j'ai encore vomi. Il m'a traitée de misérable – cela, j'en suis sûre –, puis il a ordonné à Louis, le cocher, de me laisser là, sur le bas-côté de la route.

– Mais, monsieur Lefebvre, a rétorqué Louis, nous venons d'arriver au bois de Boulogne et elle n'est pas du tout en état de retrouver son chemin.

– Tout de suite !

Une fois monsieur Lefebvre installé sur le siège du valet à l'arrière – il ne pouvait supporter la puanteur qui régnait à l'intérieur de la berline–, Louis est passé près de moi en allant rejoindre son siège en avant et m'a dit à voix basse :

– Restez ici. Je vais revenir.

Une fois qu'ils ont été partis, j'ai rampé sur la terre battue du chemin jusqu'à atteindre une pelouse mal en point, pour finalement m'abriter à l'ombre de la forêt bordant la route. Monsieur Lefebvre informerait-il monsieur Vaucorbeil de mon comportement ? Monsieur Mérante ? Monsieur Pluque ? Mon nom serait-il inscrit, le lendemain matin, sur la liste de celles qui passaient dans le quadrille ? À ce moment-là, avec mes boyaux qui se tordaient, je m'en souciais fort peu, à vrai dire.

J'ai roulé sur le dos et j'ai regardé le ciel sans nuage qui semblait se soulever et tourner au-dessus de moi, puis le feuillage vert qui se soulevait et tournait aussi. Je me souviens d'avoir été frappée par la beauté des feuilles qui devenaient d'un vert très pâle, presque jaune, lorsque le soleil passait à travers. En étirant le cou, j'ai regardé au plus profond des bois où il y avait – j'en étais certaine – des sangliers sauvages qui grognaient et piétinaient la poussière. Les journaux parlaient régulièrement des dangers qui rôdaient dans tous les coins d'un Paris qui se gangrenait depuis dix ans, soit depuis que l'empereur Napoléon III avait conduit notre pays à la défaite. La pourriture se répandait et les jeunes Parisiens devenaient des voleurs et des meurtriers. Émile

Abadie et Pierre Gille en étaient la preuve maintes fois évoquée. J'avais l'habitude de marcher rapidement dans les rues pavées, surtout le soir, en jetant de temps à autre des regards derrière moi. Cette peur n'était rien, toutefois, en comparaison de la terreur qui me poussait à scruter les profondeurs de la forêt à chaque bruissement, à chaque craquement. Mon cœur s'est arrêté au bruit d'un écureuil roux qui bondissait dans les feuilles. Je n'avais jamais vu de forêt auparavant, je n'imaginais pas un endroit si plein d'ombres mouvantes et d'obscurité, et ce, même en plein jour.

J'avais mal à la tête. J'avais la langue pâteuse. J'aurais léché la rosée sur les feuilles, j'aurais même lapé une flaque d'eau, comme un chien, mais je n'en voyais aucune. À un certain moment, je me suis demandé si je n'avais pas seulement imaginé que Louis m'avait promis de revenir. D'ailleurs, comme le soir approchait, il avait facilement pu changer d'idée. Je me suis levée et j'ai marché une trentaine de mètres le long du chemin, dans la direction où j'avais vu la berline disparaître. Cependant, un peu plus loin, la route se divisait en deux. Je me suis donc assise par terre, craignant la tombée de la nuit et pleurant dans ma jupe.

Soudain, la berline de monsieur Lefebvre s'est arrêtée devant moi et Louis m'a dit de grimper à l'avant, à côté de lui, puis il a fouetté la croupe des chevaux et nous nous sommes mis en route, mais dans la direction opposée à Paris.

– Y'a une fontaine par là, m'a-t-il expliqué.

Après un bref silence, il a ajouté :

– J'ai deux filles, moi aussi. Pas besoin d'avoir peur.

À la fontaine, au lieu de recueillir l'eau dans mes mains, j'ai pressé ma joue à plat contre la pierre pour que l'eau du robinet me lave la figure et l'intérieur de la bouche. Je suis restée ainsi un long moment, sous le filet d'eau, même lorsque ma soif a été étanchée et que toute trace de vomi séché avait disparu de mon menton.

Puis Louis a dit que nous irions faire boire les chevaux au lac.

– Quelle chaleur ! a-t-il soupiré en s'essuyant la nuque avec un mouchoir.

Plusieurs fois déjà, j'avais admiré la surface mouvante de la Seine, où brillait le reflet argenté de la lune, mais jamais encore je n'avais vu un lac. Pourtant, mon plus grand désir était de rentrer à la maison, de me coucher sur mon matelas et de tirer les draps froissés par-dessus ma tête. Je regrette, à présent, d'avoir si peu regardé les petites îles, les barques, les pierres couvertes de mousse et la végétation qui poussait dans la moindre fissure. Entre la partie haute et la partie basse du lac, une chute tombait comme un voile ; c'était la plus jolie scène qu'il m'ait été donné de contempler et pourtant j'ai fermé les yeux et serré entre mes mains mon pauvre crâne douloureux.

Sur le chemin du retour, Louis m'a posé des questions au sujet de l'Opéra. Je lui ai raconté l'examen et les seize fouettés en tournant que j'avais exécutés à la fin.

– Monsieur Lefebvre m'a dit que j'étais acceptée dans le quadrille. Je ne sais pas si c'est encore vrai.

– Il est pas du genre à garder rancune.

Il m'a fait un sourire en coin.

– J'ai dû faire galoper les chevaux comme des diables pour être à temps à la porte de l'Opéra.

J'imaginais la scène : monsieur Lefebvre qui se penchait pour faire coulisser une fenêtre de la berline et qui criait : « Plus vite ! En avant ! Nous allons la manquer ! » Et Louis qui levait les yeux au ciel parce que, encore une fois, monsieur

Lefebvre s'était juré de ne pas aller à l'Opéra, pas aujourd'hui, plus jamais, avant de changer d'idée quand il était déjà presque trop tard.

Alors j'ai compris qu'il me donnerait toujours une seconde chance. Tout comme j'avais déjà compris, avant même de vomir sur ses pantalons bien pressés, que les seize fouettés en tournant m'avaient permis de déployer mes ailes – comme un petit rat soudainement transformé en cygne – et que j'étais devenue sa protégée.

•

Lorsque monsieur Lefebvre a fini de vider la bouilloire dans le tub, il va se placer derrière son chevalet pendant que je m'immerge jusqu'aux chevilles dans l'eau presque brûlante.

– Mouillez-vous, dit-il.

Je m'accroupis et je prends l'éponge qu'il a posée à côté du bassin, avec un pain de savon et un pichet d'eau d'où s'échappe encore de la vapeur. Je plonge l'éponge dans l'eau, la presse au-dessus de mon épaule, et je sens l'eau chaude ruisseler dans mon dos. Monsieur Lefebvre lève le bras, prêt à se mettre à son dessin. En lui jetant de furtifs coups d'œil, je vois qu'il est concentré ; la douleur entre mes omoplates s'atténue. Comme toujours, la lumière du jour chasse mes sombres pensées de la nuit, celles qui me tiennent éveillée pendant des heures, à me dire que monsieur Lefebvre et moi jouons à un jeu qui n'a rien à voir avec le dessin, même si le chevalet et le fusain nous permettent, à tous les deux, de prétendre que tout cela est innocent.

Je viens à l'appartement tous les mardis avant de me rendre à l'Opéra pour la classe d'après-midi du quadrille, qui précède la répétition. Il n'y a jamais personne d'autre que monsieur Lefebvre : ni une bonne, ni son épouse, ni ce fils dont il m'a dit une fois qu'il avait l'esprit scientifique, vu son enthousiasme à disséquer des grenouilles et des souris. Une fois, j'ai demandé où ils étaient tous et monsieur Lefebvre m'a répondu :

– J'ai donné congé à la bonne, madame Lefebvre préfère notre autre appartement, sur l'avenue des Ternes, et Antoine va au lycée Louis-le-Grand.

Toujours accroupie, le ventre collé contre mes cuisses, je presse une nouvelle fois l'éponge au-dessus de mon épaule.

– Voulez-vous que je réchauffe l'eau, Marie ?

Il y a deux foyers, un à chaque extrémité de la pièce. De grandes flammes dansent dans le plus près des deux, alors que dans l'autre une bouilloire suspendue à un crochet, au-dessus d'un lit de charbons rougeoyants, laisse échapper de la vapeur.

– Je n'ai jamais pris de bain aussi chaud.

Même monsieur Degas, qui est pourtant loin d'être aussi riche, ne s'abaisserait pas à soulever lui-même une bouilloire. Il appellerait Sabine pour qu'elle vienne réchauffer l'eau du bain.

– Vous devriez peut-être vous tenir plus droite. Je ne vois que vos genoux, dans cette position.

Je me suis graduellement habituée à poser nue pour monsieur Degas, mais à présent, avec les étranges manières de monsieur Lefebvre et mon corps qui change de semaine en semaine, je ressens une certaine méfiance. Les fins poils qui avaient commencé à pousser entre mes jambes et sous mes bras sont devenus épais et denses. Les os de mes hanches ne sont plus proéminents, grâce à la viande fournie par les séances de pose pour monsieur Lefebvre. Les petites bosses sur ma poitrine ont grossi, passant presque du jour au lendemain de la taille d'une moitié d'abricot à celle d'une prune jaune. Par conséquent, mon corsage de travail est devenu trop serré et les petits crochets qui servent à le fermer l'ont déchiré à trois endroits, alors qu'il n'y avait aucun trou auparavant. J'ai dit à monsieur Lefebvre à quel point j'étouffais dans mon corsage. Le lendemain, une couturière est venue prendre mes mensurations après la classe et la semaine suivante je portais un tout nouveau corsage garni d'un col de dentelle et d'une couche de tarlatane froncée ajoutant du volume sur le devant, là où j'avais de nouvelles rondeurs. Que c'était joli, et seulement pour répéter, encore ! J'avais deux autres nouveaux corsages dans ma sacoche, l'un avec un décolleté profond dans le dos et un minuscule bouton de rose sur chaque épaule, et l'autre avec tellement de fronces que je craignais d'être réprimandée par monsieur Pluque. Je l'ai quand même porté et j'ai remarqué, une fois, qu'il me dévisageait. Toutefois, il n'a pas dit un mot et j'imagine qu'il a dû comprendre qu'un tel corsage ne pouvait être qu'un cadeau d'un abonné, un cadeau de monsieur Lefebvre.

•

Je déplie les genoux pour me lever, les bras de chaque côté du corps et l'éponge ruisselant dans ma main serrée.

– Lavez-vous, m'ordonne-t-il. Vous prenez un bain. Je ne suis même pas là, d'accord ?

Je passe l'éponge sur chacun de mes bras, puis sur mes jambes. Je me penche et me redresse, je presse l'éponge, je fais ruisseler l'eau sur mes épaules, sur ma nuque. Je continue ainsi jusqu'à ce que l'eau soit devenue froide et que ma peau ressemble à de la chair de poule.

– Assez, dit-il finalement.

Je n'ai pas tenu une seule pose, ce qui prouve qu'il n'a aucune notion de dessin. Il attrape une serviette sur le dessus d'un buffet et, d'un doigt qui tournoie dans les airs, il me fait signe de pivoter.

– Je vais vous essuyer le dos, annonce-t-il.

Évidemment, il s'attend à ce que j'obéisse. Je bouge lentement les pieds pour tourner sur moi-même jusqu'à ce que mon dos soit face à lui. Il a des gestes doux, il prend son temps, et je sais qu'il est vraiment très près de moi, parce que je sens sa chaleur et que j'entends son souffle lourd dans mon oreille. Ensuite il se baisse pour poser un genou sur le sol et la serviette passe sur une de mes fesses et glisse le long de ma jambe. Le tissu rugueux revient alors sur l'autre fesse, où il s'immobilise, et je sens soudain ce qui ressemble à deux doigts qui se fraient un chemin vers l'endroit le plus secret entre mes cuisses. Je me raidis, exactement comme la fois où Marie Première m'a incitée à reculer au contact de son doigt sur ma colonne vertébrale, et il se retire.

Il pousse la serviette dans ma main ; je la prends et je sors de la baignoire en aspergeant le tapis décoré de vignes et de lauriers. C'est le genre de maladresse qui peut le faire sortir de ses gonds, mais aujourd'hui il se laisse seulement tomber sur la chaise aux bras en forme de cygnes et il enfouit son visage dans ses mains.

Derrière le paravent, je lâche la serviette et j'enfile rapidement mes sous-vêtements, en tirant dessus ; puis mes bas, sans prendre la peine de les monter plus haut que les genoux ; puis ma jupe ; ma blouse ; et enfin mes bottines, que je ne lace même pas.

– Prenez votre argent dans le buffet, tiroir du milieu, dit-il. Prenez trente francs.

Sans le regarder franchement, je distingue tout de même du coin de l'œil sa silhouette sombre toujours avachie sur la chaise. J'ouvre le tiroir du milieu et découvre qu'il est rempli de pièces, quelques-unes en bronze, mais la plupart en or. Il y a aussi des piles de billets – des cinq, des vingt, des cinquante, des cent. Je tends la main vers la pile des billets de cinq francs, j'en compte six, puis j'en laisse deux retomber sur la pile.

– Je prends vingt francs, dis-je.

Il lève les yeux, il a l'air d'un vieil homme.

– D'accord, soupire-t-il. D'accord.

Je sais que je dois aviser Antoinette. Mais comment pourrais-je lui parler de ces doigts baladeurs, alors que je ne lui ai même pas dit que jamais je ne tiens la pose, que la bonne est toujours absente et que les rideaux bloquent la lumière du jour ? Ce ne sont sans doute que des enfantillages. D'ailleurs, elle est déjà triste et grincheuse, elle ne cesse d'arpenter le plancher en bois de notre chambre en se tordant les mains à cause de ce garçon. Après avoir glissé les billets au fond de ma poche, j'ouvre la porte et la referme silencieusement derrière moi, puis je reste plantée dans le vestibule en m'appuyant d'une main contre le mur de marbre froid.

Antoinette

Je marche rapidement dans l'obscurité en essayant d'éviter les amas de neige jaunie qui rendent les rues si laides. Mes bottines sont sales et détrempées, tout comme le bas de ma jupe. Je déteste le mois de décembre, quand le soleil ne se lève pas avant huit heures et ose se coucher avant cinq heures ! Et à une époque de l'année, en plus, où on a mal aux os à cause de l'humidité, où on grelotte et où on donnerait n'importe quoi pour un rayon de soleil assez chaud pour transpercer nos cocons de laine hivernaux.

J'avais l'intention de partir tôt, ce matin, pour être à huit heures à la porte de La Roquette, la prison où désormais Émile et Pierre Gille comptent les heures. Là, comme tous les autres prisonniers enfermés là-bas, ils attendent. Si la plupart attendent de partir pour la Nouvelle-Calédonie, d'autres tremblent de voir arriver l'aube du jour où ils seront guillotinés. Émile et Pierre Gille, pour leur part, attendent un mot du président qui scellera leur destin.

C'est Marie qui m'a empêchée de partir à temps.

– As-tu une minute ? a-t-elle dit en se levant de table et en me suivant jusqu'à la porte.

Comme toutes les fois où elle s'apprêtait à déblatérer contre Émile, elle avait un regard singulier, nerveux – comme une putain dans une église.

Marie a le cœur glacial et dur comme la pierre dès qu'il est question d'Émile, et cela, à mon sens, signifie qu'elle ne m'aime pas complètement. Je suis une sœur parfaite et une blanchisseuse convenable ; je suis aussi une ballerine déchue et une figurante qui a laissé tomber monsieur Leroy. Tout cela, Marie l'accepte. Toutefois, elle est moins indulgente avec la partie de moi qui est la maîtresse d'Émile. Cette partie-là, elle la jetterait aux chiens. Ses paroles acerbes me blessent, tout comme le fait qu'elle ne m'aime pas assez profondément pour se taire.

En tirant mon châle pour m'en couvrir la tête, j'ai répondu :

– Ce soir, Marie.

Bien sûr, elle ne serait pas là, puisqu'elle serait en train de répéter pour ses débuts dans *La Korrigane*. Je n'aurais donc pas à subir encore une fois ses doigts tapotant le journal, sa voix me lisant toutes ces histoires qui pullulent au sujet d'Émile et de la question de savoir s'il mérite ou non la clémence. Elle n'a jamais jugé bon de me cacher les arguments de ceux qui prônent la guillotine. Depuis l'instant où Émile a été amené à Mazas, il y a plusieurs mois, elle n'a pas cessé de le discréditer, même lors de la publication de son *Histoire d'un condamné à mort*. Après avoir lu ces Mémoires, tout ce qu'elle a trouvé à dire, c'est :

– Il dit qu'il faut juger un homme sur son cœur plutôt que sur un moment de panique. Un moment de panique ! Il a égorgé une femme !

Au moins cent fois, après cela, je lui ai répété :

– Il exprime juste du remords, Marie. Il veut sauver sa tête. C'est monsieur Danet qui a écrit ces Mémoires.

Ce matin, comme toujours, je n'ai pas pu l'éviter. Elle s'est glissée entre moi et la porte et m'a implorée :

– Une minute, Antoinette ! Juste une minute !

– Émile avait pas un père comme le tien, ai-je lancé pour couper court. Il avait pas de père qui mettait des brins de lavande sur son matelas ou qui ramenait à la maison une statuette de Taglioni qui vole au-dessus des planches. Émile a rien eu de tout ça.

Comme sa lèvre inférieure se mettait à trembler, elle l'a aspirée dans sa bouche. Aussitôt, j'ai regretté d'avoir ainsi ravivé le souvenir de Papa. J'ai fini par me radoucir et cela a suffi pour que Marie se jette contre moi, sa joue pressée tout contre les mailles emmêlées de mon châle. J'ai compté jusqu'à dix avant de reprendre :

– Je dois y aller, Marie. Tout de suite.

Elle a levé les yeux vers moi comme un chien affamé qui se serait faufilé dans un café.

– S'il te plaît.

– Bon, ai-je cédé. Mais pas un mot contre Émile !

Elle a secoué la tête, comme si toutes ses paroles impitoyables n'étaient que le produit de mon imagination.

– C'est à propos de mes séances de pose.

Elle a mordillé sa lèvre.

– J'ai pas toute la journée, Marie.

– Monsieur Lefebvre n'a même pas un vrai atelier.

– La moitié des artistes de Montmartre peignent dans les trous à rats qui leur servent de chambres.

Sa lèvre, de nouveau, était coincée entre ses dents.

– Si ça t'inquiète, pourquoi tu demandes pas à être payée d'avance ?

– Ce n'est pas cela.

Elle avait l'air très sérieuse.

– Ce n'est même pas un artiste.

– Pour l'amour du ciel, Marie !

Avec monsieur Degas, elle se plaignait toujours qu'il coupait les pieds.

– Il regarde beaucoup plus qu'il ne dessine.

J'ai haussé les épaules.

– Il m'a demandé de me mettre dans un tub, l'autre jour. Je devais prendre un bain.

Allait-elle me demander de l'accompagner, comme la première fois où elle était allée chez monsieur Degas ? J'avais perdu une journée de salaire à l'Ambigu et d'ailleurs, elle m'avait renvoyée à la maison cinq minutes après notre arrivée à l'atelier !

– L'eau était chaude, au moins ?

Ma voix était coupante comme la lame d'un couteau. Elle a hoché la tête.

– T'as pas à te plaindre, alors. Être payée pour prendre son bain...

J'ai resserré mon châle et elle s'est écartée de mon chemin. La peau sous ses lèvres était rose à force d'avoir été grattée avec les dents. Un mauvais pressentiment m'a tordu les tripes, mais j'entendais déjà sous nos fenêtres les bruits de la rue qui s'éveillait. J'allais devoir courir et je serais à bout de souffle avant d'avoir fait la moitié du chemin jusqu'à La Roquette.

•

À l'approche de la prison, les rues commencent à être encombrées de fiacres et de charrettes. Les pavés grouillent de marchands ambulants, comme si on avait averti tous les vendeurs de fleurs et de charbon que la rue de la Roquette était le meilleur endroit de Paris pour écouler leurs marchandises.

Un gamin qui ne doit pas avoir dix ans en tire un autre, plus petit, par la manche.

– Dépêche-toi ! Le jour va se lever !

Soudain, je m'aperçois que ce matin la guillotine se dresse sur les cinq dalles situées à moins de vingt pas de la porte en arche de La Roquette. Et, déjà, les garçons qui guettaient le hangar de la rue de la Folie-Regnault, d'où l'on vient de sortir l'instrument de supplice, galopent le long des boulevards en hurlant la nouvelle. Je me sens vaciller. J'agrippe le plus grand des deux gamins par le revers de sa veste.

– Qui ? Qui va à la guillotine ?

– Billet.

Le garçon se débat pour m'échapper et sa veste se déchire.

– Le boucher qui a dépecé sa femme.

Je le lâche et arrange ma jupe du plat de la main pendant que les garçons détalent en regardant par-dessus leur épaule pour s'assurer d'être assez loin avant de ralentir le pas.

Je m'assois sur le rebord d'une fenêtre basse et pose une main sur mon cœur ; il bat encore plus vite que lorsque je fonçais dans les rues tout à l'heure. Je sens un changement s'opérer en moi, comme si je mesurais tout à coup la réalité de la nuque d'Émile sous la lame de la guillotine. Le conte auquel je m'accrochais, dans lequel je le voyais libre dans les rues de Paris, ses doigts dans mon dos pour me guider aux intersections comme lors de notre première rencontre, je comprends avec une clarté nouvelle, glaciale, que ce n'est qu'un souvenir et que ça ne reviendra plus. Ce rêve n'envahira plus mon esprit à la fin de la journée, attisé par le désir et l'espoir. Pour Émile, il y a seulement deux possibilités : la Nouvelle-Calédonie ou la guillotine. Je suis sous le choc de cette évidence qui s'impose soudain à moi.

Finalement, je quitte le rebord de la fenêtre et je mets un pied devant l'autre en suivant la foule. Jamais je ne me suis ainsi glissée parmi les badauds pour contempler la misère d'autrui ; peut-être que c'était une erreur, peut-être que c'est pour ça que je m'endormais encore en m'accrochant à un conte irréel. J'imagine ce que Billet a déjà dû subir ce matin : la lumière d'une lanterne qui éblouit ses yeux encore ensommeillés, un gardien qui crie son nom, les prières de l'aumônier et ses promesses de pardon, l'incrédulité qui lui paralyse les genoux, l'acier froid de la lame sur sa chair, les cheveux qui tombent sur le sol alors qu'on lui rase la nuque.

À coups d'épaule, je me fraie un chemin dans la foule jusqu'à ce que j'aperçoive l'échafaud – les deux montants, la traverse, la base formée de deux madriers. Dans l'obscurité du petit matin, seule la lumière des brasiers se reflète sur le couperet qui, entre les deux montants, est suspendu à une poulie, comme si on avait donné une forme concrète à la sauvagerie. Un homme dont tout Paris connaît le nom – monsieur Roch, exécuteur en chef – marche en décrivant un large cercle autour de la machine, suivi des yeux par les ferblantiers, les banquiers et les poissonniers rassemblés sur la place. Sans même toucher le cigare qui pend à ses lèvres, il souffle de la fumée par le nez. Par trois fois, il tire sur une corde, ce qui a pour effet de faire monter et descendre le couperet. Puis il donne un coup sur le levier pour en éprouver le fonctionnement. La lame tombe sur le bois en émettant un bruit sourd, ce qui a l'air de le satisfaire.

Les portes de La Roquette s'ouvrent sur Billet, encadré des deux aides de monsieur Roch. En cet instant où on l'emmène à l'air libre, Billet voit sûrement les lueurs rosées du matin qui apparaissent à l'est et il sait que ses jours seront révolus quand il fera tout à fait clair. Le visage blafard, il fait face à la foule qui l'observe en silence. Il avance de quelques pas, trébuche, mais les bourreaux le poussent en avant ; ses pieds traînent sur le sol pendant que son regard va de haut en bas en découvrant la guillotine. Une fois qu'il y est, on lui enlève son veston et sa chemise pour ne lui laisser que ses pantalons et un maillot de corps en tricot. On lui ligote les mains. Il se tourne alors vers un autre homme connu dans tout Paris : l'abbé Crozes, l'aumônier des condamnés. Billet l'embrasse sur les lèvres.

– Adieu, mon père, dit-il d'une voix tremblotante.

Monsieur Roch empoigne les courroies et attache Billet à la bascule de la guillotine. La planche tourne sur son pivot jusqu'à ce que le cou du condamné se retrouve dans la lunette, puis on abaisse le demi-cercle en bois présentant une fente pour laisser passer la lame.

Rapide comme l'éclair, monsieur Roch abaisse la manette et le couteau s'abat ; on entend un bruit étouffé et la tête tranchée de Billet tombe dans un large panier plein de sciure de bois. Je chancelle en voyant à quelle vitesse la vie s'est éteinte. Monsieur Roch et ses deux aides font rouler le reste du corps de Billet dans le même panier que la tête, avant de mettre un couvercle par-dessus.

Je voudrais effacer le souvenir de ce cou tranché – l'os blanc et luisant, la chair pâle qui devient foncée en une seconde à cause du sang qui afflue, puis le rouge vif qui suit tout de suite après. Je lève les yeux vers le ciel qui lentement passe du gris au bleu, je m'efforce d'entendre un oiseau gazouiller, même si je sais que je n'ai aucune chance en cette saison. Pour Émile, je veux la Nouvelle-Calédonie.

•

Si je ressentais toujours une lueur d'espoir au lieu de cet effroi glacial, je pourrais croire que je suis de nouveau dans une cellule de visite à Mazas et non à La Roquette. Les murs de plâtre nus, le plancher briqueté, les deux grilles de fer, le couloir qui les séparent – c'est exactement la même ambiance sordide.

La porte de la cellule qui fait face à la mienne s'entrouvre et j'entends Émile parler à voix basse :

– Lorsque l'abbé Crozes sera de retour, dites-lui que j'aimerais le voir.

Un gardien lui répond :

– T'es sûr que c'est pas le gardien en chef que tu veux voir ?

En imitant la voix d'un enfant, il ajoute :

– Monsieur le gardien en chef, ce gentil Émile Abadie est rongé de remords. Assurez-vous de le dire au président, hein ?

La porte s'ouvre complètement et je vois Émile : il a les yeux cernés et de profondes rides sur le front.

– Prévenez l'abbé, dit-il.

Il s'effondre sur la chaise qui se trouve dans sa cellule et, lorsque la porte se referme derrière lui, ses épaules se soulèvent.

– Le vieux Billet a été conduit à la guillotine ce matin, souffle-t-il.

– Oui.

Il se tasse encore plus sur lui-même, les yeux fermés, les bras serrés autour de la taille.

– Je supporte pas l'attente.

– C'est pourtant bon signe. C'est toi-même qui me l'as dit.

– Le vieux Billet aussi espérait la clémence.

Émile lève les yeux.

– Pense pas à lui.

– Je me pendrais si j'avais quelque chose qui ressemble à une ceinture. Je pourrais déchirer mon drap. Tresser des bandelettes. Faire un nœud coulant.

– La Nouvelle-Calédonie, dis-je. Tu dois garder ça à l'esprit.

Il se tait, le regard fixe. Sa poitrine se soulève et s'abaisse.

– Tu me suivras ?

La promesse de le suivre en Nouvelle-Calédonie ne me coûterait guère, ce ne sont que des mots pour le réconforter un peu. Mais qu'arriverait-il si cette promesse se révélait plus grave que de simples mots ? Avec toute l'encre qui coule chaque jour dans les journaux à propos de sa jeunesse, de ses remords, de son repentir, n'y a-t-il pas une chance ? Même Marie n'est pas contre les travaux forcés en Nouvelle-Calédonie : le voyage est si long qu'aucun condamné ne revient jamais en France. Je pense à Maman, à ses ronflements, à son souffle fétide, à sa vie de veuve consacrée au linge sale et à l'absinthe. Je me rappelle la vieille méridienne dans le débarras au théâtre, je me rappelle la sensation d'être adorée et d'avoir l'esprit complètement éveillé, comme si plus rien au monde n'était gris ou poussiéreux, malgré les couleurs fanées et les grincements de la méridienne, malgré le souffle d'Émile et l'odeur de tabac dans ses cheveux. Il m'avait choisie, moi, parmi toutes les autres, et soudain l'univers était devenu net et éblouissant.

Je fais oui de la tête. Marie a Charlotte, et Charlotte a Marie. Elles ont toutes les deux l'Opéra.

– Dis-le. Dis que tu me suivras.

– Je te suivrai.

Il esquisse un sourire comme je n'en ai pas vu depuis des lunes.

– Depuis le premier jour, près de l'Opéra, t'as été mon seul amour, Antoinette. Et tu le seras toujours.

J'avale sa promesse et je sens une vague de chaleur me réchauffer la gorge. Il se passe les mains sur les cuisses.

– T'auras besoin d'argent. Pas juste pour le voyage. Faudra que t'achètes les gardes en Nouvelle-Calédonie, pour qu'ils te donnent le meilleur travail.

Je fais un nouveau signe de la tête.

– Ce que tu gagnes au lavoir, c'est pas assez.

Je comprends entre les lignes : les pauvres filles de Paris ne deviennent pas riches en faisant un travail honnête.

– Je sais.

Je dresse le menton.

– Dis-moi, Antoinette. Dis-moi comment ce sera.

Alors, les pieds engourdis de froid dans mes bottines trempées, la jupe mouillée et maculée de boue jusqu'aux genoux à cause du sale hiver, je lui invente une histoire. Une maisonnette au bord de la mer. Un toit de chaume. Un jardin. Du soleil. Lui, enfin libre, avec une houe. Ou peut-être un filet de pêche. Oui, un filet de pêche. Et moi, habillée en paysanne, je fais cuire ces poissons qui sautent par centaines dans son petit bateau.

Partez, sans le secours inutile du beau,
Mignonnes, avec ce populacier museau,
Sautez effrontément, prêtresses de la grâce !
En vous la danse a mis quelque chose d'à part,
Héroïque et lointain. On sait de votre place
Que les reines se font de distance et de fard.

EDGAR DEGAS

Marie

Dans la loge du second quadrille, longue et étroite, je ferme les yeux pour ne plus voir les autres filles qui courent partout, qui s'étirent, qui se rongent les ongles. Nous sommes les plus jeunes danseuses du corps de ballet et nous attendons fébrilement le moment de faire nos débuts sur la scène de l'Opéra. En esprit, je me tourne vers le public plongé dans l'obscurité en dehors du halo des lampes à gaz qui éclairent la scène. Antoinette et Charlotte ne sont pas là. Antoinette est subitement devenue avare, ce qui ne lui ressemble pas, et comme même les sièges du quatrième balcon se vendaient au moins huit francs pour le soir de première, elle a dit qu'elle devrait attendre. Charlotte viendra plus tard elle aussi, quand on ne fera plus salle comble et que madame Théodore emmènera sa classe assister à une matinée. Peu importe. Elle m'a traitée de poule mouillée lorsque j'ai avoué avoir peur de cet instant. J'ai eu envie de lui rétorquer qu'elle ferait mieux de se taire, puisque ce sera un jour son tour de trembler ainsi dans les coulisses, mais cela n'aurait même pas été vrai. Dans la même situation, elle se réjouirait plutôt d'avoir la chance d'entrer en scène et de briller. Cet aspect de son caractère me rend jalouse, et en ce moment plus que jamais.

Je pose les mains sur mon ventre. J'inspire lentement en comptant jusqu'à quatre, puis j'expire en comptant de nouveau, comme madame Dominique nous l'a enseigné pour nous calmer. Oh ! Comme je souhaite passer sans encombre à travers cette première soirée ! Comme j'aimerais que madame Dominique soit fière ! Comme j'aimerais qu'on m'admire ! J'ai besoin de me calmer, d'oublier ces piétinements autour de moi, ces rires nerveux, ces chuchotements. « Respire profondément, me dis-je. Encore. Compte jusqu'à quatre. Encore. »

C'est ce soir la première de *La Korrigane*, le nouveau ballet de monsieur Mérante. Dans le premier acte, je figure une paysanne bretonne dans un costume beaucoup plus raffiné – j'en mettrais la main au feu – que n'importe quelle robe de toute la Bretagne. L'ourlet de ma jupe et les revers de ma blouse sont ornés de deux bandes dorées, et la plus jolie dentelle borde mon tablier, mon col et ma coiffe – qui sont d'ailleurs beaucoup trop blancs pour une fille qui trait sa vache et va chercher les œufs dans le poulailler.

La première fois que j'ai vu les décors, je suis restée bouche bée. Une imposante église avec des portes sculptées dans la pierre, des vitraux et des flèches d'une hauteur impressionnante surplombait la place publique où l'on devait danser. D'un côté de l'église il y avait des maisons et, de l'autre, des commerces décorés de guirlandes et de drapeaux. Derrière tout cela se dressaient des arbres à l'aspect si réel que j'ai caressé une feuille pour vérifier si c'était vraiment de la soie. Je ne pouvais croire que tant de beauté existait dans le monde réel ; mais à présent, avec les costumes, je pense qu'il n'y a aucune place publique en Bretagne qui ressemble à celle qu'on a construite sur la scène de l'Opéra. Un coup d'œil autour de moi dans la loge du quadrille suffit à le confirmer : nous, filles de couturières, de fruitières, de femmes de ménage et de blanchisseuses, on nous a habillées et fardées pour que nous ayons l'air de ce que nous ne sommes pas. Toutes ces années de répétition, de labeur et de sueur, de muscles endoloris à la fin de la journée, se résument à l'apprentissage de la tricherie – nous devons bondir avec légèreté pour que les spectateurs nous voient comme les reines des planches et non comme des gamines aux genoux qui craquent, aux côtes qui se soulèvent et aux orteils qui saignent. Parfois, je me demande quand même si, pour les meilleures danseuses, la tricherie ne devient pas un peu la réalité, si les filles nées dans la misère ne peuvent pas atteindre à la grâce parfaite en devenant ballerines.

Finalement, lorsque nous avons commencé à répéter sur scène, ma joie a duré plus d'une semaine : la musique de l'orchestre venait caresser cet endroit particulier juste derrière mon cœur, et je dansais enfin sur les mêmes planches que Rosita Mauri et Marie Sanlaville. Pourtant, les paysannes du second quadrille en étaient souvent réduites à attendre et à se voir complètement ignorées, puisque la danse bretonne ne dure pas plus de six minutes au premier acte. Pendant que nous répétons, les coryphées et les sujets ajustent leurs jupes et se frottent les mollets, pendant que les premières danseuses et les danseuses étoiles jouent les poseuses en levant la jambe sous les yeux des abonnés qui les observent en silence. Le reste du temps, nous ne sommes que des accessoires, une sorte de fond coloré, rien de plus. N'empêche que, quand vient mon tour de danser, je le fais de tout mon cœur, bondissant le plus haut possible en n'oubliant jamais de garder la nuque allongée et de cacher mes dents.

La Korrigane raconte l'histoire d'Yvonnette, une pauvre servante d'auberge qui reçoit soudainement les soieries et les bijoux qui lui permettent de gagner le cœur du beau Lilèz – rôle que monsieur Mérante s'est réservé, malgré ses cheveux clairsemés. Les korriganes, qui sont des fées malicieuses en Bretagne, enlèvent Yvonnette et la gardent prisonnière jusqu'à ce que Lilèz réussisse à déjouer leur perfidie et la réclame en récompense. Blanche m'a bien fait rire lors d'une répétition en affirmant que c'est la meilleure partie du travail de chorégraphe, de s'attribuer ainsi un rôle où vous avez l'air jeune et beau, et qui vous permet de tripoter la danseuse de votre choix.

Cela ne me dérange pas tellement de servir d'accessoire, puisque c'est Rosita Mauri qui est sur scène pour danser le rôle d'Yvonnette. Je regarde ses pieds, ses battements précis, rapides. Elle danse toute une section du ballet en sabots. Personne d'autre n'arriverait à exécuter ces pas. J'ai fait l'erreur de le dire à monsieur Lefebvre, et quand je suis allée chez lui le mardi suivant il m'a tendu une paire de sabots.

– Maintenant, dansez !

Il avait poussé l'un des sofas et roulé le tapis pour dégager un grand espace sur le plancher.

– Quelle danse ? ai-je demandé en prenant les sabots.

Il m'a regardée en ayant l'air de me mettre au défi de lui désobéir.

– La danse de Rosita Mauri, pardi !

Je savais les pas pour avoir observé mademoiselle Mauri pendant les répétitions, et même, toute seule dans la salle de classe, j'avais essayé de les reproduire en rêvant qu'un jour j'aurais la même légèreté et la même rapidité qu'elle. Cependant, même avec des chaussons de toile au lieu des sabots, je ne lui arrivais pas à la cheville.

J'ai dit la vérité à monsieur Lefebvre. À ces mots, il m'a prise par le bras et m'a fait m'asseoir, d'un geste du doigt, dans le sofa qu'il venait de déplacer.

– Avez-vous entendu parler d'Emma Livry ? m'a-t-il demandé en se laissant tomber à côté de moi.

Tout le monde en avait entendu parler. Depuis Marie Taglioni, le peuple français avait espéré voir naître une étoile de la même envergure, assez talentueuse pour séduire tous ceux qui la verraient danser sur scène. Emma Livry promettait d'être cette danseuse. À seize ans, elle avait paru en public pour la première fois dans le rôle principal de *La Sylphide*. *Le Figaro* avait dit d'elle qu'elle était la nouvelle Taglioni, et à dix-neuf ans elle avait atteint le rang d'étoile. Cependant, deux ans plus tard elle était clouée au lit, en proie à d'atroces souffrances. Alors qu'elle attendait dans les coulisses le moment d'entrer en scène, sa jupe avait heurté une lampe à gaz et s'était embrasée. Même si Marie Taglioni elle-même avait appliqué du baume sur les chairs calcinées d'Emma Livry, même si on avait étalé de la paille sur les pavés devant son appartement pour amortir le bruit des roues, elle avait expiré son dernier souffle à vingt et un ans. Tout cela s'est déroulé avant ma naissance, mais toutes les danseuses savent qu'elles doivent regarder à gauche et à droite dans les coulisses pour repérer les lampes à gaz avant de faire gonfler leurs jupes.

•

J'ai raconté à monsieur Lefebvre tout ce que je savais de l'histoire d'Emma Livry et il m'a écoutée jusqu'au bout en hochant la tête, silencieux. Finalement, j'ai conclu :

– Voilà, je ne sais rien d'autre.

– Vous êtes-vous déjà demandé pourquoi le rôle de la Sylphide avait été attribué à une enfant ? La salle était comble le soir de ses débuts et les journalistes étaient impatients de relater son succès.

Il m'a appris qu'Emma Livry était la fille d'un sujet, Célestine Emarot, et de son protecteur – un baron –, et qu'au moment où leur entente avait pris fin, Célestine avait trouvé un nouveau protecteur.

– Un vicomte, cette fois.

Grâce à l'influence de ce vicomte, on avait décidé qu'Emma Livry ferait ses débuts dans un rôle important. Comme c'est lui qui payait l'addition, on ne lésinait pas sur la dépense. On l'a préparée pendant quatre mois. Trois semaines avant ses débuts, le vicomte s'est occupé de faire de la publicité dans les journaux, ce qui explique qu'elle a dansé *La Sylphide* devant une salle comble. Monsieur Lefebvre a haussé les sourcils.

– Connaissez-vous la claque ?

J'avais en effet entendu parler du célèbre Auguste, payé par le directeur de l'Opéra pour encourager ses collègues assis à l'orchestre à applaudir avec une ferveur proportionnelle à la quantité de pièces qu'on lui avait glissées dans la main.

– C'était il y a longtemps, ai-je dit.

Il m'a donné une petite tape, une innocente petite tape destinée à une fille encore verte comme les premières pousses du printemps.

– Le vicomte a dépensé une fortune pour que personne dans le public ne puisse se faire sa propre opinion à propos de la grandeur d'Emma Livry.

– Je ne vois pas très bien pourquoi vous me racontez tout cela.

– Après cette soirée, le vicomte a serré Emma Livry dans ses bras et lui a dit : « Vous n'étiez qu'une chenille, j'ai fait de vous un papillon. »

Il a souri.

J'ai avalé ma salive en baissant un peu la tête. Les mardis matin, avec monsieur Lefebvre, je gagnais les vingt francs qui me permettaient de continuer à gagner les maigres revenus consentis par l'Opéra aux filles du second quadrille. Cela, et bien davantage. Car il avait de l'influence sur messieurs Pluque et Mérante, et peut-être aussi sur monsieur

Vaucorbeil. Il était assez riche pour leur garnir les poches, si nécessaire. Il avait l'habitude d'obtenir ce qu'il voulait. Et même une excellente danseuse comme Emma Livry avait eu un protecteur pour graisser les rouages de la machine.

Monsieur Lefebvre s'est agenouillé devant moi pour délacer mes bottines et me les ôter. Tour à tour, il a pris chacune de mes chevilles et a glissé mes pieds dans les sabots de bois. Il s'est levé et m'a tourné le dos en disant :

– À présent, faites ce qu'on vous demande.

Ce fut une catastrophe. Je l'avais averti. Je me tenais là, debout, honteuse, ma lèvre coincée entre mes dents. Il a dit :

– Encore !

J'ai essayé. J'ai échoué. Il a dit :

– Encore !

Il l'a répété et répété. Jusqu'à ce que mes pieds saignent dans les sabots et que sa voix me fasse l'effet du vinaigre sur une blessure.

– Déshabillez-vous, a-t-il finalement ordonné.

J'ai obéi.

– Sur le sofa.

Je me suis assise et il s'est placé derrière son chevalet, de l'autre côté de l'espace dégagé sur le plancher. Il m'a demandé de me coucher sur le dos, d'écarter les cuisses. Puis il m'a donné d'autres instructions – baisser les genoux, fermer les yeux, entrouvrir les lèvres.

Il y avait eu d'autres fois, déjà, où j'en étais presque certaine. Il y avait ses genoux sous la toile qui bougeaient un peu, d'avant en arrière. Il y avait son souffle frémissant, puis un grognement étouffé, et tout de suite après il me donnait les vingt francs qu'il me devait. Mais il prétendait qu'il ne s'était rien passé, et je faisais de même. Je pensais aux pas de *La Korrigane* ou je me concentrais sur les bruits qui me parvenaient à travers les volets – des garçons d'honneur qui criaient, les bateaux sur la Seine, le bavardage des dames qui passaient, vêtues de robes si jolies qu'on les laisserait certainement entrer au jardin des Tuileries, au bas de la rue. Ce jour-là, les jambes ouvertes sur le sofa, j'ai essayé de penser à Antoinette, à l'odeur de savon qui s'accroche à sa peau et à ses cheveux, à la taverne où elle dit travailler à présent, à sa nouvelle avarice. Mais je n'arrivais pas à quitter l'appartement, pas même en esprit.

Le catéchisme de sœur Évangéline évoquait les deux sortes de péchés. Dieu nous pardonne plus facilement les plus petits – les péchés véniels –, y lisait-on, même si nous ne les confessons pas à un prêtre, et surtout si on nous a forcé à les commettre ou si nous ne comprenions pas bien ce que nous faisions. Quant aux péchés mortels, on les commet en toute connaissance de cause. Sans la confession et le pardon de Dieu, ils entraînent la damnation éternelle de l'âme. La différence entre les deux sortes de péchés est importante. Je ne possédais pas de jupe assez bien pour oser grimper les marches de l'église de la Sainte-Trinité et me rendre jusqu'au confessionnal, et même si j'en avais eu une, et même si j'avais eu le courage d'y aller, je ne souhaitais pas entendre un prêtre me dire que je devais aspirer à la vertu, et que la vie de danseuse déplaisait à Dieu pour trente-six raisons. Ce jour-là, donc, couchée sur le sofa, mon esprit est resté présent pendant que les halètements, les grognements et le dernier gémissement de monsieur Lefebvre emplissaient mes oreilles. Et j'ai cessé de croire que le péché que j'étais en train de commettre pouvait passer pour un péché véniel.

Par la suite, quand monsieur Lefebrve m'a donné trente francs – « votre nouvelle allocation », m'a-t-il dit –, je n'ai pas refusé les dix francs supplémentaires. Le catéchisme de sœur Évangéline faisait partie d'un lointain passé. Je n'étais même pas certaine de bien m'en souvenir. Antoinette aurait dit que ce n'étaient que des balivernes écrites par des prêtres qui adorent les règles, et qu'elle n'avait pas de temps à perdre à penser à un vieux catéchisme. Non, de toute façon, Antoinette était si effrontée, elle disait si facilement le fond de sa pensée que jamais elle ne finirait les jambes ouvertes devant un gentleman encanaillé.

•

Vue de la scène, la salle est noire comme un trou sans fond, mais on peut presque sentir un souffle qui monte des rangées de sièges, le regard de mille paires d'yeux rivé sur nous. Mon cœur bat à tout rompre et si mes pieds bougent, ce n'est que parce qu'ils savent les pas de la danse bretonne autant que je sais écrire mon nom. Mon esprit ne peut s'empêcher de penser – les coudes souples, les épaules basses, la bouche fermée. J'attrape la main de Perot et celle d'Aimée pour la partie de la danse que nous faisons en ligne. Cent fois déjà j'ai pris leur main, mais jamais je ne les ai senties si glissantes, si fortement serrées qu'aujourd'hui. Malgré les sourires dans les coulisses, malgré les « Enfin, la scène ! » lancés à voix basse, elles sont aussi apeurées que moi. Soudain, je sais que je ne vais pas trébucher, ni m'effondrer, ni rater un seul pas, et la petite voix se tait enfin dans ma tête.

Comme cela arrive parfois dans la salle de classe, quand je suis vraiment au sommet de ma forme, la musique entre en moi et se met à jouer de l'intérieur pour se répandre partout. Alors j'éprouve le plaisir de danser, le plaisir pur d'un genou qui se déplie, d'un pied qui frappe les planches de la scène, le plaisir de respirer. C'est une sensation que les mots ne peuvent pas décrire, un moment de ravissement, clair comme du cristal. J'expérimente tout à la fois le miracle de la vie, la tristesse de la mort, la joie de l'amour, et je sais que toutes les autres âmes dans l'univers éprouvent les choses de la même façon. Oh ! comme j'aimerais que cela dure toujours ! Mais soudain Rosita Mauri se met à tournoyer en traversant la scène, et nous, du second quadrille, nous reculons vers les maisonnettes et les arbustes où nous resterons immobiles. Comme je voudrais que cet instant revienne ! Je veux le vivre encore.

Antoinette a-t-elle jamais vécu un tel moment ? Non. Sinon, elle se serait gardée de répliquer à monsieur Pluque pour le revivre encore. Et Charlotte ? Parfois, elle descend l'escalier de l'Opéra au moment où je monte, alors que sa classe se termine pourtant deux heures avant que la mienne ne commence. Dès qu'elle en a l'occasion, elle s'assoit, les jambes en grand écart, et se penche jusqu'à toucher le plancher avec son torse. Elle veut savoir quels enchaînements d'allegro madame Dominique nous a demandés, elle me supplie de lui dire si sa cabriole est assez haute, si elle a atterri assez doucement, si ses mollets battent l'un contre l'autre avec assez de précision. Elle m'a d'ailleurs harcelée jusqu'à ce que je lui montre tous les pas de la danse bretonne. Charlotte a goûté ce moment, celui-là même que je veux vivre encore.

La première de *La Korrigane* se déroule sans pépins et à la fin les applaudissements explosent comme un coup de tonnerre. Pendant que monsieur Mérante sautille partout en donnant des tapes dans le dos des décorateurs, des danseuses étoiles, de madame Dominique et même de Perot, tout le corps de ballet se met en file dans les coulisses en se préparant pour la révérence finale.

– Le rideau. Le rideau ! crie le directeur de scène. À votre place, monsieur Mérante, je vous prie.

Le rideau s'ouvre de nouveau et les révérences commencent, d'abord avec les danseuses les moins importantes

– c'est-à-dire le second quadrille. Nous voletons jusqu'au centre de la scène et saluons très bas, les bras en deuxième position et un pied glissant vers l'arrière. On nous a dit de faire tout cela rapidement, parce que ce sont Rosita Mauri et Marie Sanlaville que les abonnés veulent applaudir. Je jette un coup d'œil à Blanche, guettant son petit signe de tête vers la gauche qui indiquera aux paysannes bretonnes de prendre leur place en vitesse devant le rideau. Tout à coup, quelque chose heurte ma cheville avec un bruit étouffé ; j'ose regarder et je vois un bouquet de roses à mes pieds. Un autre atterrit à côté, puis encore un autre. Depuis la coulisse, j'entends la voix de madame Dominique :

– Ramassez-les ! Ramassez-les !

Mais les fleurs et les instructions de madame Dominique me sont-elles bien destinées, à moi ? Comme je n'arrive pas à me décider, monsieur Mérante surgit près de moi, tourne le dos au public et pose un genou par terre pour prendre les bouquets. Puis, avec un grand geste, il me les tend.

Je prends les gerbes de roses sans réfléchir, simplement parce que c'est le réflexe que j'ai lorsqu'on me tend une miche de pain, une saucisse ou un journal. Je croise le regard de Blanche, je remarque ses joues rouges et brillantes, sa bouche ronde de surprise. Elle fait un signe de tête vers la gauche. On nous a demandé de prendre notre place devant le rideau en silence, avec grâce, le regard fixé sur la coiffe de la paysanne qui nous précède, mais je suis incapable de suivre ces consignes, du moins en ce qui a trait au regard. Je jette des coups d'œil furtifs vers les spectateurs qui sont maintenant éclairés par le lustre du plafond qu'on a allumé. Finalement, j'aperçois monsieur Lefebvre qui applaudit à tout rompre parmi un groupe d'abonnés en habits noirs, juste derrière l'orchestre. À moitié embarrassée et à moitié submergée de fierté, je hoche la tête, doucement, juste pour lui.

Son sourire s'élargit, il lève les mains encore plus haut, et je distingue la forme éthérée d'une sylphide qui se reflète dans son visage brillant.

1881

*

LE FIGARO
4 janvier 1881

LES PAUVRES ASSASSINS

par Albert Wolff

Grâce à sa plume, l'effroyable Émile Abadie a sauvé sa tête aussi bien que celle du doux Pierre Gille. Ces deux charmantes natures ont ému le premier magistrat de France, qui leur a épargné la guillotine.

J'ai observé ce carnaval humain sans publier une seule ligne contre le dangereux raz-de-marée de pitié que soulevaient ces deux assassins condamnés. La clémence de M. le président de la République rend en même temps la liberté à la plume de l'écrivain; il en profitera pour dire ce qu'il pense du cas de ces deux scélérats sur lesquels on a versé tant de larmes depuis le commencement de leur procès.

Peu à peu, les deux assassins de la femme Bazengeaud se sont élevés au rang de martyrs. Les Mémoires fictifs d'Abadie ont suscité chez les lecteurs une sentimentalité périlleuse et ont ému les plus crédules de mes collègues. On a voulu nous dépeindre Abadie comme un égaré, passant maintenant ses journées dans le repentir et ses nuits dans les prières. On a tenté de nous émouvoir avec la piété filiale de ce monstre, qui n'a pas pensé à sa mère au moment où il se ruait sur une pauvre femme, le couteau à la main. Le sanguinaire Gille a été transformé en bonne bête du bon Dieu, pétri de honte devant le déshonneur qui éclaboussait sa noble famille.

Je ne pense pas que, dans le cours de l'instruction, Abadie ait versé une larme sur sa mère, ni que Gille se soit ému du déshonneur de sa famille. Tous les deux sont arrivés à la cour avec un visage dur et froid, et, jusqu'au moment du verdict, rien n'a ému ces gredins. Mais lorsque la peine capitale a été prononcée, la terreur les a envahis. Et alors ces deux voyous, qui n'ont pas eu pitié de la femme Bazeangeaud, ont cherché à attirer la pitié des hommes sur eux.

On a accusé le président Grévy de férocité pour n'avoir pas délaissé les affaires courantes afin de s'occuper en priorité des deux intéressants pensionnaires de la Roquette. Voyez-vous cela : deux assassins se ruent sur une femme et la tuent pour aller faire ripaille dans un cabaret avec le fruit du vol, et on ne les entoure pas de plus grands ménagements ? Loin de m'apitoyer sur ce qu'on a appelé la torture morale de deux assassins attendant le bourreau chaque matin, je m'en console aisément en pensant qu'ils ont tremblé devant la mort pendant quatre mois.

Je réserve ma pitié pour de plus dignes que Gille et Abadie, et je ne laisserai pas ces deux cruels scélérats partir pour la Nouvelle-Calédonie avec la couronne du martyre dont on a essayé de ceindre leur auguste front.

Antoinette

Le chérubin – Jean-Luc Simard – aime qu'on le considère comme un amant doué et qu'on le lui dise. Il aime entendre que, depuis la dernière fois où j'ai ouvert les jambes pour lui, il y a deux jours, je n'ai fait que brûler de désir pour sa queue, un mot dur qu'il aime m'entendre prononcer. Même en présence des autres, je le chuchote à son oreille.

– J'ai envie de ta queue, dis-je pour le saluer lorsqu'il entre dans l'alcôve au sommet de l'escalier chez madame Brossard.

Je passe derrière le sofa où il est assis, je me penche et lui glisse à l'oreille :

– Juste à te voir, la chatte me brûle.

Je lui verse du vin en me penchant très près de lui.

– J'ai besoin de ta bite.

Ce n'est pas un amant doué. C'est un homme qui ne dure pas, même pas deux minutes, et souvent je ne lui accorde même pas cela. Quand je me sens méchante, ou égoïste, ou fatiguée, je prends son sexe entre mes mains et je lui fais plaisir avec quelques coups très lents avant de le malaxer plus fort. Alors il se cabre, il se contorsionne puis il s'effondre sans même déranger ma robe de soie mauve. D'autres soirs, couchée sur le dos, nue et lasse de lui, je tends la main vers l'endroit sensible et doux situé juste derrière la peau rude et tendue de ses bourses. Il suffit que je le caresse là, même légèrement, pour qu'il atteigne la jouissance.

– Attends ! me dit-il en avalant de l'air. Arrête !

Moi, tout ce que je veux, c'est m'extirper de sous son corps pâle et presque imberbe, de sous ses épaules tellement étroites comparées à celles d'Émile. Des épaules de femme. Je murmure en gémissant :

– Je peux pas m'en empêcher. Honnêtement, je peux pas.

Bien sûr, il y a aussi des fois où, à quatre pattes, pendant qu'il me prend par derrière en criant : « Un chien qui chevauche sa chienne ! », je le laisse continuer. Son cou se tend sous l'effet du plaisir et je ravale le rire qui me monte dans la gorge.

Il y a un mois, j'ai donné ma parole à Émile ; le même jour, je me soumettais au spéculum et au contrôle d'hygiène qui allait me permettre d'obtenir un visa dûment tamponné. Ensuite, je suis allée chez madame Brossard et je lui ai montré la preuve que j'étais une cocotte approuvée et non contaminée. Elle m'a prise parmi ses filles et depuis lors j'ai gagné deux cent vingt francs. J'ai tout mis de côté, à l'exception des dix-huit francs par semaine que Maman, Marie et Charlotte avaient l'habitude de me voir rapporter. J'ai caché mon pécule, avec les cinquante francs qu'Émile m'avait donnés, dans la petite pochette pendue à un clou derrière le buffet. Je ne veux pas qu'elles apprennent tout de suite mes projets pour la Nouvelle-Calédonie – des projets concrets, maintenant que le président a gracié Émile. Et je ne souhaite surtout pas que Marie, avec son esprit toujours vif, cherche à comprendre comment je gagne l'argent nécessaire à mon voyage.

Jusqu'à maintenant, j'ai économisé cent quatre-vingt-dix-huit francs. Une belle somme ! Mais personne, pas même Émile, ne sait combien il m'en coûtera pour aller en Nouvelle-Calédonie. Dans un moment de lucidité, j'ai entamé une discussion sur le sujet avec monsieur Mignot et monsieur Fortin, qui possèdent une conserverie de poisson au Havre.

– Y'a des bateaux, au port, qui arrivent de Nouvelle-Calédonie ?

– De Nouvelle-Calédonie ? Les baleiniers, vous voulez dire ? Vous auriez plus de chances d'en voir à Marseille.

– Marseille ?

– Oui, tout au sud. Sur la Méditerranée.

– Bien sûr, dis-je, en pensant qu'il faudrait que je demande à Marie de me tracer une carte de la France et de me montrer où se trouve cette Marseille.

– Je demande pour un cousin à moi qui veut devenir colon en Nouvelle-Calédonie. La pêche à la baleine, ça lui conviendrait parfaitement. C'est à Marseille, alors, qu'il trouvera un bateau qui va là-bas ?

Monsieur Mignot a haussé les épaules en lançant un regard perplexe à monsieur Fortin.

– Je suppose, oui, a fait ce dernier.

– Sa sœur va peut-être l'accompagner, dis-je. Combien ça coûterait, à votre avis ? Et combien de temps durerait le voyage ?

Nouveaux haussements d'épaules. Quelques mots échangés de part et d'autre. Puis, monsieur Fortin a annoncé :

– Mille francs pour une couchette dans l'entrepont. Mais ce ne sont pas des conditions qu'une femme peut endurer, du moins pas pendant les six semaines nécessaires à une telle traversée.

– Oh.

Encore six mois à endurer Jean-Luc Simard, et même alors, je n'aurai pas de surplus pour les gardiens, comme Émile me l'a conseillé. Je me retiens d'afficher ma déception.

– C'est une fille dure à la tâche. Une paysanne habituée aux gros travaux. Peut-être que le capitaine la prendrait comme cuisinière ?

– Elle ferait mieux de payer un supplément pour avoir une cabine et d'y rester enfermée, a commenté monsieur Mignot en secouant la tête. Ces marins, vous savez, ils restent longtemps sans le réconfort d'une femme...

•

Il y a une semaine, alors que je passais mes doigts dans les boucles blondes de Jean-Luc Simard, je lui ai demandé combien il donnait à madame Brossard pour jouir de ma compagnie.

– Maintenant ? a-t-il répondu. Vingt francs.

– Comment ça, maintenant ?

– Avant, c'était quinze francs.

Je me suis donc plainte à madame Brossard : ce n'était pas juste qu'il paie plus et qu'elle ne me donne toujours que dix francs.

– Je veux une part de quinze francs, ai-je réclamé. Monsieur Simard ne jure que par moi.

– Douze, et tu peux prendre le deuxième lit dans la chambre de Colette.

– Treize, ai-je rétorqué. Vous savez bien que j'ai des petites sœurs qui comptent sur moi à la maison.

J'avais inventé toute une histoire : papa était mort en nous laissant des dettes, Maman buvait, Marie avait une jambe boiteuse et Charlotte réclamait sans cesse des chandelles et des chrysanthèmes pour mettre sur les tombes des trois bébés que nous avions enterrés. Madame Brossard m'avait écoutée, compatissante, une main sur le cœur.

– C'est bon, a-t-elle soupiré. Treize francs.

•

Jean-Luc Simard est allongé sur le dos, les mains derrière la nuque. Ses coudes, pointus comme de la pierre ciselée, pointent de chaque côté. Couchée près de lui, la tête sur un bras replié, je le regarde, complètement abasourdie par ses derniers mots. Il vient de m'apprendre qu'il se marie la semaine prochaine avec une fille – Patrice – qui a les yeux bleus et la peau blanche comme la neige.

– Son père possède quarante pour cent des parts de la banque de Papa, m'explique-t-il.

Il a déjà eu ce qu'il vient chercher chez madame Brossard. Il parle et respire avec la paresse d'un homme satisfait. Pourtant, au lieu de me précipiter comme d'habitude pour laver ce qu'il reste de lui entre mes jambes, je pose une main sur sa maigre poitrine et caresse la douzaine de poils qui sont parvenus à pousser sur sa peau si douce.

– Cette fille, dis-je, ta fiancée, est-ce qu'elle sait sa chance d'avoir trouvé un amant aussi doué ?

Je passe la langue sur son mamelon, celui qui est le plus près de moi, en me disant qu'une fille aussi pâle que la neige ne doit même pas s'accorder le plaisir de passer un après-midi au soleil.

– Je peux pas dire.

– Mais quand tu l'embrasses ?

Je veux savoir si elle le repousse ou si elle l'embrasse en retour. Je glisse ma main plus bas, vers son ventre exagérément pâle.

– Tu te fais du souci, remarque-t-il.

Il glousse, du moins c'est le seul mot qui peut décrire sa manière de rire si féminine, et j'ai envie de gifler son visage d'ange.

– T'inquiètes. J'ai essayé de glisser ma langue dans sa bouche, une fois, et elle s'est reculée comme si c'était un serpent.

Une bégueule, donc. Je roule sur le dos en m'éloignant de lui ; je respire plus facilement.

– Après le mariage, nous irons visiter le frère de Patrice à La Nouvelle-Orléans. Nous serons partis cinq mois.

– Cinq mois ?

– T'es jalouse, dit-il en riant.

Je me soulève pour me laisser retomber sur lui, et aussitôt je sens son sexe se dresser. Quelle marionnette ! En adoptant un air boudeur, je lui dis :

– Encore une fois. Aux frais de la maison. Pas besoin de le dire à madame Brossard.

Je le pelote, je le mordille, je me tortille et je gémis, tout cela sans cesser de me creuser la tête.

Ensuite il sombre dans le sommeil, sur le ventre, son bras léger comme une plume passé en travers de mon ventre. Je le laisse dormir. Tout en réfléchissant, je contemple le plafond, le lustre dont je connais par cœur tous les détails, les six pendeloques de cristal en forme de larmes, rouges comme le sang.

Dois-je trouver cette Patrice ? Romprait-elle son engagement avec Jean-Luc, fils de banquier, apprenti banquier auprès de son propre père, si je lui apprenais qu'il passe ses soirées chez madame Brossard ? S'éloignerait-il de moi ? Sa haine serait-elle plus forte que son désir ? Une chose est sûre, cependant : madame Brossard me ficherait à la porte comme si la lèpre menaçait sa maison.

Y a-t-il un autre client qui pourrait prendre sa place ? Monsieur Arnaud préfère Colette ; monsieur Picot, Petite. Messieurs Mignot et Fortin ne cherchent qu'un peu de compagnie. Une douzaine d'autres sont trop vieux, ils ne s'octroient le plaisir de la chair qu'une fois par semaine. Il y a bien monsieur LaRoche, qui me donne toujours de petites tapes sur les fesses et qui tripote ma jupe, mais, vu la manière dont il sirote son vin, Colette pense qu'il n'a pas le sou.

Les murs, le plafond, le lustre rouge sang, tout cela semble se rapprocher dangereusement. Je repousse le bras de Jean-Luc Simard et, en bougeant lentement, comme un escargot, je m'approche du bord du lit, jusqu'à ce que mes pieds touchent le sol. Je prends le pichet décoré de minuscules roses bleues, je verse de l'eau dans une bassine au même motif, puis je fais une coupe avec mes mains pour boire. Je me passe ensuite de l'eau sur le visage. Dans le miroir derrière la bassine, mes cils mouillés sont collés ensemble, formant comme les pointes d'une étoile. Je cligne des yeux, ces yeux qu'Émile compare à des océans de chocolat, et je me dis qu'ils ressemblent davantage au verre brun d'un flacon d'élixir : durs, cassants.

Alors que je m'apprête à tourner les talons, mon œil est attiré par la poche bombée de la redingote de Jean-Luc Simard posée sur le dossier d'une chaise. Je m'en approche et touche de la main le carré rembourré, sentant le portefeuille sous le drap épais. En jetant un coup d'œil par-dessus mon épaule, j'écoute sa respiration profonde : il dort. Je glisse une main dans la poche, ouvre le portefeuille et compte plus de sept cents francs en billets de vingt et de cinquante francs.

Je pense au hasard qui m'a fait poser les yeux sur cette bosse, justement maintenant, et au portefeuille à ce point garni. Pourquoi le manteau de Jean-Luc Simard était-il disposé de sorte que la poche protubérante attire ainsi mon attention ?

Mon destin, c'est la Nouvelle-Calédonie. Ce portefeuille bourré d'argent est un cadeau d'adieu de Jean-Luc Simard, de la Providence. Il faudrait que je sois folle pour ne pas prendre ce qui m'est ainsi offert sur un plateau d'argent. Le calme m'envahit soudain. La certitude. L'impression d'être forte.

Je remets mes bas de soie et, dans ma hâte, mes doigts maladroits peinent à les attacher à mes jarretelles. Je tire sur mon corset pour le fermer devant et je m'embrouille avec la longue rangée de petits crochets. Enfin, je passe la robe mauve par-dessus ma tête et je me tortille pour la faire tomber en place. Je roule la liasse de billets en un cylindre bien serré que je glisse dans le creux entre mes seins.

Dans le corridor, je regarde à gauche, puis à droite, cherchant Colette ou Petite, quelqu'un qui pourrait boutonner le dos de ma robe. Un autre signe de la Providence : j'aperçois Ginny, une servante, qui fait la tournée des chambres avec des draps propres.

– Ginny, dis-je, pourriez-vous m'aider ?

Je lui pointe mon dos.

Elle dépose les draps et s'attaque aux boutons.

– Quelle robe, quand même ! s'exclame-t-elle.

Lorsqu'elle a terminé, je pose les mains sur ses épaules et l'embrasse sur chaque joue, ce qui la fait rire. Je quitte ensuite la maison de madame Brossard par l'escalier de service, sans croiser âme qui vive.

•

Dans notre chambre, Maman est immobile sur son matelas et Marie est lovée contre Charlotte sur le nôtre. J'enjambe mes sœurs. Tout ce que j'entends, c'est leur respiration et parfois un léger soupir. Soudain, Maman pousse un ronflement : elle est ivre, et elle vient de se rappeler qu'elle doit respirer. Elle se tourne sur le côté.

Je tâtonne derrière le buffet pour trouver ma pochette. Je la décroche du clou et j'ajoute la liasse de billets à mon pécule. Dans la penderie, je rassemble mes affaires – deux blouses ; deux paires de bas de laine aux talons troués ; trois paires de sous-vêtements défraîchis ; deux jupes, dont l'une n'est plus assez bonne pour servir de vêtement, mais qui peut servir de baluchon et qui, plus tard, me fournira du tissu pour les pièces que je devrai coudre sur les pantalons d'Émile. J'abandonne mon calendrier à la couverture de cuir noir, avec ses images de merles et de fraises, et tous ces petits *x* qui marquent le souvenir des jours heureux sur la méridienne, dans mon ancienne vie.

Dans le garde-manger je trouve un bout de saucisson et un morceau de fromage. Je coupe un gros morceau de chacun, que j'emballe dans de l'étamine, puis je fourre le tout dans mon baluchon improvisé.

Une fois que j'ai rassemblé mes affaires et mes provisions, comme prévu, je m'assois par terre dans un coin, le menton sur les genoux et les bras enroulés autour de mes tibias. J'inspire en comptant, un vieux truc que madame Dominique apprend aux filles assaillies par le trac dans les coulisses de l'Opéra. À l'époque où j'y étais, je n'en ai jamais éprouvé le besoin, et je me rappelle que madame Dominique m'avait dit, en croisant les bras, que toute danseuse digne de ce nom devrait, avant son entrée en scène, sentir ses sens s'aiguiser, sa peau picoter, son cœur s'emballer sous le désir d'être admirée et même aimée.

– Je vois pas pourquoi je devrais me soucier d'exciter tous ces vieux alcooliques, avais-je répondu, ce qui m'avait valu une bonne gifle.

Le truc de la respiration fonctionne ; je parviens à rassembler les mille pensées qui tournent dans ma tête en une seule ligne qui part de notre logis et qui se rend, pour l'instant, jusqu'à Marseille. Je vais d'abord marcher vers le sud-est en empruntant les rues Fontaine, Notre-Dame-de-Lorette et du Faubourg Montmartre, puis vers l'est sur les boulevards Poissonnière, de Bonne-Nouvelle et Saint-Martin, puis enfin vers le sud en passant par le boulevard du Temple, le boulevard Beaumarchais et la rue de Lyon. J'arriverai ainsi à la gare de Lyon, où je prendrai le premier train en partance pour Marseille, quelque part au sud, au bord de la Méditerranée, du moins selon les informations soutirées à messieurs Mignot et Fortin.

Je m'agenouille sur le bord du matelas où dorment Charlotte et Marie. Je grave dans ma mémoire l'image du bras de Marie qui enlace Charlotte, de leurs doigts entremêlés. Je comprends que, sans moi, Marie se fera maternelle pour Charlotte, et Charlotte comprendra à quel point Marie est fragile. Dans l'aube grise, je distingue l'empreinte du drap sur la joue de la petite, qui reste rose même dans le sommeil. Je me penche encore plus, mes lèvres planent au-dessus de son oreille et je lui murmure de conjurer ce désir d'être aimée avant de pouvoir fouler les planches de l'Opéra. À Marie, je chuchote de ne pas s'inquiéter, de ne pas mordiller sa lèvre sans arrêt, de cesser de s'arracher la peau du pouce. Je lui dis qu'elle est jolie, et c'est presque vrai, à présent, avec la chair qui s'est ajoutée sur ses os. Je lui dis que ce sont des balivernes, ces théories à propos des mâchoires proéminentes qui révéleraient le côté bestial d'un individu. Pourtant, je pense un instant à ma propre mâchoire, aux sept cents francs volés et à mon plaisir de voir souffrir Jean-Luc Simard. C'est donc pour nous rassurer toutes les deux que je parle du visage angélique de Pierre Gille et de son cœur démoniaque. Malgré le risque de la réveiller, j'effleure sa joue d'un tendre baiser qui me pousse au bord des larmes.

– Je t'aime, Marie van Goethem. Tu as été ma meilleure amie au monde.

Je me relève, hésitante, le regard tourné vers Maman. Lui est-il déjà arrivé de voir toute sa vie s'ouvrir ainsi devant elle, et de trembler malgré sa certitude? A-t-elle déjà eu à faire un choix? Aimait-elle Papa au point d'être prête à le suivre jusqu'au bout du monde?

– Adieu, Maman, dis-je dans un murmure.

Je descends l'escalier quatre à quatre et j'ouvre à la volée l'étroite porte qui donne sur la rue de Douai. Je respire l'air froid du matin qui n'est même pas encore tout à fait arrivé, et je me tourne vers l'est. Aussitôt, j'aperçois la berline de madame Brossard, dont le rideau s'entrouvre. Et soudain elle surgit devant moi, coiffée de son chapeau gris orné de grandes plumes aux rayures jaunes et noires. Elle me regarde, cette fois, sans la moindre trace de pitié. Elle fait un léger signe de la tête et j'entends des pas rapides derrière moi. Je me retourne vivement pour voir deux gendarmes me saisir par les bras.

Marie. Je ne l'ai pas accompagnée à l'exposition de monsieur Degas, et j'ai pris l'argent dont elle avait besoin pour payer madame Théodore, et je l'ai poussée par terre, et je l'ai giflée, et j'ai oublié le jour de son examen, et je l'ai accusée de manquer de loyauté. Déjà, elle ne m'aime sans doute plus complètement. Et, maintenant, cela. Un choc, sûrement. Je veux qu'on me donne la chance de tout lui expliquer, avant qu'elle se fasse du mauvais sang, qu'elle s'invente toute une histoire et qu'elle décide de ne plus du tout aimer sa sœur. Je voudrais remonter dans le temps et être là pour la consoler quand elle s'aperçoit qu'il n'y a pas de statuette, pour me rappeler le jour de son examen, pour la coiffer et lui dire qu'au moins cent fois elle m'a témoigné sa loyauté. Elle ne m'a pas entendue lui murmurer à l'oreille qu'elle est ma meilleure amie au monde.

LE FIGARO
19 janvier 1881

ABADIE SERAIT IMPLIQUÉ DANS LE MEURTRE DE LA VEUVE JOUBERT

Michel Knobloch a avoué le meurtre de la veuve Joubert, la marchande de journaux de la rue Fontaine, qui a été battue à mort le 11 mars de l'année dernière. Il prétend avoir eu pour complice Émile Abadie, qui doit au président Grévy de n'avoir pas été exécuté et qui attend son départ prochain pour les côtes ensoleillées de la Nouvelle-Calédonie.

Pendant un certain temps, on a pensé que la confession de Knobloch était fausse. La veuve Joubert a été assassinée un soir de mars où le nom de Knobloch, de même que celui d'Abadie, était coché sur la liste de présence d'une des dernières représentations de L'Assommoir *au théâtre de l'Ambigu. Dans le troisième tableau, qui a été joué entre huit heures et demie et neuf heures du soir, ils sont tous les deux montés sur scène, où ils figuraient dans la procession des ouvriers se rendant au travail. Ils sont ensuite réapparus brièvement après dix heures, dans le septième tableau, buvant dans une taverne. Lundi, cependant, l'inspecteur en chef, monsieur Macé, a franchi à pied la distance qui sépare l'Ambigu de la rue Fontaine, ce qui lui a permis de conclure qu'Abadie et Knobloch avaient eu amplement le temps de commettre le crime entre neuf et dix heures.*

Monsieur le Président y pensera sans doute à deux fois avant de sauver de nouveau la peau à ce scélérat d'Émile Abadie.

Marie

Je vais visiter ma sœur à Saint-Lazare, une prison pour femmes. Le tribunal l'a condamnée à trois mois de détention pour avoir volé sept cents francs à un gentleman pendant son sommeil. Cela s'est passé chez madame Brossard. Un bordel, pas une taverne. Je l'ai appris de cette fille, Colette, qui est venue frapper à la porte de notre logis alors qu'Antoinette ne m'avait pas donné signe de vie depuis trois jours. Je suis restée immobile dans le cadre de la porte, hésitante, avant de lui demander :

– Ma sœur Antoinette, elle travaillait dans cette maison comme servante ou comme cocotte ?

Colette a baissé la tête, faisant mine de s'intéresser au bois du plancher. Après un moment, elle m'a regardée dans les yeux.

– Une maison respectable, a-t-elle affirmé. Nous sommes enregistrées. Il n'y a pas de clandestines chez madame Brossard.

Nous étions là, face à face, séparées par le seuil. Je regardais son décolleté profond, sa poitrine bien en chair, ses lèvres luisantes et sensuelles, tout en comprenant peu à peu qu'Antoinette n'était pas morte. De petites bulles de joie sont montées en moi, mais elles éclataient plus rapidement qu'elles surgissaient. Antoinette travaillait comme cocotte, et on l'avait jetée en prison pour avoir volé un gentleman. La vérité me faisait l'effet d'une multitude de piqûres d'épingle.

Pourtant, même à présent, pendant que je marche vers Saint-Lazare, je me répète :

– Réveille-toi, Marie. C'est un mauvais rêve.

Mais je ne me réveille pas. Non, je mets un pied devant l'autre pour faire encore un pas, en essayant de distinguer, à travers le brouillard épais, les poteaux de lampe, les fiacres et même les commerces qui ne sont même pas à un pâté de maisons de distance. Puis je fais un autre pas, et j'ai l'impression d'être avalée dans la nappe de brouillard.

•

Le parloir de Saint-Lazare est une pièce carrée divisée en deux par une grille de fer, avec des chaises de part et d'autre. C'est un endroit très laid que j'aurais souhaité ne jamais voir. Trois gardiens, appuyés contre les murs, surveillent les six visiteurs ; certains sont assis et attendent, comme moi, tandis que d'autres parlent déjà à voix basse avec la prisonnière de l'autre côté des barreaux.

Comment aurais-je pu l'empêcher de tomber aussi bas, elle qui, il n'y a pas si longtemps encore, me disait de ne pas traîner dans les escaliers de l'Opéra et de rentrer rapidement à la maison ? Elle se plaignait de rentrer du lavoir avec les jointures à vif et la peau gercée, et sans doute que c'était suffisant pour pousser une blanchisseuse à devenir serveuse de taverne, mais ce n'est quand même pas à cause de l'état de ses mains qu'Antoinette a renoncé à une vie de travail honnête ? Alors, quoi ? A-t-elle été contrariée par les quatre bouquets qui ont enjolivé notre logis pendant une semaine ? Enviait-elle la joie qui montait en moi chaque fois que je me rappelais le bruit sourd des roses atterrissant à mes pieds ?

Le soir où elle est finalement venue assister à *La Korrigane*, elle était assise au quatrième balcon. De là-haut, elle devait plisser les yeux pour distinguer les bandes dorées sur ma jupe de paysanne et la fine dentelle bordant mon tablier, mon col et ma coiffe. Après la représentation, elle m'a dit que je me rangeais parmi les cinq meilleures danseuses du second quadrille, et que je dansais même mieux que plusieurs filles du premier. Elle m'a embrassée sur le front et j'ai posé ma tête sur son épaule. Nous sommes restées comme cela longtemps, et je me sentais aussi calme qu'une chenille dans son cocon. Mais pendant ce temps, sa bouche, que je ne pouvais pas voir, n'esquissait-elle pas une grimace amère ?

L'Opéra, c'est une chose que j'ai et qu'elle n'a pas. Et, oui, vraiment, c'est une chose importante – tous ces moments où je me sens planer loin au-dessus des escaliers qu'il faut gravir chaque jour, loin au-dessus des efforts acharnés à la barre et au-dessus de l'immobilité ennuyeuse sur la scène.

– Chercher la grâce, dit madame Dominique. Voilà ce que c'est que de danser. Chercher la grâce.

Est-ce cela que j'ai trouvé ? La grâce ? Sur la scène, et parfois aussi dans la classe, mon esprit évacue mon inquiétude pour Antoinette, la froideur de Maman. Et alors, quelquefois, surgit un moment scintillant, clair comme du cristal.

Je ne suis pas plus heureuse que je l'étais dans la classe de sœur Évangéline, du temps où Papa me faisait rire et où je ne me préoccupais pas de cacher mes dents. Mais cela ne sert à rien de penser à tout cela. Je dois me souvenir de ce qui est venu après – monsieur LeBlanc qui venait secouer notre porte pour réclamer le loyer – lorsque j'évalue la façon dont j'arrive à m'en sortir. Pour l'instant, grâce à l'arrangement que j'ai avec monsieur Lefebvre, nous avons des pâtisseries pour le déjeuner et de la bonne soupe épaisse à la fin de la journée, et parfois quelques sous pour une sucrerie. Monsieur LeBlanc ne vient plus, ou du moins ne venait plus quand Antoinette apportait également sa part.

Pourtant, la peau autour de mon pouce est à vif, encore plus qu'avant ma promotion dans le second quadrille. Les lundis soir, j'implore le sommeil de venir, ou alors je me réveille en pleine nuit, dans l'obscurité, remplie d'effroi à l'idée de voir poindre l'aube, et avec elle un nouveau mardi et une matinée chez monsieur Lefebvre. Deux fois Maman m'a aboyé de cesser de m'agiter, avant de mettre une main sur mon front.

– Pas de fièvre, a-t-elle dit.

Et dans la lumière bleue de la lune je l'ai vue sortir une petite bouteille de derrière son matelas. Elle a mis le goulot sur mes lèvres et a penché la bouteille, me forçant à avaler un alcool à la réglisse si amer que ma langue est devenue dure comme un nœud. Mais ensuite, le sommeil m'est venu facilement. Et, depuis, par trois fois, j'ai moi-même tendu le bras pour saisir la bouteille de Maman.

Un jour, un mardi matin, j'ai surpris Antoinette à me dévisager pendant que je me coiffais. Elle me regardait, sans un mot, la tête penchée.

– Tout va bien, Marie ?

J'ai eu envie de lui parler des sabots de monsieur Lefebvre, de mes cuisses ouvertes sur le sofa, mais elle avait les yeux rouges et cernés. Elle avait ses propres chagrins et j'hésitais à y ajouter le poids d'un second cœur lourd. J'avais quinze ans, après tout.

– Je suis fatiguée, ai-je répondu.

– T'as crié, cette nuit. Deux fois.

– Je suis désolée de t'avoir réveillée.

Elle a haussé les épaules.

– Charlotte, elle, a un sommeil de plomb, ai-je ajouté, en essayant d'adopter un ton léger.

– Le cadeau de l'innocence.

Nos regards se sont croisés un instant et c'était comme

si elle savait pour les sabots, comme si je savais pour la maison de madame Brossard.

– C'est justice, pour une gamine qui n'a que dix ans.

– Oui, a-t-elle approuvé.

Nous avons hoché la tête d'un air grave et j'ai eu l'impression que nous venions de sceller un pacte des plus solennels.

•

Parfois, je me demande comment je pourrais changer notre situation.

Dans la rue de Douai, lorsque je rentre de la classe de madame Dominique, il n'est pas rare que je croise Alphonse, vêtu de son tablier et de son chapeau de boulanger, qui fume devant la boulangerie de son père. Il prend toujours la peine de me saluer en baissant le menton. Il m'arrive de m'arrêter et alors il dit :

– Ah ! La ballerine !

Et cela me fait sourire. Il y a une semaine, il m'a lancé :

– Attends !

Il a disparu dans la boulangerie pour revenir aussitôt avec un sablé à la vanille dans une main et une madeleine à l'orange dans l'autre.

– Qu'est-ce que tu préfères ?

J'ai choisi et nous sommes restés là, moi grignotant la madeleine, et lui léchant les miettes de sablé collées sur ses lèvres. Cela m'a donné le courage de lui demander si son père était satisfait de la fille qu'il avait engagée pour pétrir la pâte des quatre-vingts baguettes. Il a émis un petit rire.

– Il se plaint d'elle au moins deux fois par semaine. Elle n'a pas la même force que toi. Et elle ne chantonne pas, non plus.

– Je chantonnais ?

– Oui, tu chantonnais toujours. Très bien, d'ailleurs.

Il a soudain baissé les yeux.

Je me suis sentie rougir. Il m'a donné un petit coup de poing sur le bras, et même si je n'ai pas osé lui demander si son père me donnerait de nouveau du travail – peut-être que je pourrais m'entraîner à me lever tôt, même après être allée au lit très tard –, j'ai compris qu'il y avait de l'espoir.

Ce soir-là, j'ai frappé à la lourde porte de monsieur Degas. Il ne m'avait pas réclamée depuis neuf mois. Sabine m'a ouvert et, en frottant les mains sur son tablier, elle s'est exclamée :

– Eh bien ! Regardez-vous, mademoiselle van Goethem. Vous êtes presque une dame, à présent.

L'atelier n'était que faiblement éclairé par quelques lampes, mais monsieur Degas était encore là, debout, vêtu de son sarrau de peintre, un bras plié devant ses côtes et l'autre coude appuyé dessus, le menton dans la main, comme si, après un moment de réflexion, il allait se remettre au travail malgré l'heure avancée.

– Je suis venue voir si vous aviez besoin d'un modèle, ai-je dit.

Si le père d'Alphonse m'engageait pour quelques heures, si monsieur Degas me prenait de nouveau régulièrement, si j'allais voir le charcutier, l'horloger, le marchand de faïence, et que l'un ou l'autre pouvait me donner quelques heures encore, j'arriverais peut-être à me débrouiller sans les trente francs de monsieur Lefebvre. Le seul problème, ce serait de trouver le temps de dormir un peu.

Monsieur Degas a levé les yeux et a croisé les miens. J'ai écarté les bras.

– Je ne suis plus aussi maigre. Je ne suis plus un petit rat.

Je le croisais parfois à l'Opéra – dans les coulisses, dans l'orchestre, dans la salle de classe. En général, il me saluait en m'appelant par mon nom, et une fois il m'a complimentée :

– Votre allegro s'est amélioré.

Il portait toujours ses lunettes bleues, et son regard semblait toujours ferme, inquisiteur. Mais ce soir-là, dans son atelier, sans même prendre la peine de me regarder, il a soupiré :

– La statuette... Elle me trouble.

Il a fait un geste de la main et je l'ai suivie des yeux. C'est alors que j'ai vu la statuette. Elle faisait environ les deux tiers de ma hauteur, et ma respiration s'est accélérée en découvrant qu'il n'avait toujours pas abandonné. Je me suis approchée en observant les chaussons de ballet en toile, la jupe de tarlatane, le ruban vert poireau noué au bout d'une tresse épaisse faite de ce qui me semblait être une perruque de vrais cheveux. La peau était lisse ou rugueuse, selon l'endroit, et de couleur inégale – ocre foncé dans le visage, brun rougeâtre sur les jambes –, et le tout était sculpté dans une matière ni polie ni mate, ni opaque ni transparente, ni douce ni rude.

De la cire, ai-je deviné, en pensant à la façon dont la cire fondue descend le long d'une chandelle avant de se solidifier en refroidissant, changeant sans cesse de forme, et même, par une journée chaude, sans que la mèche soit allumée. Une mince pellicule de la même matière recouvrait les cheveux ; teinte en jaune, elle recouvrait le corsage ; teinte en rouge, les chaussons.

Pas de la pierre. Pas du bronze. Pas de la porcelaine. Seulement de la cire. Temporaire. Une matière de seconde catégorie.

Et que voulait dire monsieur Degas avec une statuette habillée de vrais vêtements et, pire, coiffée de vrais cheveux ?

Cette tresse était-elle faite avec les cheveux vendus par une pauvre fille affamée ? Ou était-ce la chevelure d'un cadavre ?

Cet étrange corps de poupée – les membres maigres, les coudes et les genoux disproportionnés, les muscles visibles des cuisses et les clavicules saillantes – n'était plus le mien. Par contre, la figure – le front bas, la mâchoire simiesque, les larges pommettes, les petits yeux à moitié fermés – était le double parfait de la mienne. Seule indulgence de monsieur Degas : il avait caché mes dents derrière mes lèvres fermées.

Quelle était cette histoire, l'histoire d'un corps et d'une âme, que monsieur Degas essayait de raconter ? À quoi pensais-je pendant ces longues heures où j'étais restée en quatrième position ? Je ne pensais qu'à danser sur scène, qu'à obtenir une place dans le second quadrille, qu'à m'attirer un compliment de madame Dominique. Les muscles douloureux, le ventre affamé, je souhaitais que ces quatre heures se terminent enfin, pour rentrer à la maison et trouver le bout de saucisse qu'on m'avait laissé. Cependant je tenais bon, je rêvais de gloire – une vraie ballerine, immortalisée au pastel et au fusain, et même à l'huile ! Ensuite, il avait même parlé d'une statuette et mon désir avait gonflé encore. Je rêvais de Marie Taglioni, de ses ailes déployées, de la manière dont elle planait au-dessus du sol.

J'ai regardé la statuette en face et sur ses traits j'ai lu le désir, l'ambition, la fierté. Son menton était dressé, et cela me semblait une erreur, un tel espoir sur un tel visage. Un visage si laid, si semblable à celui d'un singe. Je me suis détournée, mais je sentais encore, dans mon dos, ses petits yeux à moitié fermés fixés sur moi.

Monsieur Degas regardait ailleurs ; il attendait sans doute que je fasse un commentaire. Non. Il était perdu dans ses propres pensées, et moi je restais silencieuse, regrettant d'être venue.

Finalement, il s'est tourné vers moi et il a dit :

– Peut-être. Oui, peut-être.

Il a pris la pose que j'avais tenue si longtemps moi-même, la pose de la statuette – les pieds en quatrième position, les doigts joints derrière le dos.

– Voulez-vous, je vous prie ?

J'ai enlevé mon châle et, devant son impatience, je l'ai simplement laissé tomber sur le sol. Je me suis placée facilement. La mémoire, comme le dit si bien madame Dominique, n'est pas seulement une affaire de l'esprit.

Il a eu un moment de joie, il était même sur le point d'applaudir. Puis, il s'est figé.

– Non, a-t-il soupiré. Vous n'êtes plus ce mélange de petit rat et de sylphide...

Il m'a doucement touché l'épaule et dans ce contact j'ai senti sa tristesse : les fillettes deviennent des femmes, les hommes se courbent sur leur canne ; les fleurs se fanent, les arbres perdent leurs feuilles. Le dos gracieux, enfantin, qui attirait monsieur Lefebvre il y a plus d'un an, avait disparu, et avec lui l'intérêt de monsieur Degas de me voir poser pour lui. Il ne voulait que le corps et l'âme d'une petite danseuse de quatorze ans.

– Vous avez encore tous vos croquis, lui ai-je fait remarquer.

Il a redressé ses lunettes et s'est tourné vers un carnet de croquis, l'un de ceux qui, je le savais bien, renfermaient des dessins de moi.

•

J'agrippe les barreaux et tire d'un coup sec, mais la grille est solidement ancrée et il est aussi impossible de la secouer qu'il serait impossible de secouer le sol briqueté sous mes pieds. Monsieur Lefebvre est mon protecteur et il n'y a pas moyen de faire autrement, surtout maintenant, sans Antoinette.

J'ai envie d'enfouir mon visage au creux de mes mains et de pleurer, sur moi, sur Antoinette, sur toutes les femmes de Paris, sur le fardeau de posséder ce que désirent les hommes, sur le poids de savoir qu'il nous faut donner, donner toujours, que c'est avec notre peau que nous frayons notre chemin dans le monde. Car il y a un prix à payer. Antoinette serait-elle d'accord avec moi, ou dirait-elle plutôt qu'il n'y a pas d'autre prix que celui qu'on croit devoir payer ? Je regarde le premier gardien – qui s'ennuie, visiblement –, puis le deuxième – qui triture sans y penser un des boutons de cuivre de son veston. Diraient-ils qu'il n'y a pas de prix, du moins tant et aussi longtemps qu'une fille ne prend pas plus que la valeur de son corps fixée par un homme ? Pourrais-je adopter, moi aussi, cette manière de penser ? Cesserais-je alors d'espérer qu'Antoinette change un jour ? Trouverais-je plus facilement le sommeil les lundis soir ?

Mon regard passe de l'un des visiteurs, la figure longue, à un autre qui se tord les mains. L'un ou l'autre pourrait-il me dire pourquoi ? Pourquoi adopter la vie de cocotte ? Pourquoi voler sept cents francs, surtout lorsque cela implique de se cacher ensuite, de fuir tous ceux qu'on connaît ? Charlotte. Maman. Moi. Tout à coup, oui, devant ces barreaux de fer, je cache mon visage dans mes mains. Derrière elle, Antoinette ne laissait rien. Seulement Charlotte, qui est égoïste ; Maman, qui est toujours ivre ; et moi, qui traite l'homme qu'elle aime d'assassin, d'égorgeur sans pitié.

Oh, pourtant, c'est vrai. Je déglutis avec force, un truc que j'ai appris en compagnie de monsieur Lefebvre et qui me permet de ravaler mes larmes, de fixer mon attention sur un détail – les couronnes de laurier sur le tapis, le rose de son crâne chauve. Les yeux encore secs, je pose les mains sur mes genoux. Mercredi, le jour même où Antoinette a été emmenée à Saint-Lazare, les journaux ont rapporté qu'un garçon venait de confesser le meurtre de la veuve Joubert et qu'il avait juré sous serment qu'Émile Abadie était son complice.

Je suis reconnaissante pour la robe de soie grise que je porte aujourd'hui, même si, au moment où monsieur Lefebvre a déposé la boîte enrubannée sur mes genoux, j'espérais une robe certes moins luxueuse que celles portées par les dames à l'Opéra, mais peut-être avec une encolure ouverte sur les épaules, ou un peu de dentelle, ou même une seule petite rosette. Mais non. Ma robe possède un col haut, elle est grise et austère ; c'est le genre de robe qu'une fille de banquier porterait pour aller à la messe, ou que la sœur d'une cocotte, préservant sa fierté, porterait pour aller la visiter en prison. Lorsque j'ai ouvert la boîte, j'ai senti que mon visage exprimait ma déception. L'ambiance s'est refroidie et monsieur Lefebvre m'a lancé :

– Vous n'êtes qu'une fillette.

– J'ai quinze ans.

– Et une fillette ingrate, qui plus est.

Je me suis mordu la lèvre, mais j'aurais plutôt dû me mordre la langue. Perot a l'habitude d'arborer une moue voluptueuse dès qu'elle aperçoit un abonné. Et quand j'ai commencé à raconter mes séances de pose pour monsieur Lefebvre et à dire qu'il n'était pas du tout un artiste, Blanche a levé les yeux au ciel en me jetant d'un ton cassant :

– C'est le prix des roses jetées à tes pieds. Dis-lui que moi je serais loin d'être aussi prude.

J'ai caressé la soie douce et fraîche.

– C'est magnifique, ai-je dit.

J'ai gardé la tête baissée, mais j'ai tout de même osé lever les yeux.

– Je n'ai jamais rêvé de porter quelque chose de si doux.

– Vous vous pavanez dans une tenue indécente ! Des boutons manquants, l'encolure béante, les sous-vêtements usés à la corde, quand seulement vous en portez.

Il a parlé sèchement, presque avec haine, comme si je passais mes soirées à arracher des boutons et à jouer avec le cordon de ma blouse jusqu'à ce qu'il soit trop mince pour maintenir quoi que ce soit en place, tout cela dans l'unique but de le pousser à commettre une bêtise le lendemain.

•

Antoinette est assise de l'autre côté des barreaux. J'aimerais ne pas voir sa robe de prison en laine grossière, brune, sa cape défraîchie, d'un bleu délavé, son bonnet en chiffon élimé, et les demi-lunes bleuâtres qui s'étirent sous ses yeux. Je me sens intimidée, tout à coup, comme si je la connaissais à peine.

– J'avais peur que tu viennes pas, dit-elle.

Je saisis la main qu'elle passe entre les barreaux.

– Oh, Antoinette.

Ses épaules s'affaissent. Elle secoue la tête, mais elle ne m'explique pas pourquoi elle est devenue une cocotte, pourquoi elle a volé sept cents francs. Non. Ses yeux se portent plutôt sur ma robe, et sa main me serre plus fort.

– Cette robe que tu portes... Où as-tu bien pu trouver ça ?

– C'est un cadeau.

Elle me mesure du regard, l'air attristé, le front ridé, mais elle n'ajoute rien. J'avais imaginé des chuchotements pressés, nos têtes penchées jusqu'à se toucher à travers les barreaux, j'avais imaginé nos sanglots, chacune essuyant les larmes de l'autre. J'inspire et, dans un désir de rompre le silence, je commence à lui expliquer comment Colette – « ton amie de la maison de madame Brossard », dis-je – est venue frapper à notre porte. J'attends de la voir changer d'expression ou même m'interrompre, mais elle reste figée, comme si elle ne comprenait pas que je sais maintenant que tous les soirs, les derniers temps, ce n'était pas dans une taverne qu'elle allait travailler.

– Elle a dit que tu avais volé sept cents francs. Mais pourquoi, Antoinette ?

J'ai l'air de me lamenter comme Charlotte lorsqu'elle réclame un sucre d'orge ou un deuxième œuf alors que nous n'en avons que quatre.

– D'où vient cette robe ? a-t-elle demandé.

– C'est plutôt moi qui devrais t'interroger.

Je parle doucement, mais je la fixe d'un regard ferme.

– C'est vrai, répond-elle. T'as raison. Mais d'abord, j'ai une faveur à te demander.

Je hoche la tête.

– J'ai besoin qu'Émile sache que je suis ici, à Saint-Lazare.

Comme toujours, je me hérisse à la mention de ce nom, mais je ne lâche pas sa main. Si nous nous disputons, si elle se lève et s'en va, je ne pourrai pas la suivre à cause des barreaux. Je me penche.

– Dis-moi, maintenant. Dis-moi pourquoi tu travaillais dans un endroit pareil.

Comme elle se contente de serrer les lèvres, je reviens à la charge :

– Nous avions assez d'argent pour acheter de la viande deux fois par semaine.

Du pouce, elle me caresse le dos de la main.

– Tu veux pas vraiment savoir pourquoi.

– Je te le demande.

De nouveau la voix pleurnicharde de Charlotte. Antoinette cligne des yeux ; même si elle me fait face, même si ses yeux sont rivés aux miens, j'ai l'impression qu'elle regarde, à travers moi, le mur dans mon dos.

– J'ai besoin d'argent pour payer mon passage sur un bateau qui va en Nouvelle-Calédonie.

– Antoinette ?

Son regard sombre un instant vers le plancher de briques à ses pieds, avant de croiser le mien de nouveau. Ma vision s'embrouille et je suis incapable de retenir les larmes qui se mettent à rouler sur mes joues.

– Tu ne peux pas faire ça !

Je libère ma main.

Elle enfouit son visage au creux de ses paumes. Ses épaules tressautent. Elle sanglote en silence. Je me lève légèrement, mais les barreaux m'empêchent de passer un bras sur les épaules d'Antoinette, ma grande sœur qui n'a pas l'habitude de pleurer.

Que pourrais-je lui dire ? Dois-je lui expliquer la géographie, l'équateur, les cent quatre-vingts degrés qu'il y a entre ici et l'autre côté de la Terre ? Elle ne peut pas savoir.

– Si on creusait en ligne droite en passant par le centre de la Terre, on arriverait en Nouvelle-Calédonie, dis-je. Mais on ne peut pas creuser aussi loin, il n'existe aucun tunnel aussi long.

Sa tête bouge un peu et elle retire ses mains qui lui cachaient le visage.

– Six semaines, peut-être plus, sur un bateau qui part de Marseille.

Son regard convaincu révèle la volonté qui l'a conduite chez madame Brossard, qui l'a poussée à retrousser sa jupe, tout comme il révèle son entêtement à croire qu'un jour elle posera le pied sur ces rives lointaines.

Je m'essuie les yeux, passe ma langue sur mes lèvres et joins les mains sur mes genoux.

– Tu aimes Émile Abadie. Je le sais. Je t'ai vue heureuse. Je t'ai vue dans ses bras dans la rue de Douai. Mais parfois tu sombres dans le désespoir, aussi.

Elle ouvre la bouche pour parler, mais je lève doucement une main pour la faire taire.

– Je t'ai entendue pleurer. Plus d'une fois aussi, je t'ai entendue te disputer avec lui au sujet d'un chien mort ou d'un autre garçon qui t'avait giflée, ou bien parce qu'il était incapable de faire des économies. Tu as les yeux cernés, et c'est à cause de lui.

Elle touche du doigt l'ombre qui s'étend sous l'un de ses yeux.

– Il a encore des problèmes, dis-je. Cette fois, on l'accuse d'avoir battu à mort la veuve Joubert.

Elle se croise les bras et serre les mâchoires, se fermant comme une huître. Pourtant, je continue sur ma lancée, peut-être simplement par habitude.

– Un homme a avoué le meurtre et a dit qu'Émile Abadie était avec lui.

Soudain, elle a le visage défait. Elle semble même oublier de respirer. Elle resserre ses bras autour de son torse, au point où le bout de ses doigts s'enfonce dans ses côtes. Je parle encore plus vite.

– L'inspecteur dit que la veuve Joubert a été assassinée le 11 mars, pendant l'intervalle de temps où Abadie et l'autre n'étaient pas sur la scène de l'Ambigu.

– Quel intervalle ? Quand exactement ?

– Entre le troisième tableau et le septième.

Antoinette tape d'une main contre sa cuisse et les cernes sous ses yeux me semblent soudain moins prononcés.

– Je t'ai jamais parlé du débarras et de la façon dont il m'adorait, dit-elle.

Sans me laisser dire un seul mot, elle m'apprend que c'est précisément pendant cet intervalle, presque tous les soirs, qu'elle se réfugiait avec Émile Abadie dans le débarras. Elle a même noté sur un calendrier tous les soirs où cela s'était produit.

– Neuf jours sur dix, tu verras un petit *x* sur le calendrier. Ça prouve son innocence.

Elle continue à débiter ses bêtises, optimiste et excitée, me demandant, entre autres choses, quand aura lieu le procès.

– Dans deux mois, lui dis-je.

Aussitôt, elle me demande de trouver le calendrier, dissimulé entre le mur et le manteau de cheminée, et de l'apporter à monsieur Albert Danet, l'avocat d'Émile. Je n'aurai qu'à lui expliquer la signification du *x* que je verrai sûrement au jour du 11 mars.

– Je sortirai pas à temps, m'explique-t-elle. Il faut que tu le fasses pour moi. C'est important.

Je lis tellement d'espoir dans son visage à la fois rayonnant et suppliant, tellement de confiance que j'accepte d'un hochement de tête.

– Maintenant dis-moi, poursuit-elle. C'est Michel Knobloch qui a avoué le meurtre ?

– Oui.

De nouveau, elle se tape la cuisse, visiblement heureuse.

– C'est le pire menteur de toute l'histoire de Paris. Les gens feront la queue pour aller le dire à la cour.

– Personne ne ment à propos d'un meurtre, dis-je en grattant de l'ongle la peau à vif de mon pouce. Pourquoi mentirait-il ?

– Il veut juste aller en Nouvelle-Calédonie, répond-elle. Une terre d'abondance.

Quelle joie sur son visage ! Et quand je pense qu'elle voulait m'abandonner ! Comme cela me fait mal !

•

Je colle une joue contre le mur de notre chambre et je scrute l'interstice derrière le manteau de cheminée. Je distingue deux petits anneaux de cuivre qui maintiennent quelque chose. J'y glisse la lame d'un couteau et je tire délicatement l'objet vers moi. C'est le calendrier d'Antoinette, à la couverture de cuir noir. Je le pose sur la table et reste à le contempler, les mains sur les hanches, en me demandant où ma sœur a bien pu trouver une chose si jolie. Je me recule un peu et observe la tranche des pages aux bords festonnés. Rapidement, d'un seul doigt, comme si le cuir était brûlant, je l'ouvre sur un ex-libris portant les mots suivants : « Propriété de William Busnach. » Sans m'étonner du fait qu'Antoinette possède le calendrier de l'auteur qui a adapté *L'Assommoir* pour le théâtre, je tourne les pages jusqu'à celle du mois de mars, illustrée de deux oiseaux verts à la poitrine jaune, dont les deux becs rouges se frôlent comme dans un baiser. D'un rapide coup d'œil, je note qu'il y a un *x* dans toutes les cases sauf trois, et que ces trois cases vides sont dans la dernière semaine du mois.

Antoinette disait que le profond sommeil de Charlotte était un cadeau de l'innocence. Nous avons hoché la tête, gravement, et je me rappelle avoir eu l'impression de sceller un pacte, celui de préserver notre petite sœur de la dureté du monde. Cela ne m'a jamais effleuré l'esprit qu'Antoinette me laisserait le soin de remplir cette promesse toute seule. Mais jamais je ne le pourrai. Je ne saurais même pas comment faire. Et même en oubliant Charlotte, même s'il n'était question que de moi, jamais je ne pourrais m'en sortir sans

Antoinette, jamais je ne pourrais m'occuper toute seule de gagner notre vie, de marchander avec monsieur LeBlanc, de crier pour que Maman se lève le matin.

Elle a retroussé sa jupe pour Émile Abadie, un garçon laid et vulgaire, un garçon qui en a laissé un autre la gifler et qui jamais ne sera capable de lui offrir un toit. Un garçon qui a égorgé une femme. Pourtant, elle serait prête à le suivre jusqu'au bout du monde. C'est presque une maladie, cette emprise qu'il a sur elle. Le remède, c'est la guillotine. Un cadeau pour Antoinette. Et, pour être honnête, un cadeau pour Charlotte et pour moi.

Je prends une allumette, j'arrache les pages du calendrier, les froisse en boulettes et les lance sur les pierres au fond du foyer. L'allumette s'embrase du premier coup. Rapidement, le papier rougit sur les bords, puis il devient noir avant de disparaître complètement. Les pages du calendrier d'Antoinette ne sont plus que cendres, suie et fumée.

Antoinette

Par la minuscule fenêtre de la porte en chêne de ma cellule, j'aperçois la cornette d'une sœur, sa joue boutonneuse et rougeaude. Je l'entends fermer à double tour le verrou de fer qui m'enfermera ici jusqu'au matin, pendant douze heures interminables. Dans la cour, la cloche de l'angélus sonne sept fois. J'entends ensuite les cris inintelligibles d'une sœur, des mots en latin – l'histoire d'un ange de Dieu qui parle à Marie –, puis toutes les prisonnières lui répondent en chœur. Ensuite il y a encore du latin, cette fois l'histoire d'un bébé mis dans le ventre de Marie par Dieu lui-même. C'est du moins ce que la sœur supérieure m'a expliqué hier, alors que je me tenais assise sur un banc en face d'elle. Elle m'a récité les premières lignes de l'Angélus, puis me les a répétées jusqu'à ce que je les sache par cœur. « Les filles perdues », c'est ainsi qu'on appelle les prisonnières enfermées, comme moi, dans la section numéro deux de Saint-Lazare – toutes des cocottes qui n'ont pas eu le bon sens de suivre les règles établies. Cela devient lassant, ces sœurs ternes, sinistres, qui nous annoncent la vertu de Marie trois fois par jour.

– Cette vieille prison aurait peut-être dû prendre le nom de Marie, ai-je dit à la sœur supérieure lorsqu'elle a semblé satisfaite de la façon dont je récitais l'Angélus. Je suppose qu'elle était elle-même une fille perdue.

– Tenez votre langue, mademoiselle van Goethem.

De toute ma vie, je n'avais jamais rencontré de sœur supérieure – Dieu merci –, mais celle-ci avait exactement l'allure qu'on pouvait imaginer : les joues flasques, le cou penché en avant, des yeux de loup.

– Je peux pas m'empêcher de me demander... À quoi vous avez pensé, vous, les sœurs, en donnant à cette place le nom de saint Lazare ? C'était pas un mendiant lépreux, avec la peau couverte de plaies ?

Oh, comme elle serrait les lèvres, la sœur supérieure !

•

Comme les murs ont des oreilles, je m'agenouille sur le sol briqueté et sale derrière la porte de ma cellule. Je joins les mains sous mon menton, les doigts entremêlés et les jointures alignées. Après les premières lignes, que je marmonne avec les autres, mon esprit se relâche ; puisque je suis condamnée à faire une prière tous les soirs, me dis-je, je devrais au moins demander que Marie apporte mon calendrier à monsieur Danet, comme elle l'a promis. Bien sûr, il y a toujours une sœur prête à moucharder, et l'une d'elles devait avoir l'oreille pressée contre ma porte : j'entends le grattement de la craie contre le bois de chêne. Au matin, je découvrirai une barre blanche très visible sur la face extérieure de ma porte. Cela signifie que je dois me rapporter à la sœur supérieure pour une nouvelle leçon sur le banc dur au lieu de profiter d'une heure de temps libre dans les allées de la cour avec les autres filles perdues.

La vie n'est pas si pénible, ici, même si je m'ennuie. J'aimerais tant peigner les cheveux de Marie et partager avec Charlotte un peu de crème anglaise du pâtissier. J'ai un lit, une cellule pour moi toute seule, une petite table et une chaise. Le problème, c'est que je dois compter sur Marie pour porter le calendrier à monsieur Danet, et que je ne peux pas aller voir Émile pour le rassurer ni continuer à épargner pour la Nouvelle-Calédonie. Chaque jour, je me réveille avec l'espoir d'être appelée au parloir, et que Marie sera là avec de bonnes nouvelles, mais le doute s'insinue dans mon esprit. Marie a accepté d'un petit signe de tête d'apporter mon calendrier à monsieur Danet, mais c'était il y a un mois déjà. Je commence à croire que ma sœur est trop timide et que son hochement de tête n'était qu'un mensonge. Oh... mais jamais Marie ne me laisserait tomber ! Elle le remarque chaque fois que je lui donne le meilleur châle ou le plus gros morceau de mouton, elle me remercie au moins cent fois pour une paire de chaussons achetée à bon prix au mont-de-piété, et elle a posé sa main sur ma joue, une fois que je l'avais coiffée, en disant : « Je t'aime, Antoinette van Goethem, ma meilleure amie au monde. »

•

À sept heures et demie du matin, nous, les filles perdues, nous nous levons et faisons notre lit, tirant les draps et bordant très serré le couvre-lit de laine brune. C'est la seule tâche ménagère qu'on nous demande d'accomplir. Plus tard, une bonne passe balayer le plancher derrière moi, puis une autre vient ramasser, pour la laver, l'écuelle en terre cuite dont je me sers pour mes repas. Assise sur mon petit lit bien ordonné, j'attends le bruit métallique qui m'indique que le verrou a été ouvert. Alors nous nous rendons à l'atelier de couture, où nous chantons un hymne et récitons le fichu Angélus avant de nous mettre à notre travail de prison qui consiste à coudre des sous-vêtements. Chaque jour, j'exécute des points plus réguliers, plus rapides, et jamais une sœur n'a eu l'audace de regarder par-dessus mon épaule en claquant sa langue pour me dire de découdre mon ouvrage. À l'heure du déjeuner, nous marchons en file jusqu'au réfectoire, une pièce vaste aux hautes fenêtres qui laissent entrer les rayons du soleil, formant de larges flaques de lumière sur les dalles du plancher. On nous donne notre ration quotidienne de pain brun – une miche entière – et on remplit nos écuelles d'une soupe aux légumes, sauf les jeudis et les dimanches, où il y a aussi de la viande dans le bouillon. Nous prions, puis, assises aux longues tables vernies, ou dans la cour lorsqu'il fait beau, nous mangeons la soupe et un morceau de notre miche de pain. Les filles dont la porte est marquée d'une barre à la craie sont priées d'avaler leur repas rapidement pour se rendre chez la sœur supérieure. Pour ma part, je souffle sur chaque cuillerée de soupe, je garde longtemps la cuillère dans ma bouche, j'attends que la sœur présidant le repas se mette à taper du pied.

À cinq heures, nous déposons notre aiguille pour prendre un chapelet et réciter encore d'autres prières, ne nous arrêtant après chaque dizaine que pour chanter un hymne qui demande à Dieu de triompher du séducteur Satan et de dissiper nos ténèbres. Plusieurs des filles, en chantant, lèvent leur visage radieux, les yeux fermés, les cils reposant sur leurs joues.

Après les chants, c'est le repas du soir, suivi d'une nouvelle période de récréation. Certaines filles se plaignent de la monotonie du menu – dimanche, bœuf et pois cassés ; lundi, haricots rouges ; mardi, riz ; mercredi, pommes de terre ; jeudi, bœuf et légumineuses ; vendredi, haricots blancs ; samedi, pommes de terre. Une fois, j'ai été bien près de rétorquer à ces pleurnichardes que les légumes sont cuits dans du gras et qu'il y a moins de cartilage que de chair dans la viande, mais la sœur supérieure traînait dans le coin et elle m'aurait entendue. Les sœurs ne lésinent pas sur les portions non plus, et maintenant, une petite épaisseur de chair qui n'était pas là auparavant comble les creux entre mes côtes.

Le ventre plein, nous retournons à l'atelier. C'est le moment de la journée où, parfois, j'oublie mes inquiétudes à propos de Marie et du calendrier, à propos d'Émile et de sa vie difficile à La Roquette. Pendant que nous cousons – des pantalons de femme, des camisoles, des jupons – une sœur nous fait la lecture. Chaque histoire comporte une morale, une leçon que nous sommes censées retenir, et en général on la voit venir facilement. La fille assise près des cendres du foyer après ses corvées est humble et bonne. Ses belles-sœurs sont hautaines, mais à la fin elles supplient la bonne fille de les pardonner. Il y en a une autre, aussi, au sujet d'une fillette vêtue d'une cape rouge qui commet l'erreur de dire au loup où elle s'en va. À la fin de l'histoire, le loup la dévore tout rond. Pendant un certain temps, je me suis demandé pourquoi on nous lisait de telles histoires, mais j'ai finalement compris. C'est un avertissement : il ne faut pas parler aux hommes que nous ne connaissons pas, sous peine de nous retrouver dans leur lit, trop près de leurs dents acérées. Ces sœurs portent des œillères comme les juments qui tirent les fiacres. Si ce n'était d'un autre jour qui se termine, un autre jour sans nouvelles de Marie, je rirais haut et fort en entendant un tel conte.

•

Je suis assise sur le banc dur, et la sœur supérieure me dit :

– Antoinette, vous savez l'ouverture de l'Angélus et vous persistez à ne pas vous joindre à nous pour la prière.

– J'ai le cœur lourd, ma mère.

Elle hoche la tête, souriant presque.

– Dimanche, le père Renault entendra les confessions.

Imaginez l'obligation d'écouter tout ce que les filles de la section deux ont à dire ! Les confessionnaux de Saint-Lazare doivent être l'endroit le plus intéressant où le père Renault distribue les *Je vous salue Marie*. Ces filles se vidant les tripes devant lui, celles-là mêmes qui chantent avec un air d'extase, je devine bien ce qu'elles feront une fois qu'elles devront de nouveau assurer leur propre subsistance.

– Le fait est, ma mère, que j'ai vu une sœur se mettre un doigt dans le nez, juste après avoir reçu le corps du Christ.

– Vous avez une volonté de fer. Vous devriez l'employer à vous élever, à faire quelque chose d'utile de votre vie.

– J'ai eu une barre de craie sur ma porte parce que je pensais à tous ces petits affamés, à la maison, le ventre vide maintenant qu'on m'empêche de faire quelque chose d'aussi utile que de leur acheter du pain.

Lentement, elle tourne les pages d'un grand livre noir ouvert sur son secrétaire.

– Vous avez deux sœurs, dit-elle en pointant le milieu d'une page, toutes les deux sont sur le registre de paye de l'Opéra, et une mère qui travaille comme blanchisseuse.

Elle joint les mains et les pose sur le livre, les jointures gonflées, mais pas du tout blanches.

– Nous faisons parfois une exception, et nous envoyons les gains d'une prisonnière à sa famille nécessiteuse.

Je suis au courant pour les gains, soit la part des bénéfices provenant de la couture des sous-vêtements qui est remise aux filles perdues. On m'a expliqué tout cela le premier matin où je me suis assise sur ce banc inconfortable. Tant et aussi longtemps que nous travaillons, on nous donne huit francs par semaine, que nous pouvons ou bien dépenser ici, à Saint-Lazare, pour du vin, des chandelles ou du pain blanc, ou bien mettre de côté dans un « bas de laine », selon les mots de la sœur supérieure, pour le jour où notre peine sera purgée. J'avais écouté son petit discours les bras croisés. Je ne tomberais pas dans ce piège destiné à nous faire travailler nuit et jour. Mais ensuite, la première fois où j'ai assisté au repas du soir au réfectoire, j'ai vu des coupes de vin et j'ai remarqué que les servantes qui les apportaient cochaient des bandes de papier.

– Dois-je faire envoyer vos gains à vos sœurs de la rue de Douai ? me demande la sœur supérieure.

Émile a besoin que je fasse des économies, même si ce n'est que huit francs par semaine. Ne pas le faire équivaut à abandonner l'espoir de voir la cour le déclarer innocent dans l'affaire du meurtre de la veuve Joubert. Mais je pense à Charlotte se désolant devant une jupe informe ou un ruban effiloché, puis à Marie faisant bouillir une seconde fois les os d'un poulet et se tracassant pour une pincée de sel. Je ne me suis pas encore décidée, lorsque la sœur supérieure a l'audace de prendre une plume à fontaine et s'apprête à rédiger une note pour envoyer mes gains dans la rue de Douai.

– Leur envoyez rien, pas un sou ! dis-je.

Elle serre sa plume plus fort, et cette fois ses jointures blanchissent.

Plus tard, cependant, dans l'atelier de couture, je pense à Marie, à sa robe de soie grise, et à la manière dont elle a pu avoir une telle robe. Dans le parloir, lorsque j'ai dit de la Nouvelle-Calédonie que c'est une terre d'abondance, elle pleurait tellement que je n'ai pas osé lui reparler de la robe. Je pose mon aiguille et appelle sœur Amélie – une petite taupe nerveuse avec des yeux perçants et des poils sur le menton. Bientôt, elle se précipite chez la sœur supérieure pour lui dire que mes instructions ont changé : mes gains iront à la maison, rue de Douai.

•

Deux jours plus tard, sœur Amélie – La Taupe, comme j'aime à l'appeler – traverse l'atelier pour venir m'annoncer :

– Votre sœur vous attend au parloir.

Aussitôt, je retiens mon souffle dans l'espoir que Marie m'apporte de bonnes nouvelles. Mais au parloir, elle semble nerveuse. Elle remue sans arrêt et se mordille la lèvre.

– Alors ? dis-je.

J'ai la glaciale intuition que son petit hochement de tête, par lequel elle m'avait promis de porter le calendrier à monsieur Danet, ne voulait rien dire du tout.

Elle hausse les épaules en écartant les mains, comme si elle ne comprenait pas ma question.

– Le calendrier ? dis-je. Le calendrier qui va sauver la tête d'Émile ?

– Je t'ai apporté des sucres d'orge.

Ses yeux me fuient. Elle gratte la peau de son pouce.

– Marie.

Je me laisse tomber à genoux, les mains jointes sous le menton.

– S'il te plaît, je t'en supplie.

C'est impossible que je sois trahie par ma chair et mon sang, par Marie ! Impossible. Si elle se tourmente ainsi, c'est sûrement parce que ses tibias la font souffrir quand elle saute, ou parce que Maman ne s'est pas levée à temps pour se rendre au lavoir, ou parce que Charlotte a perdu son ceinturon écarlate.

– Les sœurs les ont pris pour les inspecter. Les sucres d'orge.

Sa lèvre inférieure se met à trembler. Elle l'attrape avec ses dents si laides, et alors je comprends.

– Il faut que t'apportes le calendrier à monsieur Danet.

– Il n'était pas là, il n'était pas derrière le manteau de la cheminée, souffle-t-elle d'une petite voix.

– Je te crois pas. Je sais que t'as vu un *x* dans la case du 11 mars.

– Non, je te l'ai dit.

Son regard croise le mien, puis le fuit de nouveau.

– Il n'était pas là.

– Regarde-moi. Je suis à genoux. À genoux, Marie !

Jamais encore je n'avais supplié quelqu'un ainsi. Jamais je n'avais supplié à genoux. Elle relève légèrement le menton, presque imperceptiblement, et dans un murmure elle répète :

– C'est comme je te l'ai dit. Il n'était pas là.

Je suis presque certaine qu'elle a vu un *x*. Sinon, elle n'aurait pas de raison de mentir. Je bondis sur mes pieds, me penche en avant en me hissant sur le bout des pieds, et je bombe le torse.

– Menteuse.

J'ai presque crié. Aussitôt, un gardien me saisit par l'épaule et me pousse sur ma chaise.

Marie serre les bras autour de sa poitrine. Un éclat passe dans son regard. Les muscles de son cou se tendent, puis se relâchent lorsqu'elle avale sa salive. Je veux que le désespoir fasse couler des larmes sur ses joues, et de nouveau je saute sur mes pieds. D'une voix remplie de haine, je lui crache :

– T'as le sang d'un innocent sur les mains !

Elle remue lentement ses vilaines mâchoires, et les larmes qui lui étaient montées aux yeux disparaissent.

Un gardien lui fait un signe du menton.

– Vaudrait mieux partir, dit-il.

Elle se lève, les yeux secs, les mâchoires serrées, et, les traits durcis dans une attitude que je ne lui ai jamais vue, elle tourne les talons.

•

Marie revient trois jours plus tard, mais je n'ai aucune envie de revoir cette sœur qui se montre tellement sans-cœur. Je dis à La Taupe, qu'on a envoyée me chercher, que si je vais au parloir maintenant, je vais rater les chants, et que sans les chants mon esprit sombre dans les mauvaises pensées. Marie revient la semaine suivante. Je lève les yeux de la camisole sur laquelle j'ai fait une ligne très droite de points d'ourlet pour coudre le ruban le long de l'encolure, et je dis à La Taupe :

– Cette fille, celle qui se mordille toujours la lèvre, c'est pas ma sœur, mais une fille de la maison de madame Brossard. Je veux plus la voir.

Je pense à Émile, à la guillotine, à son cou large maintenu en place sous le couperet par les mains de Marie.

Maman vient peu de temps après, tout excitée de m'apprendre que monsieur Mérante a pris à part Charlotte et un autre petit rat, Jocelyne, pour leur dire que désormais, le mercredi, elles suivront les cours avec Marie et les autres filles du second quadrille.

– Imagine ! me dit Maman. Certaines de ces filles ont une tête de plus que notre Charlotte.

– Faut que tu lui dises de pas se donner en spectacle.

Marie serait la mieux placée pour dire que personne – y compris madame Dominique – ne penserait beaucoup de bien d'un petit rat qui n'aurait pas le bon sens de prendre une des dernières places à la barre, mais je ne vais certainement pas charger Maman de transmettre un message à Marie.

Ensuite, Maman devient silencieuse et songeuse, et je m'attends à ce qu'elle me gronde pour avoir volé ou pour avoir travaillé chez madame Brossard. Mais elle place ses mains sur ses genoux, prend une grande respiration et dit :

– Marie a pleuré comme si le monde s'était écroulé. Elle dit que vous vous êtes querellées et que tu vas quitter Paris le cœur plein de haine. Je lui ai dit : « Maintenant, Marie, arrête de chialer. Ta sœur ira nulle part. Elle est pas si désespérée. Il y a d'autres maisons pour Antoinette. » Mais elle m'a lancé un regard dur comme la pierre, avec ses yeux bouffis, puis elle a tiré les draps sur sa tête.

Marie mérite de pleurer, et je ne me permettrai pas d'éprouver du chagrin pour celle qui tient la tête d'Émile sous le couperet de la guillotine. Le sentiment qui me brûle, c'est l'amertume d'avoir une mère qui ne semble pas le moins du monde déçue par sa fille emprisonnée, une cocotte et une voleuse ; une mère qui considère que cette fille reprendra le même genre de travail à sa sortie de prison ; une mère qui ne promet pas de parler à monsieur Guiot pour qu'il la reprenne plutôt au lavoir. Cela ne devrait pas me déranger, pourtant. Il n'y a aucune chance que je respire encore l'air étouffant et l'odeur savonneuse du lavoir. Déjà, pendant les heures de récréation, j'interroge les autres filles. Quelles maisons connaissent-elles ? Quelles patronnes s'octroient une trop large part des revenus, simplement parce qu'elles possèdent un sofa de velours et un lustre élégant ? Lesquelles sont susceptibles de nous battre ? Lesquelles connaissent les astuces pour inciter un gentleman avare à ouvrir son portefeuille ? Les filles sont prudentes, elles me donnent des miettes d'informations au sujet d'une ou l'autre maison, mais ne parlent presque jamais de celle où elles iront frapper après leur libération de Saint-Lazare. Cependant, j'ai réuni toutes ces bribes d'informations et je connais déjà le nom de trois maisons de bonne réputation.

– Maintenant, Antoinette, sois gentille avec ta sœur, me dit Maman. Elle est pas taillée dans la même étoffe que toi et Charlotte.

– Et c'est quoi, cette étoffe-là ?

Elle fait mine de réfléchir, les lèvres pincées et les yeux fixés sur un coin de la pièce.

– J'aurais dit de la soie, parce que ça se déchire pas, mais ça brûle même quand le fer est pas très chaud. Le coton, c'est trop doux. Le lin, ça, c'est fort. Sûr, ça froisse, mais le fer peut l'aplatir.

– Tu penses que je suis taillée dans du lin ?

Son visage s'illumine.

– Non, Antoinette.

Elle secoue la tête.

– T'es taillée dans du jute. C'est assez fort pour transporter des pommes de terre et pour faire de la corde, et on a aucune chance d'en trouver au lavoir, même en cherchant bien.

Je cesse de penser à l'index accusateur de ce menteur de Michel Knobloch, à la trahison de Marie, au procès imminent d'Émile. Je me demande un instant si le jute serait utile pour empêcher les étourneaux de voler les cerises – si bien sûr il y a quelque chose qui ressemble à des étourneaux et à des cerises en Nouvelle-Calédonie.

Maman continue à jacasser, parlant d'une telle qui retrousse sa jupe pour monsieur Guiot derrière le lavoir et qui se voit toujours assigner les tâches de repassage les plus faciles, puis de cette autre qui se plaint et que monsieur Guiot envoie à la machine à essorer, puis de cette autre encore qui a tracé, sur une vitre embuée, un cœur avec le nom de Guiot à l'intérieur, ce qui a fait enrager le patron. Pendant qu'elle caquette, je pense à Marie. Je me demande si elle est davantage comme de la flanelle – douce, mais qui s'use plus vite que la plupart des étoffes – ou davantage comme du tricot – mangé par les mites et complètement défait dès qu'une seule maille cède. J'ai été dure. Trop dure ? Peut-être. Probablement. Oh... assez !

Une fois que tous les potins du lavoir sont épuisés, Maman annonce :

– Bon, faut que j'y retourne. Monsieur Guiot a dit que si je dépasse deux heures, il me retranche un jour complet.

Elle plonge une main dans la poche de sa jupe et en tire une coupure de journal chiffonnée. Elle la passe entre les barreaux en disant :

– C'est pour toi. De la part de Marie.

Toutefois, un gardien l'intercepte avant que je puisse la prendre.

– C'est rien, lui assure Maman.

Il la regarde attentivement, des deux côtés, avant de me la tendre.

– Une fois, j'ai attrapé une femme qui essayait de passer à une prisonnière les réponses qu'elle devait donner à la cour. Elle avait caché le papier dans une coquille de noix.

Le carré de journal est usé aux pliures à force d'avoir été manipulé, comme si Marie l'avait transporté longtemps dans sa poche, et peut-être même apporté à Saint-Lazare les deux fois où j'ai refusé de la voir. Je reconnais le nom d'Émile écrit en grosses lettres tout en haut, mais pas le mot qui vient avant, très long et commençant par un *J*. Je devine quand même ce que tous ces mots signifient, et pourquoi Marie a donné ce bout de papier à Maman pour moi. Elle est odieuse ; elle essaie encore de me dresser contre Émile.

– J'en veux pas, dis-je en froissant le papier et en le lançant, à travers les barreaux, aux pieds de Maman. Dis à Marie que je veux rien d'elle. Je veux rien savoir de ses arguments. Rien. Jamais !

– Pas besoin de crier, me rétorque Maman en balayant des yeux le parloir rempli d'oreilles indiscrètes et de regards curieux.

À cet instant, je comprends qu'elle n'est venue que pour un peu de rigolade, pour me raconter les ragots, pour échapper pendant une matinée à la lessive dans laquelle elle doit plonger les bras jusqu'aux coudes. Si je pars pour la Nouvelle-Calédonie, elle versera sans doute des larmes, mais quelques-unes seulement, et elle les séchera facilement du revers de la main.

LE FIGARO
23 février 1881

LA JURISPRUDENCE ET ÉMILE ABADIE

Dans quelques semaines seulement la cour statuera sur la culpabilité d'Émile Abadie et Michel Knobloch dans l'affaire de la veuve Joubert, battue à mort il y a onze mois. Knobloch a avoué le crime et a désigné Émile Abadie comme complice.

Si Knobloch est reconnu coupable, il pourrait se voir condamner à mort. On ne peut cependant pas en dire autant d'Émile Abadie. En vertu de la jurisprudence, tout individu ayant été condamné à la peine maximale ne peut pas être poursuivi pour un crime ayant précédé dans le temps celui pour lequel il a été condamné. Pour Abadie, cela signifie que le verdict de culpabilité rendu dans l'affaire de la tavernière de Montreuil le blanchit pour tous les actes qu'il aurait pu commettre dans le passé. Comme la veuve Joubert a été assassinée avant la tavernière de Montreuil, la sentence de travaux forcés en Nouvelle-Calédonie sera maintenue, peu importe les conclusions de la cour.

C'est charmant, la jurisprudence, n'est-ce pas ?

Marie

Il y a trois semaines, j'ai lu, plutôt deux fois qu'une, un article selon lequel Émile Abadie ne serait pas condamné à la guillotine, peu importe le verdict de culpabilité. Il irait donc en Nouvelle-Calédonie. Je ne pouvais donc plus rêver de voir Antoinette, débarrassée de lui, rester ici, avec nous, à Paris, le cœur plein de haine, certes, mais pour un certain temps seulement, après quoi elle aurait peut-être été de nouveau encline à m'aimer. Depuis le début, de toute façon, je ne trouvais aucun réconfort dans ce rêve de l'ancienne Antoinette blottie contre moi sur le matelas, ses doigts dans mes cheveux, parce que je savais bien que rien de tout cela n'était possible désormais. J'avais tourné le dos à Antoinette, ma sœur qui jamais de sa vie n'avait rampé devant quiconque, sauf pour me demander d'apporter ce calendrier à monsieur Danet. Mais au moment où elle me suppliait ainsi à genoux, il était déjà trop tard. J'avais brûlé le calendrier. Qu'Antoinette parte pour la Nouvelle-Calédonie ou qu'elle reste à Paris, le résultat serait le même : je l'avais perdue, elle ne m'aimait plus. Que j'avais été stupide de frotter cette allumette !

Antoinette coiffait mes cheveux comme si elle avait tout son temps. Elle élevait la voix contre monsieur LeBlanc pendant que Charlotte et moi, tremblantes, reculions dans le coin de la pièce le plus éloigné de la porte. Elle ne paierait pas d'intérêts, crachait-elle, pas tant qu'il y aurait une telle puanteur dans la cour, au point que l'inspecteur sanitaire risquait d'émettre une amende. Elle marchait lentement en cercle autour de moi et observait mon attitude, ce mouvement même qui avait fait dire plus tôt à madame Dominique que j'avais l'air d'un chien en train de se soulager. « Magnifique ! » disait-elle. « Si madame Dominique râle, ça veut juste dire qu'elle est dans ses mauvais jours. »

Elle me manque tellement que ça me fait mal, comme si j'avais une côte cassée.

Comme j'étais fière de moi au moment où l'allumette s'est enflammée, embrasant le calendrier ! Dans mon esprit, je scellais le sort d'Émile Abadie, je sauvais Antoinette de son emprise, je la gardais pour moi. Comme je me suis dupée moi-même ! Quelle tromperie, quelle étroitesse d'esprit de croire qu'une gamine du second quadrille pouvait modifier le verdict de la cour, faire passer Abadie d'innocent à coupable et, du même coup, empêcher un meurtrier de s'embarquer pour la Nouvelle-Calédonie ! Ce genre de magie est réservé aux présidents, aux abonnés et aux nobles hommes de cour, pas aux filles qui passent leur temps à servir d'accessoires, ni aux filles vêtues de jupes sales. Tout ce que j'ai réussi à faire, en craquant cette allumette, c'est d'inspirer à Antoinette une haine éternelle.

Mais avec ce journal ramassé dans le caniveau, qui semblait m'attendre là comme un cadeau, j'ai cru voir un nouvel espoir imprimé noir sur blanc dans *Le Figaro*. Les hommes de cour affirmaient que ce n'était pas le destin d'Émile Abadie de tomber sous la lame de la guillotine. Il irait en Nouvelle-Calédonie, et cela signifiait qu'Antoinette irait aussi. Je m'attendais à ce que la panique m'envahisse, à ce que l'effroi m'étouffe, mais non. J'ai poussé un profond soupir, et cela m'a fait plus de bien que de la viande dans l'estomac, qu'une porte protégeant du vent glacial, que monsieur Mérante annonçant enfin la fin d'une répétition quand les douze coups de minuit ont déjà sonné. Ces mots du *Figaro* prouvaient que la vie d'Émile Abadie n'avait jamais été entre mes mains. Alors peut-être qu'Antoinette me pardonnerait mon mensonge, ma trahison? Peut-être pourrais-je avoir de nouveau ma sœur, même pour une seule nuit, blottie contre moi sous les draps? Ce serait mieux qu'une sœur perdue à jamais. Deux fois j'ai essayé de la voir, deux fois elle a refusé. Après deux semaines, j'ai commencé à harceler Maman.

– Elle voudra voir sa mère, ai-je plaidé. Tu devrais y aller.

Et puis, ce matin, Maman a roulé en bas de son matelas en soupirant, les yeux au plafond:

– Le vieux Guiot m'a affectée à la machine à essorer, aujourd'hui. Je déteste cette machine.

– Prends ta matinée pour aller à Saint-Lazare, ai-je suggéré. Ça te ferait une belle petite pause.

Elle s'est appuyée sur un coude.

– Je pourrais...

– J'ai quelque chose à te donner pour Antoinette.

D'une main, j'ai brandi l'article de journal plié, *La jurisprudence et Émile Abadie*, et de l'autre je lui ai tendu l'argent pour l'omnibus. N'importe laquelle des sœurs pourrait lire l'article à Antoinette. Rapide comme l'éclair, Maman s'est emparée de l'argent et de la coupure de journal.

•

Je suis debout à la barre et, tout en faisant des pliés et en cambrant le dos, je me dis que j'ai été ridicule de me vautrer ainsi pendant des jours sur mon matelas en sanglotant, puis de me lever si tard que je devais courir pour arriver à l'Opéra avant que la porte de la classe soit fermée. Deux fois, malgré ma course, j'ai dû me faire toute petite sous le regard sévère de madame Dominique en me faufilant devant elle alors qu'elle s'apprêtait à fermer la porte. Trois fois, aussi, j'ai exécuté les exercices à la barre en proie à une violente migraine, que je méritais toutefois pour avoir bu un peu trop d'absinthe. Aujourd'hui, cependant, la routine des exercices, la façon dont les ronds de jambe suivent toujours les battements tendus, c'est comme un baume sur mes nerfs à vif, et mon esprit agité trouve un certain apaisement à se concentrer uniquement sur les exercices demandés par madame Dominique. Au milieu, l'allegro consiste aujourd'hui en plusieurs grands jetés en tournant, et je me sens soulevée de terre avant d'atterrir avec une légèreté qui me faisait défaut ces dernières semaines. Après la classe, madame Dominique m'appelle. Lorsque toutes les autres filles sont parties, elle dit :

– Vous avez fait de plus gros efforts, aujourd'hui.

Je hoche la tête et j'attends, les bras croisés, les doigts serrant mes coudes. Elle dit toujours « Vous pouvez partir » pour signifier qu'un entretien est terminé.

– L'Opéra, poursuit-elle, c'est votre chance.

Je pose une main sur mon cœur et je lui réponds très sincèrement :

– Je veux danser. Je ferai mieux. Je ne serai plus en retard.

Elle me lance un regard sévère en pinçant les lèvres, la tête penchée, comme pour signifier qu'elle n'en croit rien. Je me retiens de regarder ailleurs, de passer la langue sur mes lèvres, de bouger les pieds ou de faire quoi que ce soit qu'une menteuse aurait tendance à faire. Après un moment, elle inspire profondément, puis expire par le nez avant de dire :

– Monsieur Lefebvre est venu, l'autre jour.

Sept mardis ont passé depuis le jour où monsieur Lefebvre m'a offert la robe de soie grise et où il m'a accusée de me pavaner en tenue indécente pour l'inciter à commettre une bêtise. J'ai porté la robe pour chacune de mes visites, mais chaque semaine j'ai dû subir un peu plus que ce à quoi il m'avait habituée – sa retraite derrière le chevalet, les mouvements de ses genoux –, sauf qu'à présent il laisse ses pantalons tomber sur le sol, de sorte que ni lui ni moi ne pouvons plus prétendre que derrière son chevalet, il ne fait rien de plus que du dessin. La semaine dernière, lorsque ses gémissements et ses halètements se sont soudainement tus, il m'a lancé, comme si de la viande avariée sortait de sa bouche :

– Vous êtes toute rouge de nouveau. Vous me provoquez !

Il a repoussé le chevalet, comme s'il n'avait plus envie de dessiner une fille si lubrique. Cependant, comme un apiculteur qui s'est endurci à force d'avoir été piqué, ses mots m'ont beaucoup moins ébranlée que sept semaines plus tôt.

•

Madame Dominique frotte vigoureusement son pouce contre la paume de son autre main.

– Il m'a demandé de vous enseigner la danse des esclaves, m'annonce-t-elle. Monsieur Mérante a besoin de six autres danseuses et ils se sont entendus pour que vous en fassiez partie.

La première du *Tribut de Zamora* aura lieu le premier jour du mois prochain et la moitié de l'Opéra est à bout de nerfs. Il y a plus de vingt ans, monsieur Gounod a donné au monde le joli chant *Ave Maria,* qu'il a fait suivre d'un opéra intitulé *Faust,* dont madame Dominique dit que c'est l'opéra le plus raffiné à avoir été joué sur scène. Et, à présent, monsieur Vaucorbeil affirme à qui veut bien l'entendre que *Le Tribut de Zamora* apportera de nouveau la gloire à l'Opéra. Nous savons tous, cependant, que la première aurait dû être jouée au début de l'année, et qu'elle a été retardée parce que monsieur Gounod voulait peaufiner la partition. Et nous l'avons tous entendu quand il a eu l'audace de réclamer trois autres mois à monsieur Vaucorbeil, ce qui a provoqué chez celui-ci une colère sourde.

– Assez, avec toutes ces histoires ! l'ai-je entendu rétorquer. *Le Tribut de Zamora* ouvrira le 1er avril.

L'opéra raconte l'histoire de Xaïma, une jeune fille enlevée à son fiancé pour faire partie des cent vierges que les Espagnols doivent payer en tribut aux Maures après la défaite de Zamora. Lors des répétitions, je n'ai rien fait d'autre jusqu'ici que de figurer l'une des cent vierges, ce qui implique de traverser la scène deux fois dans une série de glissades puis, dans le deuxième acte, de faire partie du décor, littéralement, pendant la vente aux enchères des captives. Au début, je passais le temps en admirant les décors, qui reproduisent, paraît-il, un endroit en Espagne qui s'appelle l'Alhambra, mais en général, les répétitions étaient si ennuyeuses que je me mettais à penser à Antoinette écumant de haine dans sa cellule, ayant déjà oublié notre festin sur la butte Montmartre, le gâteau de Savoie le jour de sa fête, les madeleines à l'orange qu'Alphonse me donnait parfois mais qu'il me permettait de garder pour elle. Je me disais que ce n'était pas grave d'avoir un si petit rôle. Après tout, c'était un opéra, pas un ballet. Seules dix danseuses du quadrille – et, parmi elles, pas une seule du second quadrille, pas même Blanche – avaient été choisies pour la danse du troisième acte, un divertissement. Il est évident que la danse des esclaves, de même que les danses géorgiennes, tunisiennes, kabyles et mauresques – même si, dans l'histoire, elles sont offertes par le nouveau propriétaire de la jeune fille pour gagner son cœur –, que tout le divertissement, bref, ne fait partie de l'opéra que pour plaire aux abonnés.

Monsieur Mérante a commencé à dire que l'absence d'un si grand nombre de ballerines inciterait les abonnés à bouder dans leur siège, et madame Dominique s'est mise à donner des coups de canne sur le sol, à se tenir la tête comme si elle craignait de la perdre et à nous ordonner de sa voix haut perchée de suivre les répétitions avec plus d'attention et d'apprendre les pas, à tout hasard. Après un certain temps, on s'est mis à chuchoter dans le quadrille que monsieur Mérante obtenait toujours ce qu'il voulait, et bientôt les filles se pressaient dans les coulisses pendant les répétitions pour tenter de voir les danseuses, avant de répéter les quelques pas qu'elles avaient pu apercevoir.

– Je sais toute la danse tunisienne.

– Je vais te montrer la danse mauresque. Je sais tous les pas.

Alors les deux filles allaient dans un coin où les autres ne pourraient pas les espionner aisément. Pas moi. Je restais avachie contre un pilier de l'échafaudage métallique et je me demandais si nous serions libérées assez tôt pour que je puisse aller à Saint-Lazare, si aujourd'hui enfin Antoinette accepterait de venir au parloir. Mais maintenant que Maman a apporté *La jurisprudence et Émile Abadie* à Antoinette, je me redresse de toute ma hauteur et je réponds à madame Dominique :

– Je ne vous ferai pas honte.

– Monsieur Mérante ne tolère pas les retards. Il renvoie les filles qui n'arrivent pas à l'heure.

Je secoue la tête.

– Des dizaines de filles mériteraient cet honneur avant vous, même dans le second quadrille. Blanche connaît presque toute la danse des esclaves, déjà.

Je fuis ses yeux qui me fixent sans ciller. Comme je regrette à présent tous les moments que j'ai passés vautrée contre l'échafaudage ! Bien sûr, ma nomination suscitera de la colère, des haussements de sourcils, des ragots, beaucoup plus que si je méritais d'être choisie, ou du moins si j'étais parmi celles qui se sont efforcées d'apprendre les pas. Comment pourrai-je regarder Blanche en face ?

– Demain, alors, conclut-elle. Vous arriverez une heure plus tôt.

De nouveau, je regarde le sol pendant qu'elle attend, sans dire encore « Vous pouvez partir ». Finalement, elle déclare :

– C'est gentil à monsieur Lefebvre de s'intéresser à vous.

Est-ce l'occasion de lui parler du tub, de mes jambes écartées et de ses pantalons tombés à ses pieds ? En levant les yeux, je m'aperçois que son visage, loin d'exprimer de la douceur, est dur comme la pierre, ses lèvres pincées me mettant au défi de me plaindre. Ce que souhaite vraiment madame Dominique, c'est de me voir, dans sa classe et sur la scène, comme une nymphe, une sylphide. Pas de chaussons usés. Pas d'os saillants. Aucun signe évocateur du caniveau pour gâcher l'illusion.

– Je pose parfois pour lui.

– Bien.

Elle frotte ses mains l'une contre l'autre, comme si elle se débarrassait d'une quelconque saleté.

•

Accroupie devant le foyer, je remue un bouillon fumant dans lequel j'ai plongé deux carottes et une pomme de terre, avec les restes d'un poulet que j'ai soigneusement désossé. Maman rentre égayée par sa visite à Saint-Lazare.

– Notre Antoinette, elle profite bien de son petit repos.

Elle hume l'odeur qui plane dans la chambre.

– C'est du poulet qui mijote comme ça ?

– Lui as-tu donné l'article de journal ? lui dis-je.

Elle vient s'accroupir à côté de moi en approchant ses mains de l'âtre pour les réchauffer.

– Oui, Marie. Comme tu me l'avais demandé.

Elle me caresse tendrement la joue.

– Maintenant, tu as promis. Fini, les larmes.

Je remue la soupe en me demandant si je devrais ajouter un peu de sel.

– Je ne me coucherai plus tard, lui dis-je en lui offrant un petit sourire.

Elle prend un os de cuisse de poulet, bien propre, sur le petit tas que j'ai fait dans le foyer, et elle le casse en deux.

– Je veux pas qu'on te renvoie du quadrille.

Elle met l'extrémité brisée de l'os dans sa bouche et suce de toutes ses forces. Elle en prend un autre, puis un troisième. Elle prendra tout ce qu'il y a, bien sûr ; j'aurais dû en mettre de côté pour Charlotte.

– C'est pas un mal de pouvoir nous payer un peu de viande.

Elle ne m'a même pas demandé ce qui était écrit dans le journal, ni pourquoi je voulais qu'elle l'apporte à Antoinette. Combien de fois s'est-elle esquivée en douce du lavoir, au milieu de la matinée, pour venir me donner un grand coup sur l'oreille, tirer sur mes draps et me hurler « Lève-toi ! » en pleine figure ? Jamais pourtant elle ne s'est inquiétée de savoir ce qui m'empêchait d'affronter chaque nouvelle journée. Pourquoi encombrer son esprit ? Pourquoi assombrir l'image alors que tout ce qu'elle veut, c'est que je reste à l'Opéra et que je continue à ramener assez d'argent pour qu'elle puisse savourer la richesse de la moelle dans sa bouche ?

– Maintenant, Marie, hume un peu comme ça sent bon.

Elle approche son visage de la vapeur qui s'élève de la marmite.

Antoinette

Peut-être que j'ai fait une erreur en refusant de voir Marie. Le procès d'Émile a commencé plus tôt cette semaine, et je n'en ai encore aucune nouvelle. J'ai demandé à Yvette, puis à Simone, deux prisonnières de la section deux à qui on demande parfois de lire les histoires lors de la période de lecture du soir. Mais Yvette s'est contentée de hausser les épaules, avant de me demander si c'était vrai, ce que les filles disaient, que j'étais la maîtresse d'Émile Abadie, ce à quoi j'ai répondu :

– C'est mon demi-frère, et c'est le préféré de ma maman.

Pour sa part, Simone m'a seulement rappelé, en me regardant comme si j'avais deux nez au milieu de la figure :

– Tu sais bien qu'on a pas le droit d'avoir les journaux, en dedans.

Ça me ronge, de ne pas savoir. Cependant, je pousse un grognement en m'affalant sur le banc dur pendant que la sœur supérieure me sermonne sévèrement : mon couvre-lit de laine n'est pas bien bordé. Je ne chante pas avec les autres. Et elle ne tolérera plus de m'entendre donner à sœur Amélie le surnom de La Taupe.

Ce que la sœur supérieure ne sait pas, c'est que mes doigts se sont mis à trembler et que je me pique souvent quand je couds. Hier, j'ai dû me pencher très près de mon ouvrage, parce que les larmes m'étaient montées aux yeux en apercevant une petite tache rouge sur un bout de dentelle. J'arpente le plancher de ma cellule dans l'obscurité totale, et le matin je me montre effrontée envers la sœur supérieure – une paresseuse – quand elle me convoque pour me reprocher d'être allée au lit trop tard.

– Pas d'atelier pour vous, tranche-t-elle. Vous resterez dans votre cellule.

Je baisse les yeux et croise les bras.

– Vous pouvez bien les garder, les misérables sous que je gagne en travaillant comme une esclave toute la journée. Je m'en moque.

– Mademoiselle van Goethem, quand apprendrez-vous à tenir votre langue et à faire un meilleur usage de votre intelligence ?

Je relève le menton, sors la langue et la mords ostensiblement ; la sœur supérieure feint de s'intéresser à quelque chose qui est écrit dans le grand livre ouvert sur son bureau.

Bannie de l'atelier, je reste toute la journée allongée sur mon lit à m'inquiéter en me mordillant les lèvres comme Marie, une nouvelle manie. Est-ce que la vérité a éclaté à la cour, cette cour en laquelle je n'ai aucune confiance depuis le verdict dans l'affaire Bazengeaud ? Le cours des choses est-il modifié malgré la trahison de Marie ? Émile rêve-t-il toujours de la Nouvelle-Calédonie, ou bien est-il de nouveau figé d'effroi quand l'aube se lève, craignant de voir la porte de sa cellule s'ouvrir sur les figures solennelles de l'abbé Crozes et de monsieur Roch ? Juste à y penser, j'ai la bouche sèche et je porte une main à mon cœur.

Je me jette à genoux pour prier, parce que... eh bien... pourquoi pas ? Je passe douze heures chaque nuit derrière cette porte de chêne verrouillée, à faire les cent pas ou à regarder le plafond, couchée sur le dos. Je consacre une bonne partie de ce temps à espérer que justice soit rendue. Et n'est-ce pas précisément cela, prier ? Espérer très fort, demander quelque chose pour quelqu'un d'autre que soi-même ?

Après avoir prié pour la vérité, je prie pour qu'Émile n'ait pas froid, qu'il n'ait pas faim et qu'il ne perde pas espoir. Dans la solitude de ma cellule, je murmure :

– Faites-lui comprendre que quelque chose m'empêche de lui rendre visite à La Roquette, que c'est peut-être la maladie ou la prison, n'importe quoi, mais pas l'abandon de mon cœur.

Quant à Charlotte, je demande qu'elle soit éblouissante dans la classe du mercredi, mais qu'elle ait le bon sens de laisser les filles plus âgées prendre leur place à la barre avant de se précipiter pour prendre la sienne. Pour Maman, je réclame un peu de paix, un peu de caquètements avec les autres poules pendant qu'elles aplatissent des plis au fer et qu'elles frottent la saleté des autres. Je ne prie pas pour Marie : ce que je voudrais vraiment, ce serait de voir se combler le trou qu'elle a laissé dans mon cœur. Il lui aurait été facile de faire ce que je lui demandais : apporter le calendrier à monsieur Danet et lui expliquer la signification du *x* dans la case du 11 mars. Elle a affirmé que le calendrier ne se trouvait plus derrière le manteau de cheminée, et par cette trahison elle m'a enfoncé un pieu dans le cœur. Ce serait inutile de prier pour que ce trou disparaisse, parce qu'il est impossible de revenir en arrière, de défaire ce qui est déjà fait.

Soudain, on déverrouille le cadenas qui retient ma porte. Comme je ne veux pas être surprise à genoux, faisant exactement ce que les sœurs voudraient que je fasse, je me relève. Elles jubilent, le menton rentré, de profil, la bouche cachée derrière leur cornette. J'en suis sûre. Une autre brebis égarée ramenée au bercail, qu'elles se disent. Mais non, pas besoin de m'inquiéter. C'est seulement La Taupe qui ouvre la porte, et elle est bien trop occupée à se frotter le nez pour remarquer que je tente de défroisser ma robe de prisonnière.

– Vous avez une visiteuse au parloir.

– Ma sœur ? Est-ce que c'est ma sœur, La Taupe ?

Ma voix ne laisse pas transparaître mon espoir, mais j'esquisse un pas impatient vers la porte. Elle fait non de la tête.

– Ma mère, alors ? Qui est venue il y a deux semaines ?

– C'est une fille qui dit s'appeler Colette.

Je me précipite vers la porte, la laine grossière de ma robe frôlant la fine serge noire de la sienne, et elle me suit à petits pas rapides dans le corridor. Enfin, des nouvelles du procès !

La vue de Colette me cause un choc après des mois à côtoyer des sœurs habillées en noir et des filles vêtues de brun et de bleu délavé. Elle porte une robe en velours rouge orangé, ornée de dentelle noire. Le corsage est serré et le haut de sa poitrine plantureuse émerge de son large décolleté carré. Les gardiens la fixent des yeux et Colette arbore une moue sensuelle. Elle se penche, touche sa poitrine du bout des doigts et tire sur la chaîne en argent qu'elle porte au cou et à laquelle pend une montre.

– Antoinette ! Ça fait du bien de te voir.

Je me laisse tomber sur la chaise qui fait face à la sienne, de l'autre côté des barreaux. Ma robe est informe, terne. Je ne me suis pas lavé le visage. Des mèches de cheveux s'échappent pêle-mêle de la tresse que je me suis donné la peine de faire hier.

– Du bien de me voir ? M'as-tu regardée ?

– Peu importe, dit-elle en balayant mes paroles d'un geste de la main. T'étais pas différente le soir où on a transporté le chien mort.

Elle sourit, révélant ses dents brillantes, même si le souvenir que j'ai gardé de cette nuit est plutôt un torrent de larmes.

Comme elle a toujours été très peu enthousiaste en ce qui concerne Émile, j'évite de lui demander d'emblée des nouvelles du procès. Je lui souris légèrement en retour avant de la complimenter :

– T'as l'air d'une reine avec cette robe.

Elle a un petit haussement d'épaules.

– Tu sors quand ?

– Dans vingt-huit jours. Pas un de plus.

Elle rit, puis se penche vers les barreaux.

– Penses-tu à une autre maison ?

– Je crois bien.

Les images de Jean-Luc Simard reviennent me hanter – sa langue inquisitrice, étouffante ; ses doigts fouineurs, avides ; son goût tenace, dont il m'était impossible de me débarrasser même en me gargarisant plusieurs fois.

– Quand tu seras sortie, je te ferai faire le tour, me promet-elle.

De grosses gouttes de sueur se forment sur ma nuque.

– Va à la taverne en bas de chez madame Brossard et demande à parler à Maurice – tu te souviens de Maurice ? Dis-lui où et quand je peux te voir. N'importe quel après-midi.

Une première goutte se met à couler entre mes omoplates.

– Tu vas t'habituer, ajoute-t-elle.

– Je m'inquiète pas.

Des souvenirs du lavoir me reviennent : les chansons des blanchisseuses, le plaisir que j'ai éprouvé la première fois que j'ai versé de l'eau bouillante sur une tache et que je l'ai vue disparaître, ma fierté lorsque, un mois après l'histoire des chemises ruinées, monsieur Guiot a posé une main sur mon épaule pour me dire que je m'en tirais très bien. Un instant, je m'imagine en train de frotter, de plaisanter et de chanter. Mais si je respire un jour l'air chargé de vapeur du lavoir, cela voudra dire que j'ai abandonné Émile, et aussi l'idée d'aller en Nouvelle-Calédonie. Ou bien qu'il n'aura jamais eu la chance d'y aller lui-même.

– Dis au vieux Maurice que je viendrai.

– Peut-être que je trouverai une maison pour nous deux.

Elle a parlé doucement, comme si elle n'était pas certaine que je veuille lier davantage ma destinée à la sienne. Je sens ma gorge se nouer.

Chez madame Brossard, Petite, Odette et Constance partageaient une chambre, tandis que Colette en avait une pour elle toute seule. Elle était le trophée de la maison, et j'ai toujours pensé que cette chambre lui avait été offerte par madame Brossard. À présent, je commence à croire que c'était peut-être plutôt une machination des trois autres. Parfois, lorsque j'entrais dans la cuisine, je trouvais Petite et Odette en pleine partie effrénée de bésigue. Il m'arrivait aussi de surprendre Odette, la tête penchée vers Constance, en train de lui murmurer quelque chose à l'oreille. D'autres fois, Constance montrait à Petite comment crocheter un petit porte-monnaie à cordon ou une fleur à épingler sur un chapeau. Un dimanche après-midi, elles ont loué à trois une calèche pour aller se promener au bois de Boulogne. Je le sais parce que, le soir, elles avaient toutes les trois un coup de soleil sur le nez. Mais pas Colette.

– T'es pas allée ? lui ai-je demandé.

– Migraine, a-t-elle répondu.

Le nœud dans ma gorge se serre un peu plus et j'essaie d'avaler. Elle n'a pas besoin de savoir que je compte partir pour la Nouvelle-Calédonie, que je ne resterai pas longtemps à Paris. Colette et moi, bras dessus, bras dessous, devant une série de patronnes aux portes des maisons closes, toutes admirant ses lèvres sensuelles. C'est exactement de ça que j'ai besoin. C'est alors qu'elle me dit :

– J'ai jamais eu de sœur.

Et soudain je ne peux retenir les mots de franchir mes lèvres :

– Faut que je te dise, Colette. Quand j'aurai assez d'argent, je vais partir en Nouvelle-Calédonie.

– Tu vas suivre Émile Abadie ?

Je saute sur l'occasion de découvrir ce qu'elle sait à propos du procès.

– S'il est pas conduit à la guillotine !

J'ai parlé sur le ton de la plaisanterie, même si je suis de plus en plus tendue dans la crainte de ses prochains mots et de ce qu'ils m'apprendront sur le sort d'Émile.

– Non, Antoinette.

Elle secoue lentement la tête.

– Fais pas ça. Non, fais pas ça.

Elle lève une main et presse une jointure contre sa bouche. Elle ferme les yeux, très fort, comme si elle avait une migraine, et je vois qu'elle retient des larmes lorsqu'elle les ouvre à nouveau.

– Il ira pas à la guillotine. Tu sais pas ?

En tortillant la dentelle de son poignet, elle m'explique que la tête d'Émile ne tombera pas, peu importe l'issue du procès.

– T'es sûre ?

Je joins les mains.

– Tout le monde à Paris a quelque chose à dire à propos de ça.

Je remonte mes mains jointes jusque sous mon menton.

– La cour a déjà prouvé une fois qu'il est coupable. Faut que tu penses à ça.

– La cour !

Je bascule la tête en arrière en riant et en tapant des pieds. Je me mets debout, le visage dans les mains, et je secoue la tête jusqu'à ce qu'un gardien s'approche de moi, prêt à me repousser sur ma chaise.

– Ça va, ça va, dis-je en brandissant une main tout près de son gros nez et en dansant une petite gigue.

Même une fois les fesses sur ma chaise, mes jambes continuent de danser. Colette me regarde, ses lèvres pulpeuses tellement serrées qu'elles ne forment plus qu'une mince ligne, ses doigts continuant à triturer la dentelle.

– Antoinette, faut que tu m'écoutes...

Cependant, elle parle si bas qu'on dirait qu'elle ne veut pas que je l'entende.

– Tu veux encore faire le tour des maisons avec moi ? Hein ?

– Émile Abadie, c'est un mauvais garçon.

Encore cette voix ténue. Je ris.

– Je l'aime, ce garçon. Et il s'approchera même pas de la guillotine !

Elle se passe la langue sur les lèvres et plante son regard dans le mien.

– Il a ri quand t'étais pas là.

Il a ri de moi ? Est-ce cela qu'elle veut dire ?

– Ces garçons de l'Ambigu, ils disent n'importe quoi la moitié du temps.

– Il a parlé de toi en disant « ma bonne vieille paillasse ». Pierre Gille l'a même dit devant toi le soir où t'as pleuré en sortant de la brasserie des Martyrs.

Je ne détourne pas les yeux, mais je réprime une grimace de douleur. J'essaie de me rappeler l'événement, je réfléchis et j'admets en moi-même que c'est peut-être vrai. Mais la Nouvelle-Calédonie n'a rien à voir avec ces vantardises de taverne, et Émile a aussi dit que j'avais les yeux comme des océans de chocolat. Ça aussi, il faut que je m'en souvienne. Il voulait m'adorer chaque jour.

– Je te crois pas. Tu veux juste une amie. Tu veux que je reste ici.

– Il te mérite pas, Antoinette.

– Même si t'es vache avec lui, je changerai pas d'idée.

– Il t'aime pas.

Elle semble sur le point de se mettre à pleurer. Cependant, je me souviens que, très souvent, dans le salon de madame Brossard, elle cherchait son souffle et se tenait les côtes même quand une blague tombait à plat. Elle minaudait et flirtait même lorsqu'un homme était grossier. Elle semblait captivée, même quand la compagnie était ennuyeuse ou qu'il était tard. Cette fille est une championne pour jouer la comédie.

– J'en ai assez entendu.

Je me lève.

– Non, pars pas.

Quelque chose dans sa voix - un gémissement, presque une prière - me retient. Elle joue nerveusement avec la montre qui pend à son cou.

– Je lui ai pris plus de deux cents francs.

Elle retient son souffle pendant un long moment, jusqu'à ce que je lui demande :

– Comment ?

– Comme tu penses.

Elle se fait toute petite sur sa chaise.

– Va pas avec lui, Antoinette.

– T'es prête à me dire n'importe quoi, dis-je entre mes dents, presque dans un murmure.

Je crache en visant ses pieds, mais j'atteins le bas de sa jupe. Elle ne bronche pas. Ses doigts agrippent la montre. Elle tire et casse la chaîne.

– Tiens, dit-elle en s'avançant, comme si elle avait l'intention de lancer la montre à travers les barreaux.

Toutefois, comme je ne fais pas un geste pour l'attraper, elle se baisse, pose la montre sur le sol et la fait glisser entre deux barreaux. L'objet me heurte les orteils, mais je garde les yeux rivés sur elle.

Les gardiens semblent soudain se réveiller.

– La visite est finie, lance l'un d'eux en m'attrapant durement par le bras.

Un autre ramasse la montre et la tourne dans tous les sens, puis passe un pouce sur sa surface.

– Un paiement de sa part ! s'écrie Colette, le visage défait, les joues ruisselantes de larmes. Une fois qu'on a été amies, après la mort du chien, je lui ai toujours dit non.

– Où t'as eu ça ?

Le gardien qui a ramassé la montre fait un signe du menton en direction de Colette. Elle s'essuie les yeux du revers de la main.

– Émile Abadie.

– C'est la montre ! s'exclame-t-il, émerveillé comme un aveugle qui voit pour la première fois. La montre de la femme Bazengeaud !

Celui qui me retenait par le bras me lâche pour examiner la montre à son tour, un bel objet avec un cadran en émail dissimulé dans un petit boîtier au couvercle en forme de cœur. Aussitôt, je me rappelle la visite de l'inspecteur au lavoir, la grande serviette plate qu'il a ouverte sous mon nez pour me montrer le croquis de la montre. Je me souviens de l'histoire qu'Émile m'a racontée : l'échec de la tentative de chantage et le cognac qu'il avait bu avant de quitter les lieux. Cette histoire est fausse. J'en ai le souffle coupé.

EXTRAITS DE LA TRANSCRIPTION DES DÉBATS JUDICIAIRES

PROCUREUR PUBLIC CONTRE ÉMILE ABADIE ET MICHEL KNOBLOCH

Le 23 mars 1881

PROCUREUR : Admettez-vous que le 11 mars de l'année 1880, vous avez, avec l'aide d'Émile Abadie, assassiné la veuve Joubert ?

KNOBLOCH : Monsieur le Procureur, j'ai menti. Je n'ai jamais touché à la veuve Joubert.

PROCUREUR : Pardon ? Est-ce votre nouvelle déclaration ?

KNOBLOCH : Oui, j'ai menti. Tout ce que j'ai dit est faux.

PROCUREUR : Vous n'avez pas formé le dessein de ce crime et vous n'en avez pas discuté avec Émile Abadie ? Vous n'avez pas forcé la veuve Joubert à rentrer dans sa boutique alors qu'elle en fermait les volets, pour la battre à mort avec Émile Abadie ?

KNOBLOCH : J'ai menti, je vous dis ! J'ai confessé le meurtre parce que je voulais aller en Nouvelle-Calédonie. (Tumulte dans la foule.)

PROCUREUR : Pour la dernière fois, niez-vous votre culpabilité ?

KNOBLOCH : Oui, Monsieur le Procureur. Je suis innocent, et j'ai menti aussi en désignant Émile Abadie comme complice. (Tumulte dans la foule.)

•

PROCUREUR : Selon les aveux de Michel Knobloch, vous avez battu la veuve Joubert à coups de marteau pendant qu'il lui tenait les mains derrière le dos.

ABADIE : Je suis innocent. Je serais prêt à mettre la main au feu pour prouver que Knobloch est un menteur.

PROCUREUR : Alors, continuez-vous à soutenir que vous n'êtes pour rien dans ce meurtre ?

ABADIE : Monsieur le Procureur, je suis un homme métamorphosé. Je veux servir la justice. Si je savais quoi que ce soit au sujet de la mort malheureuse de cette veuve Joubert, je le dirais.

Le 24 mars 1881

Tiré du plaidoyer de maître Crochard, avocat de Michel Knobloch :

Pendant ses premiers aveux, Michel Knobloch n'a jamais cessé de mentir. Sa description de la veuve Joubert, la neige sur le sol, le billet de cent francs volé puis échangé chez un prêteur, le marteau jeté derrière la boutique de journaux – sur tous ces détails, on a démontré qu'il mentait. Il a modifié ses aveux plus de cinquante fois et, chaque jour, il était pris en flagrant délit de mensonge ou de grossière tentative d'induire les inspecteurs en erreur. La vérité, c'est qu'il est menteur et vantard. Tous ceux qui le connaissent l'ont confirmé. Son but avoué et évident, en revendiquant ce meurtre, était d'aller en Nouvelle-Calédonie.

Tiré du plaidoyer de maître Danet, avocat d'Émile Abadie :

Pourquoi Michel Knobloch a-t-il voulu impliquer Émile Abadie dans le meurtre de la veuve Joubert ? La réponse est simple : au commissariat où Michel Knobloch a d'abord fait ses aveux, on a jugé d'emblée que ses étranges allégations étaient fausses. Toutefois, dès qu'il a dit qu'il connaissait Émile Abadie, on l'a écouté plus sérieusement et on lui a donné des marques d'attention. Lorsqu'il est allé jusqu'à prétendre qu'Émile Abadie l'avait aidé à commettre le meurtre, on lui a offert à déjeuner, on lui a apporté une carafe de vin, on l'a choyé. En quelque sorte, on l'a encouragé à mentir.

Marie

Je dévale la centaine de marches qui séparent la salle de classe de la lumière du jour. Je devrais être en train de répéter mon curieux rôle d'accessoire de scène dans le deuxième acte du *Tribut de Zamora*. Toutefois, madame Daram, qui incarne la jeune fille enlevée à son fiancé, a jeté les hauts cris pour qu'on lui accorde plus de temps de scène pour répéter le duo qu'elle chante avec lui au quatrième acte, alors monsieur Vaucorbeil a renvoyé tout le monde sauf eux deux.

Quelle semaine ! J'ai appris la danse des esclaves plus rapidement que je l'aurais cru, exécutant les pas des milliers de fois – dans la classe, dans les coulisses, sur la scène, dans mes rêves. Une seule fois j'ai surpris Blanche à me regarder. Je lui ai demandé d'une toute petite voix si elle voulait que je lui montre l'un des jeux de jambes, mais elle s'est contentée de me dévisager, puis elle m'a lancé, assez fort pour que trois machinistes et une douzaine de filles du quadrille l'entendent :

– Catin !

J'ai avalé ma salive avec difficulté, puis je me suis remise au travail, parce que mes épaules se soulevaient encore, ce qui signifiait que la danse des esclaves ne venait pas encore assez naturellement à mes pieds. Ensuite, il y a eu le désastre de la classe du mercredi. Je n'aimais pas beaucoup voir Charlotte se joindre aux filles plus âgées un jour par semaine. Elle s'approchait de moi sans hésiter pour que je l'aide à comprendre un enchaînement, sans s'apercevoir que je n'y comprenais encore rien moi-même. Une fois, elle a murmuré « facile ! » lorsque madame Dominique a demandé seize entrechats de suite, ce qui l'a mise en colère et l'a incitée à nous en demander trente-deux. Sans arrêt, Charlotte passait devant moi dans la file ; et c'est exactement ce qu'elle venait de faire, il y a deux jours, alors que j'attendais mon tour pour exécuter une série de pirouettes piquées. Soudain, madame Dominique a donné de grands coups de canne sur le sol.

– Assez, mademoiselle Charlotte ! a-t-elle crié. Vous allez là !

Elle lui indiquait un coin à l'arrière de la classe.

– Encore un geste ou un mot de votre part, et vous ne reviendrez plus !

J'ai fait mes pirouettes, et ensuite un allegro composé d'un enchaînement d'assemblés et de glissades. Puis, alors que j'attendais de nouveau mon tour pour faire une chaîne de grands jetés en tournant, j'ai jeté un œil à Charlotte et j'ai remarqué l'étrange expression d'effroi qui lui tordait la figure. C'est alors que j'ai vu la flaque à ses pieds et les marques plus sombres trahissant l'humidité sur ses bas. Madame Dominique m'a fait un signe de tête et j'ai bondi en diagonale à travers la salle. Une fois mes mouvements terminés, j'étais censée courir gracieusement, les bras en deuxième position, pour revenir dans le coin d'où j'étais partie. Mais ce jour-là, tout en courant, j'ai donné un coup de pied sur l'arrosoir, le renversant dans un bruit sourd. L'eau s'est répandue jusqu'à la flaque aux pieds de Charlotte. Madame Dominique a lentement traversé la classe en traînant sa canne sur le plancher, avant de hurler, sans même demander une révérence :

– Vous pouvez partir, vous toutes !

Par la suite, Charlotte a pleuré, tremblante et haletante comme jamais je ne l'avais vue.

– Mais personne n'a rien vu, lui ai-je assuré. Personne n'a rien remarqué.

– Ce n'est pas ça, a-t-elle répondu. C'est juste que j'aurais aimé être aussi gentille que toi.

•

Les deux derniers jours, monsieur Mérante n'a pas crié en m'appelant « vous » ou « vous avec les dents », et madame Dominique ne m'a pas fait remarquer qu'une douzaine de filles savaient déjà ce que je ne savais toujours pas. Et maintenant, grâce à la crise de madame Daram, je suis libre d'aller à la cour d'assises, de me glisser parmi la foule dans la partie basse et d'assister aux derniers moments du procès d'Émile Abadie et de Michel Knobloch pour le meurtre de la veuve Joubert.

Voici ce que je pense : la crise de madame Daram n'était pas le fruit du hasard. C'est la main du Destin qui lui a mis les nerfs en boule pour me présenter sur un plateau d'argent l'occasion de me raccommoder avec Antoinette. Avant même que les garçons courent sur les pavés en criant les nouvelles, j'arriverai à Saint-Lazare et je dirai aux sœurs à la porte que je viens tout droit du tribunal avec des nouvelles du procès. Grâce au bout de journal froissé apporté par Maman, ma trahison est déjà moins grave. Et bientôt un verdict d'acquittement viendra l'amoindrir encore plus. Antoinette acceptera de venir s'asseoir en face de moi, de l'autre côté des barreaux. Je cligne des yeux pour m'habituer à la pénombre de la salle d'audience lorsque j'aperçois nul autre que monsieur Degas, assis dans la première rangée du côté du jury. Je reste un instant déconcertée, jusqu'à ce que je remarque qu'il tient sur ses genoux un carnet de croquis semblable à celui dans lequel il dessine en classe ou dans les coulisses de la scène. À côté de lui, une femme coiffée d'un chapeau à plume fait tout un cirque en secouant ses jupes pleines de poussière de fusain. Mais l'attention de monsieur Degas est fixée sur le box des détenus, plus précisément sur les visages attentifs d'Émile Abadie et de Michel Knobloch. Monsieur Degas se penche un peu et, même si je ne le vois que de dos, je sais que derrière ses lunettes bleues son regard pénétrant cherche à comprendre l'histoire qu'il est en train d'immortaliser en quelques traits de fusain.

Après un moment dans la partie basse de la salle d'audience à essayer de comprendre une histoire qui est déjà presque toute racontée, je commence à mordiller ma lèvre inférieure. En résumant le procès, le juge président a commencé par parler des preuves qui semblent établir l'innocence d'Émile Abadie et de Michel Knobloch, énumérant les détails des aveux qui ne correspondent pas aux faits connus. Il semblait dire que Knobloch avait inventé cette histoire de toutes pièces, comme l'affirmait Antoinette. Les jurés ont hoché la tête tout au long de son discours. Toutefois, ils continuent d'opiner du chef maintenant que le juge leur rappelle les sacs de marteaux trouvés dans l'entrepôt qui a déjà servi de tanière à Émile Abadie, et la démonstration faite par le chef inspecteur Macé pour prouver qu'ils ont eu le temps de commettre le meurtre entre les troisième et septième tableaux de *L'Assommoir*. Les jurés hochent encore la tête pendant que le juge conclut :

– Membres du jury, vous devrez choisir entre deux Knobloch : celui qui est passé aux aveux ; ou celui qui, devant la cour, renie ces aveux. Je dois vous rappeler qu'il a avoué le meurtre devant les fils de la veuve Joubert, et même devant sa propre mère, en larmes, qui le suppliait de dire la vérité et à qui il répondait invariablement : « Hélas, maman, hélas, je suis coupable. »

Les hommes qui composent le jury sortent pour un moment, et soudain, comme sous l'effet d'un coup de tonnerre, la salle d'audience entre en ébullition. Chacun émet son opinion, depuis le boucher borgne derrière moi jusqu'à la grosse matrone un peu plus loin, en passant par le maçon qui toussote entre les deux. Je m'efforce de rassembler les bribes d'informations, de compter les arguments qui sont en faveur d'Émile et ceux qui sont contre lui.

– Ce sera un acquittement.

– Sans aucun doute.

– Qu'ils lui tranchent la tête ! Il ne vaut pas la peine qu'on dépense un seul sou pour l'envoyer en Nouvelle-Calédonie.

– Ils sont stupides, oui. Mais quelque chose me dit qu'il va réaliser son rêve.

– Dès que Knobloch ouvre la bouche, il en sort un nouveau mensonge.

– On ne l'enverra pas à la guillotine pour avoir menti.

– Ils le condamneront juste pour avoir mobilisé la cour.

– Ces deux garçons sont les assassins, c'est clair.

– Des brutes, tous les deux. Le jury n'a qu'à les regarder.

Les jurés reviennent à leur place d'un air grave, les bras croisés. Le juré en chef se lève, jette un œil au papier qu'il tient fermement entre les mains et se racle la gorge.

– Nous, membres du jury, commence-t-il, déclarons les accusés Émile Abadie et Michel Knobloch coupables du meurtre de la veuve Joubert.

Je mords très fort ma lèvre en me tordant les mains pendant que les juges, l'un derrière l'autre, sortent de la salle d'audience pour délibérer de la sentence. Mes jointures deviennent blanches, douloureuses. Je serre encore les poings dans ma crainte de voir revenir les juges et d'entendre leur décision. Selon Antoinette, il est de notoriété publique que Michel Knobloch est un menteur, et moi, j'ai vu le petit *x*, la preuve qu'il a menti en désignant Émile Abadie comme complice. Il y a de bonnes chances pour que Knobloch ait bâti ses aveux de toutes pièces avec pour seule idée son rêve de partir pour la Nouvelle-Calédonie. Oui, j'ai fait rejaillir encore plus de honte sur Émile Abadie mais, mille fois pire, à cause de moi ce menteur risque de finir sous le couperet de la guillotine.

Au retour des juges, le juge président se lève. Il a l'air d'un empereur dans sa longue robe rouge. En esquissant une grimace comme s'il venait de mordre dans un quartier de citron, il dit qu'Émile Abadie a reçu la peine maximale dans l'affaire du meurtre d'Élisabeth Bazengeaud. Dès lors, on ne pourrait lui imposer aucun autre châtiment pour son précédent meurtre sur la personne de la veuve Joubert.

– Par conséquent, dit-il, la cour ne peut lui imposer d'autre sanction que de payer les frais de cour.

Dans la partie basse, la foule se met à siffler et à taper du pied. Pas moi. Je reste silencieuse et immobile comme un chat effrayé. Le juge président regarde l'assistance en caressant du pouce la fourrure qui borde sa robe. Lorsque le silence revient dans la salle d'audience, il ouvre de nouveau la bouche.

– La cour condamne Michel Knobloch à la guillotine.

Il a menti en pointant du doigt Émile Abadie. Si on ajoute cette dernière petite preuve à tous les mensonges énumérés par le juge président, la seule conclusion possible est qu'il a tout inventé. Michel Knobloch est aussi innocent qu'Émile Abadie dans cette histoire de la veuve Joubert. Je porte les mains à ma gorge et je franchis les deux ou trois pas qui me séparent du mur le plus près. Je glisse le long des lambris jusqu'à m'asseoir par terre, les genoux entre les bras, une arête de la moulure enfoncée dans mon dos. Tout à l'heure, parmi les opinions émises, il y en avait autant qui prônaient l'acquittement que la guillotine. Un *x* minuscule ? Une gamine du second quadrille ? Un grain de riz ? Est-ce que j'aurais pu faire pencher la balance ? En enfouissant mon visage dans mes mains, je sens la moiteur de mes paumes contre mes joues.

Autour de moi, j'entends la salle qui se vide. D'abord le bruissement des jupes et le claquement des cannes des dames et des messieurs assis dans les premières rangées de bancs, puis le bruit des semelles et le traînement des pieds de ceux qui se tenaient dans la partie basse, qui ont humblement attendu leur tour. Tout à coup, une main me touche l'épaule et, en levant les yeux, j'aperçois les lunettes bleues et la barbe hirsute de monsieur Degas.

– Mademoiselle van Goethem, dit-il en retirant sa main pour la mettre dans sa poche. J'exposerai la statuette à notre sixième Salon, dans une semaine.

Je baisse le menton en essuyant mes yeux. Encore cette année, on a placardé des affiches dans tout Paris. Je me suis figée en voyant la première, hésitante, me sermonnant moi-même de renifler de trop près un piège dans lequel j'étais déjà tombée. Pourtant, une petite, une minuscule lueur d'espoir s'était immiscée en moi. Si monsieur Degas exhibait la statuette pour que tout le monde puisse la voir – monsieur Lefebvre et monsieur Pluque, monsieur Mérante et monsieur Vaucorbeil –, y avait-il une chance qu'ils voient au-delà de la cire, des cheveux, de la jupe, des chaussons dans mes pieds ? N'auraient-ils pas une bonne opinion d'une danseuse ainsi mise en valeur ?

– Vous pleurez ? Ne me dites pas que vous pleurez sur ces deux truands ? s'étonne monsieur Degas, maintenant que je le regarde en face.

– J'achetais mes journaux à la veuve Joubert.

Je voudrais lui dire que les messieurs du jury, qui plissent le front et se caressent la barbe, et les autres avec leur robe rouge, lorsqu'ils voient une pierre dans le caniveau, ils la voient comme lui et comme moi. Personne ne peut imaginer les mouchetures foncées, la veine de quartz, du moins pas en restant debout, pas sans prendre la peine de se pencher pour mieux regarder. J'ai eu tort de penser qu'avec la noblesse un homme recevait aussi une lunette spéciale, une lunette qui pouvait révéler une petite égratignure dont il ignorait même l'existence. Je devrais lui parler du *x* sur le calendrier, d'Antoinette qui constituait un alibi pour Émile Abadie, des aveux de Michel Knobloch qui n'étaient que mensonges, de l'erreur de la cour. Mais je me tais. Même si un garçon vient d'être condamné à la guillotine, je me tais. Et pour prouver ma faiblesse je me contente de dire :

– Michel Knobloch a dit qu'il avait tout inventé.

– Les deux sont des bêtes. On le voit bien aux signes physiognomoniques.

Je soulève une épaule pour montrer mon incompréhension.

– La physiognomonie est une science, m'explique-t-il. Elle permet de connaître le tempérament d'un individu d'après sa physionomie.

Il parle des caractéristiques que Cesare Lombroso attribue à l'homme criminel, et que ce dernier partagerait avec les sauvages primitifs.

– Ces deux meurtriers sont marqués, ajoute-t-il.

– Parce qu'ils ressemblent à des singes...

Je porte les doigts à mon front, puis les fait glisser sur ma mâchoire. Postée devant le miroir au-dessus du buffet de Papa, j'ai vu une bête qui me rendait mon regard : un front bas qu'aucune frange de cheveux ne peut dissimuler, les mâchoires proéminentes dont la robustesse me faisait penser au museau de ces gros chiens au nez aplati et à la gueule toute plissée. J'ai gratté une allumette, la flamme a mordu le bord d'une page de calendrier et la prophétie énoncée par ma figure le jour de ma naissance s'est réalisée.

Monsieur Degas pince les lèvres et fronce les sourcils. Il tapote brièvement ses lèvres avec son index avant de laisser retomber son bras.

– Sabine doit m'attendre, dit-il.

Cependant il ne bouge pas et ses sourcils restent froncés. D'abord, je crois voir de la tendresse dans son regard. Puis je remarque l'ombre d'un sourire. Non, ce n'est pas de la tendresse, c'est de la pitié. Je laisse de nouveau tomber mon front contre mes genoux relevés, et je l'entends s'éloigner, ses pas faisant de moins en moins de bruit. Il est parti.

Après un certain temps, j'entends de nouveau des pas, irréguliers et cette fois s'approchant de moi. C'est une femme de ménage. Elle porte un fichu et tient d'une main une serpillière. Elle dépose son seau devant mes pieds.

– Vous devez partir, dit-elle.

Comme je reste là, accroupie, elle ajoute :

– Faut que je nettoie, moi.

– Quand le garçon ira-t-il à la guillotine ?

– Quel garçon ?

À travers son fichu, elle se gratte le crâne de la main qui tient la serpillière, et ce faisant elle répand de l'eau sur le plancher.

– Knobloch. Celui qui a inventé ses aveux.

– Je suis pas au courant.

Elle donne un petit coup du manche en bois sur mes genoux tout en me faisant un signe du menton, alors je me relève.

Dehors, je repère un perron sous une porte cochère sombre et un peu en retrait. Je m'assois sur la pierre taillée et tire les pans de mon châle autour de mes épaules. Pendant un long moment, je regarde la lumière du jour qui s'estompe, de moins en moins crue et de plus en plus douce. Je tourne ensuite le regard vers mes mains et, dans la pénombre, je le vois, le sang séché, rouge foncé, presque noir : dans les replis de mes doigts, c'est la trace laissée par mes ongles.

Les mots crachés par Antoinette me reviennent à l'esprit : « T'as le sang d'un innocent sur les mains ! »

Je me force à me relever et je me dirige vers le pont Neuf pour rentrer rue de Douai, plutôt que vers Saint-Lazare par le pont au Change. La petite bouteille de Maman m'attend derrière son matelas.

Je veux dormir comme si j'étais morte.

Antoinette

En ce dernier jour de mars, j'attends la sœur supérieure sur ce banc dur où je me suis déjà assise des dizaines de fois. Les os de mes fesses s'enfoncent dans ma chair sous le poids de mes épaules affalées, et je dois soutenir d'une main ma tête fatiguée. Depuis que Colette a arraché de son cou la montre de la femme Bazengeaud, j'ai passé mes nuits à tourner dans mon lit et à scruter l'obscurité. Pendant six jours, j'ai eu les yeux rouges et gonflés tellement je pleurais, et j'avais la peau du nez à vif pour m'être mouchée des milliers de fois. Mais depuis hier, plus une larme. J'ai assez chialé.

Colette n'était pas encore sortie du parloir que je me bouchais les oreilles, fermais très fort les yeux et me collais le menton sur la poitrine. Mais ça n'a pas atténué ma douleur, pas du tout. Si Émile n'avait pas un sou de côté, c'était parce que tout son argent allait à Colette. Il lui a donné la montre. Il a menti lorsqu'il m'a juré que j'étais son seul et unique amour. J'ai honte de l'avouer, mais c'est d'abord ça qui m'est venu à l'esprit. Il m'a fallu une bonne minute avant de penser à la femme Bazengeaud. Elle n'aurait pas offert une montre de femme en cadeau à son amant. Et elle ne l'avait pas donnée à Émile à cause du chantage, puisqu'il m'avait dit que sa tentative avait échoué. Il l'avait donc volée, sans doute avec les dix-huit francs disparus lors de la mort de cette femme. Il avait participé au meurtre de la tavernière et au vol qui avait suivi. Je serrais les bras autour de mon ventre, penchée en avant, littéralement pliée en deux. « Arrête ! me suis-je dit. Arrête, maintenant ! »

Je me souviens m'être bercée ainsi, roulée en boule, tous les muscles tendus. Je voulais rapetisser jusqu'à n'être plus qu'une miette minuscule, une tache qui pâlit et disparaît. J'avais besoin de l'obscurité comme je n'avais jamais eu besoin de quoi que ce soit auparavant, et je me demandais si c'était la sorte de prière qui pouvait atteindre l'oreille de Dieu. Pourtant, non. Dieu s'en moquait. C'était lui qui avait mis dans mon esprit l'image de la petite maison au bord de la mer, avec son toit de chaume, son jardin, le soleil éblouissant, et pendant six jours je me suis raccrochée à cette image, à ce rêve que je pouvais toujours réaliser. Je suis restée ainsi allongée sur mon lit, le visage enfoui dans les draps, sans même me soucier de La Taupe qui se tenait debout à mon chevet.

– Je le dirai à la sœur supérieure si vous ne vous levez pas.

La sœur supérieure est venue dans ma cellule cinq jours de suite.

– Levez-vous.

– Levez-vous, maintenant, sinon, pas de récréation pendant une semaine.

– Vous n'aurez plus votre repas du soir tant que vous ne viendrez pas au réfectoire.

– On vous attend à l'atelier de couture. Les filles s'ennuient de vous.

Elle a posé une main sur mon épaule, mais je l'ai repoussée.

– À genoux. J'en ai assez, à présent.

Je n'allais pas au réfectoire, et au début j'étais affamée. On m'apportait toujours le repas du soir, mais jamais je ne faisais l'effort de soulever la cuillère. Après quatre jours, la faim a disparu. Quand je me levais pour utiliser le pot de chambre, je sentais mes jambes vaciller davantage de jour en jour. Deux fois, j'ai accepté de boire un verre d'eau, parce que la sœur supérieure menaçait d'appeler le père Renault si je n'avalais rien, et aussi, sans doute, parce que je ne voulais pas vraiment mourir et qu'elle savait me donner ainsi une raison de prendre le verre.

J'ai tapé contre les montants de fer de mon lit jusqu'à ce que mes poignets soient enflés, meurtris et violacés. Et pendant tout ce temps, je me creusais la tête, passant au crible toutes les hypothèses qui me venaient à l'esprit et qui auraient pu me permettre de réaliser le rêve de la petite maison au bord de la mer. C'était Pierre Gille qui avait donné la montre à Colette. La montre ressemblait à celle de la femme Bazengeaud, mais ce n'était pas celle-là. J'avais rêvé la visite de Colette au parloir, j'avais imaginé les mots « paiement de sa part ».

Toutefois, hier, mes larmes se sont taries. J'ai ouvert les paupières sur des yeux secs et brûlants, et j'ai finalement compris que je n'avais jamais été plus qu'une paillasse pour ce garçon. Tous les souhaits que je peux faire, toutes les histoires que je peux me raconter sur Émile et Antoinette n'y changeront rien. La petite maison au bord de la mer n'est qu'un rêve, un rêve que j'ai moi-même inventé. Tout comme la sensation d'être adorée. Et l'océan de chocolat dans mes yeux. Et la prétention de pouvoir séduire un garçon qui me met dans la bouche des moules persillade.

J'ai pensé à Marie. Dès la première visite d'Émile chez nous, elle avait vu sa vraie nature. « La bête est partie », avait-elle soufflé après son départ. Et le lendemain matin elle froissait nerveusement un sac en papier brun caché derrière son dos. Il lui avait fallu beaucoup de courage, beaucoup d'amour pour aller frapper chez madame Lambert et en revenir avec le truc du vinaigre, surtout craintive comme elle l'est. Elle maintenait fermement ce qu'elle savait, et moi je refusais d'y croire. Je l'ai poussée sur le plancher en lui criant: « Dis plus jamais que c'est un assassin ! » Et lorsqu'elle a de nouveau hurlé « Assassin ! », je l'ai giflée. Après, elle a essayé de me raisonner en me disant qu'Émile était l'amant de la Bazengeaud, que le couteau retrouvé était une preuve contre lui, que la chemise tachée de sang était de sa taille à lui et non de celle de Pierre Gille, que son beau-père affirmait que c'était un mauvais garçon, qu'il avait même brandi un couteau sous la gorge de sa propre mère qui lui refusait un verre alors qu'il était déjà ivre. Mais je me bouchais les oreilles avec de l'ouate et je pressais les mains par-dessus. « La montre volée n'a pas encore été retrouvée, avait-elle dit. Est-ce qu'Émile ne t'a jamais montré une jolie montre de femme ? »

Avec le recul, je crois que je l'avais déjà vue, cette montre, il y a longtemps, au cou de Colette. Elle clignotait à la lueur d'une lampe à gaz. Mais j'avais voulu l'oublier. Marie dit qu'elle m'a entendue pleurer dans l'escalier, quand Émile et moi nous disputions à propos du chien mort, que je lui reprochais de ne pas mettre un sou de côté et d'être resté de glace lorsque Pierre Gille m'avait giflée. Selon elle, les cernes sous mes yeux étaient la faute d'Émile. Je prétendais que c'était faux, bien sûr.

Ensuite, elle a affirmé qu'il n'y avait pas de calendrier derrière le manteau de cheminée, et c'est le seul mensonge que je l'ai jamais entendue proférer de toute sa vie. J'étais à genoux devant elle, suppliante, et dans ce moment noir j'ai fait d'elle une menteuse. Non, elle n'apporterait pas le calendrier à monsieur Danet, puisque je remplissais mes oreilles d'ouate, puisque je refusais d'admettre la vérité. C'était comme si je lui demandais d'ouvrir une porte pour que je puisse passer de l'autre côté où, elle le savait, ne m'attendait qu'un champ de ruines. Cependant, en refusant de le faire, n'a-t-elle pas franchi elle-même cette porte ? C'est ce que j'ignore, ce qui m'inquiète, ce que je crains plus que jamais, même, depuis que Charlotte s'est présentée au parloir, enroulant la frange de son châle autour de son doigt.

– Je sais que j'aurais dû venir avant, a-t-elle lancé. J'ai aucune excuse, sauf que j'ai juste dix ans et que je commence seulement à comprendre qu'il faut être gentille.

– C'est une bonne excuse, petite poule.

Elle m'a regardée avec des yeux grands comme des soucoupes, avant de s'attarder à la grille, aux gardiens, à ma robe défraîchie.

– Tu reviens bientôt à la maison ?

Son joli front était tout ridé d'inquiétude.

– Dans trois semaines.

Elle a poussé un soupir heureux et j'ai senti un grand soulagement m'envahir à l'idée que je n'aurais jamais à lui apprendre mon départ pour la Nouvelle-Calédonie.

– Marie a dit que tu ne reviendrais jamais, et quand je lui ai dit que ce n'était pas vrai, elle s'est mise à chialer.

Ses petites épaules se sont soulevées.

– Je ne sais pas, pour Marie...

– Qu'est-ce que tu sais pas ?

Elle s'est penchée pour se rapprocher des barreaux, comme si le fait de la murmurer allait rendre la nouvelle moins mauvaise.

– Elle a été choisie pour danser dans *Le Tribut de Zamora*, et ça n'a même pas l'air de l'intéresser.

•

La sœur supérieure s'installe très lentement dans sa chaise en jouant avec son crucifix, en replaçant sa cornette déjà parfaitement droite. En fait, elle se donne du temps pour regarder ailleurs, en attendant de trouver les mots adéquats.

– Ma chère, commence-t-elle.

Elle se penche par-dessus son bureau pour mettre une main sur les miennes, serrées l'une contre l'autre sur la surface de chêne.

– Que de chagrin sur un visage si jeune...

Je baisse encore un peu plus la tête et la sœur supérieure doit presque coller sa joue flasque sur le bureau pour scruter mes yeux rouges cernés de bleu foncé.

– Antoinette..., poursuit-elle en caressant le nœud serré de mes doigts. Dites-moi pourquoi vous êtes venue me voir.

Je redresse la tête et lui dis d'une voix faible :

– Je veux des nouvelles du procès d'Émile Abadie et de Michel Knobloch.

– Ah.

Elle se recule et s'assoit de nouveau très droite sur sa chaise. Je n'ai jamais supplié qui que ce soit, sauf Marie, une fois, dans un moment noir. Pourtant, je tombe à genoux sur le plancher et ploie la nuque.

– Ma mère, je vous en supplie.

– Antoinette, dit-elle en faisant un mouvement du poignet qui m'ordonne de me relever et de reprendre ma place. Cet Émile Abadie, est-ce vrai ce qu'en disent les filles ? Était-il votre amant ?

Penaude, je hoche la tête dans un mouvement presque imperceptible. D'une voix sèche, implacable, elle me lance :

– Le diable vit dans ce garçon.

Elle recommence à jouer avec son crucifix en secouant la tête de gauche à droite. Finalement, elle se racle la gorge avant de me noyer sous un déluge de mots.

– Je vous ai vue faire les gros yeux aux filles qui se montrent odieuses, je vous ai vue vous porter à la défense de celles qui sont trop timides pour se défendre elles-mêmes. On m'a rapporté que vous avez partagé votre repas du soir avec Estelle lorsqu'elle a perdu sa place dans la queue. Et sœur Amélie affirme que vous êtes rapide et appliquée dans vos travaux de couture, et que vous aidez souvent les autres qui sont moins habiles avec le fil et les aiguilles.

Elle ouvre ses paumes comme les pages d'un livre.

– Vous êtes une bonne fille, Antoinette.

Je passe la langue sur mes lèvres sèches.

– J'ai besoin de savoir les résultats du procès.

– Vous avez vu le tableau de Prud'hon au mur de la chapelle, non ?

Le tableau dont elle parle est sombre, noir, à l'exception d'un rayon de lumière qui éclaire les côtes de Jésus, ses bras écartés, les clous dans ses pieds, et les épaules d'une fille, seule, prostrée à côté de la croix.

– La femme éplorée, c'est Marie-Madeleine, me dit-elle. Une prostituée pardonnée par notre Sauveur, la première à qui Il s'est présenté après Sa résurrection.

Tous les dimanches matin, les filles perdues s'assoient épaule contre épaule dans la chapelle pour écouter le père Renault leur rebattre les oreilles avec le même message : la promesse d'une grande récompense qui nous attend de l'autre côté d'une porte nacrée. Pendant que notre regard s'attarde sur ce tableau accroché très haut au-dessus de nos têtes, notre esprit doit s'efforcer de suivre les pas de cette femme aux épaules illuminées et de se purger des garçons possédés par le diable. Je sais bien ce que pense la sœur supérieure : elle ne me donnera pas les nouvelles que je lui demande. Elle n'ajoutera pas à la pourriture qui empêche cette porte nacrée de s'ouvrir pour moi. Elle n'a pas compris que, déjà, je me suis purgée d'Émile Abadie, que j'ai bien frotté et rincé dans un torrent de larmes la saleté qui me venait de lui.

– Antoinette, me dit-elle, les traits adoucis. Il a assassiné deux femmes, dont l'une était sa maîtresse.

Deux femmes. Deux. C'est ce qu'elle a dit. J'aspire en moi ces mots qu'elle a laissé échapper et je comprends qu'Émile Abadie a été déclaré coupable. Pour lui, cela ne change rien, mais Michel Knobloch a assurément reçu le même verdict. Quel sot ! Ce mensonge lui vaudra la déportation en Nouvelle-Calédonie ou bien la mort par guillotine. Mais laquelle de ces deux sentences a été prononcée ? J'ai besoin de le savoir. La réponse à cette question m'indiquera si Marie a elle-même franchi la porte derrière laquelle l'attendait l'obscurité d'un champ de ruines. C'est précisément pour cette raison que je suis assise devant la sœur supérieure, aspirant ses mots et oubliant d'expirer. Marie a un tempérament grave, solennel ; son esprit reste souvent fixé sur des bêtises, comme ces histoires de faces de singe ou la prétendue vérité de *L'Assommoir*. Je crains qu'elle soit obnubilée à présent par le petit *x* qu'elle n'a pas montré à monsieur Danet, puisque ce *x* aurait prouvé que Michel Knobloch mentait, qu'il n'était coupable de rien d'autre que de se vanter et de nourrir un rêve d'exil en Nouvelle-Calédonie. Ce que je sais, c'est que Marie ne pourra supporter qu'une seule des deux sentences possibles – la Nouvelle-Calédonie ou la guillotine. Mon cœur bat à tout rompre et je vois à un mouvement presque imperceptible de la sœur supérieure, un battement d'aile de papillon, qu'elle l'a remarqué.

– Et Michel Knobloch ? dis-je. Pour lui, c'est la Nouvelle-Calédonie ou la guillotine ?

Elle serre les lèvres. Ses doigts relâchent son crucifix et se posent sur son bureau. Par deux fois, elle en gratte la surface dans un geste qui montre que sa patience est mise à rude épreuve.

– Je m'inquiète pas pour Émile Abadie, dis-je. Ni pour Michel Knobloch.

Je secoue la tête.

– Je m'inquiète pour ma sœur. Vous devez comprendre.

Le bord de sa cornette s'abaisse sur son front plissé.

– Vous devriez recommencer du début, alors, Antoinette, parce que je ne comprends pas.

Je prends une grande inspiration et la sœur supérieure sépare mes deux mains toujours agrippées l'une à l'autre. Elle en garde une dans les siennes et cela me fait l'effet d'un petit cocon tout chaud. D'abord, je lui parle de Marie qui attend avec angoisse le moment où sa supposée nature bestiale prendra le dessus. Je lui parle de *L'Assommoir*, je lui raconte la vie malheureuse de Gervaise et la déduction de Marie qui croit qu'elle-même ne peut connaître qu'une fin misérable.

– Elle est futée, dis-je, futée comme un renard. Elle passe son temps à lire *Le Figaro* et elle sait ce que veut dire chaque mot. Elle compte même plus vite que le fruitier de la rue de Douai. Mais son intelligence lui a jamais apporté rien de bon. Ça fait juste lui assombrir l'esprit.

Je me tais et la sœur supérieure me fait de la tête un signe bienveillant. Je me gratte l'oreille même si je n'ai aucune démangeaison. Je ne souhaite pas en dire plus. Dans le reste de l'histoire, c'est moi qui commets un faux pas. Une bourde. Une erreur.

– Vous n'avez pas terminé, dit-elle.

Je continue à me gratter.

– Je n'ai pas toujours été une religieuse, vous savez, ajoute-t-elle.

Je hausse les épaules.

– Je suis née rue Bréda, j'ai grandi rue Pigalle, puis sur le boulevard de Clichy, et ensuite rue Lamartine.

Je connais ces rues, aucune n'est très loin de la rue de Douai. Et ces changements d'adresse fréquents laissent supposer que son père – si elle avait un père – ne payait pas toujours le loyer.

Je poursuis mon récit et je lui raconte tout à propos de la méridienne et des moments où Émile m'adorait entre les tableaux, sauf que j'appelle plutôt ça « subir les besoins d'un homme ». Je lui parle du calendrier, du *x* que Marie a vu et qu'elle a refusé de montrer à monsieur Danet, tout cela parce que je me suis bouché les oreilles avec de l'ouate les centaines de fois où elle a essayé de me convaincre qu'Émile Abadie était aussi pourri qu'un rat mort depuis longtemps.

– Marie sait qu'elle aurait pu aller voir monsieur Danet, dis-je. Elle sait que c'était un choix. Si Michel Knobloch est condamné à la guillotine, Marie croira que c'est elle qui a causé sa perte. C'est ce qui m'inquiète.

La sœur supérieure soupire, ses épaules se soulèvent, puis retombent lourdement. Elle secoue la tête.

– La cour l'a déclaré coupable. Il est condamné à la guillotine.

Le sang de Michel Knobloch coulera donc et l'esprit de Marie est foutu. Même si je suis ici, à Saint-Lazare, je le sais. Elle ne dort plus. Elle ne va plus en classe. Elle ne s'intéresse pas au *Tribut de Zamora*, comme me l'a rapporté Charlotte. Elle est malheureuse et croule de fatigue, accablée de remords. La peau de son pouce est à vif, elle se mord la lèvre jusqu'au sang. Et pour la réconforter il n'y a que Maman, qui puise son propre réconfort dans sa bouteille d'absinthe, et Charlotte, qui ne fait que commencer à s'intéresser à quelqu'un d'autre qu'elle-même. Je me souviens de la robe que

Marie portait lors de sa visite à Saint-Lazare, une robe de fine soie grise. Un cadeau, avait-elle dit. Les larmes mouillent mes joues, même si je croyais qu'il ne m'en restait plus une seule. De la morve, liquide comme de l'eau, coule de mon nez. Je sens mon visage s'affaisser et la sœur supérieure serre ma main un peu plus fort pendant que je confesse que j'ai craché à Marie ces paroles pleines de haine : « T'as le sang d'un innocent sur les mains ! »

– Antoinette, ma douce enfant...

Ses mains enserrent la mienne comme un étau.

– Vous avez un grand cœur. Vous saurez apaiser les souffrances de Marie.

Les rides qui lui barraient le front ont disparu, ses joues semblent s'être relevées très légèrement et ses lèvres esquissent le plus tendre des sourires.

LE FIGARO
12 avril 1881

DEGAS ET LE SIXIÈME SALON DES ARTISTES INDÉPENDANTS

Même si on ne trouve que huit entrées dans le catalogue pour Edgar Degas, l'artiste expose d'autres d'œuvres, encore une fois apportées à la dernière minute. La statuette qu'il avait d'abord promise l'an dernier est de nouveau inscrite au catalogue, mais elle n'est toujours pas arrivée. La vitrine destinée à l'abriter reste vide. Mais cette vitrine ne me suffit pas, monsieur Degas !

Ce qu'il offre aux visiteurs, par ailleurs, ce sont des portraits, des scènes de danse, des blanchisseuses, des nus, et une étude de l'homme criminel. Dans cette remarquable étude, avec le pastel pour seul outil, Degas a croqué les figures blafardes et troublantes d'Émile Abadie et de Michel Knobloch sous la fade lumière de la cour. Seul un fin observateur pouvait illustrer avec une telle précision physiologique l'animalité de leur front et de leurs mâchoires, allumer cette lueur vacillante dans leur regard sans vie, rendre la couleur verdâtre de leur peau meurtrie, tachée par le vice. En intitulant son tableau Physionomie de criminels, *monsieur Degas révèle clairement son intention. Chef-d'œuvre d'observation, l'étude se fonde sur la découverte par les scientifiques du caractère inné de la criminalité. Émile Zola, qui prône l'avènement d'une littérature scientifique où l'environnement et les forces inéluctables de l'hérédité déterminent le destin des personnages, a donc trouvé un écho parmi les peintres.*

Marie

J'avance sur les pavés que j'ai déjà foulés des centaines de fois avant aujourd'hui : la rue Blanche jusqu'à la rue de la Chaussée d'Antin, où j'ai l'habitude de tourner la tête pour voir l'église de la Sainte-Trinité. Parfois, je prends la peine de traverser la rue et de lever les yeux pour admirer la statue représentant la Tempérance. Tout le monde dit que le personnage principal, qui tient un fruit hors de la portée de deux enfants, a été sculpté d'après l'impératrice Eugénie. Chaque fois que j'ai contemplé les cuisses potelées des enfants, leur ventre rond, leurs mains tendues, j'ai pensé que l'impératrice ressemble à une mère qui met ses enfants en garde contre la gourmandise. Aujourd'hui, toutefois, au lieu de m'intéresser à cette allégorie, je tourne le dos à la statue. Je n'y verrais plus, je le crains, qu'une mère avare qui protège le fruit qu'elle veut garder pour elle toute seule.

En général, j'emprunte le portail situé à l'arrière de l'Opéra, mais aujourd'hui je passe tout droit. Devant l'édifice, du côté est, je lève les yeux vers les chairs nues et entremêlées des danseurs de pierre. Dans cette statue, Antoinette voyait le plaisir, le bonheur. Pas moi. Du moins, plus maintenant. Les traits des danseurs respirent la malice, comme s'ils disaient aux passants dans la rue : « Regardez ici ! Voici un aperçu de ce que vous trouverez à l'intérieur ! »

Après le boulevard des Capucines, je tournerai dans la rue Cambon, une rue tranquille qui relie les grands boulevards au jardin des Tuileries. De petits balcons sont soutenus par les plus jolis parchemins en pierre, et on ne voit aucun volet dont la peinture s'écaillerait ou qui pendrait de travers sur ses gonds. Dans la rue Cambon, devant la porte majestueuse de la maison où monsieur Lefebvre a son appartement, je tirerai sur la sonnette pour appeler la concierge tout en me mordillant la lèvre, comme je l'ai fait si souvent le mardi avant la classe de madame Dominique. Juste à cette idée, j'ai des palpitations, comme si des chauves-souris battaient des ailes dans mon ventre. Il m'a dit de ne plus revenir. Mais ce matin, on a frappé à la porte de notre logis, et en ouvrant je me suis heurtée au gros ventre de monsieur LeBlanc. J'ai pensé à la petite bouteille d'absinthe, déjà vide, que j'avais achetée avec mon argent, mais je n'ai éprouvé aucun remords pour ces huit sous ainsi dépensés. De toute façon, nous devions un mois complet à monsieur LeBlanc. Maman était déjà partie pour le lavoir, alors il n'y avait que moi et Charlotte pour le recevoir. Après son départ, nous sommes restées blotties l'une contre l'autre, tremblantes.

– Tout ira bien, a murmuré Charlotte. Demain, Antoinette revient à la maison.

– Non, je t'ai dit qu'elle ne reviendrait pas.

– Oui, elle reviendra.

Avec une telle matinée, je n'avais pas la force de lui expliquer la situation. J'avais plutôt envie de me recoucher et de savourer la vacuité du sommeil, mais j'avais déjà fouillé sous le matelas de Maman et sa bouteille n'y était pas. Charlotte a glissé sa main dans la mienne et lorsque je l'ai regardée, elle m'a souri, mais du sourire simulé d'une ballerine qui tapote le dos d'une camarade dans les coulisses. Ce n'est pas pour m'aider, les efforts de cette gamine qui essaie de m'empêcher d'aller me vautrer sur notre matelas. Hier, elle a laissé un bout de chandelle dans mon sac en guise de cadeau. Et la semaine dernière, en rentrant après son cours du matin, elle m'a trouvée encore au lit en train de regarder le plafond – les taches d'humidité, la latte nue à l'endroit où le plâtre est tombé. Alors, gentiment, elle s'est faufilée sous les draps. J'avais mal à la tête et l'esprit brumeux ; elle a passé ses doigts dans mes cheveux comme Antoinette le faisait naguère.

– Arrête, ai-je dit.

Elle a retiré sa main.

– Tu veux que je te raconte comment le jupon de madame Théodore est tombé par terre ?

– Non.

– Es-tu malade, Marie ?

J'étais sur le point d'avoir la nausée tellement j'avais la langue pâteuse.

– Non.

– Maman se sent mieux lorsqu'elle boit un peu d'eau.

Elle s'est levée, a plongé une tasse dans le seau en zinc et me l'a tendue. Je l'ai prise, parce qu'elle avait le regard suppliant, tout en me demandant depuis quand Charlotte était devenue aimable. J'ai porté la tasse à mes lèvres, mais je n'ai trouvé aucun apaisement à sentir l'eau descendre dans ma gorge. De nouveau, je me heurtais à cette réalité, claire comme du cristal même dans mon esprit brumeux : j'avais permis que l'on condamne un garçon à la guillotine, alors que son seul crime avait été de mentir. C'était moi qui avais relâché le couperet, et seule l'absinthe estompait la clarté aveuglante de cette réalité. Seule l'absinthe me permettait d'oublier.

•

Alors que nous étions encore près de la porte à écouter monsieur LeBlanc descendre l'étroit escalier en haletant, Charlotte m'a pressé doucement la main.

– Je gardais le secret pour vous faire une surprise, a-t-elle commencé, avec Antoinette qui revient à la maison demain et tout ça.

Son petit visage s'est rempli d'espoir.

– Quel secret ?

– Hier, monsieur Mérante est entré dans la salle de répétition au beau milieu des exercices à la barre et a demandé une série de bonds et de pirouettes. Il nous a mis en file et j'ai attendu mon tour comme les autres.

Elle m'a adressé un sourire coquin.

– Nous avons fait ce qu'il demandait, une à la fois. Alors il a dit « Une roue ! » en me désignant du doigt. J'en ai fait une et, pointant de nouveau son index vers moi, il a lancé : « Notre nouvelle acrobate ! »

Elle sautillait sur le bout des orteils, les mains jointes devant sa poitrine. Je savais ce qu'elle m'annoncerait ensuite : elle avait un rôle dans *Le Tribut de Zamora*. Pourtant, je n'ai pas eu la force de passer mon bras sur ses épaules pour la serrer contre moi. Elle a fait une petite gigue avant de m'expliquer :

– C'était Jocelyne, un autre petit rat, qui faisait l'acrobate, mais elle a attrapé la petite vérole. Sa fièvre est tombée, mais elle est pleine de taches, pire qu'un dalmatien !

J'ai pris son visage dans mes mains et, d'une voix dure, je lui ai dit :

– C'est un coup de chance.

Ce n'était pas gentil, je le sais, et ce n'était même pas vrai, car sitôt qu'elle en a l'occasion, elle pousse notre petite table dans un coin de la pièce pour dégager un espace où elle peut répéter ses pirouettes piquées.

– Demain, je ferai mes débuts.

Elle a exécuté une petite révérence.

– Antoinette peut venir, et je vais gagner trois francs en bondissant sur la scène.

Elle a levé bien haut ses bras grand ouverts, comme pour embrasser tout ce qu'il y avait de bon dans l'univers. J'irais chez monsieur Lefebvre pour réclamer mes trente francs. Un enchaînement de pas répété cent fois devient aussi naturel que de respirer. La dernière fois que je suis allée à son appartement, j'ai su dès que la porte s'est ouverte que cette visite serait différente des autres. Il se tenait devant moi, croisant et décroisant ses bras, me scrutant de la tête aux pieds au lieu de faire un pas de côté pour me laisser entrer.

– Une coupe de vin? m'a-t-il finalement lancé au bout d'un moment, tout en dégageant le passage. Ou bien en avez-vous déjà bu assez?

Il ne l'avait pas proposé d'une voix aimable, pas comme s'il y avait la moindre chance qu'il me serve un verre, mais je n'avais pas peur. Non. L'absinthe me donnait du courage.

J'ai marché vers le paravent en prenant garde à ne pas laisser paraître davantage mon ivresse, mais je n'étais pas encore à mi-chemin qu'il m'a agrippée par le bras et m'a tirée vers le sofa qui n'était qu'à quelques pas. Il m'y a poussée et s'est jeté sur moi, triturant ma cuisse de son membre dur, poussant son menton contre mon épaule et pétrissant la chair qu'il pouvait trouver à travers ma blouse. En même temps, il sifflait entre ses dents « putain », « salope d'ivrogne », « Jézabel ».

Je n'ai pas ouvert la bouche pour dire: « Arrêtez, monsieur Lefebvre, arrêtez! » Je n'ai pas serré les jambes l'une contre l'autre, je n'ai pas protégé ma poitrine de mes mains. J'ai avalé la promesse de damnation éternelle de mon âme en pensant au jour où, dans l'atelier de monsieur Degas,

Marie Première m'avait incitée à fuir le doigt de monsieur Lefebvre sur mon dos nu. Était-ce un piège tendu par un ange déchu qui, tapi dans son coin, attendait l'occasion de gagner ma confiance ? Il y avait des lunes que je n'avais pas récité l'Acte de contrition, mais une ligne au sujet de la perfection que nous devions essayer d'atteindre m'est soudain revenue à l'esprit : « Je désire marcher sur Vos traces, et devenir, à Votre exemple, douce et humble de cœur, chaste, patiente, charitable, détachée des faux biens et des plaisirs dangereux du monde. » Toutefois, je ne possédais aucune de ces vertus. Je le savais au fond de mon cœur, et Marie Première le savait aussi. À en juger par les grognements de monsieur Lefebvre, j'estimais qu'il aurait fini lorsque j'aurais compté lentement jusqu'à vingt, et il m'est venu à l'esprit que c'était plus facile que de poser et d'attendre en regrettant que le temps ne passe pas plus vite. J'en étais à huit lorsqu'il a soulevé sa tête de mon épaule ; j'ai vu son visage tordu, hideux, et puis il est retombé, son corps entier étant devenu tout flasque. Je l'ai poussé sur le côté et je me suis tortillée pour me dégager.

Il s'est aussitôt mis debout en rentrant les pans de sa chemise dans ses pantalons, avant d'aller chercher mon allocation dans le tiroir.

– J'en ai assez de vous et de vos intrigues ! a-t-il craché tout en lançant à mes pieds l'argent qu'il me devait. Ne venez plus.

Il parlait d'une voix cassée, et c'est à ce moment seulement que le goût piquant de la peur, amer comme la peau d'une noix, m'est venu à la bouche.

•

Plus je m'approche de l'intersection où je devrai tourner dans la rue huppée de monsieur Lefebvre, plus mes pieds semblent refuser d'avancer. Je vais gagner assez pour payer le loyer, et puis quoi ? Je ne réussirai qu'à repousser d'une semaine, d'un mois ou d'une année la misère qui m'écrasera de toute façon. Cesare Lombroso et les autres qui ont mesuré la tête des criminels en prison et le crâne de ceux qui sont morts par guillotine me diraient probablement : « Vas-y. Gagne tes trente francs. Reste au chaud pour quelques nuits encore. Mais cela ne changera rien du tout. Tu auras toujours une face de singe. » Oui, j'ai frotté l'allumette. Oui, j'ai du sang sur les mains, de l'absinthe sur la langue, les mains baladeuses de monsieur Lefebvre sur la peau. Est-ce la même chose pour Charlotte ? Est-ce que la misère la guette aussi, comme elle guettait Gervaise même si elle frottait le linge sale comme une esclave, même si elle épargnait le moindre sou, même si elle essayait de devenir une autre, quelqu'un qu'elle n'était pas ? Charlotte a la même origine que moi, la même origine qu'Antoinette avec son aspect simiesque et son destin de cocotte emprisonnée pour avoir volé sept cents francs. Charlotte connaît la même cour nauséabonde, les mêmes caniveaux insalubres, et elle dort la nuit dans le même quartier sordide de Montmartre. Nous avons la même mère égoïste, qui ne se soucie pas plus d'elle que de moi. Monsieur Zola dirait que Charlotte n'a pas la moindre chance. Cependant, en disant cela il ne tiendrait pas compte de son visage d'ange, de ses lèvres en bouton de rose, de sa peau délicate. Elle n'a aucun trait bestial et Cesare Lombroso serait d'accord avec moi. Il estimerait qu'aucun indice ne nous permet d'affirmer que Charlotte mènera une vie criminelle. J'avance un pied, lourd comme du plomb.

Un peu plus loin devant moi, un élégant escorte une dame vêtue d'une robe en soie indigo par-dessus une ample tournure. Il lâche son bras pour ouvrir la porte d'un immeuble ordinaire dont la façade est ornée de plusieurs fenêtres.

Tout en entrant, la dame baisse son petit menton parfait. La porte se referme et alors, mon regard est attiré par les six affiches identiques qui la tapissent. L'élégant et la dame habillée de soie sont allés visiter le sixième Salon des artistes indépendants, où monsieur Degas est censé exposer la statuette.

C'est à monsieur Lefebvre que je pensais ce matin lorsque j'ai enfilé ma robe de soie grise et que j'ai mis un soupçon de rouge sur mes lèvres. Mais à présent, une partie de moi commence à penser que, mise comme une dame, ce n'est pas par hasard que je passe devant l'exposition sur le boulevard des Capucines. Je pénètre donc à mon tour dans l'immeuble et je suis le couple le long d'un corridor qui mène à une enfilade de petites salles aux plafonds bas et aux murs couverts de tableaux, dont certains sont accrochés tellement près du sol que même un enfant devrait se pencher pour les regarder. Dans un coin, un gentleman avec du poil dans les oreilles lève les yeux de son carnet en me faisant comprendre que je le dérange. La lumière n'est pas bonne, mais, une fois que mes yeux s'y sont habitués, je m'aperçois que cette exposition n'est pas différente de celle que j'ai déjà visitée. Des buveurs d'absinthe dans un café – vêtements froissés, barbe négligée et yeux renfoncés. Une femme nue en train de coudre sur un lit – draps chiffonnés, poitrine tombante, mains rougies par le travail. L'un de ces tableaux est signé par Raffaëlli, l'autre par Gauguin.

La femme en soie indigo s'éloigne du mur pour avoir une meilleure vue, mais comme la salle est très étroite sa tournure heurte le mur derrière elle. L'homme aux oreilles poilues émet un claquement de langue. Incertaine, elle cherche le regard de son époux de l'autre côté de la pièce, mais ce dernier arbore l'expression d'un gamin qui ignore comment nouer ses lacets.

Dès que j'entre dans la quatrième salle, dont les murs sont peints en jaune, j'aperçois la statuette, comme l'autre jour dans l'atelier de monsieur Degas, sauf que cette fille – moi – est à présent enfermée dans une cage de verre. J'ai aussitôt l'impression que ce n'est pas une bonne idée, car cette cage donne l'impression que la statuette est un spécimen destiné aux scientifiques. Il y a trois autres visiteurs dans la salle : un vieil homme accompagné d'une femme, sans doute sa fille ou son infirmière, et un homme aux ongles tachés de peinture dont la cravate est nouée de telle façon qu'une extrémité est très longue et l'autre, très courte. Comme il s'intéresse de près à la statuette en frottant sa courte barbe, je me tourne vers le mur derrière lui pour dissimuler mon visage. Il y a là une douzaine de tableaux de monsieur Degas. Une chanteuse de cabaret aux traits vulgaires, penchée vers l'avant, la bouche ouverte, son décolleté plongeant narguant les hommes assemblés devant la scène. Une femme ployée au-dessus d'un fer à repasser. Une autre femme, celle-là nue et potelée, se grattant le dos dans ce qui ne peut être que le salon d'un bordel. Chacune est saisie dans son activité quotidienne, telle qu'elle est. Je regarde attentivement la femme qui se gratte le dos. Elle est exactement elle-même sur la peinture, et non celle que croient voir ses clients, qui n'est qu'un pur produit de leur esprit.

Je jette un œil par-dessus mon épaule. L'homme aux ongles sales semble toujours fasciné, et il continue à se frotter la barbe. Il tourne lentement autour de la statuette pour l'examiner de face, puis de dos. Entre ses sourcils se forme un petit creux qui marque sa grande concentration, mais aucun indice ne me permet de deviner ce qu'il pense de la fille en cire. Soudain, alors qu'il me tourne le dos, il se croise les bras et écarte les pieds pour assurer son équilibre. J'en profite pour tenter un regard vers le visage de cire, ce visage qui est le mien. Je vois une fille, pas jolie, qui regarde droit devant elle d'un air un peu effronté. L'homme, comme hypnotisé, recommence à tourner autour de la vitrine et je me détourne de nouveau vers le mur. Cette fois, mes yeux se posent sur un pastel. J'ai un sursaut de surprise en reconnaissant Émile Abadie à côté de Michel Knobloch, croqués de profil dans le box des détenus à la cour. En voyant la figure de ces garçons sur ce tableau, n'importe qui dirait que ce sont des bêtes. Personne ne pourrait deviner qu'une erreur a été commise. Mais moi, je le sais.

Cela n'a pas été facile de rentrer à la maison après le procès. Une dame a lâché le bras du dandy qui marchait avec elle et s'est retournée en passant près de moi pour me dévisager. Les yeux d'un maître d'hôtel, devant un café, se sont détournés trop rapidement après être tombés sur ma tronche. Même chose pour une vieille femme qui balayait la rue. Et un garçon m'a tiré la langue en m'apercevant. Après, j'ai marché la tête penchée vers le sol en me détournant chaque fois que je croisais quelqu'un. Je me suis dit que j'irais voir l'avocat d'Abadie pour lui expliquer l'affaire du calendrier, ce que j'aurais dû faire bien avant. Ensuite, je me suis dit que ça ne changerait rien – dans le fond, je savais que je n'irais pas, et me convaincre de l'inutilité de la démarche était la seule façon de continuer à vivre tout en sachant que je n'avais ni le courage, ni le cœur, ni la gentillesse d'aller trouver monsieur Danet. Je me suis arrêtée sur le pont Neuf pour me pencher par-dessus le muret d'un des balcons en demi-cercle qui faisait saillie au milieu. La lumière était douce et jaune, et la Seine ressemblait à un ruban vert aux reflets dorés. Je me suis penchée un peu plus, les hanches contre les pierres du muret. Mes pieds ont quitté le trottoir et je me balançais ainsi, en équilibre, lorsqu'un homme a posé une main sur mon épaule en disant :

– C'est plus froid que ça en a l'air.

Je suis redescendue sur le sol.

– Allez vous offrir une tasse de chocolat.

Il me tendait une pièce de un franc, que j'ai saisie sur-le-champ. Droit devant, sur la rive droite, je voyais un café. Avec sa vue sur la Seine, il ne serait sans doute pas bon marché. Tout de même, un franc entier était plus que suffisant pour un verre d'absinthe.

Cela m'a semblé horrible de tourner dans la rue de Douai et de voir Alphonse, avec son tablier et son chapeau de boulanger, sur le seuil de la boulangerie de son père.

– Ah ! La ballerine ! a-t-il lancé, malgré ma tête penchée et mon dos courbé.

Je lui ai fait un vague signe de la main, sans grand enthousiasme. Il a dû croire que je ne faisais que frotter ma jupe.

– J'ai une madeleine à l'orange pour toi, a-t-il ajouté en levant la pâtisserie pour me la montrer.

Comme je ne déviais pas de mon chemin, sa main est retombée, comme si la madeleine à l'orange était faite en plomb. Une fois la porte de notre logis refermée derrière moi, j'ai repensé à la manière dont sa voix s'était éteinte, chargée d'hésitation, avant même d'avoir terminé sa phrase. J'ai appuyé mon front contre le mur.

Cela n'a pas été facile non plus, deux semaines plus tard, à mon retour à la maison après la sixième représentation du *Tribut de Zamora*, sans une seule nuit de sommeil convenable. Dans la lumière grise, j'ai vu une chaise renversée, le châle de Maman sur le plancher, notre petite table encombrée d'un bougeoir, de deux tasses et des emballages graisseux d'un repas du soir. Maman s'est soulevée de son matelas, puis sans prévenir elle s'est jetée sur moi pour me flanquer deux gifles.

– Plus de la moitié d'une bouteille ! a-t-elle hurlé. Tu m'as volé plus de la moitié de ma bouteille !

J'ai levé les bras pour me protéger le visage. Maman a alors saisi le bougeoir et m'en a donné un coup sur le côté de la tête. Je suis tombée à genoux et elle m'a frappée encore.

– Prends pas ce qui est pas à toi !

Je me suis mise à pleurer, et Charlotte a commencé à sangloter elle aussi, parce qu'il y avait beaucoup de sang et qu'elle avait l'habitude de voir ses sœurs se défendre. Elle m'a bandé la tête avec un vieux bas, et j'ai pensé que je devrais monter un seau d'eau jusqu'en haut de l'escalier le lendemain matin, que la boîte à bois était vide, et que ce serait une tâche épuisante de nettoyer tout ce sang. J'ai pleuré encore plus fort lorsque Charlotte a dit qu'elle allait chercher du bois et l'eau nécessaire pour me laver. C'est seulement lorsque Maman a penché une bouteille d'absinthe vers mes lèvres que je me suis calmée.

– Prends-en tant que tu veux, a-t-elle dit.

Cependant, ce qui m'a paru pire que tout, c'est le silence soudain qui s'est installé dans la loge du second quadrille lorsque j'y suis entrée. Chaque soir, je fixais sur ma tête, avec des épingles à cheveux, le foulard orné de perles d'une esclave. En me concentrant sur mon reflet dans le miroir, malgré le fard et la poudre de riz, j'ai vu mon problème en face, le problème que toutes les filles avaient déjà remarqué. Blanche me dévisageait. Perot chuchotait en se cachant la bouche d'une main. Seule la petite gorgée avalée avant de passer le portail arrière de l'Opéra, pas assez cependant pour me faire tituber, m'a empêchée de m'effondrer sous le poids de ce foulard que je n'avais pas mérité.

•

Je frappe fort, un seul coup, à la porte de monsieur Lefebvre. C'est l'heure de notre rendez-vous habituel, mais je ne suis pas venue les deux dernières semaines et je ne peux que supposer qu'il a gardé l'habitude de venir à son appartement les mardis matin. Après une longue attente, j'entends des pas, puis il entrouvre la porte et me regarde de la tête aux pieds. Il ne me renverra pas. Non. Il est comme monsieur Degas, qui continue à dessiner même quand il a mal à la tête, même quand le soleil s'est couché. Comme monsieur Mérante, aussi, qui négocie avec monsieur Vaucorbeil une heure supplémentaire avec l'orchestre quand nous répétons déjà depuis huit heures. Et comme monsieur LeBlanc qui lèche le papier gras quand il a mangé toute la saucisse et que son ventre est déjà plein.

– Marie van Goethem, dit monsieur Lefebvre sur le ton qu'il prendrait si je venais réclamer le loyer. Êtes-vous ivre, aujourd'hui ?

Je regarde ses souliers, noirs, brillants, sans la moindre déformation aux orteils.

– Non. Je ne suis pas ivre.

– Je n'ai envoyé personne vous chercher.

Je baisse les yeux en battant des cils pour mimer la timidité. J'esquisse un sourire en évitant de montrer mes dents.

– Je vous ai dit de ne plus revenir.

– Quand même, dis-je en tirant une mèche de cheveux de ma coiffure et en l'enroulant autour de mes doigts. Vu les dépenses pour les leçons supplémentaires, vous savez, pour la danse des esclaves, ce ne serait pas juste de votre part de ne plus me voir.

Soudain, je m'aperçois que je déteste monsieur Lefebvre, sa figure maigre, son odeur de renfermé, le petit tremblement de sa langue pendant que je triture mes cheveux. Comme il ouvre la porte un peu plus grand, je me faufile dans l'entrebâillement et je la referme derrière moi. Ses doigts s'enfoncent dans ses paumes, alors je pose une main sur sa poitrine, sur sa chemise empesée, juste au-dessus de son cœur. Ce n'est même pas difficile, et c'est sans doute comme cela que les choses se passent quand on ne lutte pas, quand le seul but est de gagner trente francs. Était-ce la même chose pour Gervaise quand elle interpellait les hommes dans la rue dans l'unique espoir d'obtenir une coupe de vin? Ou peut-être que Marie Première a pris le dessus, elle qui sait ce qui est le mieux pour moi. C'est elle qui me montre comment séduire, comment lever le bras, placer la paume. Il baisse les yeux, les relève. Puis il repousse ma main.

– Je vais poser un peu, dis-je en me dirigeant vers le paravent.

Je me déshabille en retenant mon souffle. J'entends le bruit de ses chaussures qui martèlent le plancher de bois, des tiroirs qui s'ouvrent avant d'être brutalement refermés. Soudain, je distingue un bruit de papier. Du papier à dessin? Sans doute. Il retombe dans l'habitude de mes anciennes visites.

Je le trouve debout près de la commode dont l'un des tiroirs contient mes trente francs. Il s'appuie de tout son poids sur la surface de bois poli, les bras écartés, les doigts grand ouverts. Il a la tête penchée et les yeux fixés sur la pile de journaux pliés qu'il tient dans ses mains. Mais il ne voit pas les pages, les paragraphes mis en relief, encadrés d'une épaisse ligne d'encre noire. Non. Il est perdu dans ses pensées.

Il se racle la gorge et, sans lever une seule fois les yeux, il prend le premier journal sur la pile, annonce « Tiré du *Figaro* », et se met à lire:

« La terrible réalité de la statuette produit un évident malaise chez le visiteur: toutes ses idées sur la sculpture, sur ses froides blancheurs inanimées, sur ces mémorables poncifs recopiés depuis des siècles, se bouleversent. Le fait est que, du premier coup, monsieur Degas a culbuté les traditions de la sculpture comme il a depuis longtemps secoué les conven-

tions de la peinture. Cette statuette est la seule tentative vraiment moderne que je connaisse, dans la sculpture. »

Il lève les yeux et fait un demi-sourire. « Moderne », c'est bien. Quelque chose de nouveau au lieu d'une « froide blancheur inanimée », c'est bien aussi. En levant une main, il dit :

– Laissez-moi terminer.

Il prend le journal suivant sur la pile et annonce : « Dans *Le Courrier du soir* », et lit l'article : « *Avec son nez levé de façon vulgaire, sa bouche protubérante, ses yeux à moitié fermés, cette enfant est laide. Mais que l'artiste soit rassuré. En présence de cette statuette, j'ai éprouvé la plus violente émotion artistique de ma vie. L'œuvre sera un jour dans un musée, et on la regardera respectueusement comme la première expression d'un art nouveau.* »

– Je sais que je ne suis pas jolie, dis-je, presque dans un murmure. Je le savais déjà avant.

Je lève un bras devant mes seins nus. Je veux mon châle. Je le veux tellement que ça me fait mal.

Monsieur Lefebvre fouille dans ses journaux jusqu'à ce qu'il ait trouvé ce qu'il cherche. Il avance les lèvres et plisse le nez comme s'il lui était pénible de me faire la lecture.

« *Son menton relevé, sa face maladive et bise, tirée et vieille avant l'âge, les mains ramenées derrière le dos et jointes, la gorge plate moulée par un blanc corsage dont l'étoffe est pétrie de cire, les jambes en place pour la lutte, rompues aux exercices, nerveuses et tordues, surmontées comme d'un pavillon par la mousseline des jupes, le cou raide, ses cheveux arborant de réels crins... telle est cette danseuse qui s'anime sous le regard et semble prête à quitter son socle.* »

Il doit se réjouir, monsieur Degas, en lisant ces journaux. Il doit se délecter des mots « moderne », « nouveau », « qui s'anime ». Mais s'est-il inquiété à mon sujet, a-t-il pensé que ces mots qui le glorifient m'abattent du même souffle ?

Cette pensée a-t-elle retenu son attention assez pour qu'il laisse de côté ses pastels et ses pinceaux un petit moment, le temps de se tapoter les lèvres de son doigt recourbé ? Un homme comme lui peut-il, sans broncher, avec indifférence, aller chercher dans les profondeurs de l'Opéra une gamine capable d'envoyer un garçon à la guillotine, et l'exposer dans une vitrine pour que le monde entier puisse la juger ?

Il m'a payée. Il a payé six francs.

Monsieur Lefebvre reporte de nouveau son attention sur les journaux et j'en profite pour oser reculer d'un tout petit pas, vers le paravent auquel mon châle est accroché.

– Tiens, vous voilà pudique, tout à coup ? lance-t-il.

Je me mords la lèvre en battant des paupières pour chasser les larmes.

Il attrape un autre journal et lit encore :

« *Sur le petit museau vicieux de cette fillette à peine pubère, fleurette de ruisseau, tous les vices impriment leurs détestables promesses.* »

– Votre humilité n'est que comédie, me reproche-t-il ensuite. Vous provoquez. Personne ne le sait mieux que moi.

J'ai vu les détestables promesses de tous les vices dans le portrait au pastel d'Émile Abadie et Michel Knobloch. Elles se lisaient dans leurs museaux féroces, dans leur regard éteint, dans leur peau jaunâtre. Et j'avais vu ma propre nature vicieuse auparavant, dans le reflet que me renvoyait le miroir.

– Mon châle...

Ma plainte résonne comme un pépiement d'oisillon. À présent, les larmes me piquent les yeux et coulent sur mes joues, brûlantes.

– Effrontée ! me crache-t-il en dressant durement le menton. Vous êtes assez effrontée pour vous présenter à ma porte, avec votre petite moue et vos cheveux enroulés sur votre doigt, même si je vous avais ordonné de ne plus venir !

Mon ongle trouve un fragment de peau à moitié arraché. Je gratte, très fort. Le sang suinte. J'ai le pouce poisseux, humide. Du sang sur mes mains.

– Ce n'est pas le seul à l'avoir vu. Extrait de *Le Temps :* « *Elle avance son visage avec une bestiale effronterie. Pourquoi son front, que ses cheveux couvrent à demi, est-il déjà, comme ses lèvres, marqué d'un caractère si profondément vicieux ? Monsieur Degas sait peut-être sur l'avenir de cette danseuse des choses que nous ne savons pas. Il a cueilli aux espaliers du théâtre une fleur de dépravation précoce et il nous la montre flétrie avant l'heure.* »

Il passe devant moi en me tapant légèrement le bras. Il prend mon châle sur le paravent et le jette à mes pieds.

À présent, je ne pleure plus en silence. Mes épaules tressautent, mon estomac se serre et se relâche par intervalles. Je sanglote, je suffoque, je gémis tout en essuyant mes yeux, ce qui a pour effet d'étaler sur mon visage un mélange de larmes, de morve et de sang.

Contre l'un de mes mollets tremblants, je sens mon châle roulé en boule. Cependant, je ne le ramasse pas.

– Mes trente francs.

Alors même que ces mots m'échappent, j'entends la voix plaintive de Maman sortir de ma bouche, celle qu'elle prend pour me demander de lui prêter quelques sous lorsqu'elle a vidé une bouteille la veille au soir. J'enjambe le châle pour saisir le devant de la chemise de monsieur Lefebvre. D'une main, je le plaque contre ma peau nue tandis que l'autre descend vers ses pantalons, à la recherche des boutons de sa braguette derrière laquelle je sens que son membre s'éveille.

– Allez, monsieur Lefebvre. Un peu de plaisir.

Je parle, mais ce n'est pas moi. Ma voix est différente. Ce n'est pas non plus la voix plaintive de Charlotte ni celle, suppliante, de Maman. C'est une jolie voix cristalline ; la voix d'un ange déchu qui a cessé d'attendre, qui a surgi de l'ombre.

Pendant un instant, sa main s'attarde au bas de mon dos, et j'en sens le poids contre le duvet que j'ai à cet endroit. Puis, soudain, il me repousse brusquement.

Tout en redressant son col, il me hurle de sortir au plus vite.

Petite danseuse

Danse, gamin ailé, sur les gazons de bois
N'aime rien que ça, danseuse pour la vie.
Ton bras, mince, placé dans la ligne suivie,
Équilibre, balance et ton vol et ton poids.

Taglioni, venez, princesse d'Arcadie,
Nymphes, grâces, venez des cimes d'autrefois,
Ennoblir et former, souriant de mon choix,
Le petit être neuf, à la mine hardie.

[...]
Fais que, pour mon plaisir, elle sente son fruit
Et garde, aux palais d'or, la race de sa rue.

Edgar Degas

Antoinette

La sœur supérieure consulte la montre qui pend sur sa hanche, puis regarde à travers la grille les pavés qui s'étalent devant Saint-Lazare, tournant la tête à gauche puis à droite.

– Il vient personne, dis-je.

Elle se retourne vers moi et me caresse le bras pour me consoler. On me libère, mais personne ne vient me chercher à la grille, pas même ma mère.

– Maman a envoyé un message pour dire qu'elle devait aller au lavoir.

En prononçant ces mots, je comprends mon erreur. Aussitôt, j'avale ma salive de toutes mes forces, comme je devrais prendre l'habitude de ravaler tous les mensonges qui se bousculent à mes lèvres. C'est plus difficile que je croyais, ne plus mentir. J'ai gaffé quelques fois les dernières semaines, depuis le jour où j'ai chialé devant la sœur supérieure. Rien d'important, bien sûr, des âneries : par exemple, j'ai prétendu auprès de la cuisinière qui distribuait les haricots rouges que je n'avais pas reçu ma part ; j'ai dit à une fille que j'avais atteint le rang de coryphée dans le corps de ballet ; j'ai affirmé que cette histoire d'amour entre Émile Abadie et moi était fausse. Pourtant, je dois absolument cesser de proférer des mensonges, à l'exception du dernier qu'il me reste à dire. Il faut que je le fasse pour Marie.

Je me tasse sur moi-même, un peu comme un soufflet qu'on presse pour en faire sortir l'air.

– Maman a pas envoyé de message, dis-je. C'est pas le genre de mère qui pense à ça.

La sœur supérieure me presse doucement le bras, comme si nous étions des amies, et pour toute réponse j'ai un étrange hochement de tête qui me fait sans doute ressembler à une poule.

Elle me donne une pochette fermée par un cordon, celle-là même que j'ai apportée avec moi à Saint-Lazare il y a trois mois. Je suis impatiente de l'ouvrir. L'argent que j'ai volé dans le portefeuille de Jean-Luc Simard n'y est plus depuis longtemps, je le sais bien, mais est-ce que j'ai toujours l'argent qu'il m'a donné de son propre chef? Je roule entre mes doigts le cuir usé du cordon en pensant comment, naguère, j'aurais laissé échapper un commentaire insinuant que les sœurs sans doute s'étaient servies. Je glisse la petite bourse dans la poche de ma robe de soie mauve. De moi-même, je n'aurais pas choisi de m'habiller ainsi pour retourner dans le monde, mais je n'ai pas eu mon mot à dire: La Taupe s'est précipitée dans ma cellule tôt ce matin avec cette robe sur le bras, pour repartir aussitôt avec ma robe de prison en laine grossière.

– Cent quatre-vingt-dix-huit francs, m'apprend la sœur supérieure. C'est l'argent que vous aviez à votre arrivée.

Je vais acheter quelque chose de joli pour Marie et Charlotte, des babioles, peut-être des peignes ornés de fleurs de soie. Maman... je l'enverrai prendre un bon repas à la Nouvelle Athènes de la place Pigalle, peut-être avec Paulette du lavoir. Cela pourrait me valoir quelques bons mots lorsque je me présenterai à monsieur Guiot, la queue entre les jambes, pour lui apprendre que je suis devenue habile avec le fil et les aiguilles pendant mon séjour à Saint-Lazare.

Il envoie les travaux de reprisage à domicile et je dois le convaincre de me les envoyer, à moi.

•

La Taupe surgit, chargée du paquet que j'avais avec moi à mon arrivée à Saint-Lazare – une vieille jupe servant de baluchon pour transporter deux blouses, deux paires de chaussettes, trois paires de pantalons et une seconde jupe, soit tout ce que je possède au monde. Je prends mon bagage en effleurant du doigt la laine de la vieille jupe, dont la couleur fanée n'est plus qu'un pâle gris jaunâtre. Des images me reviennent : un soleil éclatant, les vagues de la mer bleue, une aiguille et du fil, un pantalon rapiécé sur le genou avec un carré de tissu coupé dans cette jupe. Mon esprit me joue des tours.

– Restez pour la soupe, m'invite la sœur supérieure. C'est de la soupe aux légumes aujourd'hui. Nous enverrons un message pour leur rappeler votre libération.

Elle se tourne, déjà prête à ordonner à La Taupe de faire parvenir un message rue de Douai.

– Faut que j'y aille. Faut que je voie, pour Marie.

J'ai tellement attendu ce jour, il me tardait tant de sortir, de retrouver Marie pour la serrer contre mon cœur. La sœur supérieure écarte les bras et ses manches retombent comme des ailes ouvertes ; je suis soudain enveloppée dans un buisson de laine noire. Les filles, en général, repartent en sanglotant, un chapelet à la main, en se disant que jamais, fortes de leur nouvelle dévotion, elles ne reviendront ici. Moi, j'ai un plan pour ramener Marie de ce côté-ci de la porte, là où elle a sa place. L'espace d'un instant j'ai envie de rester là, dans la chaleur de l'étreinte. Je dois y aller avant qu'il ne soit trop tard. S'il n'est pas déjà trop tard. J'envoie aux nuages un petit souhait, je pourrais même appeler cela une prière, peut-être, et je me dégage assez doucement pour ne pas insulter la sœur supérieure dont le visage flasque et les yeux de loup rayonnent. Elle prend le trousseau de clés qui pend au bout d'un ruban à son cou, puis elle glisse la plus grosse dans le verrou de la grille. Clic !

– Que Dieu vous garde ! me crie-t-elle. Dites vos prières !

Le son de sa voix s'estompe rapidement, de même que l'image de Saint-Lazare, parce que je me suis mise à courir.

Marie

Le manche en ivoire du couteau à découper est fendu en deux endroits, au point que je dois le serrer très fort pour éviter que la lame ne s'en échappe. Le manche du couteau à affûter, pour sa part, a disparu depuis longtemps, et je ne pourrais même pas dire si les deux formaient la paire à l'origine. Je passe la lame sur la pierre à affûter, d'un côté puis de l'autre, comme Papa me l'a enseigné alors que je n'étais encore qu'une gamine. Ce serait plus facile avec des ciseaux, bien sûr, mais, comme tous les autres objets qui n'étaient pas brisés, ils ont été vendus au mont-de-piété depuis longtemps déjà.

Je saisis le haut col de ma robe de soie grise, mais dans le miroir l'image est inversée et je coupe tout de travers. Je me demande si je ne devrais pas enlever la robe et l'étaler sur une surface plane pour finir le travail. J'y renonce toutefois, trop épuisée après ma nuit blanche passée à errer dans les rues, à grelotter et à lancer des regards noirs aux passants nombreux, qui lorgnaient mon nez rougi, mes yeux enflés, ma figure bestiale.

Je termine ma découpe. Seule l'absinthe estompe la clarté aveuglante de la réalité. Il me faut mon absinthe.

Antoinette

En faisant irruption dans notre logis, j'appelle « Marie ! », puis « Petite poule ! », mais tout le monde a oublié et seul le silence me répond. Je reste plantée là un long moment, à bout de souffle, la main encore serrée sur la poignée de la porte, sachant fort bien que je perdrais mon temps à m'apitoyer sur mon sort. Mes épaules s'affaissent pourtant de dépit.

Accroupie près du foyer, je ramasse un morceau de soie grise dans les cendres refroidies. J'étale le lambeau de tissu sur le sol noir de suie au fond de l'âtre et j'en trace le contour du bout du doigt – un ovale irrégulier coupé en deux, à peu près de la taille de mes deux mains mises côte à côte. Une petite bande proprement cousue borde le côté rectiligne, mais le côté arrondi semble avoir été découpé par un enfant commençant tout juste à savoir manier des ciseaux. Je regarde le bout de soie en m'interrogeant sur sa signification. Puis je rejette dans le foyer ce morceau de la robe que Marie portait à Saint-Lazare et je bondis sur mes pieds.

Marie

Je caresse d'une main le coussin du banc recouvert de peluche rouge et j'appuie ma tête douloureuse contre le mur du café derrière moi. La séparation entre la pièce de devant et celle où je suis assise est faite de bois de chêne jusqu'à hauteur d'épaule, puis de verre jusqu'au plafond. Cela permet à la propriétaire, qui tricote perchée sur un tabouret, de surplomber les deux salles à la fois. Sans cesser de faire cliqueter ses aiguilles, elle me jette des coups d'œil par en dessous, s'attardant à l'encolure en lambeaux de ma robe grise. Je joue nerveusement avec la boîte d'allumettes en porcelaine, le déplaçant un peu vers la droite, puis un peu vers la gauche sur la table de marbre sale. J'ai déjà commandé un verre d'absinthe, je ne peux donc plus changer d'idée. Comme mes poches sont vides, je dois trouver un garçon qui payera pour moi – peut-être celui-là, une table plus loin, vêtu de pantalons de maçon, qui buvait de la bière amère, mais qui est déjà passé au cassis.

Je reste assise pendant au moins une heure, à observer le maçon et à attendre qu'il lève les yeux de son cassis. Pas une fois je n'ai l'occasion d'esquisser un sourire susceptible de l'inciter, après deux verres de bière amère et trois verres de cassis, à s'offrir un peu de plaisir charnel. Lorsque je commande un autre verre d'absinthe, la serveuse se tourne vers la propriétaire qui confirme d'un léger mouvement de la tête qu'elle peut me le servir. Deux garçons jouent aux dominos.

Un autre feuillette *Le Temps*. Le regard du maçon reste plongé au fond de son verre. Un vieillard aux yeux chassieux bâille à s'en décrocher les mâchoires, laissant entrevoir ses dents toutes noires.

Antoinette

Alphonse, le fils du boulanger, traverse la rue de Douai à grandes enjambées en criant mon nom :

– Antoinette ! Antoinette !

– Quoi ? lui dis-je lorsqu'il est assez près.

– C'est au sujet de Marie.

Il ouvre la bouche, puis la referme aussitôt, hésitant à lâcher ce qu'il s'apprêtait à dire.

– T'as vu ma sœur ?

Ce garçon timide a visiblement besoin d'encouragement.

– Je l'ai cherchée, hier...

Du bout de sa botte, il donne de petits coups sur le pavé. Je prends soin de rester de marbre, sans expression, pour ne pas l'intimider.

– J'ai pensé qu'elle avait une répétition, mais elle n'est pas rentrée.

En parlant, il enfonce les jointures d'une main dans la paume de l'autre.

– Le mercredi, elle part toujours pour l'Opéra à midi, explique-t-il. Toujours. Mais pas aujourd'hui.

Sur ce, il est interpellé par une serveuse de taverne qui se tient sur le seuil de la boulangerie avec une douzaine de baguettes sous le bras.

Devrais-je aller jusqu'à la place Pigalle en m'arrêtant à la Nouvelle Athènes et au Rat-Mort ? Ou devrais-je aller d'abord dans la rue des Martyrs, parce que c'est là que se trouvent les cafés et les brasseries les plus minables ? Je m'enfouis le visage dans les mains. Il y a des centaines d'endroits où chercher une fille brisée.

Marie

Le clac-clac des dominos ne s'interrompt pas; sitôt qu'une partie se termine, une nouvelle commence. À ce bruit s'ajoutent le clic-clic régulier des aiguilles à tricoter – une large bande de tricot vert pomme s'allonge peu à peu pour former un carré – et le bruissement des journaux ramassés, lus et reposés sur la table, de plus en plus usés et de plus en plus poisseux de cassis, de bière amère et d'absinthe.

Le vieillard me souffle un baiser, lève son verre, boit. Je lève le mien à mon tour. Comme il ne vient pas à ma table, je commande un autre verre. Je prends une longue gorgée avant d'essuyer l'absinthe qui a éclaboussé ma robe de soie. Le maçon est rentré chez lui.

Antoinette

Dans une taverne, un garçon fume, un autre secoue la tête. Dans la taverne suivante, une cocotte ajuste ses bas déjà bien en place. Je lui demande :

– Vous avez pas vu une fille avec une robe grise, une belle robe, mais au col découpé ?

Des chapeaux, des têtes nues, parfois de la soie. Des souliers vernis et des cols empesés ; ou des souliers usés et des cols élimés. Toujours de la fumée, des dominos, des journaux collés sur des baguettes, des verres vidés d'un trait. Mais, de Marie, jamais.

Marie

Je m'agrippe des deux mains à la table en marbre devant laquelle le vieillard est assis, cherchant mon équilibre. Je m'approche assez près de son visage pour sentir la puanteur de ses dents pourries.

– Salut, chéri, dis-je.

Ses yeux me scrutent de bas en haut.

– T'as seize ans ?

– Sûr.

Je mens avec assurance.

– Je veux pas de problèmes.

– Marie Première.

C'est ainsi que je me présente en m'assoyant près de lui, mais lui ne me dit pas son nom. Il prend une longue gorgée de sa bière amère, après quoi il glisse une main le long de sa cuisse.

– Ta robe, fait-il avec un mouvement du menton. Qu'est-ce qui est arrivé au col ?

– J'étouffais à mort comme elle était avant.

– Un autre ?

– Trop aimable, dis-je en poussant mon verre dans sa direction.

Antoinette

J'entrouvre la porte de la classe. Derrière madame Dominique, pas de Marie, seulement Charlotte, et je me rappelle soudain qu'on l'a mise dans la classe des filles du quadrille le mercredi après-midi. Elle lève le pied droit le long de la jambe gauche, puis elle allonge la jambe droite devant elle – un développé –, aussi haut que les autres élèves, même si elle a l'air d'un lutin parmi les danseuses alignées à la barre. Ensuite, elle ramène sa jambe vers le côté en ouvrant le bras et en tournant la tête. Soudain elle m'aperçoit. Aussitôt, elle franchit précipitamment le plancher de bois qui nous sépare pour se jeter contre moi, me coupant le souffle.

– Je savais que tu viendrais !

Madame Dominique donne des coups de canne sur le sol.

– Charlotte !

– Ce soir ! me lance-t-elle en attrapant ma main.

Nos bras forment un pont entre nous alors qu'elle s'éloigne un peu.

– Je fais mes débuts ce soir. *Le Tribut de Zamora,* premier acte.

Son visage s'assombrit.

– Je ne sais pas où est Marie. Il faut que tu la retrouves.

Madame Dominique lève un doigt pour me faire signe d'attendre. Elle ordonne au violoniste :

– Ralentissez le tempo !

Puis, se tournant vers les filles, elle dit :

– Côté gauche.

Elle sort sur le palier et referme la porte derrière elle.

– Pouvez-vous me dire où est votre sœur ?

– Je venais justement voir si elle n'était pas ici.

– Elle a manqué la classe hier et encore aujourd'hui.

– Peut-être ce soir ? Elle danse ce soir, non ?

– Dites-lui de ne pas se déranger.

En rouvrant la porte, elle me lance par-dessus son épaule :

– Blanche a eu la bonne idée d'apprendre le rôle.

Marie

Le vieillard me dit :

– T'es assise droite comme un piquet.

Je m'affale un peu sur ma chaise.

– Danseuse.

Mais ce n'est pas vrai. Ce n'est plus vrai, car j'ai manqué la classe de madame Dominique hier, et encore une fois cet après-midi. Je ne suis vraiment plus une danseuse. Même si j'arrivais à me faufiler à l'Opéra en évitant la concierge et la costumière, toutes les deux à l'affût des filles qui ne marchent pas droit, il n'y aurait aucune chance que je puisse tenir l'arabesque de l'ouverture de la danse des esclaves en comptant lentement jusqu'à quatre.

– Je crois pas, répond-il en pianotant sur la table de ses ongles jaunes.

Cependant, je l'écoute à peine. Je pense à Charlotte. Je la vois saupoudrer son nez de poudre de riz, étaler du fard sur ses joues, du rouge sur ses lèvres, puis toucher le fer à cheval posé sur la petite table devant la loge du gardien de l'entrée des artistes. Dans les coulisses, elle applique un soupçon de blanc sur ses bras et enduit de colophane la semelle de ses chaussons. « Mais où est Marie ? s'inquiète-t-elle. Elle est quelque part en train de regarder la scène, peut-être dans les coulisses de l'autre côté. Oui. C'est sûrement cela. Et Antoinette ? Elle est tout en haut, au balcon, elle se penche le plus possible pour bien nous voir. »

Pour Charlotte, c'est la seule possibilité.

Je me lève brusquement et, en titubant, je m'éloigne assez rapidement pour éviter la main tendue du vieillard.

Antoinette

Marie et moi étions dans le parloir de Saint-Lazare, séparées par une grille de fer. J'ai dit : « T'as le sang d'un innocent sur les mains ! » et ces mots lui sont parvenus à travers les barreaux. Je voulais la pousser au désespoir, alors j'ai dit cela. Je lui ai craché ces mots à la figure...

Marie

Monsieur Degas se tient sous l'un des arches devant l'Opéra et il observe la file des spectateurs qui avancent. La foule est dense, mais ma silhouette si familière accroche son regard errant. Je le vois me regarder, noter ma lassitude, ma démarche incertaine, ma robe découpée. Il comprend tout, je le vois bien. Je trébuche et me rattrape de justesse. Même lorsque je serai hors de sa vue, disparue dans le labyrinthe des corridors qui mènent aux balcons, je sais qu'il continuera à se caresser la barbe en réfléchissant à l'histoire d'un corps et d'une âme, à cette histoire d'une petite danseuse de quatorze ans.

Antoinette

Dans la première rangée du quatrième balcon, je m'assois, je me lève, je me rassois. Rien de ce que je pourrais dire à Charlotte ne m'excuserait d'avoir raté ses débuts. Je scrute la fosse de l'orchestre à la recherche d'un archet levé, d'un signe du chef d'orchestre qui indiquerait que le rideau est sur le point de se lever.

À côté de moi, une femme avec un ruban de velours autour de son cou flasque se penche à mon oreille.

– Vos fleurs, dit-elle en me tendant une broche ornée de deux fleurs jaunes. Le fermoir a dû s'ouvrir.

J'étire le bras pour prendre la jolie broche, en pensant que je pourrais en tirer quelques sous, mais je retire ma main juste à temps.

– Pas à moi.

Il me reste un seul mensonge à dire. Un seul.

Marie

Antoinette est là, dans la première rangée, vêtue de sa robe de soie mauve. Elle se gratte la cuisse et tape du pied, plus nerveuse qu'un écureuil. Toutefois, même habillée ainsi, elle n'a pas l'air très soignée, pas comme lorsqu'elle partait pour aller chez madame Brossard. On dirait qu'elle vient de courir, ou même qu'elle a couru pendant les dix-neuf ans de sa vie.

– Antoinette, dis-je dans un murmure.

Si elle le souhaite, elle peut prétendre n'avoir rien entendu. Mais tout de suite elle se tourne vers moi et ses yeux s'allument comme si j'avais soufflé sur des braises presque éteintes. Elle se lève et manœuvre pour passer devant les deux dames assises entre elle et moi. Celle qui arbore un morceau de fourrure inégal autour du cou lui lance :

– Vous pourriez vous excuser !

Et Antoinette ne répond même pas : « Vous pourriez vous pousser ! » Au lieu de cela, elle presse gentiment l'épaule de la dame. Puis elle se précipite vers moi et pose les mains sur mes joues en me regardant avec la férocité d'une lionne protégeant ses petits.

Antoinette

Depuis quand Marie est-elle si vieille ? Depuis quand a-t-elle les joues si creuses, les yeux si cernés ? Elle sent l'absinthe et le tabac. Je réprime de justesse une grimace et j'étire mes lèvres pincées en un sourire.

– J'ai retrouvé la raison, dis-je. C'est Abadie qui m'avait demandé d'inscrire le *x* dans la case du jour où lui et Knobloch ont tué la veuve Joubert.

Marie m'a déjà entendue mentir des centaines, des milliers de fois. Oui, des milliers de fois je lui ai donné raison de mettre mes paroles en doute. Mais jamais plus. Après des milliers de vérités, la souillure du doute sera lavée.

Je garde le menton relevé et mon regard reste plongé dans le sien. Un dernier mensonge, le seul qui compte vraiment.

Marie

Son regard est si ferme ! Elle ne détourne pas les yeux, ne se touche pas la bouche, ni le nez. Ses pieds restent immobiles, collés au plancher. Pourtant, c'est possible qu'elle mente quand même.

– Je le savais, dis-je en feignant un petit ricanement. Je le savais depuis le début.

Ses mains restent posées sur mes joues, tendrement. Nous nous penchons l'une vers l'autre jusqu'à ce que nos fronts se touchent.

Un mensonge offert en cadeau ?

Et puis un autre cadeau offert en échange.

Mais je ne pourrais pas le jurer.

Antoinette

L'orchestre joue quelques mesures et le rideau de velours orné de glands s'ouvre enfin sur des portes d'arche, des tours et des tourelles, une ruelle partant d'une place publique pour s'étirer en lacets vers le sommet d'une colline. Des coulisses émerge un petit rat au visage d'ange qui s'élance sur la scène du plus grand opéra du monde. Je me penche vers la scène, et la main de Marie serre très fort la mienne. Le public retient son souffle, puis il éclate en applaudissements. Cette petite danseuse, comme par magie, nous éblouit. C'est la reine du gazon de bois, aussi gracieuse que la lune, aussi légère qu'une plume.

1895

*

Marie

Je pose une main sur le front de Mathilde et elle ouvre les yeux en battant des paupières.

– Maman ! dit-elle, et ses cils se reposent doucement sur ses joues.

Je souffle doucement sur son visage, et elle s'éveille tout à fait.

– C'est la Sainte-Mathilde aujourd'hui ! s'exclame-t-elle. Tu n'as pas oublié, pour mes chaussons ?

Ah ! Cette gamine de huit ans ! Elle n'a pas oublié, elle, la promesse que je lui avais faite il y a un mois de piquer l'extrémité de ses chaussons de ballet, le jour de sa fête, pour leur ajouter la rigidité qui l'aidera à monter sur pointes. C'est madame Théodore qui a expliqué l'astuce à la classe de Mathilde et, depuis, ma fille m'a répété au moins dix fois que c'est le seul cadeau qu'elle souhaite recevoir.

Geneviève, sa sœur de onze mois son aînée, se redresse sur son séant dans leur lit commun. En frottant ses yeux encore ensommeillés, elle dit :

– Ne le fais pas, Maman. Les rats sont faits pour détaler les pieds bien à plat sur le sol.

Aussitôt, les deux sœurs roulent ensemble dans les draps, se pincent, rient de bon cœur, leur robe de nuit retroussée jusqu'aux cuisses.

– Allez, debout, toutes les deux ! dis-je. Lavez-vous la figure et descendez prendre votre chocolat.

Dans l'escalier, je hume la bonne odeur du pain frais qui monte de la boulangerie, et je me demande comment il se fait que mes deux filles ne soient déjà plus des bébés. Le temps a-t-il donc passé si vite ? L'autre jour, Geneviève m'a annoncé qu'elle avait pris sa décision : elle sera modiste. C'est Antoinette qui lui a mis cette idée dans la tête, à force de vanter son talent pour accorder le violet et le jaune, pour assembler ce bout de ruban avec ce bout de cordon. Son habileté à manier le fil et les aiguilles lui vient aussi d'Antoinette. Quand on cherche Geneviève, on est sûr de la trouver au milieu des boutonnières effilochées et des coutures défaites, les travaux de reprisage qu'Antoinette apporte à domicile, ou occupée avec les chutes de dentelle et de garniture provenant de l'amoncellement hétéroclite du chiffonnier. C'est un échange. Contre un pantalon ou un veston de sa collection reprisé de façon à ce qu'il puisse le revendre, le chiffonnier donne les ornements à Antoinette ; et alors, pendant des heures, Geneviève fait des boucles de ruban et des rosettes de dentelle. Au début, Mathilde suivait sa sœur de l'autre côté de la rue de Douai, jusqu'au logis où j'ai passé mon enfance et où Antoinette et Charlotte vivent toujours – le garde-manger est toujours bien rempli à présent, les murs fraîchement chaulés, et mes sœurs dorment dans de vrais lits poussés contre le mur derrière un rideau de lourd brocart. Mais Mathilde n'aimait pas ces travaux minutieux, ces petits bouts de cordon qui glissaient entre ses doigts, les rubans qu'il fallait pousser, tirer, et qui finissaient toujours par lui échapper. Non, Mathilde, elle, veut danser, comme tante Charlotte.

Combien de fois, déjà, avons-nous assisté à un ballet depuis le quatrième balcon, Mathilde fascinée par les danseuses pendant que Geneviève s'agitait de plus en plus sur son siège ? Et moi, je guettais l'instant où cette vie de ballerine, qui aurait pu être la mienne, reviendrait me hanter dans l'obscurité du théâtre. Ce n'est pas exactement du regret, plutôt une nostalgie de la danse, de ces moments cristallins où je vivais à la fois toute la joie du monde, toute sa tristesse et tout son amour. Peut-être aussi que c'est le rêve qui me manque, ce rêve qui me donnait la force de m'extirper du lit pour me rendre à la boulangerie, puis dans la salle de classe, ce rêve qui m'emplissait d'un désir éperdu et qui a été remplacé par une ambition plus modeste, celle d'élever Mathilde et Geneviève.

Charlotte, pour sa part, a franchi les échelons du corps de ballet, du second au premier quadrille, avant de passer au rang de coryphée puis à celui de sujet. C'est l'une des favorites des abonnés, mais deux histoires d'amour lui ont brisé le cœur. Pour l'instant, il y a un décorateur de scène. Il ne lui offre pas de serin dans une cage dorée, il n'envoie pas de couturière prendre ses mensurations pour lui confectionner une nouvelle robe de soie, mais il a un regard honnête et triste. À Pâques, il a vidé un œuf et l'a décoré de minuscules petites poules. Charlotte en a fait toute une histoire, tellement qu'à présent, elle a une collection d'œufs peints sur le manteau de la cheminée. Quand Mathilde traverse la rue, c'est surtout pour faire des pliés et des étirements à côté du buffet de Papa, et pour entendre Charlotte lui dire :

– Oui, c'est ça. La nuque dégagée, comme Taglioni !

Et elle n'est pas différente des petites danseuses dont Degas ferait un croquis au fusain.

Il a quitté son atelier de la rue Fontaine pour déménager je ne sais où, je ne m'en suis pas informée. De temps en temps, je le croise à l'Opéra, et alors je me cache derrière un pilier ou je feins de me concentrer sur mon tricot. Une fois, cependant, alors que j'assistais avec Mathilde et Geneviève à la première d'un opéra de Faust dans lequel Charlotte dansait un divertissement, il m'a aperçue et j'ai vu son regard tomber sur les filles. Je les ai poussées derrière mon dos et j'ai attendu qu'il me regarde de nouveau.

– Monsieur Degas, ai-je dit.

Mais lui n'a pas prononcé mon nom, et je me suis demandé s'il ne l'avait pas tout simplement oublié.

– Des filles charmantes, a-t-il dit, mais je n'ai pas relâché la poigne qui les maintenait hors de sa vue.

Je ne sais pas si c'est à cause de mon impolitesse ou à cause de ce qu'il lisait sur mon visage, mais il a sans doute compris que je sentais encore la brûlure des mots imprimés dans *Le Figaro, Le Temps, Le Courrier du soir*, parce qu'il a avoué ensuite :

– Je garde la statuette dans mon atelier. Je pense que je la garderai toujours. Le directeur de ma galerie d'art me suggère d'en faire un bronze. Mais c'est une trop grande responsabilité, je trouve, de laisser derrière moi une œuvre en bronze.

– Oui, ai-je répondu. Le bronze, c'est éternel.

•

Maman ne sait rien de l'entreprise menée par Antoinette avec le fil et les aiguilles, ni du triomphe de Charlotte à l'Opéra. Elle n'a jamais rencontré Mathilde et Geneviève. Un matin, elle est partie pour le lavoir mais ne s'y est jamais rendue, selon monsieur Guiot. Antoinette a demandé :

– Elle devait travailler à la machine à essorer, non ?

Il a hoché la tête en desserrant sa cravate. Ainsi, elle était partie, nous abandonnant en ces jours sombres où Antoinette faisait le reprisage pour monsieur Guiot sans toucher un sou. Elle disait tenir une promesse : effectuer à la perfection tous les travaux qu'il lui donnait et lui permettre d'inspecter le moindre point pendant trois mois. Si elle réussissait l'épreuve, alors seulement prendrait-il une minute pour décider si oui ou non il lui donnait le travail pour de bon. Moi, je ne travaillais pas, pas du tout. Non. Je me « reposais », comme disait Antoinette, même si, chaque fois qu'il faisait beau, elle m'envoyait grimper la butte Montmartre. Nous ne pouvions compter que sur les revenus réguliers que Charlotte gagnait à l'Opéra, et sur les trois francs supplémentaires qu'on lui donnait chaque soir qu'elle paraissait sur scène. Antoinette avait déjà donné à monsieur LeBlanc la bourse remplie de pièces qu'elle avait ramenée de Saint-Lazare, non sans négocier une réduction importante, parce qu'elle payait d'avance trois mois de loyer. En guise de repas, nous mangions les madeleines à l'orange abîmées et les miches de pain brûlées qu'Alphonse faisait livrer à notre porte. En léchant les miettes sur ses doigts, Antoinette commentait d'une voix qu'elle voulait joyeuse :

– Combien de plateaux peut-il donc laisser tomber, ce garçon ? S'il brûle encore une autre miche, son père va lui tordre le cou !

Une fois, ils se sont disputés dans la rue – Antoinette et Alphonse. Je me préparais à partir pour ma balade sur les hauteurs de Montmartre, et je m'apprêtais à pousser la porte de notre maison quand j'ai entendu ce qui, de toute évidence, n'aurait pas dû parvenir à mes oreilles.

– Pas encore, disait Antoinette. Elle est loin d'être redevenue elle-même.

– Je ne sais pas combien de temps papa attendra encore. La fille qu'il a engagée pour pétrir la pâte s'arrête pour se frotter les reins dès qu'on a le dos tourné.

– Eh bien, trouve le moyen de faire attendre ton père. Fais-le pour Marie.

J'ai appuyé une épaule contre la porte, mais je ne l'ai pas ouverte.

– Et comment dois-je m'y prendre, à ton avis, Antoinette ?

– Pelote-lui les fesses de temps en temps, à cette paresseuse. Ça la fera travailler plus fort, si elle pense avoir une chance avec le fils du patron. Quelques mois à trimer pour s'épargner une vie d'esclavage.

– Je ne pelotais pas Marie.

– Avec Marie, pas besoin. Elle a toujours travaillé d'arrache-pied, elle est née comme ça.

J'ai ouvert la porte et aussitôt Alphonse a enlevé son chapeau de boulanger et s'est mis à le tordre entre ses mains. Je me suis sentie rougir, tout comme lui, et je ne l'ai même pas remercié pour les miches brûlées. Je me suis éloignée, tête baissée, aussi vite qu'un lapin qui fuit la casserole.

Je suis presque certaine de savoir à quel moment précis Antoinette a changé d'idée et qu'elle a permis à Alphonse de me parler du désir de son père de me reprendre à la boulangerie. Elle était occupée à ses travaux de reprisage, assise à notre petite table, lorsque je suis rentrée de ma promenade. Je lui ai raconté que j'avais vu des couleurs tournoyer sur les pavés mouillés, dans une flaque d'huile échappée d'une vieille lanterne renversée.

– J'ai remué la flaque du bout d'une botte et ça a fait des spirales. Les couleurs brillaient, Antoinette, on aurait dit qu'elles flottaient !

Antoinette a posé son ouvrage pour me caresser la joue. Dans ses yeux, j'ai vu une grande joie.

•

Je fais le pétrissage à une petite table près la vitrine, de manière à garder un œil sur Mathilde et Geneviève qui jouent dans la rue. Alphonse s'attarde près de moi, comme cela lui arrive parfois. Il me caresse le bras. Poudrées de farine, ses mains musclées de boulanger sont douces comme du velours. Je lui fais remarquer que des mains si soyeuses sont comme une ruse. Il me répond que jamais il n'aurait pu partager sa vie avec une femme aux bras dodus.

– Toutes ces heures passées pour rien dans la salle de classe..., dis-je. Toutes ces heures à apprendre comment donner l'illusion que mes bras sont doux.

Je sens qu'il me regarde en se demandant si ce matin sera l'un de ceux où je m'ennuie de l'Opéra, de ces moments parfaits, presque cristallins. Mais aujourd'hui, je songe à Mathilde qui connaîtra à son tour l'aura dorée de ces moments incomparables. J'enfonce les poings dans la pâte et, sous les doigts d'Alphonse, les muscles de mes bras se durcissent. Il comprendra à ce geste que je n'ai pas l'intention de m'abandonner à ma nostalgie.

Antoinette entre chercher les croissants, comme tous les matins : un pour elle et un pour la fille qu'elle a prise comme apprentie.

– Alors, comment va Agnès ? dis-je.

Chaque jour, c'est une nouvelle histoire. Agnès a affirmé qu'elle avait seize ans, alors qu'elle n'en a pas plus de quatorze. Elle a volé un bonnet fraîchement cousu, et il a reparu dans la vitrine du mont-de-piété de la rue Fontaine. Elle a traité Antoinette de vache, parce qu'elle lui faisait reprendre un ourlet bâclé, puis elle lui a lancé une bobine de fil à la tête après qu'Antoinette lui a répondu :

– Si tu veux dire que je te nourris de lait et de fromage, eh bien, tu as raison.

Avec Agnès, Antoinette a eu exactement ce qu'elle a demandé le jour où elle a pris le raccommodage d'un second lavoir et que son panier s'est mis à déborder.

– J'ai besoin d'une apprentie, a-t-elle annoncé à la sœur supérieure de Saint-Lazare. Une fille qui a pas encore franchi les portes nacrées.

Antoinette secoue brièvement la tête.

– Hier, elle m'a raconté qu'on l'avait détroussée samedi soir, puis elle m'a demandé si je pouvais lui avancer quelques sous.

Ce n'est certes pas une raison pour avoir les yeux brillants d'espoir, mais c'est pourtant ce que je lis en ce moment sur le visage d'Antoinette.

– Eh bien, poursuit-elle, j'ai mis les mains sur ses épaules et je lui ai dit : « Dis-moi, Agnès, est-ce arrivé avant que tu parfumes tes cheveux, que tu mettes de nouveaux lacets à tes bottines et que tu savoures le caramel rouge qui te colle encore aux dents, ou bien est-ce que c'est arrivé après tout ça ? » J'avais pas fini de parler que déjà elle avait les mains sur les genoux, aussi piteuse qu'une rose fanée. J'ai pris le jambon dans le garde-manger, les oignons et les patates dans le cageot à légumes, et j'ai mis tout ça à ses pieds. « Je sais pas pourquoi tu mens, ai-je dit, mais je vois bien que tu es dans le besoin. » Alors elle s'est mise à chialer et à se traiter de moins que rien, puis elle a raconté qu'elle était allée au Chat Noir et qu'elle s'était réveillée avec la langue pâteuse, la tête en chou-fleur et pleine de regrets d'avoir gaspillé ce qu'elle avait si durement gagné.

– Il y a tant de bonté en toi, Antoinette, dis-je. Bientôt, tu auras transformé Agnès en honnête travailleuse.

C'est d'ailleurs ce qu'Antoinette est elle-même devenue : une petite abeille industrieuse, aussi honnête qu'un miroir.

Maintenant, Antoinette s'en tient toujours à la vérité, même s'il s'agit de dire à Charlotte que, non, son décorateur n'a pas l'air d'un prince ; ou à Alphonse que, non, elle ne serait pas prête à dire que ses meringues sont les meilleures qu'elle ait jamais goûtées ; ou à moi que, non, Mathilde n'arrive pas à la cheville de Geneviève quant à l'humilité.

Et alors, si je me mordille la lèvre, elle se contente de me rappeler :

– Pour l'amour du ciel, Marie ! Tu sais bien que je mentirai pas !

Il y a parfois un petit silence avant qu'elle prononce des mots blessants, comme si elle débattait avec elle-même la question de la suprématie de la vérité. Quand ce silence se prolonge, c'est toujours signe qu'il aurait mieux valu ne pas poser la question.

Elle avale sa salive, puis se met à rire, et je l'imite presque aussitôt, parce que les clients qui viennent chercher leur pain ne veulent pas se heurter à la femme du boulanger et à sa sœur, étrangement émues à l'avant de la boutique. Nous restons ainsi un moment, Antoinette et moi, debout côte à côte, à regarder la rue de Douai par la vitrine. Mathilde brandit une magnifique plume rose, dont les longs brins flottent doucement dans la brise du matin. Elle passe la plume sur sa joue, puis le long de son cou, prenant plaisir à ces chatouillis. Je demande à Antoinette :

– C'est l'une de tes plumes ?

– Une plume d'autruche. Elle a dû se détacher du chapeau d'une dame.

Mathilde penche la tête de côté, comme elle le fait souvent quand elle réfléchit. Soudain, elle détale comme si elle avait un chien à ses trousses, avant de s'arrêter brusquement à quelques pas de Geneviève pour lui montrer sa trouvaille. Elle fait un petit geste signifiant qu'elle la lui donne, et Geneviève tend la main vers la plume aux vrilles délicates comme l'amour offert par sa sœur – un cadeau.

Notes de l'auteure

*

Les filles peintes reprend pour une large part les faits connus de la jeunesse des sœurs van Goethem. En 1878, Marie et Charlotte ont été admises à l'école de danse de l'Opéra de Paris, où leur sœur aînée Antoinette était figurante. Leur père, qui avait été tailleur, était mort, et leur mère travaillait comme blanchisseuse. Elles vivaient dans le IXe arrondissement et, en 1880, elles se sont installées dans la rue de Douai, dans le Bas-Montmartre, à quelques pâtés de maisons de l'atelier de Degas, rue Fontaine. Cette année-là, Marie a réussi l'examen pour intégrer le corps de ballet et elle a fait ses débuts sur la scène de l'Opéra.

De 1878 à 1881, Marie a servi de modèle à Edgar Degas pour un grand nombre d'œuvres d'art – croquis, tableaux, sculptures –, dont la plus célèbre est la *Petite danseuse de 14 ans,* qu'il a exposée au sixième Salon des artistes indépendants en 1881, en même temps que le portrait au pastel de deux criminels reconnus coupables de meurtre, Émile Abadie et Michel Knobloch, portrait intitulé *Physionomie de criminels.* Les critiques ont fait l'éloge de la *Petite danseuse,* qualifiant l'œuvre de « seule tentative vraiment moderne en sculpture », tout en y reconnaissant une enfant des rues aux traits manifestement marqués par la « promesse de tous les vices ».

Il y a environ six ans, je suis tombée sur un documentaire diffusé à la BBC : *Private Life of a Masterpiece : Little*

Dancer Aged Fourteen. On s'y interrogeait sur les intentions manifestées par Degas en exposant sa *Petite danseuse* à côté de ses portraits de meurtriers. Faisait-il allusion à l'avenir de cette fillette dans la vitrine, qui ne pouvait pencher que du côté de la criminalité ? Cela m'a poussée à explorer l'idée que Degas croyait peut-être (un peu à l'instar de Zola qui, dans les mêmes années, prônait l'avènement d'une littérature scientifique, présentant une vision déterministe de la vie humaine) que certains traits du visage indiquaient le caractère criminel inné d'un individu, au point d'incorporer cette croyance à ses œuvres. Quels effets cette vision a-t-elle eus sur la vie de sa jeune modèle ? En même temps, je me suis plongée dans l'histoire d'Émile Abadie et de Michel Knobloch. D'après les documents historiques, Abadie aurait été impliqué dans trois meurtres. La femme Bazengeaud a été assassinée à Montreuil, égorgée par Abadie et Pierre Gille. Tous les deux ont été condamnés à mort, mais leur peine a été commuée en travaux forcés en Nouvelle-Calédonie après la publication par Abadie de son *Histoire d'un condamné à mort.* La veuve Joubert, qui tenait un kiosque de journaux dans le quartier où vivaient les sœurs van Goethem, a été battue à mort, et une nouvelle enquête a été menée sur Abadie et Gille. Même si aucun des deux n'a été condamné pour ce crime, le procès a tout de même permis de prouver que le duo aurait eu tout le temps nécessaire pour commettre le meurtre pendant les scènes où ils étaient absents du théâtre de l'Ambigu, où ils avaient des rôles de figurants dans l'adaptation du roman *L'Assommoir* d'Émile Zola. Un garçon d'épicerie a ensuite été assassiné à Saint-Mandé. Knobloch a avoué le meurtre en désignant Abadie comme son complice. Les deux hommes ont été reconnus coupables malgré le peu de preuves dont on disposait et bien que Knobloch ait répété à maintes reprises, pendant le procès, qu'il avait tout inventé dans le seul but d'être envoyé en Nouvelle-Calédonie. Pour les besoins de l'histoire, j'ai réduit ces trois meurtres à deux, et j'ai pris certaines libertés avec les dates. Les articles de journaux, les transcriptions des débats judiciaires et les critiques de la *Petite danseuse* respectent le ton et, dans plusieurs cas, le contenu des documents originaux.

L'année qui a suivi l'exposition, Antoinette a purgé une peine de trois mois de prison pour avoir volé sept cents francs, et Marie a été congédiée de l'Opéra après une série d'amendes pour des retards et des absences. Charlotte, toutefois, a persisté dans cette voie. Elle est devenue une danseuse d'un certain rang avant d'enseigner à l'école de danse. Sa carrière à l'Opéra aura duré cinquante-trois ans.

Rien ne prouve que les sœurs van Goethem connaissaient Abadie, Gille et Knobloch. L'entrelacement des deux histoires, ainsi que le jour fatidique où Antoinette a rencontré Abadie derrière l'Opéra de Paris avant d'aller manger avec lui des moules persillade, n'est rien d'autre que de l'encre et de l'imagination.

La *Petite danseuse de 14 ans* est restée dans l'atelier de Degas jusqu'à sa mort. Malgré sa « réticence à laisser derrière [lui] une œuvre en bronze », ses héritiers ont fait couler vingt-huit bronzes de cette sculpture, qui sont aujourd'hui exposés un peu partout dans le monde. La sculpture originale en cire fait partie de la collection de la National Gallery of Art à Washington.

Remerciements

*

Je suis infiniment redevable à mon agente, la brillante Dorian Karchmar. Le jour où elle m'a proposé de me représenter, j'ai eu l'impression qu'elle me tirait de l'obscurité du sous-bois pour me guider vers un chemin ensoleillé. J'ai également une grande reconnaissance pour mes éditrices Sarah McGrath et Iris Tupholme – pour leur intelligence formidable et leurs efforts soutenus afin de donner forme à ce livre et lui trouver son lectorat. Tous les auteurs rêvent d'avoir des alliées si compétentes et dévouées.

Je remercie du fond du cœur les personnes suivantes : Ania Szado, ma première lectrice, pour ses encouragements et ses commentaires constructifs ; Sarah Cobb, pour sa patience et son talent lors de la traduction des documents originaux ; Jack et Janine Cobb, pour leur grande compétence de « relecteurs » ; mes parents, Ruth et Al Buchanan, qui me servent de phares depuis toujours ; Nancy Buchanan, ma meilleure amie au monde ; mes garçons, Jack, Charlie et William Cobb, parce qu'ils me font rire (et, oui, pleurer), et parce qu'ils me font aimer mon rôle de mère ; mon mari, Larry Cobb, pour le temps d'écriture qu'il m'offre, et, par-dessus tout, pour son amour.

J'exprime ma reconnaissance, pour leur aide généreuse, à David Baguley, auteur de *Zola : L'Assommoir* ; Douglas W. Druick, président et directeur du Art Institute of Chicago et auteur de "Framing *The Little Dancer Aged Fourteen*" (dans *Degas and the Little Dancer*, Yale University Press, 1998, p. 77-96), l'essai révolutionnaire dans lequel il a établi le lien entre la *Petite danseuse de 14 ans* et les portraits de criminels de Degas ; Martine Kahane, auteure de "*Little Dancer, Aged Fourteen* – The Model" (dans *Degas Sculptures : Catalogue Raisonné of the Bronzes*, International Arts, 2002, p. 101-107), son essai fondateur sur la vie des sœurs van Goethem ; Sylvie Jacq-Mioche, historienne et professeure à l'École de danse de l'Opéra national de Paris ; et Pierre Vidal, directeur de la Bibliothèque-Musée de l'Opéra.

Plusieurs livres m'ont été utiles pendant l'écriture de ce roman, en particulier les livres suivants : Baguley, D., *Zola : L'Assommoir*, Cambridge University Press, 1992 ; Devonyar, J. et R. Kendall, *Degas and the Dance*, Harry N. Abrams, 2002 ; Gordon, R. et A. Forge, *Degas*, Abradale, 1988 ; Halévy L., *The Cardinal Family*, George Barrie & Sons, 1897 ; Kendall, R., D. W. Druick et A. Beale, *Degas and the Little Dancer*, Yale University Press, 1998 ; Kersley L. et J. Sinclair, *A Dictionary of Ballet Terms*, Da Capo, 1979 ; Moffett, C. S., R. Berson, B. Lee Williams et F. E. Wissman, *The New Painting : Impressionism, 1874-1886*, Richard Burton, 1986 ; Pitou, S., *The Paris Opéra : An Encyclopedia of Operas, Ballets, Composers, and Performers*, Greenwood, 1990 ; Zola, Émile, *L'Assommoir*, Orion Group, 1995.

L'extrait de journal intitulé « L'homme criminel », qui apparaît dans le roman, est inspiré de l'article « Fous ou criminels ? », paru dans *La Nature* du 23 août 1879 (p. 186-187). L'article intitulé « À propos de la nouvelle peinture exposée à la galerie de Durand-Ruel » s'inspire de l'essai de Louis Émile Edmond Duranty, « La nouvelle peinture » (1876), reproduit dans *The New Painting : Impressionism, 1874-1886* (p. 38-47). L'article intitulé « Degas et le sixième

Salon des artistes indépendants » s'inspire de l'essai de Fronia E. Wissman, « Realists Among the Impressionists », également publié dans *The New Painting : Impressionism, 1874-1886* (p. 337-50). Les critiques de la *Petite danseuse de 14 ans* s'inspirent de diverses critiques présentées dans l'essai mentionné ci-dessus, *Degas* (p. 206-207) ; dans le livre de George Shackelford, *Degas : The Dancers* (W. W. Norton & Company, 1984, p. 69) ; et dans le livre de Charles W. Millard, *The Sculpture of Edgar Degas* (Princeton University Press, 1976, p. 28). Les autres articles de journaux, de même que les transcriptions de débats judiciaires, s'inspirent d'articles parus dans *Le Figaro* de mars 1879 à août 1880. Le texte d'Edgar Degas est tiré de *Huit sonnets* et j'ai pu l'utiliser grâce à la gracieuse permission de Wittenborn Art Books.

De la même auteure

*

The Day the Falls Stood Still, 2009.

Pour voir les œuvres de d'Edgar Degas
auxquelles on se réfère dans ce livre, visitez:
www.cathymariebuchanan.com/art.

Achevé d'imprimer sur les presses
de Marquis-Gagné
à Louiseville, Québec, Canada.
Deuxième trimestre 2014